PUBLICATIONS DE LA SOCIÉTÉ DES LANGUES ROMANES

TOME XXI

LES SOURCES

DE

LECONTE DE LISLE

PAR

JOSEPH VIANEY

PROFESSEUR A LA FACULTÉ DES LETTRES
DE MONTPELLIER

MONTPELLIER
COULET ET FILS, EDITEURS
Libraires de l'Université
5, Grand'Rue, 5

1907

LES SOURCES

DE

LECONTE DE LISLE

MACON, PROTAT FRÈRES, IMPRIMEURS

PUBLICATIONS DE LA· SOCIÉTÉ DES LANGUES ROMANES

TOME XXI

LES SOURCES

DE

LECONTE DE LISLE

PAR

JOSEPH VIANEY

PROFESSEUR A LA FACULTÉ DES LETTRES
DE MONTPELLIER

MONTPELLIER

COULET ET FILS, EDITEURS

Libraires de l'Université

5, Grand'Rue, 5

1907

AVANT-PROPOS

Le titre de ce livre en indique clairement le sujet.

Des critiques très pénétrants et très fins ont montré combien l'œuvre de Leconte de Lisle répondait, malgré les apparences, aux goûts de la génération qui la vit naître. Ils ont expliqué pourquoi ce Français du xixe siècle s'est intéressé à des civilisations depuis si longtemps disparues et à des pays si éloignés du nôtre, pourquoi il s'est passionné en particulier pour l'histoire des mythologies et des religions. Et ils ont vanté avec l'éclatante beauté de ses poèmes leur valeur scientifique.

Ils avaient raison. Mais si l'on a vanté jusqu'ici la valeur scientifique des *Poèmes antiques* et des *Poèmes barbares*, ça été surtout, il faut bien le dire, en se fiant à l'impression qu'ils produisent à première vue : car personne encore n'a examiné les fondements de l'édifice, ni demandé à ce poète-historien de montrer les documents où il a puisé sa science.

Il m'a semblé qu'il y avait lieu de le faire.

L'œuvre de Leconte de Lisle m'a paru assez grande et assez belle pour mériter d'être traitée comme celles de Corneille et de Racine le sont depuis tant d'années, comme celle de Hugo l'est depuis quelque temps. D'avance j'étais sûr qu'elle ne perdrait rien, qu'elle gagnerait au contraire à ce qu'on en recherchât les sources, et leur découverte a confirmé ces prévisions.

Sans doute, le temps, qui finit par tout détruire, a ébranlé quelques-unes des bases où Leconte de Lisle s'est appuyé avec le plus de confiance. Ainsi, pour faire revivre, dans sa *Néférou-Ra*, l'époque la plus glorieuse de l'histoire égyptienne, il s'est inspiré d'un document, qu'il croyait, avec tout le monde en son temps, contemporain des grands Ramsès, mais qui est, on le sait aujourd'hui, un faux fabriqué à une époque bien postérieure. Pour exposer dans son *Massacre de Mona* les traditions des druides, il s'est fié sur certains points à des *Triades*, dont la rédaction n'est pas reconnue aujourd'hui antérieure à la fin du moyen âge, et, sur le témoignage d'Henri Martin et de La Villemarqué, il a fait dire par un barde contemporain des premiers temps du christianisme la gloire d'un certain Hu-Gadarn, dont personne n'avait jamais entendu parler à l'époque où ce barde est censé vivre.

Il faut avouer aussi que le poète n'a pas toujours fait de ses documents un usage irréprochable.

On sera étonné de voir qu'il sacrifie çà et là à la rime l'exactitude des noms, et celle des chiffres à la mesure du vers : ayant besoin d'une rime en *ez*, il transporte de Médina à Xérez la prison de la reine Blanche ; voulant un mot qui rime avec *parasol*, il incline *vers le sol* la tête des prêtres qui portent le dieu Khons et que le monument dont il s'inspire nous représente la tête haute ; il ne met que vingt nomes en Égypte où il n'y en eut jamais moins de trente-six ; il donne deux frères à Djihan-Arâ qui en avait trois, seize ans à la reine Blanche quand elle en avait dix-sept accomplis.

On sera plus surpris encore qu'un poète, qui passa pour dédaigner le bric-à-brac romantique, ait recherché parfois la couleur au détriment de la vérité, arrangé des faits pour mettre plus de noirceur dans l'histoire et rendre les *Poèmes barbares* plus dignes de leur titre : ainsi, il donne à Urien le nom de son père Kenwarc'h, parce que le nom d'Urien n'avait pas une physionomie assez galloise; il fait indignement massacrer par Akhab les ambassadeurs de son ennemi Benadad, que le roi d'Israël, d'après le récit biblique, reçut au contraire avec courtoisie; il fait envoyer par Hialmar mourant à sa fiancée, non plus, comme dans la légende islandaise, l'anneau des fiançailles, mais son cœur tout chaud, et ce n'est plus au compagnon d'armes du guerrier que le poète donne la mission d'exécuter ses dernières volontés, c'est au corbeau de la bruyère; il accumule impitoyablement sur les héroïnes de *la Mort de Sigurd* les infortunes les plus lamentables, vidant la légende scandinave de toute pitié, pour n'y laisser subsister que l'esprit de vengeance; dans *la Légende des Nornes*, il retranche de la sombre cosmogonie du nord le dernier chapitre, qui promet après l'effondrement du monde la naissance d'un monde nouveau et paisible, car il ne veut pas que tant d'horreurs soient éclairées de la moindre espérance.

Mais les offenses à la vérité historique ne sont chez Leconte de Lisle ni très nombreuses, ni très graves. Le plus souvent on l'admirera d'avoir su, avec tant de sagacité, choisir les sources les plus sérieuses et en extraire ce qu'elles contenaient de plus significatif.

Mon principal dessein a été de mettre sous les yeux du lecteur les textes dont le poète s'est inspiré et de donner aussi clairement que possible les renseignements indispensables pour comprendre les légendes qu'il raconte. Mais je ne me suis pas abstenu de chercher les raisons des changements qu'il fait subir à ses modèles, ni par conséquent d'essayer de dégager le sens de ses poèmes.

Dans ses reconstitutions historiques il me semble poursuivre en général un double dessein : expliquer ce que les vieux mythes, les vieilles légendes ont de particulier et de local par l'influence du milieu, surtout par celle de la nature, — et de là tant de longs paysages; — montrer ce que les mêmes mythes, les mêmes légendes contiennent, au fond, de vérité éternellement humaine.

Assez souvent le poème a aussi pour objet d'exprimer, au moins incidemment, les idées personnelles de l'auteur. Et toujours celui-ci se préoccupe encore de faire une œuvre d'une belle ordonnance; car plus sa poésie est exotique par les sujets, et plus il veut que par la clarté du plan elle soit profondément française.

Il a plus d'une façon d'utiliser ses sources.

Avec la plus grande intelligence du sujet à traiter, tantôt il traduit plus ou moins librement (*Hèraklès au taureau, la Genèse polynésienne, la Joie de Siva*), tantôt il procède par *contaminatio* (*Prière védique pour les Morts, la Vision de Brahma, la Mort de Sigurd*), tantôt il arrange l'histoire racontée par son modèle (*le Cœur de Hialmar, l'Épée d'Angantyr*), tantôt, d'après cette histoire, il en invente une nouvelle (*Néférou-Ra*), tantôt il imagine une histoire de toutes pièces pour mettre en action les documents puisés dans un ouvrage scientifique (*le Dernier des Maourys*). Il n'hésite pas à prendre de grandes libertés avec les récits purement légendaires, qu'il ne considère pas avec raison comme intangibles. En prend-il parfois d'assez audacieuses avec les récits historiques, et par exemple termine-t-il l'aventure de Mouça-al-Kébyr par une apothéose dont aucun annaliste arabe n'a jamais parlé, ou arrange-t-il l'histoire de Nurmahal, c'est parce qu'à la façon des classiques il veut transformer ses personnages en types plus généraux qu'eux-mêmes, parce qu'au lieu de peindre des individus, il veut peindre une race, une époque, un milieu.

Si les lecteurs estiment que je me suis trompé dans l'explication de certains poèmes, s'il ne leur semble pas que j'ai bien compris l'auteur quand il modifie tel ou tel de ses modèles, ce volume leur donnera du moins, je l'espère, le moyen de proposer une interprétation meilleure. Aussi bien, loin d'avoir l'ambition de dire le dernier mot sur Leconte de Lisle, je livre mon ouvrage au public avec l'espoir qu'il fera naître de nouvelles études sur ce grand poète : plus nombreuses seront ces études, et mieux je m'estimerai récompensé de la peine que m'ont coûtée de longues recherches.

Les poèmes de Leconte de Lisle ne sont pas tous étudiés ici. Il n'y est point parlé de ceux qui n'ont pas eu d'autre origine qu'une promenade au Jardin des Plantes, ou une excursion à travers des livres d'histoire naturelle, ou les souvenirs du pays natal [1]. Sur une partie importante de

---

1. Sur la place de l'île natale dans la poésie de Leconte de Lisle, voir Marius-Ary Leblond, *Leconte de Lisle*, Paris, 1906, p. 405-451.

l'œuvre du poète, la plus belle peut-être, sur ses fameuses descriptions d'animaux, sur ses tableaux de l'île Bourbon, ce livre n'apporte donc aucun éclaircissement. D'autres poèmes, quoique d'un caractère historique, n'y sont pas étudiés, soit parce qu'ils n'ont pas, à proprement parler, de sources, soit parce que leurs sources ont échappé à mes investigations : par exemple, je ne puis dire d'où ont été tirés les sujets d'*Épiphanie*, poème norvégien, de l'*Incantation du Loup*, poème allemand, du *Chapelet des Mavromikalis*, poème grec. Je souhaite donc que de plus heureux chercheurs comblent les lacunes de mon ouvrage. Mais j'ose croire qu'on y trouvera la source précise de la plupart des poèmes qui ont placé Leconte de Lisle au premier rang des poètes-historiens.

LES SOURCES

DE LECONTE DE LISLE

CHAPITRE PREMIER

Poèmes indiens

LA MORT DE VALMIKI [1].

Bhrigou, le grand saint, avait un fils, appelé Tchyavana.
Rempli de splendeur, il cultivait la pénitence sur la rive du lac.
— Cet ascète éclatant se tint longtemps dans un même lieu,
immobile comme un pieu, avec une constance héroïque. — Le
rishi devint une fourmilière, dérobée comme par des lianes, et,
après beaucoup de temps écoulé, il était rempli de fourmis. —
Le sage ainsi caché était de tous les côtés semblable à une boule
de terre, et, enterré dans cette fourmilière, il souffrait une épouvantable pénitence.

Ainsi commence un intéressant épisode du *Maha-Bharata*,
l'une des deux grandes épopées de la littérature indienne [2].
La suite de l'histoire est fort curieuse d'abord, puis fort
touchante. Près de l'ascète un roi vient à passer avec son
escorte. La fille du roi, la belle Sukanya, aperçoit deux
lueurs au travers d'une fourmilière. — Qu'est-ce que c'est

---

1. *Poèmes antiques*, IV.
2. *Le Maha-Bharata*, traduit par H. Fauche, Paris, Durand, 1865,
t. III, p. 525.

que cela ? dit-elle, — et d'une épine elle perce les deux yeux de l'anachorète. Tchyavana profère contre l'armée du roi une malédiction qu'il ne consent à retirer que sur le don de la main de Sukanya. Elle vit avec lui dans la solitude, épouse fidèle. Un jour les Açvins[1] la rencontrent, la plaignent d'avoir épousé un vieillard, lui offrent leur amour, mais en vain. Alors ils lui disent : — Nous sommes les médecins des dieux; nous allons donner à ton époux la jeunesse et la beauté, puis tu choisiras de nous trois celui que tu voudras. — Tchyavana accepte. Sur l'ordre des dieux, il entre avec eux dans le lac. Tous trois en sortent bientôt, divinement beaux et jeunes. Et tous trois disent à la jeune femme : — Choisis l'un de nous. — Mais elle, les voyant tous trois pareils, demeure muette et pensive. Enfin, guidée par son cœur, c'est son mari qu'elle choisit.

« Parmi les nombreuses variations qu'a inspirées le thème de la fontaine de Jouvence, écrit M. Victor Henry, je n'en sais pas de plus poétiquement touchante. Quand les Hindous, si crus en matière d'amour, parlent de l'amour conjugal, ils y déploient des raffinements de délicatesse qu'aucune littérature n'a dépassés[2]. »

La suite de l'histoire était donc bien jolie. Mais c'est le début qui a intéressé Leconte de Lisle : l'anachorète si profondément plongé dans son rêve que, sans s'en apercevoir, « il devient une fourmilière ».

Que pouvait-on imaginer pour porter à son comble le

---

1. Le Castor et le Pollux de la mythologie indienne.
2. Victor Henry, *Les littératures de l'Inde*, p. 152.

pittoresque de cette situation ? Qu'après être montées à l'assaut de l'homme, les mille et mille fourmis, sans le réveiller, avaient rongé sa chair, pénétré par les yeux dans son crâne, s'étaient engouffrées dans sa bouche ouverte, et finalement de ce corps vivant avaient fait un roide squelette.

Il restait à trouver un personnage qui fût assez considérable pour mériter d'être le héros d'une aventure aussi peu banale. Leconte de Lisle a choisi Valmiki, l'auteur du *Ramayana*.

Que savons-nous de Valmiki ? Pas même l'époque approximative de sa vie. Au temps où Leconte de Lisle écrivait ses *Poèmes antiques*, on reculait la composition du *Ramayana* jusqu'à une date très éloignée, jusqu'au xve siècle avant notre ère. Aujourd'hui, les indianistes les plus autorisés reconnaissent qu'on ne peut déterminer quelles sont les parties de l'œuvre dont Valmiki est réellement l'auteur, que les interpolations sont fort nombreuses et forment peut-être les deux tiers du poème, qu'elles sont de dates diverses, que la compilation qui nous a été conservée sous le titre de *Ramayana* fut achevée à une date qui n'est pas antérieure au iie siècle avant notre ère.

Sur le poète lui-même les premiers chapitres du *Ramayana* nous content une assez longue histoire, mais elle a toujours été considérée comme purement légendaire : Valmiki aurait été un sage anachorète, il aurait vécu au temps de Rama, il aurait appris son poème aux fils mêmes de son héros et il aurait inventé la stance poétique un jour où il entendait gémir la compagne d'un héron qu'un chasseur venait d'abattre.

L'histoire de Valmiki étant ainsi toute fabuleuse, Leconte de Lisle a pensé qu'il pouvait sans inconvénient ajouter une dernière page à la légende. Alfred de Vigny avait bien raconté à sa manière la mort d'un personnage plus considérable, Moïse.

Et si j'évoque le souvenir du *Moïse* de Vigny, c'est que le poème de Leconte de Lisle, dans sa première partie, en est une manifeste imitation.

Moïse est au terme de sa carrière. Las de son œuvre, plus las de sa gloire, il gravit la stérile montagne de Nébo promène un long coup d'œil sur la terre de Chanaan qui se déroule tout entière à ses pieds, étend sa grande main sur la foule des Israélites agenouillée dans la poussière, puis, reprenant son chemin vers le haut du mont, va faire à Dieu sa longue et triste plainte.

Valmiki a cent ans. L'ennui de vivre l'enveloppe. Songeant au long repos où s'anéantit l'âme, il gravit le sombre Himavat jusqu'au faîte et, immobile, contemple une dernière fois les fleuves, les cités, les lacs, les bois,

Les monts, piliers du ciel, et l'Océan sonore.

Bientôt, — et ici cesse l'imitation de Vigny, — la lumière sacrée envahit la terre et les cieux : elle vole et palpite, dore les oiseaux et les éléphants, les radjahs et les chiens, les riches et les parias, et les insectes invisibles, et l'Himalaya. L'âme de Valmiki plonge dans cette gloire, et voilà que renaît en lui la vision des jours anciens. Le poète revoit ses héros,

Le grand Daçarathide et la Mytiléenne,

les sages, les guerriers, les vierges et les dieux ; il se redit
à lui-même ce « large chant d'amour, de bonté, de vertu »
qu'est son *Ramayana*.

C'est pendant qu'il s'anéantit ainsi dans ce qu'il a conçu
que les fourmis l'envahissent. Bientôt sur le mont Himavat il ne reste plus qu'un roide squelette, qui fut Valmiki,
l'immortel poète.

On voit comment le poème de *la Mort de Valmiki* a été
composé, par quelle combinaison ingénieuse du *Moïse* de
Vigny et d'un épisode du *Maha-Bharata*. Et on en voit
aussi le sens. Par son dénouement, il est un saisissant
exemple du degré où peut aller chez un anachorète indien
le détachement des choses d'ici-bas. Par sa première partie,
il est surtout une explication du *Ramayana*. Qu'à la vue de
l'Inde remise tout entière sous ses yeux dans un flot de
lumière, Valmiki ait senti renaître en lui la vision ancienne
ou, en d'autres termes, qu'il ait alors refait son poème,
qu'est-ce que ceci veut dire ? C'est que les légendes du
Ramayana sont le produit le plus naturel et le plus spon-
tané du sol indien, l'œuvre à laquelle l'Inde entière,
hommes et choses, a travaillé, qu'elle a faite à son image.
Et Leconte de Lisle ne se trompe point : toute l'Inde
ancienne revit dans le *Ramayana*.

L'ARC DE ÇIVA [1]

O large chant d'amour, de bonté, de vertu,...
Ramayana !

---

1. *Poèmes antiques*, V.

En résumant dans ce beau vers l'œuvre de Valmiki,
Leconte de Lisle dit clairement que, dans la colossale épopée, il s'est intéressé à ce qu'elle a de plus humain. Les deux
poèmes qu'il en a tirés, *l'Arc de Civa* et *Çunacépa*, en sont
aussi la preuve, car ils sont tous deux empruntés à la première partie du *Ramayana*, qui en est de beaucoup la plus
pathétique.

Le vieux roi Daçaratha a trois fils. Le plus beau, le plus
vaillant, le plus sage est l'aîné, Rama. (Une partie du
poème, qui n'est point de Valmiki et qui est même sans
doute fort postérieure aux autres, fait de Rama, tant il a
de vertus, une incarnation de Visnou.) Le roi songe à
sacrer le fils qui est son orgueil, et le peuple applaudit à son
dessein. Les préparatifs se font. Mais la plus aimée des
femmes du roi forme le projet de déposséder Rama au profit
de son fils à elle. Elle enjôle le prince, qui s'engage par
serment à satisfaire le caprice de la favorite, quel qu'il soit :
doit-il briser les chaînes d'un coupable, faire tomber la
tête d'un innocent, enrichir un pauvre, réduire un riche à
la disette ? Le vieillard, affolé d'amour, est prêt à tout.
Quand elle l'a ainsi enveloppé dans « le réseau du serment », Kékéyi fait connaître son désir : que son fils Bharata reçoive l'onction royale, que Rama soit exilé dans les
bois pendant quatorze ans. Le roi est atterré. Vainement
éclate-t-il en imprécations contre la perfide, vainement se
roule-t-il ensuite à ses pieds. Elle demeure inflexible. Il
faut donc qu'il soit fait selon sa volonté, car le roi a promis et pour un indien rien n'est sacré comme une parole
donnée.

Rama, mandé au palais, s'y rend triomphalement; mais, au lieu de la couronne, il reçoit un ordre d'exil. Sans un murmure, il s'incline : le roi a donné sa parole; elle doit être tenue. Il va consoler sa mère, son frère Laksmana, sa femme Sita, et leur fait ses adieux. Mais son frère s'offre aussitôt pour être le compagnon de son exil. Sa femme ne veut pas être séparée de lui, et c'est entre les deux époux une noble lutte de générosité. Sita dit :

Séparée de toi, je ne voudrais pas habiter dans le ciel même; je te le jure, noble enfant de Raghou [1], par ton amour et ta vie!...

Pour une femme de bien, ce n'est pas un père, ni un fils, ni une mère, ni un ami, ni son âme à elle-même, qui est la route à suivre : non! son époux seul est la voie suprême...

Mon père, ma mère et tous mes parents, digne enfant de Raghou, ne m'ont-ils pas laissée dans tes mains en me donnant ce précepte : Tu ne dois pas avoir une autre habitation que celle de ton époux [2].

Et Sita se réjouit, ou feint de se réjouir, à la pensée de tous les plaisirs qui l'attendent : quel amusement de voir des fleuves nouveaux et de visiter des montagnes inconnues, de se plonger dans des eaux transparentes où des peuples de cygnes se jouent entre des lotus, et d'habiter dans des forêts embaumées par des fleurs délicieuses !

Mais Rama, à ce tableau enchanteur forgé par l'imagination de Sita, oppose l'affreuse réalité dans une vivante des-

---

1. Ancêtre de Rama.
2. *Ramayana*, poème sanscrit de Valmiki mis en français par H. Fauche, Paris, Franck, 1854, t. II, p. 159-161.

cription où l'on reconnaît sans peine un des modèles d'après
lesquels Leconte de Lisle a peint en divers endroits la
forêt indienne, exubérante de vie :

Dans le bois repairent les tigres, qui déchirent les hommes,
conduits par le sort dans leur voisinage : on est, à cause d'eux,
en des transes continuelles ; ce qui fait du bois, mon amie, une
chose affreuse !

Dans le bois circulent de nombreux éléphants, aux joues
inondées par la sueur ; ils vous attaquent et vous tuent ; ce qui
fait du bois, mon amie, une chose affreuse !

On y trouve les deux points extrêmes de la chaleur et du
froid, la faim et la soif, les dangers sous mille formes ; ce qui
fait du bois, mon amie, une chose affreuse !

Les serpents et toutes les espèces de reptiles errent dans la
forêt impénétrable au milieu des scorpions aux subtils venins ;
ce qui fait du bois, mon amie, une chose affreuse !

Dans le bois, on entend les rugissements épouvantables des
lions, hôtes accoutumés des grandes forêts et nés dans les
cavernes des montagnes...

Il faut traverser là des fleuves, dont l'approche est difficile,
profonds, larges, vaseux, infestés par de longs crocodiles.

Les chemins, tout couverts de roseaux, de broussailles, de
lianes, de hautes herbes et d'épines, embarrassent le pas et la
marche : aussi la forêt, Sita, n'est-elle partout que peine [1].

Rien n'ébranle la résolution de Sita. Que lui importent
les tristesses de la forêt ! Elles n'existeront point pour elle.
Si elle est avec son Rama, les épines des bois lui seront
douces au toucher comme la soie, et son lit formé de
feuilles lui semblera chaud comme la plus fine peau de

---

1. *Ramayana*, traduction Fauche, t. II, p. 165-166.

rankou. Si elle marche aux côtés de Rama, la poussière qui tombera sur elle ne sera pas moins délicieuse à son corps que la poudre de santal. Si elle les reçoit de la main de Rama, les racines et les fruits sauvages lui sembleront toujours avoir le goût de l'ambroisie. Ni le souvenir de ses parents, ni celui de son père, ni celui de sa mère ne viendra l'attrister là où elle habitera aux côtés de Rama. Être avec lui, c'est le ciel pour elle ; être sans lui, c'est l'enfer. S'il refuse de l'emmener, elle va à l'instant même avaler un poison devant ses yeux. Et Sita se laisse tomber aux pieds de Rama, pleurant, affaissée sur elle-même, avec des sanglots mélodieux. Le héros relève sa femme : « Viens donc, suis-moi, comme il te plaît, ma chérie. »

Le mariage de Rama et de Sita avait été conté, au début du poème, dans des chapitres dont la plupart sont des interpolations ; mais si le récit est récent, la légende est ancienne.

Rama avait quinze ans quand le vénérable ermite Viçvâmitra vint implorer son aide contre des démons qui troublaient ses sacrifices. Rama, malgré sa jeunesse, entreprit cette œuvre pleine de périls. Il tua les ennemis de l'anachorète. Ses flèches lui suffirent pour les abattre, sans qu'aucun d'eux lui opposât, comme devaient le faire plus tard d'autres Raksas (démons), une résistance d'un caractère miraculeux :

Dans le moment que la hideuse et bien effrayante Tâdakâ, avide de carnage, tenant ses deux bras en l'air et toute semblable à une masse de grands nuages, fond sur lui avec impétuosité, comme une foudre déchaînée, le héros adolescent frappe ce monstre en pleine poitrine avec sa flèche au fer étincelant et façonné en demi-lune. Mortellement frappée par ce dard, pareil au tonnerre, la furie vomit un fleuve de sang, tombe et meurt [1].

Le rejeton vaillant de Raghou choisit *dans son carquois* le dard nommé la Flèche-du-Feu ; il envoya ce trait céleste dans la poitrine de Soubâhou, et le rakshasa frappé tomba *mort* sur la terre. Puis, s'armant avec la Flèche-du-Vent et mettant le comble à la joie des solitaires, le descendant illustre de Raghou immola de même tous les autres démons [2].

Viçvâmitra conduisit le vainqueur des démons chez le roi de Mithila pour lui faire voir l'arc divin. C'était l'arc de Civa, l'un des dieux de la trinité brahmanique, le dieu terrible qui personnifie la nature considérée dans sa puissance de destruction. Avec cet arc invincible, Civa avait mutilé un jour tous les dieux, parce qu'ils lui avaient refusé sa part de sacrifice. Tremblant d'épouvante, les dieux avaient imploré leur grâce, et Civa leur avait rendu leurs membres. Depuis, l'arc avait passé aux rois de Mithila qui le conservaient précieusement.

Le roi avait une fille, belle comme les déesses et douée de toutes les vertus. Elle n'avait point reçu la vie dans les entrailles d'une femme, mais elle était née un jour d'un sillon que le roi avait ouvert dans la terre. Elle s'appelait Sita. Elle était réservée comme récompense à celui qui soulèverait l'arc divin.

Huit cents hommes d'une grande vigueur allèrent le

---

1. *Ramayana*, trad. Fauche, t. I, p. 184.
2. *Id.*, p. 202. Les mots soulignés le sont par le traducteur.

chercher et traînèrent avec effort son étui pesant, porté sur huit roues. On l'amena devant Rama. « Je vais d'une main lever cette arme, dit-il, et quand je l'aurai bandée, j'emploierai toute ma force à tirer cet arc divin. »

Au même instant, Rama leva cette arme d'une seule main, comme en se jouant, la courba sans beaucoup d'efforts et lui passa la corde en riant, à la vue des assistants, répandus là près de lui et par tous les côtés.

Ensuite, quand il eut mis 'la corde, il banda l'arc d'une main robuste ; mais la force de cette héroïque tension était si grande qu'il se cassa par le milieu ; et l'arme, en se brisant, dispersa un bruit immense, comme d'une montagne qui s'écroule, ou tel qu'un tonnerre lancé par la main d'Indra sur la cîme d'un arbre *sourcilleux*.

A ce fracas étourdissant, tous les hommes tombèrent, frappés de stupeur, excepté Viçvâmitra, le roi de Mithila et les deux petits-fils de Raghou [1].

C'est ainsi que Rama le Daçarathide avait épousé Sita la Mithiléenne, qui voulut partager son exil.

Les deux époux quittent leur demeure, accompagnés du généreux Laksmana, frère de Rama. Au palais, dans la ville, tout le monde gémit ; la nature elle-même se met en deuil. Mais personne n'a une plus violente douleur que le malheureux roi Daçaratha contraint par le respect dû à la parole donnée de chasser loin de lui le plus aimé de ses enfants. Il ne cesse de sangloter, il s'informe de ce que fait

---

1. Rama et son frère Laksmana. *Ramayana*, tome I, chapitre 69, *le Brisement de l'Arc*, trad. Fauche, t. I, p. 369.

l'exilé. Enfin, il n'y tient plus, il donne l'ordre de le rappeler :

Pars à l'instant même, cocher ; va promptement et ramène ici mon fils Rama ; car je ne puis vivre sans lui dans cet égarement d'esprit où m'a jeté le Destin.

Ou plutôt, comme pour aller et revenir, ce double trajet doit causer ainsi un trop long retard, fais-moi, cocher, monter moi-même sur le char, et conduis-moi rapidement où je puisse voir enfin *mon bien-aimé* Rama...

Car, si je ne vois pas mon Rama, de qui le visage est aimé comme la pleine lune, Rama de qui les yeux ressemblent aux pétales charmants du lotus, j'irai bientôt dans les demeures d'Yama [1].

Mais, après s'être lamenté, le vieillard tombe évanoui, et bientôt il meurt.

Le trône appartient au fils de Kékéyi. Mais Kékéyi n'avait pas prévu que Bharata aurait la générosité de ses frères. Il ne veut point d'une couronne obtenue par une perfidie. Il rejoint Rama et lui rend son héritage. Rama le refuse : le roi a juré que Rama resterait en exil pendant quatorze ans ; le roi est mort, mais sa parole doit être respectée. Alors Bharata, retournant au palais, dépose sur le trône royal les sandales de Rama, et, pendant les quatorze ans d'exil, il administrera le royaume, mais ce sera au nom de son frère aîné.

O large chant d'amour, de bonté, de vertu,..
Ramayana !

---

1. La mort. Trad. Fauche, t. II, p. 340.

Leconte de Lisle n'a-t-il pas raison, et peut-on résumer d'un mot plus juste l'épopée de Valmiki ? N'est-elle pas le poème de toutes les nobles affections ? N'est-elle pas aussi le poème de l'honneur ? Pour obéir à ce que réclame la voix de leur conscience, pour qu'une promesse même imprudente n'ait pas été faite en vain, un père chasse son fils, un prince renonce au pouvoir, une princesse se condamne à vivre dans la misère, des êtres qui s'aiment se séparent, sans qu'aucun d'eux, sauf le vieillard dans un moment de défaillance, admette qu'il puisse être question de se soustraire à la pénible, mais impérieuse, loi morale. Tendres comme les personnages de Racine, les héros du *Ramayana* ont le même culte du devoir que les personnages de Corneille.

Leconte de Lisle a-t-il respecté leur physionomie dans *l'Arc de Civa* ? On peut se le demander.

Le vieux roi Daçaratha, nous conte-t-il, pleure depuis trois jours entiers et depuis trois longues nuits. A la fin, il dit :

Qu'on appelle Rama, mon fils plein de courage !

Et il donne à son autre fils Laksmana l'ordre que dans le *Ramayana* il donne à son cocher :

Lève-toi, Lakçmana ! Attelle deux cavales
Au char de guerre, et prends ton arc et ton carquois.
Va ! Parcours les cités, les montagnes, les bois,
    Au bruit éclatant des cymbales.

Dis à Rama qu'il vienne. Il est mon fils aîné,
Le plus beau, le plus brave, et l'appui de ma race.

> Et mieux vaudrait pour toi, si tu manques sa trace,
> Malheureux ! n'être jamais né.

Laksmana obéit à l'ordre paternel (Leconte de Lisle suppose donc que Laksmana n'a pas accompagné son frère dans l'exil). Laksmana ne sait où découvrir Rama. En vain traverse-t-il les cités et les vallons. En vain interroge-t-il les laboureurs, les filles, les chasseurs, les anachorètes. En vain s'enfonce-t-il dans les forêts à travers les nopals aux tiges acérées et le taillis inaccessible aux chars. Mais tout à coup un cri rauque retentit. Près de lui bondit un Raksas de Lanka, qui fait tournoyer une massue ; en face, le grand Rama sourit et tend son arc qui ploie. La flèche aux trois pointes part et le Raksas mord le sol. Laksmana salue son noble frère, le purificateur des forêts ascétiques et lui transmet l'invitation de Daçaratha.

Les deux jeunes gens partent. Ils passent, en s'en allant, par Mythila. Le roi de Mythila montre à Rama l'arc donné par Civa : puisse le jeune héros ployer l'arme splendide et conquérir ainsi la belle Sita ! — Je briserai cet arc, dit Rama, comme un rameau flétri. — Il saisit l'arme d'or, la tend et la brise. — Sois mon fils, — dit le roi. Et l'époux immortel de Sita,

> Plein de gloire, revit ses demeures augustes
> Et le vieux roi Daçaratha.

Si Leconte de Lisle a ingénieusement résumé dans ce poème de trente stances les faits principaux que développe la première partie de l'immense épopée indienne, l'exil de Rama, le désespoir de son père, la mort des Raksas qui infestent la forêt des anachorètes, le brisement de l'arc, que faut-il penser d'une ingéniosité qui a complètement bouleversé l'ordre des faits ? Car dans le *Ramayana* l'exil du héros est postérieur à son mariage, et chez Leconte de Lisle il lui devient antérieur. Dans le *Ramayana* Laksmana partage spontanément et dès la première heure l'exil de son frère : chez Leconte de Lisle il ne va le rejoindre que sur l'ordre du roi. Dans le *Ramayana* l'exil de Rama ne prend fin qu'au bout des quatorze ans fixés, et jamais le jeune homme ne revoit le vieux roi Daçaratha : chez Leconte de Lisle le père rappelle son fils au bout de trois jours et le revoit bientôt, glorieux et marié. Est-ce que toutes ces modifications ne portent pas atteinte, non seulement à la chronologie de la légende, telle que nous la raconte Valmiki, mais, ce qui est bien plus grave, à son esprit ? Est-ce qu'elles ne tarissent pas en partie les sources du pathétique ?

Mais Leconte de Lisle, tout en prenant les faits dans le *Ramayana*, a eu sans doute d'autres intentions que de faire revivre dans son *Arc de Civa* l'esprit de l'épopée de Valmiki.

Un bel épisode de son poème, et dont on chercherait vainement la source dans le *Ramayana*, nous montre Laksmana demandant en vain des nouvelles de son frère aux laboureurs, aux filles, aux chasseurs, aux anachorètes. — Avez-vous vu Rama ? — Non ! répondent-ils à l'envi. — Non ! nous étions courbés sur le sol. — Non ! nous lavions nos corps dans la rivière. — Non ! nous percions de nos traits les daims et les gazelles. —

Non ! le rêve avait fermé nos yeux. — Pendant que Rama « purifiait » la terre, ni les uns ni les autres ne l'ont donc aperçu, et le héros de Leconte de L'isle devient ainsi, comme un héros 'de Vigny, la personnification du génie, accomplissant son œuvre auguste au milieu de l'indifférence générale, à l'insu du peuple et des prétendus sages. Si elle a perdu entre les mains du poète français beaucoup de son pathétique, la légende de Rama en a reçu en revanche un sens symbolique fort intéressant.

D'ailleurs, il n'est pas impossible que le poète, sachant bien que la légende de Rama existait fort longtemps avant Valmiki, ait voulu nous reporter à un état de cette légende antérieure au *Ramayana* et restituer au héros populaire de l'Inde son caractère le plus primitif. Un passage important de son poème semble le prouver : c'est celui qui met aux prises un Raksas de Lanka avec l'Hercule indien.

Ce Raksas est armé d'une massue, comme celui que Rama combat au troisième volume du *Ramayana* et qui s'appelle Khara [1]. Mais la massue de Khara est une arme merveilleuse qui brûle tout. Rama lance contre elle les traits de Çiva et ces traits la détruisent. Khara arrache des arbres pour s'en faire des massues : avec ses flèches Rama détruit les arbres. Alors seulement il lance contre Khara une flèche à cinq crochets qui l'étend mort. — Dans le poème français le combat perd son caractère merveilleux et Rama,

---

1. *Ramayana*, 35e chapitre du vol. III : *Khara tombe sous les coups de Rama*, trad. Fauche, t. IV, p. 208-225.

si grand qu'il soit, est ramené, intentionnellement ce me semble, à des proportions tout humaines [1].

. C est que le poète a sans doute pris parti dans la question des origines de la légende de Rama.

Au temps où il écrivait son poème, on s'accordait en général à voir dans les aventures de Rama le récit embelli, ou plutôt allégorique, d'un grand événement historique : la conquête de l'Hindoustan par les Aryens.

Pendant que Rama exilé combat les démons qui infestent les forêts, sa femme Sita lui est enlevée par un démon plus monstrueux que les autres, nommé Ravana, qui l'emporte dans son royaume de Lanka. Rama, pour reconquérir sa femme, fait alliance avec Sugriva, roi des singes. Mais il faut d'abord découvrir la retraite de Sita. Un singe adroit, Hanumat, franchit le bras de mer qui sépare Lanka du continent et découvre Sita. Un pont est construit sur la mer, l'armée des singes envahit Lanka, Rama délivre Sita et, son exil étant fini, va régner avec elle sur son royaume héréditaire.

Voilà, réduite à ses éléments essentiels, l'histoire de Rama depuis son exil, et voilà les faits dont le récit forme plus des trois quarts du *Ramayana*. Or, Rama, ce serait le conquérant aryen ; Sita, fille du sillon, ce seraient la civili-

---

1. En faisant du monstre abattu par son Rama un Raksas de *Lanka*, Leconte de Lisle songe aussi au grand ennemi de Rama, Ravana, roi de Lanka : or le meurtre de Ravana a lui aussi un caractère merveilleux. Les combats de Rama contre Tâdaka et Soubâhou, au premier volume, combats que nous avons cités plus haut, n'ont pas ce caractère : Leconte de Lisle a combiné dans son récit ces combats-ci avec le combat contre Khara.

sation et l'agriculture ; Lanka, ce serait l'île de Ceylan, dernier refuge de la primitive population barbare ; les singes, ce seraient les indigènes soumis et ralliés.

La civilisation aurait là de singuliers répondants, objectent aujourd'hui les plus autorisés des indianistes. Qu'est-ce qui prouve, d'ailleurs, que Lanka soit l'île de Ceylan, puisque Ceylan ne s'est jamais nommée ainsi ? Bien plus, qu'est-ce qui prouve que ce soit une île ? Lanka, contrée fabuleuse où l'héroïne se dérobe aux regards anxieux, ne serait-ce pas plutôt la cachette mystérieuse de l'aurore pendant la nuit ou pendant l'hiver ? « Le lecteur sourira-t-il, demande M. Victor Henry [1], si j'écris encore une fois : « Ceci est un mythe solaire » ? Mais volontiers, ajouterai-je : « Aveugle qui ne le voit pas ! » Le héros brillant et généreux qui passe la mer sur le pont sublime du ciel, qui ne le reconnaîtrait à ce trait seul ? Mais il y a mieux : son nom même le trahit ; *râma*, tout comme *Krisna* (nom d'un autre personnage mythique, qui est certainement, lui, une personnification du Soleil), est un adjectif qui signifie « noir » ; Rama doit retrouver Sita, comme Krisna Rukmini ; le soleil vit dans la retraite et les ténèbres, tant qu'il n'a pas reconquis l'aurore. »

Pourquoi Leconte de Lisle a-t-il dépouillé de tout caractère merveilleux le combat de Rama et du Raksas ? Sans doute parce qu'il a vu dans son héros, non un personnage mythique, mais un personnage historique, et qu'il a voulu nous reporter au moment où l'imagination des poètes

---

1. *Les littératures de l'Inde*, p. 162.

n'avait pas encore trop dénaturé, selon lui, les faits fournis par la réalité. Si telle a bien été son intention, s'il a cru que la partie merveilleuse de l'histoire de Rama en était la plus récente, il risque de s'être mépris : en accord avec la plupart des indianistes de son temps, il serait en désaccord avec la plupart des indianistes d'aujourd'hui.

ÇUNACÉPA [1]

Çunacépa a une tout autre valeur que *l'Arc de Civa*, mais aussi a-t-il été composé d'après une tout autre méthode [2]. Résumer en un poème de trente stances les principaux événements que la première partie du *Ramayana* raconte en des milliers de vers, voilà ce que Leconte de Lisle semble surtout avoir voulu faire dans *l'Arc de Civa* : c'était une œuvre un peu vaine. Mettre dans un court poème, non pas les faits de la grande épopée, ni ses héros, mais, avec des faits différents et avec des héros différents, son esprit, ses ressorts, ses éléments d'intérêt ; pour cela, choisir une légende tout à fait épisodique, à laquelle, par suite, on pût toucher sans inconvénient et qui fût sèchement racontée dans l'original, voilà sans doute ce qu'il a essayé de faire dans *Çunacépa* : c'était une tentative bien plus intéressante, et elle a merveilleusement réussi.

Le saint roi Ambarîsha se préparait à verser le sang d'un

---

1. *Poèmes antiques*, VI.
2. *Çunacépa* est postérieur. Il ne figurait pas dans le premier recueil du poète.

homme en l'honneur des Immortels ; mais Indra déroba la victime au moment où l'on avait déjà versé sur elle les eaux lustrales. Le sacrificateur dit au roi : « Les dieux frappent un roi qui n'a pas su garder le sacrifice ; le sacrifice commencé doit s'accomplir ; il faut retrouver la victime ou en acheter une autre. »

Ambarîsha parcourut les villages et les villes, les plages et les forêts ; il entra dans les ermitages. Il vit enfin un brahme, nommé Ritchîka, pauvre, ayant beaucoup d'enfants, « qui trouvait son plaisir dans la pénitence et dans la sainte lecture des Védas ». Ambarîsha lui demanda comment il se portait et après toutes les autres politesses d'usage il le pria de lui donner un de ses fils pour cent mille vaches, expression qui ne doit pas être prise à la lettre, mais signifie une récompense immense.

Le brahme répondit : « Je ne consentirai jamais à vendre l'aîné de mes fils. » Sa femme ajouta : « Et moi, je ne consentirai pas à vendre le plus jeune. »

Çounaççépha, que l'âge plaçait entre les deux, se leva alors : « Mon père, dit-il, ne veut pas vendre l'aîné, ma mère ne veut pas vendre le plus jeune ; je pense que c'est dire : mais on veut bien vendre celui qui est entre les deux. Ainsi, ô roi, emmène-moi d'ici promptement. »

Le roi, joyeux, donna les cent mille vaches et emmena Çounaççépha sur son char.

Au milieu du jour, on fit halte près du bois Poushkara, non loin de l'ermitage de l'illustre anachorète Viçvâmitra. Çounaççépha, le cœur déchiré par la douleur d'avoir été vendu et par la fatigue du voyage, implora le secours de l'anachorète.

Celui-ci demanda à ses propres fils de se sacrifier pour Çounaççépha ; ils refusèrent, et le père les maudit. Puis il indiqua à Çounaççépha une prière secrète que le jeune homme devait réciter après avoir été consacré : alors, Indra viendrait le délivrer.

Çounaççépha, tout joyeux, demanda qu'on hâtât le sacrifice. Il fut lié au poteau et récita le chant mystérieux. Indra, ravi par ce chant, vint le délivrer et accorda au roi ce qu'il demandait par ce sacrifice, c'est-à-dire la justice, la gloire et la plus haute fortune.

Tel est l'épisode de Çounaççépha, raconté assez sèchement au premier tome du *Ramayana*, dans des chapitres qui sont, à n'en point douter, une interpolation [1]. On comprend vite qu'il était possible d'en tirer un poème où fût condensé tout l'esprit du *Ramayana*.

Car l'histoire de Çounaççépha est, comme celle de Rama, l'histoire d'un fils sacrifié par son père. Dans l'une comme dans l'autre, l'âme du récit est le respect de la parole donnée : le roi Daçaratha a fait un serment à une femme, et pour que ce serment soit tenu, Rama, Sita, Laksmana s'exilent, le roi lui-même meurt ; — le roi Ambarîsha a promis un sacrifice, et pour aider le roi à dégager la parole qu'il a donnée aux dieux, le richi vend son fils, le jeune homme marche au supplice.

---

1. Chapitres 63 et 64, *Çounaççépha vendu*, *Le sacrifice d'Ambarîsha*, traduction Fauche, t. I, p. 339-347. L'histoire de Çunaçépa est racontée aussi dans un des Brâhmanas ou commentaires des Védas, l'Airatèya, comme le constate M. Victor Henry, *Les littératures de l'Inde*, p. 47. Leconte de Lisle a connu cette légende par le *Ramayana* ; il le dit lui-même dans la Préface des *Poèmes et Poésies*.

Qu'est-ce que le poète français a fait de cette histoire ?

L'immolation que Çunacépa (ainsi le nom est-il orthographié chez Leconte de Lisle) fait de sa vie à ce qu'il croit être son devoir serait plus émouvante si, dans son cœur, comme dans celui de Rama, l'honneur était aux prises avec l'amour. Mais pourquoi ne pas l'y mettre ? La légende de Çunacépa n'est pas de celles où l'on ne puisse toucher. Et quoi de plus naturel que de prêter une passion à un jeune homme ? Par une heureuse invention, Leconte de Lisle a donc donné une fiancée à Çunacépa. Il l'a appelée Çanta, nom qu'il a pris dans le *Ramayana*, où c'était celui d'une fille de Daçaratha ; et dans la scène des adieux de Çunacépa et de Çanta, il n'a point copié sans doute la scène des adieux de Rama et de Sita, dont j'ai cité plus haut quelques fragments, mais il a réussi à faire passer tout ce qu'avait de tendresse ce touchant épisode.

Avant d'être sacrifié, le jeune homme demande un jour de vie. On le lui accorde, et il va le passer avec sa bien-aimée. Çanta voit sa tristesse, en demande la cause, proteste de son amour : « Souviens-toi que je t'aime plus que mon père et plus que ma mère elle-même. » — C'est le mot que Sita dit à Rama dans la scène que nous citions tout à l'heure. — Çunacépa conte comment il a été vendu pour être sacrifié. La jeune fille, révoltée, propose à son bien-aimé de fuir avec elle : elle connaît les sentiers mystérieux qui conduisent aux montagnes prochaines ; sans doute les tigres rayés y rôdent par centaines,

Mais le tigre vaut mieux que l'homme au cœur de fer.

Çunacépa la regarde, éperdu d'amour ; jamais il ne l'a vue

si belle. Et cependant il refuse de fuir. Que dirait le roi ?
Qu'un Brahmane a volé cent mille vaches ? Qu'il a pour
enfants des menteurs et des lâches ? Non, non ! mieux vaut
la mort. Comme Rama, Çunaçépa s'incline devant le cruel
devoir : il a promis, il tiendra.

Alors Çanta s'engage à ne pas lui survivre : si l'aurore
lui paraît belle, dit-elle en s'inspirant des propos de Sita à
Rama, si la verdeur de la vallée l'enivre, c'est quand il est
là ; c'est par lui seul qu'elle respire et vit. Et les sanglots
l'étouffent.

A ce moment, un grand oiseau qui plane vient replier
ses ailes sur un palmier géant et darde sur les amants sa
prunelle de feu. Puis, il se met à parler : « Je suis, dit-il,
le roi des Vautours. C'est moi qui combattis jadis dans
le ciel le maître de Lanka, le Raksas immortel, quand il
enleva Sita, la plus belle des femmes. Je fis voler des lam-
beaux de sa chair, mais il me brisa l'aile. Enfants, allez
trouver Viçvamitra, l'ascète. »

Pourquoi Çunaçépa ne va-t-il pas de lui-même trouver
l'anachorète, comme dans l'épisode du *Râmayâna* ? Pourquoi cette intervention du grand oiseau ? Parce que
Leconte de Lisle, après avoir enrichi l'histoire de son héros
d'une scène d'amour qui ressemblait aux adieux de Sita et
de Rama, a voulu y ajouter un épisode qui rappelât le
merveilleux du *Ramâyana*. Dans le *Râmâyâna*, en effet, la
vie des animaux est sans cesse associée à celle des héros :
c'est l'armée des Singes, on se le rappelle, qui délivre Sita,
et, quand Sita est enlevée, le roi des Vautours lui vient en

aide, comme il le raconte dans le poème de Leconte de Lisle.

Par cette addition, notre poète risquait d'introduire dans la légende un singulier anachronisme. Car l'épisode d'Ambarîsha étant, dans le poème indien, raconté pendant l'enfance de Rama et comme une histoire déjà assez ancienne, il en faut conclure que ce roi vivait bien avant Rama : peut-être était-ce un de ses ancêtres. Leconte de Lisle, en plaçant l'enlèvement de Sita avant le sacrifice de Çunacépa, bouleversait la chronologie. Il y a remédié en changeant le nom du roi. Ce n'est plus, chez lui, Ambarîsha qui réclame une victime ; c'est un roi qu'il appelle « le fils de Daçaratha » ; c'est donc sans doute Rama lui-même, Rama devenu vieux. L'anachronisme a été ainsi évité et l'histoire de Çunacépa rattachée à celle de Rama. On dira peut-être que c'est là une audace un peu bien forte. En effet ; mais ce n'est pas Leconte de Lisle qui a donné l'exemple des audaces de ce genre : le *Ramayana* primitif a été enrichi d'un grand nombre d'interpolations, qui ont rattaché à l'histoire de Rama, quand elle fut devenue très populaire, des légendes qui jusque-là avaient pour héros de tout autres personnages.

Sur le conseil de l'oiseau, les deux enfants vont donc trouver Viçvamitra. Chez Leconte de Lisle, on ne voit pas, comme dans le récit qui lui a servi de modèle, l'ascète demander à ses fils de mourir pour le jeune homme et les maudire de lui avoir fait cette réponse assez raisonnable : « Sacrifier tes fils pour les fils d'autrui, c'est dévorer ta propre chair. » Leconte de Lisle a supprimé cet épisode qui lui paraissait peu explicable. En revanche, chez lui, l'anachorète ne donne pas à Çunacépa la recette mystérieuse qui le sauvera, sans avoir essayé de le convaincre qu'il est doux de rentrer dans le néant : mourir, explique-t-il, c'est sortir du monde obscur des sens et de la passion, c'est voir s'envoler comme un peu de vapeur la colère, l'amour, le désir et la peur ; c'est voir s'écrouler comme un monceau de sables le monde illusoire forgé par la Mâyâ. Çunacépa en convient, et Viçvamitra lui paraît parler comme un sage. Mais que le vieillard regarde Çanta, cette fleur des bois dont l'air est tout embaumé, sans doute alors il comprendra de lui-même que le jeune homme ne veuille pas mourir encore.

L'ascète n'est pas ému pour cela. — Va, dit-il, le monde est un songe, l'homme n'a qu'un jour,

> Et le néant divin ne connaît pas l'amour.

Alors, Çanta tombe à ses pieds, s'adresse à son cœur, implore sa pitié, pousse des cris de détresse, et le vieil ermite, entendant chanter l'oiseau de ses jeunes années réveillé par cette fraîche voix, donne la formule qui délivrera la victime au moment du sacrifice : que Çunacépa la récite, et s'il tient à souffrir encore, il vivra.

Ainsi, l'entrevue de Çunacépa et de Viçvamitra a été longuement développée par Leconte de Lisle, s'écartant sans doute en cela du récit qu'on lit au premier tome du *Ramayana*, mais s'inspirant de tant d'autres épisodes du poème où des anachorètes prêchent leur doctrine. Sans doute, on peut dire encore que Viçvamitra prêche le plaisir de « se plonger dans l'Essence première » avec plus de précision, et surtout avec plus d'esprit, que n'en ont ensemble tous les anachorètes du *Ramayana* ; mais c'est bien au fond, cependant, la même doctrine, et on ne peut nier que dans le *Ramayana* cette doctrine ne soit fort souvent prêchée.

Ajoutons que Leconte de Lisle a mis dans son poème toute la couleur locale dont le narrateur de l'épisode de *Çounaççépha vendu* avait cru pouvoir se dispenser. Mais c'est le *Râmâyâna* qui a fourni les principaux éléments de cette couleur.

Voyez, par exemple, l'arrivée du roi :

> Sur un grand éléphant qui fait trembler le sol,
> Vêtu d'or, abrité d'un large parasol
> D'où pendent en festons des guirlandes fleuries,
> Le front ceint d'un bandeau chargé de pierreries,
> Le vieux Maharadjah, roi des hommes, pareil
> Au magnanime Indra debout dans le soleil,
> Devant le seuil rustique où le Brahmane siège,
> S'arrête, environné du belliqueux cortège.

Ainsi Rama s'en va au palais :

Monté sur le véhicule, éblouissant les yeux de sa vive lumière, imitant le bruit des nuages *par le son des roues* et traîné par de magnifiques chevaux, pareils à de jeunes éléphants, Rama, flamboyant de sa beauté sans égale, s'avança, tel que Indra le bienheureux, assis dans un char, attelé de ses fauves coursiers.

Élevé sur le char opulent, dont le fracas égalait celui du tonnerre, Rama sortit de son palais, comme la lune sort des nuages blancs.

Alors, tenant un parasol avec un chasse-mouches dans ses mains, Laksmana aussitôt monta derrière l'auguste Rama, comme Oupéndra se tient derrière le dieu Indra, et lui fit sentir agréablement les doux offices de l'ombrelle et du chasse-mouche [1].

Voici maintenant les apprêts du sacrifice :

> Le siège est d'or massif, et d'or le pavillon
> Du vieux Maharadjah. L'image d'un lion
> Flotte, en flamme, dans l'air et domine la fête.
> Dix colonnes d'argent portent le large faîte
> Du trône où des festons brodés de diamants
> Pendent aux angles droits en clairs rayonnements.
> Sur les degrés de nacre où la perle étincelle
> La pourpre en plis soyeux se déploie et ruisselle.

Tel est le trône préparé pour le sacre de Rama, à ce détail près qu'au lieu d'un étendard où l'on voit l'image d'un lion, on a une peau de lion formant coussin :

On avait préparé un trône d'or, éblouissant, magnifiquement orné, sur lequel s'étalait une peau, riche dépouille du roi des quadrupèdes.

Les autres détails sont empruntés à la maison de Rama :

La maison de Rama... semblait *de loin* une masse *argentée* de nuages : le comble rayonnait comme de l'or. Des portes majestueuses fermaient l'enceinte, décorée suavement d'exquises guirlandes, que leurs attaches laissaient retomber en festons. Il

---

1. Traduction Fauche, t. II, p. 80. Rama n'est pas ici, comme le héros de Leconte de Lisle, sur un éléphant; mais plus haut on nous dit qu'il monte parfois sur un éléphant (p. 74).

était orné de cent terrasses, et le corail se mariait aux gemmes incrustées dans ses arcades[1].

Une dernière addition, qui ne saurait étonner chez Leconte de Lisle, ajoute à la splendeur du poème de *Çunacépa*, et moins encore à sa splendeur qu'à sa signification : à chaque tournant de l'action, l'opulente nature indienne nous est décrite à l'un de ses moments principaux, à l'aube, en plein midi, au couchant, en pleine nuit. Magnifiques décors, qui embellissent tout et qui expliquent bien des choses. Qu'on regarde, par exemple, le tableau du triomphe de Sûryâ : quand on a vu l'astre monter, grandir, planer dans l'espace azuré, comme un bloc de cristal diaphane, et alors toute la terre, tout le ciel se taire à la fois devant le Dieu qui brûle, n'a-t-on pas compris sous quelles influences les brahmanes se sont immobilisés dans leurs méditations ? Mais qu'on lise ensuite la description de l'aurore éveillant la terre : quand on a vu la Vierge au char de nacre s'élancer de la mer aux nuées

Dans un brouillard de perle empli de flèches d'or,

et alors tout s'éveiller et se vêtir d'une couleur divine, tout étinceler et rire, est-ce qu'on n'a pas compris pourquoi dans cette Inde, où abondent les contrastes, il y a, à côté des vieux anachorètes, si dégagés du « vain désir des aurores futures », des jeunes gens ayant tant de joie au cœur, et aux yeux un si pur sourire ?

---

1. Trad. Fauche, p. 70 et p. 74. Les mots mis en italique l'ont été par le traducteur.

SURYA. — PRIÈRE VÉDIQUE POUR LES MORTS [1]

Pourquoi Leconte de Lisle, voulant condenser en quelques vers l'essence de la poésie védique, a-t-il écrit un hymne à Sûryâ, le soleil, et une prière pour les morts, qui est elle-même un hymne au soleil ?

Mais n'est-il pas utile de rappeler d'abord brièvement ce qu'est la poésie védique ? Faisons-le d'après M. Victor Henry [2].

Si le mot Véda, qui signifie science, désigne, au sens large, un amas de traités liturgiques, théologiques et philosophiques, on le réserve, dans un sens plus restreint, à quatre recueils poétiques, compilés eux aussi pour les besoins de la liturgie, mais ayant un caractère vraiment littéraire. Le plus remarquable des quatre en est aussi le plus ancien. C'est le Rig-Véda ou livre des Hymnes [3]. Les parties les moins récentes ne peuvent pas être postérieures à l'an 1000 ou à l'an 1200 avant Jésus-Christ. Il appartient donc à la préhistoire par cette haute antiquité. Il lui appartient surtout par l'absence absolue de documents qui en éclairent les entours.

C'est un recueil d'hymnes en l'honneur des dieux. Les plus souvent invoqués sont : Agni, le feu, qui a trois hypostases, le feu du foyer, le feu de l'empyrée ou le

---

1. *Poèmes antiques*, I et II.
2. *Les littératures de l'Inde*, Paris, Hachette, 1904.
3. Leconte de Lisle s'est servi de l'ouvrage suivant : *Rig-Véda ou livre des Hymnes*, traduit du sanscrit par M. Langlois, Paris, F. Didot, 1848, 4 vol. in-8°.

soleil, le feu de l'espace ou l'éclair qui jaillit de la nuée ;
— Indra, dieu gigantesque, en qui se sont fondus un dieu
solaire triomphant de l'hiver et un dieu de l'orage brassant
les nues pour abreuver la terre ; — Sôma, à qui est dédié
tout un livre, dieu qui est à la fois le sôma, c'est-à-dire le
suc d'une plante qu'on offrait aux dieux, et la lune au
croissant clair ; — Varouna, le seul dieu moral du panthéon védique, « le Très-Haut qui venge l'innocence oppri-
mée, l'implacable qui châtie, ou le miséricordieux qui
pardonne » ; quel est-il donc à l'origine, celui-ci ? il est le
ciel nocturne, qui par les mille yeux de ses étoiles a guetté
le crime se flattant de l'impunité ; il est le père de Mitra,
le ciel diurne : tous deux ont pour œil commun Souryâ.
— Beaucoup d'autres dieux reçoivent, plus ou moins souvent, l'hommage des poètes védiques : Vayou, le vent ;
l'Aurore et ses deux chevaliers servants, les Aswins ; Rudra,
qui envoie du Nord l'épouvante, la fièvre et les fléaux ;
les Marouts ; Savitri, l'excitateur ; Yama, le dieu de la
mort. On ne peut les nommer tous.

Parmi les 1.017 hymnes qui forment le Rig-Véda, combien sont adressés à Souryâ ? Très peu. Et cependant si l'on
voulait faire un hymne qui, en quelque sorte, les résumât
tous, c'était bien un hymne au soleil qu'on devait faire.
Car les phénomènes solaires ont certainement fourni les
principaux éléments du polythéisme védique, et sous les
noms que nous venons de citer on reconnaît bien souvent
le soleil [1].

---

1. Dans le *Maha-Bharata*, un personnage récite la litanie des cent huit
noms du soleil. Le premier nom est Souryâ. Viennent ensuite Aryaman,

En composant un hymne au soleil, Leconte de Lisle nous a transportés à l'origine de la mythologie védique, alors que tant de dieux qui devaient plus tard se distinguer n'étaient encore que des noms ou des aspects différents du même dieu solaire. Son hymne est ainsi un hymne pré-védique, si l'on peut dire. La religion védique y apparaît dans ses premières conceptions.

Et l'œuvre est d'autant plus intelligente qu'en s'attachant à reconstituer la physionomie primitive du dieu dont sont dérivés la plupart des autres, le poète essaye d'expliquer la naissance de ce dieu lui-même. Si son poème n'est, en effet, qu'une description de la journée du soleil, la description est faite de telle façon que le lecteur comprenne aussitôt pourquoi le soleil, aux pieds de l'Himalaya, a été adoré comme un dieu. D'une œuvre ainsi faite on peut dire : ce n'est pas là seulement de la poésie, c'est de la science.

En face de ce premier poème, Leconte de Lisle a placé une prière pour les morts. Les hymnes de ce genre sont-

---

Twashtri, le fabricateur ; plus loin Savitri, Kala, Mrityou ; plus loin Indra, Brahma, Vishnou, Roudra, Yama, Varouna, etc. : bref les noms de tous les grands dieux védiques et de tous les grands dieux de l'Inde moderne. Le personnage qui récite cette litanie appelle le soleil « le plus grand des dieux ». Un autre personnage, sur l'avis du précédent, invoque à son tour le soleil et le qualifie d'œil du monde, d'âme de tous les mortels, de matrice de tous les êtres. « Toutes les lumières, dit encore ce personnage, sont renfermées en toi ; tu es le souverain de toutes les lumières ; en toi sont la vérité, l'énergie et tous les sentiments... Tu es le souverain de tous les souverains... etc. » (*Maha-Bharata*, traduction Fauche, t. III, p. 49-56). A l'époque où cette litanie du soleil a été écrite, on avait donc conscience encore que sous les noms des divers dieux védiques, c'était le soleil qui était invoqué.

ils donc nombreux dans le Rig-Véda ? Ils y sont, au contraire, fort rares. Mais leur rareté ne diminue pas leur
importance. Et puis, à côté de l'hymne à Souyrâ, poème de
la vie, il était naturel de mettre le poème de la mort. Les
deux pièces se complètent, et elles nous reportent, comme
il convenait, à la même phase de l'histoire de la religion
védique : aux origines ; car en adressant ce deuxième
hymne à Agni, le poète appelle le dieu « Savitri, roi des
Êtres, cavalier flamboyant », c'est-à-dire l'identifie complètement avec le soleil.

Les deux poèmes n'ont pas été composés d'après le même
procédé.

Dans sa *Prière pour les Morts*, Leconte de Lisle a combiné des morceaux empruntés à trois hymnes funèbres du
Rig-Véda.

A la fin d'un hymne à Mrityou (un des noms du dieu
des morts), le poète védique demande à la terre mater-
nelle d'être douce aux restes qui lui sont confiés : — Va,
dit-il au mort ;

Va trouver la terre, cette mère large et bonne, qui s'étend
au loin. Toujours jeune, qu'elle soit douce comme un tapis
pour celui qui a honoré (les dieux) par ses présents. Qu'elle te
protège contre Nirriti [1].

O Terre, soulève-toi. Ne blesse point (ses ossements). Sois
pour lui prévenante et douce, O Terre, couvre-le, comme une
mère (couvre son enfant) d'un pan de sa robe.

Que la Terre se soulève pour toi. Que sa poussière t'enveloppe mollement....

---

1. Déesse du mal.

J'amasse la terre autour de toi ; je forme ce tertre, pour que (tes ossements) ne soient point blessés [1].

C'est touchant, mais c'est un peu verbeux, et Leconte de Lisle a pu aisément réduire ces quatre strophes à quatre vers, les quatre derniers de sa première strophe :

> Ouvre sa tombe heureuse et qu'il s'endorme en elle,
> O Terre du repos, douce aux hommes pieux !
> Revêts-le de silence, ô Terre maternelle,
> Et mets le long baiser de l'ombre sur ses yeux.

Au début d'un hymne à Agni, le poète védique invite le dieu à ne point consumer le corps qui vient de perdre la vie : car ce corps doit retourner aux éléments. Que le Dieu protège l'âme immortelle, qu'il l'emmène au séjour des hommes pieux, et pour cela qu'il forme pour elle un corps subtil, chariot qui le transportera :

O Agni, garde-toi de brûler, de consumer (ce trépassé). Ne déchire ni sa peau ni son corps. O Djâtavédas, si tu es satisfait de nos offrandes, prête-lui tes secours avec les Pitris.

Si tu es satisfait de nos offrandes, ô Djâtavédas, entoure-le avec les Pitris. Il vient pour obtenir (le corps) qui transporte son âme. Qu'il soit au pouvoir des dieux.

Que l'œil aille dans le Soleil, le souffle dans Vayou. [*Le poète s'adresse au mort :*] Remets au ciel et à la terre ce que tu leur dois. Va donner aux eaux et aux plantes les parties de ton corps qui leur appartiennent.

Mais il est (de son être) une portion immortelle. C'est elle qu'il faut échauffer de tes rayons [*le poète s'adresse à Agni*],

---

1. Section VII, lecture VI, hymne XIII, versets 10-13 ; trad. Langlois, t. IV, p. 60. Les mots mis entre parenthèses l'ont été par le traducteur.

enflammer de tes feux. O Djâtavédas, dans le corps fortuné formé par toi, transporte-le au monde des (hommes) pieux.

O Agni, fais-le redescendre ensuite parmi les Pitris ; qu'il vienne au milieu des invocations et des offrandes. Revêtu de sa vie, qu'il prenne une dépouille (mortelle). O Djâtavédas, qu'il s'unisse à un corps.

[*Le poète s'adresse de nouveau au mort :*] Cependant qu'un noir oiseau, que la fourmi, que le serpent, ni la bête de proie ne touche point à ton (ancien) corps. Qu'Agni, que Sôma, qui a désaltéré les enfants des prêtres, te préservent de tous ces accidents [1].

Ce sont là de fortes paroles, mais dont on ne peut saisir le sens qu'avec une grande attention, soit parce que l'ordre fait défaut, soit parce que le poète s'adresse tour à tour au mort et au dieu sans nommer celui qu'il interpelle, soit enfin parce que nous ne sommes pas faits à cette conception de deux corps, l'ancien, qui va se confondre avec les éléments, le nouveau, qui doit transporter l'âme.

En s'emparant de ce début d'hymne à Agni pour en faire la principale partie du sien, qui est aussi un hymne à Agni, Leconte de Lisle n'en a pas dissipé toute l'obscurité ; s'il y a mis plus d'ordre, il a peut-être accru la confusion que produit la multiplicité des apostrophes : car, chez lui, ce n'est plus seulement le dieu et le mort qui sont interpellés, c'est la libation, puis c'est l'âme ; tout à l'heure c'était la terre, plus loin ce sera Yama ; et pas une fois, quand il parle au mort, le poète ne nous en prévient ; et, quand il parle au dieu, pas une fois, avant la dernière strophe, il

---

1. S. VII, l. VI, h. XI, v. 1-6 ; Langlois, t. IV, p. 156.

ne l'appelle autrement que par des titres ou des périphrases :
ô Roi, ô Berger du Monde, Dieu clair, libérateur des
Morts :

> Ne brûle point celui qui vécut sans remords,
> Comme font l'oiseau noir, la fourmi, le reptile,
> Ne le déchire point, ô Roi, ni ne le mords !
> Mais plutôt, de ta gloire éclatante et subtile
> Pénètre-le, Dieu clair, libérateur des Morts !
>
> Voici l'heure. Ton souffle au vent, ton œil au feu !
> O libation sainte, arrose sa poussière !
> Qu'elle s'unisse à tout dans le temps et le lieu !
> Toi, Portion vivante, en un corps de lumière,
> Remonte et prends la forme immortelle d'un Dieu !
>
> Le beurre frais, le pur Sòma, l'excellent miel,
> Coulent pour les héros, les poètes, les sages.
> Ils sont assis, parfaits, en un rêve éternel.
> Va, pars ! Allume enfin ta face à leurs visages,
> Et siège comme eux tous dans la splendeur du ciel !

La dernière partie de son poème a été empruntée par
Leconte de Lisle à un hymne aux Pitris [1]. Les Pitris ou
Pères sont-ils les mânes des ancêtres, comme on le croit
généralement ? Sont-ils, comme le croit Langlois, les pères
du sacrifice, c'est-à-dire, soit les inventeurs des rites, soit
les rites personnifiés ? Il n'importe ici. L'hymne qui leur

---

[1]. S. VII, l. VI, h. IX, v. 7 et v. 9-12 ; Langlois, t. IV, p. 151. Il
y avait déjà pris le premier vers de sa première strophe :

« O trépassé, viens ici par les voies antiques où nos pères ont passé
[avant nous... »
Va, pars, suis le chemin antique des aïeux.

est adressé est un hymne funèbre de commémoraison. Le
mort est invité à assister aux libations. Yama y consent,
Yama, le dieu des morts (une des formes d'Agni et du
Soleil, lui aussi, car il est le feu éteint, Agni privé de sa
flamme, le Soleil de nuit dont la chaleur est morte), dieu
servi par deux chiens, en qui le commentateur indigène
voit, sans autre malice, des chiens, mais en qui le traducteur français croit reconnaître les deux pièces du mortier
des sacrifices (Leconte de Lisle adoptera la version du commentateur indigène, moins probable, mais plus poétique) :

Yama permet que le trépassé descende jouir des libations du
matin et du soir.

Arrive [ceci s'adresse au mort] par une heureuse route vers ces
deux chiens enfants de Saramâ, aux quatre yeux, au (poil)
fauve. Viens avec Yama près de ces Pitris généreux qui font la
joie de nos assemblées.

Ces chiens, ô royal Yama, sont à toi ; défenseurs fidèles, ils
ont quatre yeux, observent la route et surveillent le sacrifice.
Donne-les pour garde à celui (qui vient) ; qu'il soit par toi
exempt de maux.

Ces deux messagers d'Yama ont de larges naseaux, une respiration forte, une grande vigueur, ils s'élancent à travers le
monde. Qu'ils nous donnent aujourd'hui la vue du Soleil et un
souffle fortuné.

C'était ce dernier mot qui méritait d'être recueilli, ce
souhait ardent d'une longue existence formé par le vivant
qui fait la commémoraison du mort. Leconte de Lisle l'a
enchâssé dans une strophe merveilleuse :

Tes deux chiens qui jamais n'ont connu le sommeil,
Dont les larges naseaux suivent le pied des races,

Puissent-ils, Yama! jusqu'au dernier réveil,
Dans la vallée et sur les monts perdant nos traces,
Nous laisser voir longtemps la beauté du soleil !

C'est aussi la peur du trépas, symbolisé dans les chiens d'Yama, que le poète exprime sept fois dans son refrain aux formules différentes, mais équivalentes :

Berger du monde, clos les paupières funèbres
Des deux chiens d'Yama qui hantent les ténèbres.

Que le Berger divin chasse les chiens robustes
Qui rôdent en hurlant sur la piste des justes !

Berger du monde, apaise autour de lui les râles
Que poussent les gardiens du seuil, les deux chiens pâles.

Que le Berger divin comprime les mâchoires
Et détourne le flair des chiens expiatoires !

Berger du monde, aveugle avec tes mains brûlantes
Des deux chiens d'Yama les prunelles sanglantes:

Que le Berger divin écarte de leurs proies
Les chiens blêmes errant à l'angle des deux voies !

Berger du monde, accours ! Éblouis de tes flammes
Les deux chiens d'Yama, dévorateurs des âmes.

Autant de variantes d'une phrase que le poète a cueillie dans un hymne à Indra, au premier volume du Rig-Véda, par conséquent très loin des pages où se trouvent, à peu de distance l'un de l'autre, les trois hymnes funèbres qu'il a combinés pour en faire le sien : « Endors les deux funestes jumelles, qu'elles reposent sans s'éveiller [1]. » Qui sont ces

---

1. Langlois, t. I, p. 49.

jumelles ? Le commentateur indigène dit simplement : *les messagères d'Yama*, et bien que le traducteur fasse observer qu'il ne peut rien en dire de plus, Leconte de Lisle, sans hésitation, a identifié ces.messagères, qui sont pourtant des êtres féminins, avec les chiens de l'hymne aux Pitris.

Une ingénieuse *contaminatio* a ainsi produit ce beau poème, où des sentiments éternels, le regret des disparus, le respect pour l'œuvre de la nature utilisant dans de nouveaux êtres la matière qu'elle nous a prêtée, l'espoir d'une vie future pour une portion de nous-mêmes, l'amour ardent de la vie présente, sont rendus avec la couleur particulière dont les a revêtus l'imagination des plus anciens poètes indiens.

Peut-être cette couleur semble-t-elle à beaucoup de lecteurs trop intense, d'intelligence trop difficile. Peut-être estiment-ils qu'elle masque un peu le fond humain sur lequel elle est posée.

L'hymne à Sûryâ échappe à ces critiques.

Ici aussi, la couleur védique est intense, l'auteur ayant glané dans divers hymnes à Varouna, à Savitri, à Sûryâ, à l'Aurore, les expressions les plus magnifiques ou les plus significatives qu'il ait trouvées. Le titre de Roi est souvent donné par les poètes védiques à Varouna, celui de Roi du monde, quelquefois (Langlois, t. II, p. 381, v. 3). Si jamais ils ne l'appellent « ô guerrier », ils parlent du moins quelque part de sa cuirasse d'or éclatante (t. I, p. 43, v. 13). S'ils ne nomment pas le Soleil « source de l'être », ils disent, ce qui revient au même : « Savitri, qui porte tous les êtres » (t. I, p. 517, v. 1), « le Soleil, âme de tout ce qui existe » (t. I, p. 226, v. 1). S'ils ne prêtent pas à l'Aurore de belles mains, ils prêtent plusieurs fois au Soleil des mains d'or. Ils parlent volontiers des vaches au poil rouge qui amènent l'Aurore (t. I, p. 93, v. 1), des sept chevaux du Soleil (t. I, p. 95, v. 8-9). Ils comparent la course du Soleil à celle des oiseaux :

Ni ces oiseaux qui volent dans les airs, ni ces ondes qui coulent sans cesse, ni les vents conjurés ne peuvent égaler ta force, ta rapidité, ta véhémence (t. I, p. 40, v. 6).

Et aussitôt, tel que l'épervier, il s'élance et vole dans l'air (t. III, p. 123, v. 5).

A la vivacité de ce Dadhicrâs, on dirait l'oiseau de proie qui frappe l'air de son aile empressée ; on dirait l'épervier qui plane dans le ciel (t. II, p. 183, v. 3).

Par cette accumulation en une même pièce de traits brillants, qui sont bien dans le Rig-Véda, mais qui y sont dispersés, — et le poète en a ajouté quelques-uns de nouveaux, — l'hymne à Sûryâ a pris une magnificence dont aucun hymne authentique n'offre l'équivalent.

Cette couleur védique n'en est pas moins aussitôt intelligible pour nous, parce que ces expressions et ces symboles sont clairs par eux-mêmes, parce que le poète s'est résolument séparé de ses modèles en un point essentiel : la composition. « A aucune époque, la littérature indienne ne s'est fort souciée de composer, moins encore à ses débuts. Une pièce qui ait un commencement, un milieu et une fin, quelque chose de comparable à la belle ordonnance classique, c'est dans les hymnes védiques une rare exception, peut-être un heureux accident. La plupart semblent des séquences de stances rapportées au hasard... Les idées, les images se suivent sans enchaînement rigoureux ; il semble qu'un coup de baguette les évoque pour les faire aussitôt évanouir [1]. » Il n'y a, au contraire, rien de plus fortement composé que l'hymne de Leconte de Lisle à Sûryâ, rien dont l'ordonnance soit davantage dans le grand goût classique. Le poème est la description méthodique d'une journée du Soleil : après son sommeil, son lever ; puis sa course, enfin son coucher. Une prière au dieu sert de conclusion. Et, pour plus de clarté, un refrain, comme dans la *Prière pour les morts*, distingue les différentes parties du poème. Or, les refrains sont rares dans les hymnes védiques ; s'ils y apparaissent (t. I, p. 439), c'est pour revenir d'une façon peu régulière, et jamais ils ne servent à mettre plus d'ordre dans le discours.

Qu'est-ce donc, en définitive, que ce poème de *Sûryâ* ? C'est de la poésie védique concentrée et cependant adaptée aux esprits français. Un double effet est ainsi obtenu : celui de nous donner une impression d'exotisme plus forte que ne pourrait nous la donner un hymne authentique et celui de nous la donner sans nous rebuter.

LA VISION DE BRAHMA [2]

Entre les hymnes védiques, d'où Leconte de Lisle a tiré deux poèmes, et le *Bhagavata-Purana*, d'où il en a tiré

---

1. Henry, *Les littératures de l'Inde*, p. 27.
2. *Poèmes antiques*, VII.

deux autres, de longs siècles se sont écoulés et de grands
changements se sont opérés dans la pensée des Hindous.—
D'abord, les commentateurs des Védas ont peu à peu réduit
à l'unité le panthéon primitif sous le couvert d'un dieu, à
peine connu du Rig-Véda, Prajâpati, le maître des créatures. De ce dieu, ils ont fait un être préexistant à tous les
dieux : « il les contient tous et ils ne sont rien en dehors
de lui [1] ». — Puis, des écoles philosophiques se sont consti-
tuées ; elles ont disserté et écrit. La plus importante, le
Védanta, a prêché un nihilisme panthéiste, absolument
radical. Avec elle, Prajâpati devient Brahma, et Brahma
est tout ; il est le seul être existant : « l'esprit ne peut l'atteindre qu'en niant résolument toutes les qualités dont la
variété constitue les apparences vaines du monde extérieur ;
rien ne le limite, rien ne le contient ; il est la fleur et l'in-
secte, l'arbre et l'oiseau, l'astre et le grain de sable, la
terre et le ciel ; il est toi, il est moi ;... pour le Védanta,
l'âme individuelle n'est qu'une illusion entre toutes celles
qu'éparpille autour de soi, Brahma, le seul vivant [2]. » —
Puis, vers le vi[e] siècle avant notre ère, un philosophe sur-
nommé le Buddha, c'est-à-dire l'Inspiré, a prêché une
religion nouvelle, religion sans rites et sans dieux, qui s'oc-
cupait seulement de la souffrance humaine et ne voulait
rien savoir au delà du moyen d'en guérir ; comme elle
enseignait, d'ailleurs, que la seule source du mal était
l'ignorance et que, l'erreur fondamentale étant la notion

---

1. Henry, *Les littératures de l'Inde*, p. 43.
2. Henry, p. 74.

du moi, il fallait mourir au monde extérieur, elle avait de grandes ressemblances avec plusieurs des écoles philosophiques issues du védisme. — Puis, après avoir vécu côte à côte avec le Brahmanisme pendant une dizaine de siècles, le Boudhisme a disparu peu à peu de son pays d'origine, en même temps qu'il conquérait le Thibet, la Chine, le Japon, le Siam, et l'Inde est redevenue brahmaniste. Elle l'est encore.

Ce qui caractérise le néo-brahmanisme, c'est-à-dire la religion qui est celle de l'Inde depuis le moyen-âge, c'est la Trinité fameuse : Brahma, Visnou, Civa. Toute l'Inde la confesse, mais de bouche seulement. Brahma est le dieu des théologiens. Le peuple sait tout juste son nom et ne lui rend aucun culte. Il ne connaît et n'adore que Visnou ou Civa, dieux d'origine populaire, ceux-là, et non créations de la pensée philosophique.

Civa est issu du féroce Rudra des Védas. Son nom signifie propice, et il est bien nommé : car si nous vivons, c'est qu'il ne nous a pas tués et nous devons à sa pitié chaque jour que nous ajoutons à notre existence. Sa légende n'importe guère à l'intelligence du poème que nous étudions. Puisque Leconte de Lisle l'a fait figurer dans un coin du ciel de Bhagavat, qu'il nous suffise de dire que le poète l'a bien décrit tel que se le représente l'imagination populaire : hideux, grinçant des dents, le ventre noir, le dos rouge, secouant les chapelets de crânes humains qui pendent à ses épaules.

Visnou, le Bhagavat de Leconte de Lisle, apparaît déjà dans les Védas, où l'on ne sait rien de lui, sauf qu'en trois enjambées il a franchi tout l'univers : c'est donc un dieu solaire. Sa légende, depuis les Védas, a pris un magnifique développement. L'imagination populaire se le représente gracieux et souriant, pourvu de quatre bras, image du rayonnement solaire, les yeux mi-clos, la tête reposant, comme sur un oreiller, sur le serpent Cèsa, qui contient la terre et dont les sept têtes lui font un dais.

Dieu aussi bon que tout puissant, son histoire est celle des efforts qu'il a faits pour guérir la misère humaine et sauver le monde. Sans se lasser, il s'est incarné jusqu'à neuf fois pour cette œuvre de pitié : par exemple, il fut le poisson qui sauva la vie de Manu, le législateur ; il fut le sanglier qui repêcha la terre engloutie par le déluge au fond de l'abîme. En devenant populaire, « il s'est confondu avec les héros d'autres légendes dont les croyants sont venus grossir la masse de ses fidèles » [1]. Rama lui-même a fini par être une de ses incarnations.

Son histoire est contée dans six des *Puranas.*

Le mot « purana » est un adjectif qui signifie ancien. Les *Puranas* sont donc des récits du temps jadis. Ce sont des livres qui ont été faits pour la foule des croyants à l'époque où les brahmanes, menant la lutte contre les derniers sectateurs du Buddha, ont rallié sous leur drapeau les adorateurs de Visnou et ceux de Civa. On y a mis tout ce qui pouvait instruire la foule en lui plaisant : beaucoup de ces récits légendaires chers aux masses, mais aussi de larges emprunts aux écoles qui professaient la théorie de l'Un

---

1. Henry, *Les littératures de l'Inde.*

absolu. Ces *Puranās*, qui sont au nombre de dix-huit, sont les livres sacrés du néo-brahmanisme. Six sont consacrés à chacun des membres de la grande trinité.

Les plus populaires sont ceux qui sont consacrés à Visnou et parmi ceux-ci aucun ne l'est plus que le *Bhagavata-Purana* ou *Livre du Bienheureux* (un des surnoms de Visnou). Il doit sa notoriété à son mérite littéraire. Il la doit aussi à l'ensemble de sa doctrine qui a de quoi contenter tout le monde : la foule, car la légende de Visnou y est contée avec toutes les merveilles créées par l'imagination populaire ; — les philosophes panthéistes, car Visnou y est franchement considéré comme le grand Tout, et ce que le Védanta pensait de Brahma y est appliqué sans réserve à Visnou, qui hérite de tous les noms dont le grand Tout avait été décoré par les diverses écoles : Prajâpati, Hâri, Purucha (l'âme) ; — enfin les bouddhistes eux-mêmes, à qui la bienfaisance de ce Visnou rappelle celle de leur maître Buddha et qui peuvent aisément se reconnaître dans ces solitaires visnouites aspirant à se dégager de l'étreinte du monde extérieur. Leconte de Lisle n'avait donc point tort de penser que du *Bhagavata-Purana*, qu'il connut par la traduction de Burnouf [1], il pourrait tirer des poèmes où revivrait toute la pensée de l'Inde moderne.

Le *Bhagavata-Purana* se compose d'une série de conversations où des personnages divers se racontent entre eux les efforts qu'eux-mêmes ou que d'autres ont faits pour

---

1. *Le Bhâgavata purâna* ou *Histoire poétique de Krichna*, traduit et publié par Eugène Burnouf ; Paris, imprimerie royale, 1840.

résoudre le grand problème. Ils se sont demandé un jour : qui suis-je ? qu'est-ce que le monde ? quel est le but de la vie ? Par leurs propres réflexions ou par le conseil de quelque sage, ils ont su que pour obtenir la réponse ils devaient faire pénitence, s'immobiliser, contenir leur souffle et mériter ainsi de voir Bhagavat. L'ayant vu, ils ont compris l'homme et le monde.

L'ouvrage est plein de redites : c'est dix fois, c'est vingt fois qu'on y trouve la définition de Bhagavat et l'histoire de la création ; mais souvent des formules un peu nouvelles jettent un surcroît de lumière sur les formules précédentes.

Parmi les personnages qui se demandent anxieusement un jour : Qu'est-ce que je suis ? l'auteur du *Bhagavata-Purana* a mis Brahma lui-même, « le créateur Brahma », Brahma « le chef des créatures ». — Rappelons-nous que pour les visnouites Brahma n'est pas le supérieur, ni même l'égal de Visnou : il est son subordonné, ou plutôt une de ses émanations. —

Brahma venait de paraître au sein d'un lotus sorti du nombril de Bhagavat. Quoique reposant au sein de ce lotus, le premier des dêvas ne put connaître « ni le principe des mondes, ni ce qu'il était lui-même ». Il se disait : « Qui suis-je donc, moi qui me trouve placé sur ce lotus, et d'où vient ce lotus qui s'élève solitaire sur les eaux ? Car il doit certainement exister sous cette plante quelque chose sur quoi elle repose. » Brahma se rendit maître de sa respiration, contint sa pensée, et alors il vit « resplendissant au milieu de son cœur, celui qu'il n'avait pas vu auparavant », Bhagavat. Il le vit tel que l'imagination populaire a conçu Visnou :

Il vit Purucha, solitaire, *couché sur un lit* étendu, *blanc comme les fibres de la tige du lotus*, formé par le corps de Cêcha et porté sur l'océan [qui submerge l'univers] à la fin de chaque Yuçá, et dont l'obscurité était dissipée par les feux des joyaux placés sur les têtes du serpent qu'ornaient les ombrelles de ses crêtes.

Purucha effaçait la splendeur d'une montagne d'émeraude à la ceinture de chaux rouge et aux nombreux pics d'or, *ayant pour guirlande des joyaux, des lacs, des végétaux,* des parterres de fleurs, *pour bras des bambous,* et pour pieds des arbres.

Son corps, qui était sa mesure à lui-même et qui en longueur et en étendue *embrassait les trois mondes,* était couvert d'un vêtement brillant de l'éclat des parures et étoffes variées et divines...

Son visage, dont le sourire dissipe la douleur des mondes, *orné par des pendants d'oreilles étincelants, rougi par l'éclat de ses lèvres semblables au Bimba,* embelli par un nez et des sourcils agréables, exprimait le respect en retour du respect...

Entourés des plus beaux joyaux et des plus riches bracelets, ses bras étaient comme des milliers de rameaux ; sa racine était le principe invisible ; les mondes formaient l'arbre vigoureux dont les branches étaient environnées des crêtes du Roi des serpents.

C'était Bhagavat, semblable à une montagne, réceptacle de ce qui se meut comme de ce qui ne se meut pas, ami du Roi des serpents, environné par les eaux ; ses milliers d'aigrettes étaient comme des pics dorés ; sur son sein apparaissait le joyau Kâustubha.

C'était Hari, *au col duquel était suspendu une guirlande faite de sa propre gloire et qu'embellissaient les Védas semblables à des abeilles* [1].

---

1. *B.-P.*, liv. III, ch. VIII : *Brahma voit Bhagavat* ; Burnouf, t. I, p. 351. Je ne cite pas tout ce long portrait. Je mets en italique les passages dont Leconte de Lisle s'est particulièrement inspiré. De même, dans les citations qui suivent.

Aussitôt qu'il vit Bhagavat, Brahma se mit à chanter ses louanges : toute difficulté s'était évanouie alors pour lui ; il comprenait clairement que rien n'existe sauf Bhagavat, que ce qui semble exister en dehors de lui est une illusion, qui se dissipe, y compris la douleur, dès qu'on s'est réfugié dans le sein de Bhagavat :

Les craintes que font naître en nous nos parents, notre corps et nos biens, le chagrin, le désir, la détresse, la cupidité insatiable, la fausse notion, source de douleurs, qui nous fait dire : « Ceci est à moi », tous ces maux durent tant que le monde ne s'est pas réfugié à tes pieds qui donnent la sécurité [1].

Bhagavat, ayant reçu l'hommage de Brahma, prit à son tour la parole et, après divers propos un peu languissants, lui donna en quelques phrases incisives l'explication du monde :

Pratique et de nouvelles austérités et la science qui me prend pour objet ; à l'aide de ce double secours, ô Brahma, *tu verras les mondes à découvert dans ton cœur.* Ensuite, livré à la dévotion et au recueillement, *tu me verras dans ton âme* et dans le monde où je suis étendu, *et tu verras contenus en moi le monde et les âmes* [2].

Ceci dit, « le maître de la nature et de l'esprit » disparut, emportant « sa véritable forme ».

Ainsi est racontée par l'auteur du *Bhagavata-Purana,* dans deux chapitres intitulés : *Brahma voit Bhagavat, Hymne*

---

1. *B.-P.,* liv. III, ch. IX : *Hymne de Brahma* ; Burnouf, t. I, p. 359 et suiv.

2. Même chapitre.

de Brahma, la légende que Leconte de Lisle a racontée à son tour dans sa *Vision de Brahma.*

Divers emprunts à d'autres parties du vaste poème et des additions tout originales lui ont permis d'ajouter beaucoup à la splendeur et à la portée du récit indien.

Et d'abord, ayant enlevé à l'image de Bhagavat, telle qu'elle s'était montrée à Brahma, nombre de traits fades ou trop obscurs, ils les a remplacés par des traits empruntés au récit d'autres personnages, admis eux aussi à l'honneur de voir le dieu. Ainsi, il a tiré deux belles strophes de la description que fait un certain Uddhava :

Il était noir et beau, exempt de toute souillure ; *ses yeux* d'un rouge foncé *étaient calmes* ; il était reconnaissable à ses quatre bras et à son vêtement de soie de couleur jaune.

Il avait placé sur sa cuisse gauche le lotus de son pied droit ; son dos s'appuyait contre le tronc d'un jeune Açvatha ; il avait renoncé au bonheur des sens, et reposait *dans la plénitude de la perfection* [1].

Il vit celui que nul n'a vu, l'Ame des âmes,...

Hâri, le réservoir des inertes délices,
Dont le beau corps nageait dans un rayonnement,
Qui méditait le monde, et croisait mollement
Comme deux palmiers d'or ses vénérables cuisses.

Un Açvata touffu l'abritait de ses palmes ;
Et, dans la bienheureuse et sainte Inaction,
Il se réjouissait de sa perfection,
Immobile, les yeux resplendissants, mais calmes.

---

1. *B.-P.,* liv. III, ch. IV, versets 7-8 ; Burnouf, t. I, p. 315.

Il a tiré deux autres strophes de la description que fait Brahma après avoir vu un jour Bhagavat se manifester en sa présence à deux solitaires :

Les solitaires virent, au milieu de ses insignes que portaient ses serviteurs, le Dieu qui est la forme visible de la récompense promise à la contemplation dont il est l'objet, *couvert des gouttes de pluie tombant des guirlandes de perles suspendues à son parasol blanc comme la lune, et agitées par le vent favorable de deux éventails brillants comme deux cygnes.*

Sa belle figure exprimait *la bienveillance* pour tous ; asile des qualités *les plus aimables,* il touchait le cœur d'un seul de ses regards affectueux [1].

> De son parasol rose en guirlandes flottaient
> Des perles et des fleurs parmi ses tresses brunes,
> Et deux cygnes, brillants comme deux pleines lunes,
> Respectueusement de l'aile l'éventaient.
>
> Oh ! qu'il était aimable à voir, l'Être parfait,
> Le Dieu jeune, embelli d'inexprimables charmes,
> Celui qui ne connaît les désirs ni les larmes,
> Par qui l'Insatiable est enfin satisfait !

Ce sont les mêmes solitaires qui ont vu les splendeurs dont Leconte de Lisle a entouré Bhagavat :

Là, montés sur des chars avec leurs femmes, les Dêvas... chantent les histoires où leur maître paraît uni à la condition misérable de l'humanité.

Le bruit des voix réunies des colombes, des kôkilas, des grues, des canards, des tchâtakas, des cygnes, des perroquets,

---

1. *B.-P*, liv. III, ch. XV, v. 38-39.

des alouettes et des paons s'interrompt à peine un instant pendant que le roi des abeilles chante en quelque sorte l'histoire de Hâri...

Ce séjour est rempli des chars faits d'or, d'émeraudes et de lapis-lazuli, dont la vue ne s'obtient que par la dévotion aux pieds de Hâri ; ils sont montés par des sages..., auxquels les nymphes douées de belles formes et d'un visage où brille le sourire ne peuvent, par leurs charmes, inspirer la passion de l'amour [1].

> Parmi les coqs guerriers, les paons aux belles queues,
> L'essaim des Apsaras qui bondissaient en chœur,
> Et le vol des Esprits bercés dans leur langueur,
> Et les riches oiseaux lissant leurs plumes bleues ;...

Un autre épisode du *Bhagavata-Purana* a fourni le chœur de mille vierges, que Leconte de Lisle a réuni sous les regards charmés de Hâri :

Là elle vit dans une maison, au fond de l'étang, mille vierges, toutes à la fleur de l'âge et parfumées de santal [2].

> A son ombre, le sein parfumé de çantal,
> Mille vierges, au fond de l'étang circulaire,
> Semblaient, à travers l'onde inviolée et claire
> Des colombes d'argent dans un nid de cristal.

Pour mettre le comble à la splendeur de la cour groupée aux côtés du Dieu suprême, Leconte de Lisle a pris sur lui de placer auprès de Hâri des divinités dont aucun personnage du *Bhagavata-Purana* ne l'a vu entouré : d'abord, les

1. *B.-P.*, liv. III, ch. XV ; Burnouf, t. I, p. 421.
2. *B.-P.*, liv. III, ch. XXIII, v. 26.

dieux védiques, l'ardent Archer penché sur ses cavales, l'Aurore aux doigts de rose ; puis le Géant sinistre qui porte des crânes chevelus en ceinture à ses hanches, le dévorateur de l'univers palpitant, dont le poète nous laisse deviner le nom : Çiva. Et de lui-même encore, étalant aux pieds de Bhagavat la terre entière, il nous y montre, pour préparer la question angoissée qu'il va mettre sur les lèvres de Brahma, toutes les formes de la souffrance : les tigres et les pythons chassant les gazelles, les races mortelles mêlant au rire les lamentations.

Quand Leconte de Lisle a mis Brahma vis-à-vis de l'Être-principe, il lui prête la claire conscience de l'identité du monde et du moi que l'auteur du *Bhagavata-Purâna* prête si souvent à ses héros[1] : la concavité de son crâne se distend et contient l'espace ; les constellations jaillissent de ses yeux ; l'Océan croît dans son sein ; sagesse et passions, vertus et vices, haines et amours, maux et félicité, tout rugit dans son cœur ;

Il ne dit plus : Je suis ! mais il *pense* : Nous sommes !

Alors, pris de vertige, il ose interroger Bhagavat et hardiment il lui pose le problème de la souffrance : — Je ne puis concevoir, dit-il, le cours tumultueux des choses. Si rien n'existe, sinon toi, ô Dieu suprême, si rien n'a d'em-

---

1. Voir, par exemple, liv. III, ch. XXIV, v. 46 : « Il (Kardama) vit, résidant au sein de tous les êtres, Bhagavat, qu'il reconnaissait comme son propre esprit et il vit tous les êtres au sein de son esprit qui était Bhagavat lui-même. »

pire sur ton essence, ni l'action, ni l'état, ni le temps, ni
le lieu, d'où vient donc que ta force hurle avec les flots ?

> D'où vient que, remplissant la terre de sanglots,
> Tu souffres, ô mon Maître, au sein de l'âme humaine ?

Et moi, qui porte un doute cuisant, ravivé par le désir,
qui suis-je ? Suis-je l'âme d'un monde errant à travers
l'infini ? Suis-je quelque antique Orgueil puni de ses
actes,

> Qui ne peut remonter à ses sources divines ? —

Il semble que ce soit là une plainte toute moderne. Mais
le poëte, dans ce couplet qui paraît répondre aux pensées
et aux sentiments d'aujourd'hui, est cependant beaucoup
plus près qu'on ne croit de son modèle indien.

Nombreux sont les personnages du *Bhagavata-Purana*
qui s'inquiètent devant l'énigme du monde. C'est un solitaire qui se plaint que les actions du divin Hâri soient
« difficiles à comprendre, même aux chantres inspirés [1] ».
C'est Brahma qui s'étonne que lui, chef vénéré des chefs
des créatures, lui « dont les austérités forment la substance », ait dû reconnaître, après de longues méditations,
« l'impossibilité de comprendre la cause à laquelle il doit
l'existence [2] ». Mais voici qui est plus intéressant encore ;
car voici, posée au sage Maîtreyâ par Vidura, sinon avec

---

1. Liv. II, ch. IV ; trad. Burnouf, t. I, p. 223.
2. Liv. II, ch. VI, v. 34 ; Burnouf, t. I, p. 243. — Voir les questions
que Brahma pose à Bhagavat sur l'énigme du monde dans un épisode
qui est certainement une variante de la *Vision de Brahma* ; liv. II, ch. IX ;
Burnouf, t. I, p. 269.

autant d'angoisse, du moins avec la même précision, et dans les mêmes termes, le problème dont le héros de Leconte de Lisle demande la solution à Bhagavat : si Bhagavat est tout, comment a-t-il pu vouloir être l'ignorance, être la douleur ?

Vidura dit : Comment les qualités et les actions peuvent-elles s'unir, ne fût-ce qu'en se jouant, à Bhagavat qui est tout esprit et qui est aussi inaccessible au changement qu'aux qualités ?...

Bhagavat, dis-tu, a créé l'univers à l'aide de sa Mâyâ qui est douée de qualités ; c'est par elle qu'il le conserve et par elle encore qu'il le fera rentrer dans son sein.

Celui qui est en soi une intelligence *sur laquelle n'ont d'empire, ni le lieu, ni le temps, ni l'état, ni elle-même,* ni rien d'étranger, comment s'unirait-il à l'ignorance ?

C'est Bhagavat, l'Être unique, qui réside, dis-tu, dans toutes les âmes : *d'où viennent donc la misère et la douleur auxquelles les œuvres le condamnent au sein de l'âme humaine* [1] ?

Quand Brahma eut fini, poursuit Leconte de Lisle, l'Esprit suprême fixa sur lui ses yeux d'où naissent les aurores ; du rouge de ses lèvres s'éleva un rire éblouissant, et le ciel tout entier, l'Açvatha et les cygnes, Surya et l'Aurore, les Apsaras, le Fleuve, le Géant lui-même se tinrent attentifs pour écouter

La Voix de l'Incréé parlant à l'Éternel [2].

---

1. Liv. III, ch. VII, *Questions de Vidura* ; trad. Burnouf, t. I, p. 343.
2. Brahma est appelé le dieu incréé au liv. III, ch. XXIV, v. 10. — Ce beau vers a peut-être été inspiré par les vers de Vigny :
   Et la terre trembla sentant la pesanteur
   Du Sauveur qui tombait aux pieds du Créateur.

Or cette voix, grave, paisible, immense, que disait-elle ?

Elle disait d'abord, mais avec infiniment moins d'ambages et de circonlocutions ce que le sage Maîtreyâ explique à Vidura, déjà nommé, le réveil de l'énergie de Bhagavat et la formation de l'œuf qui contient tout en germes :

Au commencement, cet univers était Bhagavat, l'âme et le souverain maître de toutes les âmes ; Bhagavat existait sans qu'aucun attribut le manifestât, parce que tout désir était éteint en son cœur.

Alors, il regarda, et il ne vit rien qui pût être vu, parce que lui seul était resplendissant ; et il songea qu'il était comme s'il n'était pas, parce que son regard était éveillé et que son énergie sommeillait.

Or, l'énergie de cet être doué de vue, énergie qui est à la fois ce qui existe et ce qui n'existe pas [pour nos organes], c'est là ce qui se nomme Mâyâ, et c'est par elle, illustre guerrier, que l'Être qui pénètre toutes choses crée cet univers...

Reconnaissant l'état de ces énergies sorties de lui qui restaient isolées les unes des autres et en qui sommeillaient les moyens de créer l'univers, le souverain Seigneur, dont la puissance est immense, portant avec lui son énergie divine, que le temps avait manifestée, pénétra d'un seul coup la réunion des vingt-trois principes...

Les vingt-trois principes, dont l'activité était éveillée, mis en mouvement par le Destin, engendrèrent de leurs propres éléments Adhipurucha.

Ce Purucha, qui était d'or, habita pendant mille années sur les eaux, renfermé dans l'intérieur de l'œuf [de Brahma] et réunissant en lui toutes les existences [1].

---

1. Liv. III, ch. V et VI ; trad. Burnouf, t. I, p. 327 et suiv. — Voir aussi, sur l'œuf, liv. III, ch. XXVI.

Et cette Voix disait : — Si je gonfle les mers,
Si j'agite les cœurs et les intelligences,
J'ai mis mon Énergie au sein des Apparences,
Et durant mon repos j'ai songé l'Univers.

Dans l'Œuf irrévélé qui contient tout en germe,
Sous mon souffle idéal je l'ai longtemps couvé ;
Puis, vigoureux, et tel que je l'avais rêvé,
Pour éclore, il brisa du front sa coque ferme.

Puis, résumant en trois strophes des chapitres ou plutôt des livres entiers du *Bhagavatâ-Purana*, la Voix contait la naissance des dieux, la création de l'homme [1], l'invention des sacrifices, les incarnations de Visnou [2] :

Dès son premier élan, rude et capricieux,
Je lui donnai pour lois ses forces naturelles ;
Et, vain jouet des combats qui se livraient entre elles,
De sa propre puissance il engendra ses Dieux.

Indra roula sa foudre aux flancs des précipices ;
La mer jusques aux cieux multiplia ses bonds ;
L'homme fit ruisseler le sang des étalons
Sur la pierre cubique autel des sacrifices.

---

1. On se demandera peut-être, en lisant chez Leconte de Lisle le récit de la création, ce que Bhagavat se propose bien d'apprendre à Brahma, puisque c'est Brahma qu'il avait chargé de créer le monde. Je me le demande aussi. Il y a là, dans le poème de Leconte de Lisle quelque chose d'inexplicable. Dans les versions indiennes de la Vision de Brahma, Bhagavat se définit à Brahma, mais il ne lui raconte pas la création du monde, le monde n'étant pas encore créé et Brahma n'ayant même voulu voir Bhagavat que pour savoir comment il fallait le créer.
2. Elles sont réduites aux incarnations humaines. Non pas que les autres, plus merveilleuses, aient été dédaignées par Leconte de Lisle comme des légendes puériles et sans signification ; mais il les avait utilisées dans son poème de *Bhagavat*.

Et moi je m'incarnai dans les héros anciens ;
J'allai, purifiant les races ascétiques ;
Et, le cœur transpercé de mes flèches mystiques,
L'homme noir de Lanka rugit dans mes liens.

Enfin la Voix répétait ce que Bhagavat dans le poème indien explique à Brahma, mais elle le répétait, heureusement, avec moins de pédantisme : car ce Bhagavat se complaît d'une façon un peu agaçante pour nous à étaler l'obscurité de sa personne avant d'en livrer le secret :

Bhagavat répond : « Reçois de moi la connaissance dé ce que je suis ; cette connaissance la plus mystérieuse de toutes et qui est accompagnée de la science parfaite, je vais te la révéler avec ses secrets et avec les moyens faits pour la procurer.

« Apprends qui je suis, quelle est ma nature, quels sont ma forme, mes qualités, mes actes, et obtiens ainsi par ma faveur l'intuition claire de mon essence.

« J'étais, oui, j'étais seul avant la création, et il n'existait rien autre chose que moi, ni ce qui est, ni ce qui n'est pas [pour nos organes], ni le principe élémentaire de cette double existence ; depuis la création, je suis cet univers ; et celui qui doit subsister, quand rien n'existera plus, c'est moi. — Ce qui passe sans raison pour être dans l'Esprit, comme ce qui passe pour n'y être pas, c'est cela qui est la Mâyâ dont je m'enveloppe ; c'est comme la réflexion ou l'éclipse d'un corps lumineux [1].....

---

1. Liv. II, ch. IX ; tr. Burnouf, t. I, p. 269 et suiv. Maîtreyâ tient à peu près le même langage à Vidura dans l'épisode déjà cité : « Ce qui répugne à la raison, c'est la Mâyâ dont s'enveloppe Bhagavat, c'est la misère et l'esclavage de l'Être suprême qui est [naturellement] libre. [Mais] cette apparence n'est qu'une illusion sans réalité, semblable au rêve de l'homme qui, pendant son sommeil, s'imagine, par exemple, qu'il a la tête tranchée... » Vidura, après ces explications, déclare que « ses doutes sont tranchés », et il ajoute : « Tu l'as bien expliqué, sage Brahmane : cet état [de l'Être suprême qui paraît dépendant] se montre

La Mâyâ dans mon sein bouillonne en fusion,
Dans son prisme changeant je vois tout apparaître ;
Car ma seule Inertie est la source de l'Être :
La matrice du monde est mon Illusion.

C'est Elle qui s'incarne en ses formes diverses,
Esprits et corps, ciel pur, monts et flots orageux,
Et qui mêle, toujours impassible en ses jeux,
Aux sereines vertus les passions perverses.

Ayant ainsi répondu à Brahma, par la bouche de Bhagavat, que la souffrance est, comme le ciel, les corps, les
monts et les flots, une illusion, Leconte de Lisle lui conseille de ne plus interroger l'Auguste Vérité : car alors,
que serait-il, sinon la propre vanité de Bhagavat

Et le doute secret de *son* néant sublime ?

On pensera sans doute que ce mot de la fin est trop
spirituel pour ne pas être purement français. Cependant
peut-être a-t-il été inspiré par un mot de Vidura qui, après
avoir si bien appris du sage Maîtreyâ ce qu'est Bhagavat,
dit ingénieusement au dieu :

« Reconnaissant qu'il n'y a rien de réel dans ce qui n'est pas
l'Esprit et que c'est seulement le fruit d'une opinion vaine,
j'écarte jusqu'à cette opinion par le culte que je rends à tes
pieds [1]. »

On n'aurait pas tout dit sur les sources de la *Vision de
Brahma*, si l'on ne faisait pas observer combien ce poème

---

comme le théâtre de la Mâyâ de Hâri, de cette illusion dont l'Esprit est
le jouet ; cet état est sans réalité, sans base ; l'origine de l'univers n'est
pas hors de là. » Liv. III, ch. VIII, v. 9-10, 16.
  1. Liv. III, ch. VIII, v. 18.

ressemble au *Mont des Oliviers* d'Alfred de Vigny. La situation est la même. Ici la plainte de l'humanité est portée au Créateur par le Sauveur du monde, là elle est portée par un dieu à un dieu plus grand que lui-même. Et la plainte reste pareille : c'est de ne pas savoir d'où vient la vie et où elle va, c'est surtout de ne pas comprendre la raison de tant de souffrances, que gémit le porte-paroles des créatures.

Si des deux poèmes celui de Leconte de Lisle est le moins émouvant, est-il besoin d'expliquer pourquoi ? L'histoire de Visnou nous est si étrangère, à nous Occidentaux ! On ne peut pas dire cependant que ce poème soit obscur. A quelques détails près, il est, au contraire, immédiatement intelligible, même pour qui n'a jamais entendu parler de Visnou. De nombreux qualificatifs, clairs par eux-mêmes, tels que l'Être pur, l'Esprit suprême, l'Ame des âmes, l'Être-principe, disent, sans ambages possibles, que Bhagavat est le Dieu suprême, le Grand Tout ; pour éviter toute confusion, Leconte de Lisle ne lui donne pas d'autres noms propres que ceux de Bhagavat et de Hâri. Et la personne de Brahma reste bien un peu énigmatique pour le lecteur qui ne connaît pas la légende visnouite ; mais rien du moins ne nous est dit qui puisse faire naître une équivoque ; nous voyons bien vite que Brahma est un dieu inférieur à l'autre et qu'il parle au nom de la création tout entière : cela suffit.

Dans ces poèmes de Leconte de Lisle auxquels on a reproché parfois d'être pédants, ce que j'admire le plus, c'est qu'ils le soient si peu quand ils pouvaient l'être tant, et c'est qu'il y ait tant d'humanité là où il y a cependant une couleur historique si intense et en général si juste.

BHAGAVAT [1].

Leconte de Lisle écrivait dans la *Préface* des *Poésies antiques* : « Un dernier poème, *Bhagavat*, indique une voie nouvelle. On a essayé d'y reproduire, au sein de la nature excessive et mystérieuse de l'Inde, le caractère métaphysique et mystique des Ascètes visnuïtes, en insistant sur le lien étroit qui les rattache aux dogmes budhistes. » Le poète ne se vantait pas à tort : son *Bhagavat* est une œuvre très synthétique, et plus encore qu'il ne l'a dit. Ce qu'on y trouve, c'est non pas toute l'histoire de Visnou, mais une partie assez notable de cette histoire pour qu'on en comprenne bien les caractères essentiels, qui sont, en somme, ceux de la plupart des légendes populaires de l'Inde. Ce qu'on y trouve aussi, c'est la conception que la religion visnouite se fait du monde, de ses origines, de son unité : conception qui ne la distingue pas profondément des religions rivales, puisque les adorateurs de Visnou voient dans leur dieu, ce qu'en définitive les adorateurs de Civa et ceux de Brahma voient dans le leur, c'est-à-dire le Grand Tout. Ce qu'on trouve encore dans le poème de *Bhagavat*, c'est ce sentiment si vif de la misère humaine qui avait été la principale origine de la prédication du Budha et que le boudhisme, en disparaissant de l'Inde, a légué aux religions

---

1. *Poèmes antiques*, III.

brahmanistes. Ce qu'on y trouve enfin, c'est le paysage qui
a vu naître, — à moins qu'on ne veuille dire qui a fait
naître, — toutes ces légendes et toutes ces doctrines.

Un tableau d'une merveilleuse opulence sert d'introduction au poème, et il a un tout autre intérêt que de déterminer le théâtre de l'action : il la prépare, il l'explique
d'avance tout entière.

Regardons ces êtres si pleins de force qu'un soleil acca-
blant ensevelit pourtant dans la torpeur : ces grands reptiles qui se laissent pendre du sommet des palmiers, ces
crocodiles qui flottent comme des troncs pesants le long
des vertes îles, ce tigre qui dort tapi dans l'herbe, — et
nous ne nous étonnerons plus de voir les brahmanes immobiles, perdus dans leur rêve intérieur. Suivons la course
de ces gazelles, les bonds de ces antilopes, le glissement de
ces couleuvres, le vol diligent de ces abeilles, — et bientôt notre œil, comme celui des brahmanes, se fermera, las
d'être sollicité par tant de formes. Arrêtons nos regards
sur les calices de ces nymphéas, sur ces lys d'argent, sur
ces oiseaux au bec d'or, — et nous serons préparés à comprendre la grâce de certains mythes populaires nés sur le
sol de l'Inde. Reportons-les sur les corps gigantesques de
ces éléphants et de ces crocodiles, sur l'immense nappe de
ce fleuve aux eaux lentes, — et nous serons prêts à écouter
l'histoire des efforts prodigieux du colossal Visnou. Non !
le poème de *Bhagavat* ne pouvait avoir une préface plus
splendide, ni plus intelligente, que cette description de la
forêt indienne, où, dans mille plantes et dans mille ani-

maux, la Vie immense, la Vie auguste, palpite, rêve, étincelle, soupire et chante.

Donc, en face d'un somptueux décor, trois sages méditent, assis dans les roseaux. Vers le soir, ils interrompent leur mystique silence pour se raconter leur triste histoire.

Le *Bhâgavata-Purana* se compose, nous l'avons dit, d'une série de conversations où des personnages divers racontent les efforts qu'eux-mêmes ou d'autres ont faits pour comprendre l'énigme du monde. Mais, tandis que tous les autres ont été amenés à chercher la solution du grand problème par une curiosité purement philosophique, un d'eux y a été poussé par un chagrin domestique, d'ailleurs vite oublié.

Il s'appelle Narada. L'esclave, sa mère, n'avait pas d'autre enfant que lui et il n'avait pas d'autre appui qu'elle. Une nuit qu'elle était sortie de la maison pour traire sa vache, son pied toucha dans le chemin un serpent envoyé par Kala (la mort). Mais ce fils fut prompt à se consoler, comme on va le voir par son récit :

Pour moi, regardant ce malheur comme un bienfait de l'Être suprême, qui désire le salut de ceux qui lui sont dévoués, je partis pour la région du nord. Après avoir traversé seul de fertiles contrées, des villes, des villages, des enclos pour le bétail, des mines, des hameaux de laboureurs, des bourgs, des vergers, des forêts et des bois ; des montagnes riches en métaux variés, couvertes d'arbres dont les branches étaient brisées par les éléphants, des lacs dont l'eau donne le salut, des étangs fertiles en lotus..., je vis une forêt impénétrable, pleine de roseaux, de bambous, de cannes, de touffes d'herbes et de plantes à tiges creuses, *une forêt* immense, *redoutable*, effrayante, habitée par des serpents, *des chacals*, des grenouilles et *des chouettes*. Le corps épuisé de lassitude, dévoré par la faim et par la soif, après avoir bu et fait mes ablutions, je me baignai dans le courant d'une rivière et mes fatigues disparurent. Là, dans cette forêt *solitaire, assis au pied d'un pippala*, je dirigeai mon esprit *sur cette âme résidante dans ma propre âme*, ainsi que je l'avais entendu.

A mesure qu'il se plongeait dans sa méditation, Narada sentait l'Être divin descendre peu à peu en lui; son cœur se brisait sous le poids excessif de la joie; il était noyé dans un déluge de béatitude. Il finit cependant par tomber dans le trouble du découragement: car il reconnaissait que son regard ne pouvait découvrir Bhagavat.

Pendant qu'il s'épuisait en vains efforts, Bhagavat lui parla d'une voix douce et profonde : « Ami, lui dit-il, tu ne dois pas me voir dans cette vie ; car je suis insaisissable aux regards des Yogins (contemplateurs) imparfaits dont les fautes ne sont pas complètement effacées. La forme que je t'ai laissé voir un instant avait pour but de t'inspirer de l'amour pour moi ; celui qui m'aime, se purifiant peu à peu, se délivre des désirs qu'il a dans le cœur. » Et Bhagavat promit à son fidèle qu'un jour il irait prendre place au nombre de ses serviteurs [1].

Leconte de Lisle a conservé le personnage, il a conservé son histoire : il lui fait perdre sa mère, pendant la nuit, au moment où elle allait traire sa vache, de la morsure d'un serpent envoyé par Kala ; il le fait errer ensuite de

---

[1]. *Bhagavata-Purana*, liv. I, ch. VI ; trad. Burnouf, t. I, p. 49-53.

vallée en colline, de fleuve en forêt; il le fait asseoir au
pied d'un pippala; il le fait pénétrer dans un bois « redoutable », d'où il ne bannit les serpents et les grenouilles que
pour donner un rôle plus important aux chacals et aux
chouettes, animaux qui ont plus de caractère, comme
disaient les romantiques :

> Dans le bois redoutable, ou sous l'aride nue,
> Les chacals discordants saluaient ma venue,
> Et la plainte arrachée à mon cœur soucieux
> Éveillait la chouette aux cris injurieux.

S'il a conservé avec un soin jaloux tous les éléments
pittoresques de l'histoire de Narada, si même il les a développés, Leconte de Lisle a modifié assez profondément les
sentiments du héros. Chez lui, Narada ne se félicite plus
comme d'un bonheur envoyé par l'Être suprême d'avoir,
en perdant sa mère, rompu les liens qui l'attachaient aux
choses d'ici-bas; au contraire, il a une longue et profonde
douleur; quand après s'être plongé dans la méditation, il
se décourage, ce n'est point de ne pas avoir vu encore
l'Être-principe en face, c'est de n'avoir pu tarir la source
de ses pleurs, et il demande à Bhagavat d'être enfin délivré de l'amer souvenir des tendresses maternelles.

Aux côtés de ce Narada, qu'il a pris dans le *Bhagavata-
Purana*, mais à qui il a donné une physionomie plus
humaine, Leconte de Lisle a placé un personnage dont le
Bhagavata-Purana lui a fourni seulement le nom : Maitreya.
Celui-ci, c'est un chagrin d'amour qui l'a poussé à la vie
d'anachorète. Il était jeune, il jouait dans le vallon natal au
bord des bleus étangs, quand il aperçut une vierge aux

doux yeux longs, modeste et gracieuse. Elle s'avançait de loin. Ses pieds blancs résonnaient de mille anneaux. Sa voix était comme l'abeille qui s'enivre à la coupe de la rose. Les bengalis allaient boire le miel de ses lèvres, et toute sa beauté rayonnait dans le cœur du jeune homme. Elle disparut. En vain depuis ce jour Maitreya a-t-il cherché, en méditant sur l'Essence des choses, à effacer de son cœur ces pieds, ces lèvres roses, ces yeux doux et noirs, et il demande à Bhagavat d'être enfin délivré de l'amer désir qui trouble son repos.

Ce Maitreya de Leconte de Lisle n'a rien de commun avec son homonyme du *Bhagavata-Purana*. Est-il donc sorti tout entier de l'imagination du poète ? Non ; car, soit dans le *Bhagavata-Purana*, soit dans le *Maha-Bharata*, il a lu plusieurs histoires de pieux anachorètes dont les dieux éprouvent la vertu en leur envoyant des apsaras ou courtisanes célestes [1]; elles les tentent : les uns succombent, les autres résistent, et ces histoires ne sont pas sans doute identiques à celle de Maitreya, mais elles lui ressemblent assez pour qu'on soit certain que Leconte de Lisle s'en est inspiré, ne serait-ce que pour tracer le portrait de la vierge dont Maitreya ne peut plus perdre le souvenir.

Auprès de Maitreya et de Narada, Leconte de Lisle nous montre un troisième personnage qui fait écho à leurs plaintes. C'est le plus triste des trois. Quels chagrins

---

1. Voir, par exemple, dans le *Maha-Bharata*, traduction Fauche, t. III, p. 223, l'histoire de la séduction du fils de Prithâ par l'apsara Ourvaçî, qui échoue d'ailleurs dans sa tentative...

celui-ci a-t-il donc traversés? Avide de savoir, il a beaucoup appris, beaucoup médité, tendu l'oreille au récit de beaucoup de sages; mais de tant d'études il n'a rapporté qu'un mal intérieur, plus terrible que tous les chagrins domestiques, plus terrible que toutes les déceptions de l'amour: le doute, et il demande à Bhagavat de chasser enfin ce doute amer qui le consume.

Ce personnage s'appelle Angira. Si son nom est indien, son histoire est celle de Leconte de Lisle et de beaucoup de ses contemporains. Cependant, bien que sa physionomie soit un peu moderne, l'auteur du *Bhagavata-Purana* n'aurait point été surpris autrement de ses discours. Car voici comment Vyâsa lui-même, l'auteur présumé du *Bhagavata-Purana* [1], conte une conversation qu'il eut avec Narada :

Narada dit : Illustre fils de Paraçara, l'âme qui anime ton corps et qui réside dans ton cœur s'y trouve-t-elle, ou non, contente d'elle-même ? Tu as désiré et tu as obtenu de posséder la science ; tu as accompli une grande merveille en composant le Bharata, trésor de toutes les choses utiles. Tu as désiré connaître et tu as lu le Véda éternel; et cependant, pourquoi te désoles-tu comme si tu n'avais pas atteint ton but ?

Vyâsa dit : Je possède en effet toutes les connaissances que tu viens d'énumérer, et cependant mon âme n'est pas satisfaite. C'est à toi qui est né du corps du Dieu qui naquit de lui-même que j'en demande la cause, que je ne puis saisir, dont le secret m'est inconnu.

---

1. Vyâsa passe pour être aussi le compilateur des Védas.

Narada dit : Tu n'as pas suffisamment célébré la gloire sans tache de Bhagavat ; selon moi, la science qui n'a pas pour but de lui plaire est une science inutile.

Ainsi, de toutes ses études, de toute sa science, l'auteur du *Bhagavata-Purana* avoue qu'il a récolté seulement des tristesses, et son interlocuteur lui en fait connaître la cause ; c'est que tout savoir purement humain est une simple vanité.

De Vyâsa à l'Angira de Leconte de Lisle il n'y a donc pas si loin, et l'on voit qu'aucun des personnages du poète ne lui appartient tout à fait en propre, puisque Vyâsa est au moins l'ébauche d'Angira, puisque certains anachorètes du *Maha-Bharata* sont les prototypes de Maitreya et qu'enfin l'histoire de Narada est empruntée, avec des retouches, au *Bhagavata-Purana*. L'originalité de Leconte de Lisle est d'avoir fait de ces trois héros des types beaucoup plus intéressants que ne sont leurs modèles ; elle est encore, elle est surtout, d'avoir fortement montré, en symbolisant dans ce trio de malheureux toutes les grandes douleurs humaines, que dans l'Inde, comme partout, la souffrance est le principal stimulant du sentiment religieux.

Aux confidences qu'échangent les trois sages, Leconte de Lisle fait succéder un brillant épisode.

La nuit formidable enveloppe les bois. Les oiseaux se taisent, les fauves s'éveillent ; les grands pythons rôdent dans l'herbe ; les panthères, par bonds musculeux et rapides, chassent les daims ; le tigre miaule. Les lotus entr'ouvrent leurs coupes transparentes ; mille mouches d'or étoilent la mousse d'or de leurs feux ; et les brahmanes pleurent, sentant plus amère leur tristesse, parce·qu'une plainte est au fond de la rumeur des nuits.

Mais la blanche déesse Ganga, assise sous l'onde, les a entendus. A demi voilée d'un bleuâtre éventail, avec des bracelets de corail et de perle, son beau corps diaphane et frais, ses cheveux divins ornés de nymphéas, elle leur apparaît, elle les interroge, elle leur promet de tarir leurs larmes. Alors, ils saluent la Vierge aux beaux yeux et lui content leur chagrin. — L'amour, dit Maitreya, m'a versé sa funeste ivresse : ô Vierge, brise en moi les liens de la chair. — Je ne puis oublier, dit Narada, le dernier baiser que me donna ma mère : ô Vierge, efface en moi ce souvenir cruel. — Et Angira, plus découragé que les autres : O déesse, dit-il, mon malheur est plus fort que ta pitié ; le doute infini me tourmente ; qui me dira, ô Vierge, l'origine, la fin et les formes de l'Être ?

Sous un rayon de lune, ainsi parlent tour à tour les trois sages. Ganga leur indique le chemin du mont Kaîlaça. A sa cime ils trouveront la fin de leurs tourments, car ils y trouveront Bhagavat :

Là, sous le dôme épais des feuillages pourprés,
Parmi les kôkilas et les paons diaprés,
Réside Bhagavat dont la face illumine.
Son sourire est Mâyà, l'Illusion divine ;
Sur son ventre d'azur roulent les grandes Eaux ;
La charpente des monts est faite de ses os.
Les fleuves ont germé dans ses veines, sa tête
Enferme les Védas ; son souffle est la tempête ;
Sa marche est à la fois le temps et l'action ;
Son coup d'œil éternel est la création,
Et le vaste Univers forme son corps solide.

Quelle est la source de cet épisode ? Quelle en est la signification ?

Rien n'y est traduit, sauf le portrait que Ganga trace de Bhagavat : c'est celui que fait du dieu, dans le *Bhagavata-Purana*, un personnage nommé Cuka. Leconte de Lisle n'a pas ajouté un seul trait nouveau, il n'en a modifié aucun; il s'est contenté de choisir trois strophes dans les douze ou quinze que le poète indien consacre à sa description; encore a-t-il fait des coupures dans ces trois strophes :

On dit que les Védas sont le sommet de la tête de l'Être infini, que ses défenses sont Yama, et ses dents les objets que l'homme aime le mieux ; son sourire est Maya, qui trouble les mortels ; son coup d'œil est la création sans bornes.

Sa lèvre supérieure est la modestie ; sa lèvre inférieure est le désir; son sein est la justice et son dos la voie de l'injustice; ...son ventre, les océans ; la charpente de ses os forme les montagnes.

Les fleuves sont ses veines; les collines qui s'élèvent à la surface de la terre sont les poils qui croissent sur le corps de celui dont l'univers est le corps ; son souffle est le vent dont la force est infinie; sa marche est le temps; son action est le cours des qualités [1].

Dans le reste de l'épisode, l'imitation a été beaucoup plus originale.

Il est conté au livre IX du *Bhagavata-Purana* que, des insolents ayant été consumés par le feu céleste pour avoir offensé un brahmane et n'ayant pu monter au ciel, un roi

---

[1]. Liv. II, chap. Ier, *Description du corps de Mahâpurucha*; trad. Burnouf, t. I, p. 201-205.

pieux obtint que la Ganga purifierait leurs cendres de ses eaux et leur ouvrirait ainsi le chemin du ciel. Le narrateur ajoute : « Si les fils de Sagara, quoique consumés par la malédiction d'un brahmane ont pu, grâce au seul contact des eaux de Ganga, monter au ciel, quand il ne restait plus de leurs corps que des cendres ; s'ils y sont montés parce que ses eaux ont touché leurs corps réduits en poudre, *que sera-ce donc des hommes qui, fidèles à leurs vœux, honorent avec foi la déesse de ce fleuve* [1] ? »

L'épisode de Leconte de Lisle est sorti de ces quelques lignes où la Déesse du Gange nous est donnée comme celle qui peut aplanir, surtout pour les pieux brahmanes, les voies conduisant au ciel. Nulle part, il est vrai, dans le *Bhagavata-Purana*, la Déesse n'est représentée sous une forme humaine ; nulle part non plus dans le *Ramayana* : quand elle intervient, c'est par ses eaux ; quoique déesse, elle demeure rivière. Mais plusieurs fois dans le *Maha-Bharata* Ganga revêt un corps féminin :

La Ganga, revêtue des formes d'une femme distinguée par sa beauté et par tant de charmes les plus capables de séduire, sortit de ces ondes et, charmante de visage, spirituelle, armée d'une beauté céleste, elle s'approcha du saint roi, occupé à lire les Védas, et vint s'asseoir sur sa cuisse droite, semblable à un arbre çala [2].

Un jour, le puissant monarque vit une femme du plus haut parage, flamboyante de toute sa personne et telle qu'on eût dit une autre Laksmî, visible sur la terre. Tout en elle était char-

---

1. Livre IX, ch. IX ; tr. Burnouf, t. III, p. 443-445.
2. *Maha-Bharata*, trad. Fauche, t. I, p. 413.

mant ; elle avait de jolies dents, elle était ornée de parures
célestes, elle portait une robe d'un tissu délié, elle brillait d'une
splendeur égale à celle d'une corolle de lotus [1].

C'est certainement de ces passages du *Maha-Bharata* que
Leconte de Lisle s'est autorisé pour donner à Ganga les
apparences d'une femme séduisante, après s'être autorisé
d'un passage du *Bhagavata-Purana* pour en faire la protec-
trice qui facilite aux anachorètes l'accès du séjour délicieux
où siège Bhagavat. Ces passages ne fournissaient d'ailleurs
au poète que des indications : son imagination les a fécon-
dées.

L'épisode ainsi composé ajoute-t-il beaucoup à l'intérêt
humain du poème de *Bhagavat* ? On ne saurait l'affirmer,
bien qu'il permette aux trois héros de répéter leurs plaintes
touchantes. En revanche, il ajoute beaucoup à son intérêt
historique puisqu'il donne au poète l'occasion de nous faire
toucher du doigt la parenté des deux grandes mythologies
aryennes, celle de l'Inde et celle de la Grèce. En voyant
surgir des ondes la blanche déesse Ganga, qui ne croirait
voir apparaître, en effet, une nymphe hellénique ? Ce
n'est pourtant pas un personnage de l'*Iliade* ; c'est un personnage du *Maha-Bharata*. Mais quoi d'étonnant si les imaginations où sont nées les légendes homériques et celles
d'où sont sorties les légendes du *Maha-Bharata* ont produit
parfois, étant de même famille, des mythes analogues ?

Après nous avoir montré combien les conceptions de
l'Inde peuvent être voisines des conceptions de la Grèce,

---

1. *Maha-Bharata*, trad. Fauche, t. I. p. 416.

le poète a-t-il voulu nous montrer combien elles en sont souvent éloignées ? C'est probable. Car il n'y a rien d'hellénique, — si l'on entend que la mesure est nécessaire au génie hellénique, — dans les légendes qui nous sont racontées à la fin du poème de *Bhagavat*. On y voit la divinité prendre des proportions colossales qu'elle n'eut pas en Grèce et y déployer une vigueur inouïe dont les hôtes de l'Olympe ne sont pas coutumiers.

Dociles aux conseils de la Déesse, les trois sages gravissent les flancs du mont Kaílaça. Après de longs efforts, ils atteignent l'inénarrable Lieu, d'où s'épanche en torrents lumineux, sans cesse renouvelés,

> La divine Màyà, l'Illusion première.

Là, mille femmes au front d'ambre disent les hymnes consacrées ;

> Et les doux Kinnaras, musiciens des Dieux,
> Sur les flûtes d'ébène et les vinâs d'ivoire
> *Chantent* de Bhagavat l'inépuisable histoire.

« Là », dit l'auteur du *Bhagavata-Purana* dans un chapitre, où, racontant la vision de deux solitaires, il décrit le ciel de Visnou, « là, montés sur des chars avec leurs femmes, les Dêvas... chantent les histoires où leur maître paraît uni à la condition misérable de l'humanité [1]. »

Leconte de Lisle n'a donc point imaginé lui-même qu'une des occupations des habitants du ciel de Visnou est de

---

1. Liv. III, ch. XV ; trad. Burnouf, t. I, p. 421.

chanter l'histoire du Dieu suprême ; mais l'auteur du *Bha-gavata-Purana* ne répète pas ici cette histoire, l'ayant con-tée déjà, plutôt trop souvent. Le poète français, lui, peut la mettre sur les lèvres des musiciens célestes.

Il ne la met pas tout entière : elle est pour cela beau-coup trop longue. Il n'en conserve que trois épisodes, mais parfaitement bien choisis pour que l'intérêt soit gra-dué et pour qu'on ait une idée de la variété des incarna-tions de Visnou.

Dans le premier, il nous fait voir le dieu incarné en animal et sauvant la terre. Son récit n'est qu'un brillant résumé, et souvent qu'une traduction, de celui qui est fait par l'auteur du *Bhagavata-Purana* dans un chapitre inti-tulé : *Visnou soulève la terre du fond de l'Océan* [1].

Un déluge avait englouti la terre à peine née. Brahma, le créateur, se demandait comment il la tirerait du fond des eaux. Pendant qu'il réfléchissait, il sortit tout à coup de la cavité de son nez un petit sanglier de la longueur du pouce. Au moment où Brahma le regardait, l'animal, qui se tenait suspendu dans l'air, acquit en un instant la taille d'un éléphant ; « et ce fut là, ajoute naïvement le narra-teur, un grand prodige. » Brahma se demandait quel était cet être divin, déguisé en sanglier, si ce n'était pas Bhaga-vat lui-même. C'était bien lui. Pendant que Brahma réflé-chissait ainsi, « *le mâle du sacrifice, semblable au Roi des montagnes (le lion), se mit à rugir* ». Tous les échos répé-tèrent ses rugissements.

---

1. Liv. III, ch. XIII, trad. Burnouf, t. I, p. 397.

Traversant le ciel, la queue dressée, ferme de corps, *secouant sa crinière, tout hérissé de poils aigus*, foulant les nuages sous ses pieds, montrant ses blanches défenses, *le regard enflammé* : tel parut Bhagavat pour soulever la terre. Cet être, qui est lui-même le corps du sacrifice, déguisé sous l'apparence d'un sanglier, armé de défenses terribles, *suivant avec l'odorat la trace de la terre*, et reportant des yeux amis sur les Brahmanes qui chantaient, plongea au fond des eaux. *Les flancs déchirés par l'impétuosité de la chute de ce corps* semblable à une montagne de diamant, *l'Océan, étendant les longs bras de ses vagues, gémit*, semblable à un malade *et s'écria : O Seigneur* du sacrifice, aie pitié de moi ! Celui dont la forme est le sacrifice qui se célèbre aux trois moments consacrés, séparant les ondes avec ses sabots, semblables à des flèches au large fer, pour atteindre les limites de l'Océan sans rivages, vit au fond de l'Abîme la terre, que jadis, au moment où il allait s'endormir sur les eaux, il avait lui-même renfermée dans son sein avec les vies qu'elle contenait : *ayant relevé la terre en la fixant* [*sur une de ses défenses*] *il remonta tout brillant de l'Abîme* [1].

Dans le deuxième épisode Leconte de Lisle nous fait voir Bhagavat incarné en homme et sauvant encore la terre du déluge. Son court récit est inspiré de celui qui est fait dans le *Bhagavata-Purana* au chapitre XXV du livre X.

Le dieu Indra avait déchaîné un épouvantable orage. Bergers et animaux appelèrent à leur secours Bhagavat qui s'était incarné en berger sous le nom de Krichna : — Krichna, fortuné Krichna, ô puissant héros, sauve le parc dont tu es le protecteur, sauve-nous de la colère d'Indra, toi si

---

[1]. Liv. III, ch. XIII ; trad. Burnouf, t. I, p. 397. Les mots mis entre crochets l'ont été par le traducteur. J'ai mis en italique les passages que Leconte de Lisle a à peu près conservés.

bon pour qui t'aime. — Le dieu promit sa protection,
« et, d'une seule main, soulevant le mont Gôvardhana de
sa base, il le soutint en l'air aussi facilement qu'un petit
enfant soutient un champignon. » Bhagavat invita alors
les bergers à se mettre sous la montagne, eux et leurs troupeaux : ils n'avaient pas à craindre que l'énorme masse vînt
à lui échapper de la main. Les bergers, rassurés, se blot-
tirent sous l'abri original qui leur était offert, et le dieu,
« insensible aux souffrances de la faim et de la soif, indiffé-
rent à son propre bien-être, soutint la montagne pendant
sept jours, sous les yeux des habitants du parc, sans bou-
ger de place ». Indra dut renoncer à son dessein [1].

Leconte de Lisle abrège tout cela. Il se garde d'appeler
le dieu Krichna, afin de ne point dérouter le lecteur français, si peu familier avec ces légendes. Il suppose, pour
accroître le prodige, que le déluge est universel et que
Bhagavat porte la montagne, non sur la main, mais sur un
seul doigt. Enfin, sachant le pouvoir d'un mot mis à sa
place, il fait du nom de la montagne le dernier mot du
récit :

> Le jeune Bhagavat, dans la fleur de l'enfance,...
> Voulant sauver la Terre encore féconde et belle,
> Soutiendra d'un seul doigt, comme une large ombrelle,
> Sous les torrents du ciel qui rugiront en vain,
> Durant sept jours entiers, l'Himalaya divin !

Dans la troisième histoire contée par les musiciens

---

1. Trad. Burnouf, t. IV, p. 249.

célestes, Leconte de Lisle nous fait voir Bhagavat étendant
sa miséricordieuse pitié jusque sur les animaux.

Un gigantesque éléphant, brûlé par la chaleur, se baignait dans une eau fraîche. Comment il découvrit cette
eau, comment il s'y plongea et comment, après s'y être
rafraîchi lui-même, il la fit avec sa trompe retomber en
pluie sur les femelles, c'est ce que le conteur indien, jamais
pressé, explique avec complaisance : Leconte de Lisle supprime ces longueurs et va droit au but. — Tout à coup
un crocodile saisit l'éléphant au pied. La lutte des animaux
dura, d'après le récit indien, mille ans, et le narrateur, tout
habitué qu'il soit à jongler avec les chiffres, ne peut s'empêcher de reconnaître que ce fut là un grand miracle. Enfin
le roi des éléphants, entraîné par son ennemi, s'enfonça
dans les eaux. Il réfléchit fort longtemps, puis, se décidant
à invoquer Bhagavat, il lui adressa une prière qui ne
forme pas moins de trente versets : Leconte de Lisle réduit
cette prière à deux vers ; encore n'attend-il point pour
le faire parler que l'éléphant ait la tête sous l'eau.

Bhagavat brisa les dents du crocodile [1].

Nous approchons du dénouement.
Consumés de désirs aux chants des musiciens célestes,
les trois brahmanes cherchent Bhagavat. Ils le découvrent :

> C'était le Dieu. Sa noire et lisse chevelure,
> Ceinte de fleurs des bois et vierge de souillure,
> Tombait divinement sur son dos radieux ;

---

1. Liv. VIII, ch. II et III ; Burnouf, t. III, p. 177.

> Le sourire animait le lotus de ses yeux ;
> Et dans ses vêtements, jaunes comme la flamme,
> Avec son large sein où s'anéantit l'âme,
> Et ses bracelets d'or de joyaux enrichis,
> Et ses ongles pourprés qu'adorent les Richis,
> Son nombril merveilleux, centre unique des choses,
> Ses lèvres de corail où fleurissent les roses,
> Ses éventails de cygne et son parasol blanc,
> Il siégeait, plus sublime et plus étincelant
> Qu'un nuage, unissant, dans leur splendeur commune,
> L'éclair et l'arc-en-ciel, le soleil et la lune.
> Tel était Bhagavat, visible à l'œil humain.
> Le nymphéa sacré s'agitait dans sa main.
> Comme un mont d'émeraude aux brillantes racines,
> Aux pics d'or, embellis de guirlandes divines,
> Et portant pour ceinture à ses reins florissants
> Des lacs et des vallons et des bois verdissants,
> Des jardins diaprés et de limpides ondes,
> Tel il siégeait. Son corps embrassait les trois Mondes,
> Et de sa propre gloire un pur rayonnement
> Environnait son front majestueusement.

Bien que Leconte de Lisle eût déjà décrit le dieu par la bouche de Ganga, il n'a point été embarrassé pour le décrire de nouveau ; car il trouvait dans le *Bhagavata-Purana* dix à vingt portraits de Visnou et, malgré d'inévitables redites, les détails nouveaux étaient dans chacun assez nombreux pour que le poète ne fût pas exposé à se répéter. La description que nous avons ici a été faite comme celle qui se lit au début de la *Vision de Brahma* : elle combine ingénieusement des fragments empruntés à trois de ces portraits de Visnou.

Premier fragment. Ce sont trois versets du chapitre intitulé : *Description du corps de Mahâpurucha :*

Sa figure est bienveillante ; *ses grands yeux ressemblent au lotus ; ses vêtements sont jaunes* comme les filaments de la fleur du Kodamba ; *ses bracelets d'or sont ornés de riches joyaux* ; son diadème et ses pendants d'oreilles brillent de pierres étincelantes... L'attribut par lequel il se manifeste est Çri ; à son cou est suspendu le joyau Kaustabha ; *il porte une guirlande de fleurs des bois* dont la fraîcheur ne se fane jamais. Il est orné d'une ceinture et de bagues précieuses, de bracelets et d'anneaux ; un gracieux sourire se peint sur son visage embelli par *les boucles de ses cheveux noirs, purs et lisses* [1].

Deuxième fragment. Ce sont des versets empruntés à la vision de Brahma :

Purucha *effaçait la splendeur d'une montagne d'émeraude à la* ceinture de chaux rouge et *aux nombreux pics d'or, ayant pour guirlandes des joyaux, des lacs, des végétaux, des parterres, des fleurs,* pour bras des bambous, et pour pieds des arbres. *Son corps,* qui était sa mesure à lui-même et qui, en longueur et en étendue, *embrassait les trois mondes,* était couvert d'un vêtement brillant de l'éclat de parures et d'étoffes variées et divines... C'était Hari au col duquel était suspendu *une guirlande faite de sa propre gloire* [2].

Troisième fragment. Ce sont quelques lignes empruntées à la vision des deux solitaires :

Les solitaires virent le Dieu... couvert des gouttes de pluie tombant de perles suspendues à *son parasol blanc* comme la lune

---

1. Liv. II, ch. II. v. 9-11 ; Burnouf, t. I, p. 209.
2. Liv. III, ch. VIII ; Burnouf, t. I. p. 355 et suiv.

et agitées par le vent favorable *de deux éventails brillants comme deux cygnes* [1].

Le chapitre d'où est tiré le premier de ces fragments, après avoir décrit le corps de Bhagavat, tel qu'il se manifeste aux élus par la puissance de la Maya, explique comment le sage peut se fondre dans l'Être suprême. L'opération est d'un matérialisme assez grossier : le solitaire se réfugiera dans un repos absolu ; fermant avec ses talons les voies inférieures, il rappellera en haut, sans se lasser, le souffle de vie des six demeures où ce souffle réside ; *attirant le souffle vital du nombril dans son cœur, il le fera monter de là,* par la voie de l'air nommé Udâna, *dans sa poitrine* ; ensuite, maître de son attention et réunissant le souffle de vie à son intelligence, il l'amènera peu à peu jusqu'à la racine de son palais ; de là, il le conduira dans l'intervalle de ses sourcils, fermant les sept voies qui lui sont ouvertes, et, étant resté dans cet état une demi-heure à l'abri de toute distraction, possédant toute l'intensité de sa vue, il ouvrira au souffle vital une voie à travers le crâne et abandonnera son corps pour aller se réunir à l'Être suprême [2].

Décrit plus brièvement et avec quelques belles comparaisons pour le sauver du grotesque, tel est l'exercice auquel se livrent les trois sages de Leconte de Lisle. L'effet en est souverain : dans le sein sans 'bornes de Bhagavat, ils s'unissent à l'essence première,

---

1. Liv. III. ch. XV, v. 38.
2. Liv. II, ch. II ; trad. Burnouf, t. I, p. 211. Je mets en italique les mots conservés par Leconte de Lisle.

> Le principe et la fin, erreur et vérité,
> Abîme de néant et de réalité.

Et ainsi s'achève ce beau poème de *Bhagavat*, vaste et
forte composition, où est condensée toute la substance du
Bhagavata-Purana, ses légendes merveilleuses, produit de
l'imagination populaire, sa conception du monde, produit
de la pensée philosophique ; où l'on peut apprendre, aussi
bien que dans le plus savant ouvrage de mythologie comparée, les différences des mythes grecs et des mythes
indiens ; où l'on retrouve sans peine au fond des légendes
dont les a enveloppés l'imagination indienne des idées
et des sentiments communs à bien d'autres pays que
l'Inde : l'idée de l'unité du monde, l'idée de la providence
et le sentiment de la misère humaine, cet éternel excitateur
de la méditation philosophique et du mysticisme religieux.

LA JOIE DE SIVA [1].

Dans *la Vision de Bhrama* et dans *Bhagavat*, Leconte
de Lisle avait chanté Visnou, le dieu suprême d'une des
deux grandes religions populaires de l'Inde ; il ne s'était
occupé du dieu de la religion rivale, Siva, qu'en passant : il
l'avait installé parmi les serviteurs de Visnou dans un coin
de son paradis. Visnou devient au contraire un dieu de
seconde classe dans *la Joie de Siva*, qui appartient au dernier
recueil du poète.

---

1. *Derniers Poèmes*, III.

Ce poème est imité du commencement d'une prière qu'on chante dans les pagodes de Siva. Leconte de Lisle en avait trouvé la traduction dans les *Poésies populaires du Sud de l'Inde*, par E. Lamairesse [1].

La supériorité de Siva sur Visnou et sur Bhrama est hautement affirmée dans cette prière :

O vous qui prétendez que Siva est absorbé dans la Trimourti de Brahma, Vichnou et Routera, ignorez-vous que Brahma, qui a l'éloquence divine et Vichnou de la race des Bergers ne purent à eux deux embrasser toute la grandeur de Siva ? Comment voulez-vous que Siva, qui leur est supérieur, soit l'un d'eux ?

Mais c'est surtout le début de l'hymne qui a frappé Leconte de Lisle par une sauvage grandeur. Siva y est représenté comme devant survivre, non seulement au Brahma et au Visnou d'aujourd'hui, mais à tous les millions de Brahmas, à tous les millions de Visnous, qui sont encore à naître, et non pas à eux seuls, mais à la terre et à la mer ; alors Siva, s'étant fait un collier de toutes les têtes des dieux morts, chantera et dansera avec un plaisir ineffable :

Le temps pendant lequel se succéderont plusieurs millions de Devendera (dieu du ciel), après avoir vécu chacun la durée marquée pour leur vie, le temps dans lequel plusieurs Bhrama mourront, celui après lequel Vichnou cessera d'exister, tous ces temps ne sont même pas un des moments de Siva.

Quand viendra le temps où la mer, la terre, l'air, le feu et le vent doivent être anéantis, plusieurs millions de Vichnou, qui

---

1. Paris, Lacroix, 1867 ; p. 304 : *Hymne à Siva*.

portent à la main des coquillages et des sacron (*armes en forme de cercle*) périront ; plusieurs millions de Brahma mourront aussi ; Siva rassemblera toutes les têtes de ces dieux, en fera un collier qu'il se mettra, et dansera sur un seul pied une danse inimitable dans laquelle ce collier se choquera à ses huit épaules ; en même temps, il chantera des airs mystérieux que personne ne peut chanter, et il éprouvera un plaisir ineffable que personne ne peut goûter.

Ainsi l'auteur de cet hymne croit que les dieux naissent et meurent, que les religions sont éphémères, que les éléments mourront comme elles, et qu'un jour il ne restera rien, sinon Siva, c'est-à-dire rien vraiment, Siva étant la personnification de la puissance destructive de la nature. Avec quel plaisir Leconte de Lisle n'a-t-il pas dû s'emparer de ces lignes où il retrouvait ses propres idées ! Et avec quelle largeur ne les a-t-il pas traduites, mais en ayant bien soin de prédire que dans la marche au néant les dieux précéderont l'homme, — alors que l'hymne indien, au contraire, fait mourir les religions seulement avec le monde, — et en n'oubliant pas non plus de donner, au passage, une triste idée de l'humanité qui s'agite dans le magnifique décor du monde !

> Les siècles, où les Dieux, dès longtemps oubliés,
> Par millions, jadis, se sont multipliés ;
> Les innombrables jours des aurores futures
> Qui luiront sur la vie et ses vieilles tortures,
> Et qui verront surgir, comme des spectres vains,
> Des millions encore d'Éphémères divins ;
> Et l'âge immesuré des astres en démence
> Dont la poussière d'or tournoie au Vide immense,

Pour s'engloutir dans l'ombre infini où tout va ;
Tout cela n'est pas même un moment de Siva.
.   Et quand l'Illusion qui conçoit et qui crée,
Stérile, aura tari sa matrice sacrée
D'où sont nés l'homme antique et l'univers vivant ;
Quand la terre et la flamme, et la mer et le vent,
Et la haine et l'amour, et le désir sans trêve,
Les larmes et le sang, le mensonge et le rêve,
Et l'éblouissement des soleils radieux,
Dans la nuit immobile auront suivi les Dieux ;
Se faisant un collier de béantes mâchoires
Qui s'entrechoqueront sur ses épaules noires,
Siva, dansant de joie, ivre de volupté,
O Mort, te chantera dans ton Éternité !

NURMAHAL [1]

A la fin du xvie siècle, un Mongol, descendant de Timour, Akbar, fonda par la conquête un puissant empire dans le nord de l'Inde, et il le gouverna avec sagesse. Musulman d'origine, il protégea avec une égale bienveillance les brahmanes, les boudhistes, les fakirs et les jésuites. Il mourut plein de gloire en 1605.

Ses deux premiers successeurs, Djihan-Guîr et Scha-Djihan, consolidèrent l'empire qu'il avait fondé et en étendirent les limites. Ils couvrirent Lahore, Delhi et Agra de monuments somptueux. Dans leur demeure s'étendit une galerie où des ceps d'or massif portaient des grappes d'émeraudes et de rubis. Les pierres les plus précieuses s'étalaient sur leur trône, sur leurs armes, sur leurs vêtements, sur ceux de

---

1. *Poèmes barbares*, XXI.

leurs moindres serviteurs. Tel fut leur faste que jusqu'au fond de l'Occident leur nom devint synonyme de magnificence. Il l'est resté, et en France ceux qui ne savent rien de l'histoire des Indes n'ignorent pas du moins que, s'il y eut jamais de vrais décors de féerie, ce furent les palais du Grand Mongol.

Ces palais assistèrent à bien des tragédies et, par un de ces contrastes dont l'Inde est coutumière, ils virent à quelques années de distance deux femmes qu'une conduite fort différente éleva à une haute renommée : Nurmahal et Djihan-Ara.

La première fut une favorite, et son histoire dépasse en romanesque toutes les légendes populaires.

Le fondateur de la dynastie, l'empereur Akbar, régnait encore. Un Tartare, d'une famille ancienne, mais pauvre, et qui avait épousé par inclination une jeune fille pauvre comme lui, résolut d'aller chercher fortune dans l'Inde, ressource ordinaire des gens de sa race. Il s'appelait Chaja-Ayas. Quand il se mit en route avec sa femme, qui attendait un enfant, tout leur bien consistait en un mauvais cheval et en quelques provisions. Celles-ci étaient épuisées quand ils parvinrent aux confins du grand désert qui sépare la Tartarie du Caboul. Ce fut alors que la jeune femme accoucha d'une petite fille. Vainement les deux émigrants attendirent le passage d'un voyageur. Ils durent se remettre en route. La mère, hissée avec peine sur le cheval, ne put tenir, tant elle était faible, son enfant dans les bras ; le père essaya de la porter et la laissa tomber ; alors, ils se décidèrent à l'abandonner et la déposèrent dans un berceau

de feuillage, au pied d'un arbre ; puis, ils repartirent. Au
bout d'une heure de marche, la jeune femme tomba tout
à coup de cheval, criant au milieu de ses sanglots : Ma
fille ! ma fille ! Son mari revint sur ses pas, arriva en vue
de l'arbre : un énorme serpent avait enveloppé l'enfant
dans les replis de sa queue. Chaja poussa un tel cri d'épouvante que le reptile effrayé rentra dans le creux de l'arbre.
Le père ramassa sa fille, rejoignit sa femme, et à ce moment
apparurent enfin des voyageurs qui donnèrent des vivres
aux deux malheureux et les conduisirent jusqu'à Lahore.

Si les historiens arabes qui nous ont conté la vie de
la fille de Chaja ont peut-être mis un peu de légende
autour de son berceau, la suite de son histoire n'est pas
moins extraordinaire, quoique parfaitement authentique.

Un omrah, nommé Azof-Khan, parent éloigné de Chaja,
l'accueillit avec bienveillance et en fit son secrétaire. Le
Tartare se distingua dans ses fonctions, fut présenté à
l'empereur, obtint un commandement, attira l'attention
du maître et devint grand trésorier de l'empire. Sa fille
reçut une brillante éducation ; on lui donna le nom de
Mher-oul-Nissa (soleil des femmes).

Le prince Sélim, fils aîné d'Akbar et désigné pour lui
succéder, dînait un soir chez le grand trésorier. Après le
banquet, on apporta du vin et des coupes ; les femmes du
harem, voilées, vinrent chanter et danser. Mher-oul-
Nissa était du nombre. A peine eut-elle vu le prince
qu'elle songea à devenir impératrice. Elle chanta, elle dansa
des danses voluptueuses : puis, quand elle lut le désir dans
les yeux du prince, elle laissa comme par mégarde tom-

ber son voile et demeura en apparence tout interdite. Cette feinte confusion, ajoutant à sa beauté, le prince en devint éperdument amoureux.

Il la demanda à son père. Mais celui-ci avait promis sa fille à l'omrah Schère-Af-Koum, et il ne voulut pas devenir parjure. Sélim s'adressa à l'empereur : Akbar ordonna à son fils d'oublier cette femme, et Mher-oul-Nissa devint l'épouse de Schère.

Schère était un Turcoman, fier de sa noblesse et de ses exploits. Il passait pour être le plus brave officier de l'armée.

Il se retira dans le Bengale, où il était gouverneur du district de Bourdwan, et vécut en paix tant que régna Akbar.

A peine Sélim fut-il monté sur le trône sous le nom de Djihan-Guîr [1] qu'il appela Schère à Delhi, l'accueillit avec empressement, lui accorda des distinctions nouvelles. Schère, crut que sa femme était oubliée : Djihan-Guîr ne songeait qu'à la lui enlever.

Il partit pour la chasse, accompagné, suivant l'usage, de toute sa cour. Un énorme tigre fut lancé. « Y a-t-il quelqu'un qui se sente le courage d'aller seul attaquer ce monstre ? » demanda l'empereur. Tous les yeux se tournèrent vers Schère, qui, devinant le dessin de Djihan-Guîr, ne bougea pas. Alors, trois omrahs réclamèrent l'honneur d'abattre la bête. Schère, piqué dans son amour-propre, ne songea qu'à sa gloire et demanda à combattre le tigre sans

---

1. Les historiens français écrivaient jadis ce nom Jéhan-Ghire.

armes. Djihan-Guîr feignit de l'en détourner ; Schère, s'obstina, alla sans armes au tigre, et l'étouffa.

Quelque temps après, il eut à se défendre contre un éléphant qu'on lâcha dans une rue étroite contre son palanquin : il triompha encore ; mais, voyant que l'empereur était à sa fenêtre et attendait l'issue de la lutte, il comprit qu'à la cour sa vie serait sans cesse menacée et il se retira dans son château de Bourdwan.

Le soubah du Bengale, Kouttoub, résolut de satisfaire à tout prix la passion du prince. Quarante soldats armés pénétrèrent un jour dans la chambre de Schère endormi. Un d'eux eut honte de frapper un homme sans défense : il l'éveilla. Schère saisit son épée, tua plusieurs des assassins, mit les autres en fuite, récompensa magnifiquement celui qui l'avait éveillé.

Le soubah imagina alors de faire une inspection générale de sa province et il passa sans affectation auprès de Bourdwan. Schère sortit de la ville pour recevoir le gouverneur. Se trouvant tout à coup entouré de cent épées nues, il comprit qu'il était tombé dans un guet-apens. Il poussa son cheval vers l'éléphant du soubah, s'élança sur la croupe de l'animal et trancha la tête à Kouttoub ; puis, il tourna sa fureur contre les autres. Il en fit un grand massacre ; mais, visé enfin par des mousquets, il comprit que sa mort était inévitable, se tourna vers La Mecque et tomba, percé de plusieurs balles.

Aussitôt on apprit à Mher-oul-Nissa qu'elle était délivrée de son mari. Ayant peine à contenir sa joie, elle se fit conduire au palais impérial. Une grande humiliation l'y attendait. L'empereur était-il mécontent de la mort de Kouttoub, qu'il aimait beaucoup ? Était-il dominé alors par une nouvelle passion ? Mher-oul-Nissa cessait-elle de lui paraître désirable depuis qu'elle était en sa possession ? On ne sait. Mais il refusa de la voir, lui donna le pire appartement du harem et ne lui assigna pour son entretien qu'une somme misérable.

Elle dissimula son dépit en feignant de 'pleurer la mort de son mari, et attendit son jour. Elle attendit de longs mois en vain et dut enfin se résigner à travailler pour vivre. Elle se mit à broder, et, comme elle y excellait, toutes les femmes de la ville voulurent avoir de ses ouvrages. Elle les vendait très cher et put ainsi se donner un grand luxe.

Elle était depuis quatre ans au harem sans que l'empereur, qui ne cessait d'entendre parler d'elle, eût manifesté le moindre désir de la revoir, quand un jour il se rendit chez elle à l'improviste, sous prétexte de voir ses broderies. Il tomba à ses pieds et jura de tout lui sacrifier. C'est ce qu'il fit ; car elle n'eut jamais de rivales et resta jusqu'à la mort de l'empereur la souveraine maîtresse de l'empire. Dès le lendemain de cette première entrevue, Djihan-Guîr l'épousa solennellement et par un firman impérial changea son nom de Mher-oul-Nissa en celui de Nour-Mahal (lumière du harem).

Son père Chaja devint grand-vizir et « prouva dans ce poste éminent qu'aucun talent ne lui était étranger ». Ses deux frères devinrent omrahs de première classe ; l'un d'eux, Asaph-Jah, succéda par la suite à son père et fut l'un des plus grands ministres que l'empire mongol ait vus à sa tête. Tous ses parents de Tartarie accoururent dans l'Inde et reçurent des emplois. Ils surent se faire aimer, et de toute sa famille il n'y eut qu'elle-même que le peuple finit par détester.

Peu après que son frère eut succédé à leur père dans la charge de grand-vizir, l'empereur ordonna par un édit qu'on la distinguât de ses autres femmes par le titre de Schaha (impératrice), qu'elle parût dans les cérémonies à côté de lui-même, que son effigie et son nom fussent placés sur la monnaie, que ses parents prissent rang après les princes de la famille impériale. En même temps il changea son nom de Nour-Mahal (lumière du harem) pour celui de Nour-Djihan (lumière du monde). Ce fut vers 1616 qu'elle reçut, pour le malheur du peuple, ce surcroît d'honneurs ; car, dès lors, enivrée d'orgueil, elle devint tyrannique et se fit haïr. C'est ce que veulent dire, dans le poème de Leconte de Lisle, ces deux vers, inintelligibles, on en conviendra, pour ceux qui ne connaissent pas l'histoire de Nour-Mahal :

> Ne sois pas Nurdjéham, la lumière du monde !
> Sois toujours Nurmahal, l'étoile du palais !

Djihan-Guîr mourut en 1627 à cinquante huit ans, après un règne de vingt-deux ans. Nour-Mahal favorisait un des fils de l'empereur défunt. Mais ce fut un autre fils, Khorroum, qui l'emporta, grâce à l'appui du grand-vizir, frère de Nour-Mahal. Celle-ci, trop fière pour vouloir reparaître à la cour sans crédit après avoir gouverné l'em-

pire, se retira dans son palais de Lahore et se livra à
l'étude. Elle mourut en 1645, dix-huit ans après son mari.

A deux milles au nord de Lahore se voit un superbe
mausolée : il contient les restes de l'empereur Djihan-Guîr,
fils d'Akbar. Auprès de lui repose, dans un autre monument, le grand-vizir Chaja-Ayas, père de Nour-Mahal.
Un peu plus loin s'élève un troisième mausolée, sans inscription : c'est celui de la favorite.

Les aventures de Nurmahal avaient paru si extraordi-
naires à l'auteur de l'*Histoire générale de l'Inde ancienne et
moderne*, M. de Marlès [1], qu'il y consacra tout un appendice. C'est d'après cet appendice que je viens de les raconter, et c'est de là que Leconte de Lisle a tiré son poème de
Nurmahal.

Voici comment il raconte à son tour le mariage de la
favorite de Djihan-Guîr.

Djihan-Guîr, fils d'Akbar, est assis sur la tour qui regarde
Lahore. Deux Umrahs sont debout derrière lui ; chacun
d'eux, immobile en ses habits flottants, tient un sabre
d'acier mat au pommeau constellé de rubis. Le soleil se
couche, et le souffle du soir, chargé d'odeurs suaves, soulève jusqu'à l'empereur l'âme errante des fleurs. Il contemple en silence la terre des Aryas conquise par ses aïeux
et sa ville impériale. Aux carrefours, où son œil s'égare,
roule un tourbillon léger de cavaliers mahrattes, passent

---

1. Paris, 1828, 6 vol. ; l'appendice où est racontée l'histoire de
Nour-Mahal est au t. VI, p. 177-189.

des éléphants vêtus de housses, des bœufs de Nagare, des fakirs et de noirs cavaliers aux blanches draperies, escortant au travers de la foule

Le palankin doré des Radjahs indolents.

Mais Djihan-Guîr reste morne, oublieux de son peuple innombrable. Il n'aime plus l'éclair de la lance, ni sa cavale à l'œil bleu qui se cabre au cliquetis des cymbales, ni le rire harmonieux des femmes, ni les perles de Lanka qui chargent son front lassé. Le Roi du monde est triste, un désir le blesse.

Avant d'aller plus loin, ai-je besoin de faire remarquer comme dans ce tableau, dont je donne un sec résumé, revit le décor opulent où s'est déroulée l'histoire de Nurmahal et avec quel sens de la composition il est incorporé au récit ? Ai-je besoin d'ajouter que ce début de poème est heureusement imité du début de *Zim-Zizimi* ?

Cependant la nuit tombe, les constellations se lèvent, le fleuve réfléchit dans ses eaux

La pagode aux toits lourds et les minarets longs.

Mais voici qu'une voix, jeune, éclatante et pure, remplit l'air nocturne. Djihan-Guîr écoute ; son cœur bat et son œil luit : il sent un frisson d'aise courir en lui, comme le tigre qui flaire l'antilope. Jamais pareille ivresse n'a inondé son cœur. Qui donc chante ainsi ? C'est la blanche Nurmahal. Son époux Ali-Khân est parti, la guerre le réclamait ; mais le nom du Prophète incrusté sur sa lame garantit la fidélité de Nurmahal : elle lui a juré dans leurs adieux derniers de lui être fidèle jusqu'au tombeau, et c'est pour aiguillonner l'heure trop lente qu'elle chante sous les tamariniers. Mais peut-elle s'opposer à sa destinée, écrite au ciel même ?

Les jours se sont enfuis. Nurmahal repose sous un dôme constellé de diamants roses ; deux rançons de radjahs pendent à ses oreilles ; elle siège, au milieu des merveilles, aux côtés du fils d'Akbar, sur le trône mongol. Et la maison d'Ali-Khân est muette ; les jets d'eau se sont tus dans les marbres taris. Mais Nurmahal n'a point été parjure : elle peut régner, puisque son mari est mort. Il revenait vainqueur, ayant sur les lèvres le nom de sa femme, quand le fer de la haine lui a percé le cœur. Et le poète rend gloire à celle qui, fidèle jusqu'au bout à son époux vivant, a dédaigné de trahir et tué auparavant.

On voit que le poète ne s'est pas abstenu d'arranger l'histoire de Nurmahal. Il donne à son héroïne dès son premier mariage, — et ce n'est pas là une entorse bien grave à la vérité, — le nom de Nurmahal qu'elle reçut seulement en épousant l'empereur. Il change le nom de son mari Schère-Af-Koum en celui d'Ali-Khân. S'il suppose que le prince a senti le premier éveil de la passion en écoutant la voix de la jeune femme, ce qui est conforme au récit des historiens, il ne fait pas commencer, semble-t-il, cet amour sous le règne d'Akbar. Il supprime les quatre longues années d'humiliation qui succédèrent pour Nurmahal à son veuvage. Il supprime aussi toutes les tentatives de meurtre auxquelles son mari échappa par son courage et

sa prudence : s'inspirant de l'histoire de David et de Bethsa-
bée, il fait mourir son personnage au retour d'une guerre
où celui-ci n'est jamais allé, et il le frappe d'un coup de
poignard, alors que Schère est tombé d'un coup de mous-
quet. Il fait prêter par Nurmahal à son mari un serment
qu'elle ne lui a jamais prêté, et, tandis qu'elle n'a pas probablement contribué à la mort qui la rendit impératrice,
tout en l'appelant de ses vœux, c'est à elle qu'il semble
attribuer l'initiative du meurtre.

L'histoire a-t-elle donc été profondément altérée ? Non,
si l'essentiel a été, non seulement conservé, mais mis en
relief. Et l'essentiel, quel était-il ? C'était la passion violente
et exclusive de Djihan-Guîr, qui nous est bien représentée
telle qu'elle fut réellement, telle que l'on comprend qu'elle
devait être chez un homme rassasié de gloire et plongé dans
un milieu où il trouvait partout des excitations à la volupté,
des conseils de meurtre. L'essentiel, c'était encore cette singulière crainte de violer la parole donnée chez ceux qui ne
reculent pas devant un grand crime, ce scrupule de deux
amants ne voulant point être adultères, mais, pour ne l'être
point, voulant bien devenir assassins. L'histoire nous dit, il
est vrai, que ce fut l'empereur qui montra cet étrange respect
du lien conjugal avec ce non moins étrange mépris du sang
versé : ce fut lui qui refusa d'enlever par la force Nurmahal
à son mari et organisa des pièges adroits où celui-ci devait
trouver une mort en apparence accidentelle. Mais, si cet
hypocrite assassinat est plutôt imputable à l'amant de Nurmahal qu'à elle-même, elle n'en fut pas moins moralement
responsable de tout ce qui se fit. Leconte de Lisle ne l'a

donc point calomniée, tout en la chargeant un peu, et il
n'a modifié son histoire dans le détail (ce qui est toujours
regrettable, j'en conviens, quand il s'agit d'un personnage
ayant réellement existé), que pour la transformer en un
type plus général qu'elle-même, celui de la favorite orien-
tale.

DJIHAN-ARA [1]

L'Inde musulmane, qui connut d'autres Nurmahals,
quoique de moindre envergure, connut aussi de très nobles
femmes. Mais aucune ne fut plus managnime que Djihan-
Arâ, fille de Scha-Djihan.

Celui-ci fut le successeur de Djihan-Guir, dont il
était le troisième fils (avant son avènement il s'appelait Khorroum). Il régna d'abord paisiblement, et
ce fut l'époque la plus fastueuse de l'empire mongol.
Ce fut alors que l'on construisit ce trône dont, quelques
années plus tard, le voyageur français Tavernier esti-
mait les joyaux à plus de 150 millions de livres, et
que l'on réunit ce trésor que l'empereur Aurang-Ceyb
étala un jour aux yeux éblouis de notre compatriote.
Scha-Djihan étant tombé malade, ses fils se disputèrent
aussitôt sa succession, qui n'était pourtant pas ouverte. Ils
étaient quatre (et non trois, comme dit Leconte de Lisle,
soit par inadvertance, soit parce que le mot trois entrait
plus facilement dans son vers) : ce fut le plus jeune qui

---

1. *Poèmes barbares*, XXIII.

l'emporta, Aurang-Ceyb (l'ornement du trône) ; il était fils
de la fille du grand-vizir Azaph-Jah, frère de Nurmahal :
il était donc le petit-neveu de la favorite. Il battit ses frères,
qu'il fit mettre à mort, mais bien après son avènement
(beaucoup plus tard, par conséquent, que ne le dit
Leconte de Lisle). Il déposséda son père et se fit proclamer
empereur de son vivant sous le nom d'Alam-Guîr, le
conquérant du monde. Il régna de 1658 à 1707, fit de
grandes choses et porta à son apogée la puissance mongole,
pour laquelle devait commencer aussitôt après sa mort une
lamentable décadence.

Quand Aurang se fit proclamer à Agra, le vieil empereur Scha-Djihan fut abandonné de tout le monde, sauf
de sa fille Djihan-Arâ. Il acheva sa vie dans la forteresse
d'Agra, ayant tout ce qui lui était nécessaire pour sa sub-
sistance, mais privé de liberté. Il ne pouvait entendre sans
horreur prononcer le nom du fils qui l'avait dépouillé. Sa
fille ne le quitta point, et ce fut dans ses bras qu'il expira
en 1666, après huit ans d'emprisonnement.

A la nouvelle de sa mort, Aurang-Ceyb feignit une
grande douleur. Il partit sur le champ pour Agra et demanda
à sa sœur la permission de la voir. Celle-ci, raconte de
Marlès, s'attendait à cette demande. Elle vint à son frère,
portant dans un grand bassin d'or toutes les pierreries de
Scha-Djihan. Ce présent magnifique disposa favorable-
ment Aurang, et il fut facile à la jeune fille, ajoute l'historien, de faire accueillir son apologie. L'empereur
l'emmena à Delhi, où elle sembla d'abord exercer beaucoup d'influence, mais très peu de temps après elle mou-

rut subitement. Le voyageur Tavernier, qui l'appelle Bégum-Saheb et qui la vit passer sur son éléphant au moment où elle quittait Agra avec la cour, croit, — et il ajoute que tout le monde en est persuadé comme lui, — qu'elle fut empoisonnée pour avoir trop aimé son père.

Leconte de Lisle, qui a un peu chargé la mémoire de Nurmahal, a, au contraire, un peu embelli la figure de l'Antigone mongole. Il la fait mourir de la tristesse d'avoir perdu son père : mais peut-être avait-il le droit de faire cette hypothèse, la seule chose certaine dans cette mort étant, après tout, qu'elle suivît de près celle du vieillard. Il prête à son héroïne, sans qu'aucun document précis l'y autorise, mais avec vraisemblance, cette pitié pour le pauvre et le délaissé, cette soif de guérir les maux du monde, dont nous savons que des princesses indiennes ont donné réellement l'exemple. Ce n'est pas après la mort de leur père qu'il place son entrevue avec Aurang, quand, son devoir accompli jusqu'au bout, et ayant bien alors le le droit de songer à elle-même, elle acheta sa vie par le présent des pierreries impériales ; il transporte leur entretien après la dépossession du vieil impereur et donne à Djihan-Arâ une attitude tout autrement fière : mais ne pouvait-il pas supposer sans invraisemblance que le frère voulut voir sa sœur à ce moment et qu'elle lui reprocha sévèrement sa conduite ? Rien n'empêchait donc que le personnage fût, comme il l'a été, un peu idéalisé.

Il s'oppose ainsi, par un contraste fort dramatique, à celui que Leconte de Lisle appelle « l'ascétique assassin »

et dont la foi sectaire l'a intéressé autant qu'il l'a détestée.
Des quatre fils de Scha-Djihan, Aurang était le seul qui
affectât de ne pas vouloir de l'empire. Il s'était toujours
montré mahométan pieux et austère ; il s'était défendu
d'avoir une autre ambition que de faire le pèlerinage de La
Mecque. Il déclara accepter l'empire seulement parce
qu'Allah l'avait désigné et voulait se servir de lui pour la
défense de la vraie foi. Le croyait-il réellement, ou bien
dissimulait-il ainsi son ambition ? Il est difficile de se prononcer. Ce qui n'est pas douteux, c'est qu'il essaya, pendant son règne, de convertir en masse les Indiens à l'islamisme et que bien des gens excusèrent ses violences envers
sa famille parce qu'ils les crurent ordonnées par le Seigneur.
Hypocrite ou sectaire, Aurang-Ceyb était de toutes façons
voué à l'antipathie de Leconte de Lisle, heureux de flétrir
une fois de plus des crimes qui, de bonne foi ou non, on
ne sait, n'en furent pas moins accomplis au nom de la
divinité.

LE CONSEIL DU FAKIR [1]

Un siècle environ après l'avènement d'Aurang-Ceyb,
l'empire mongol croulait, ébranlé par les divisions intes-
tines ; Français et Anglais s'en disputaient les débris. A
Arcate, dans le sud-est de la Péninsule, régnait le nabab
Mohammed-Ali-Khan. Dupleix le déposséda, les Anglais
le rétablirent et la Paix de Paris le reconnut nabab du Carnatic. Il devint fermier général de la compagnie anglaise

---

1. *Poèmes barbares*, XXV.

dans sa région. Dépouillé par l'adversaire des Anglais, Hyper-Ali, père du fameux Tippo-Saïb, il retrouva de nouveau son trône. Il y était encore installé à l'époque où un historien anglais jugeait ainsi ce fidèle allié de son pays : « Ses dettes le plongèrent dans de telles difficultés et ouvrirent un si vaste champ à l'intrigue de nombre d'individus sans principes que le nom anglais ne se lavera jamais de cette tache. L'avarice est la passion dominante de ce prince et sa répugnance à s'acquitter de ses obligations semble augmenter avec ses années [1]. »

A quelle date mourut ce nabab dont l'avarice était « la passion dominante », ce qui veut dire sans doute qu'elle n'était pas la seule, et dont les exactions ont imprimé à la renommée de l'Angleterre une telle tache que, de l'aveu d'un Anglais, elle ne s'en lavera jamais ? Comment mourut-il ? Je ne sais, et je cherche encore l'historien dont Leconte de Lisle s'est autorisé pour raconter comme il l'a fait la mort de Mohammed-Ali-Khan dans *le Conseil du Fakir*. C'est encore l'histoire d'une femme qui tue son mari.

Vingt Cipayes gardent le Nabab et la Begum d'Arkate. Devant eux, un Fakir demi-nu mange du riz de Mangalor, assis sur les jarrets.

---

1. *Affaires de l'Inde depuis le commencement de la guerre avec la France en 1756 jusqu'à la conclusion de la paix en 1783*, traduit de l'anglais ; Paris, Buisson, 1788 ; t. II, p. 101. En 1800, le nabab du Carnatic s'appelait Omdut-ul-Omrah ; il mourut en 1801 et fut remplacé par Azim-ul-Dowlah qui descendait de Mohammed-Ali-Khan ; deux mois plus tard on lui enleva toute autorité.

— Mohammed-Ali-Khan, dit-il au Nabab, ta fortune est au faîte. Tes crimes si lourds, tes vices si laids hâtent l'heure de l'expiation. Pourquoi, ô Mohammed, réchauffes-tu la vipère en ton sein ? Voici qu'elle siffle et t'enlace. —

Il dit. Mohammed fume, silencieux, son hûka bigarré d'arabesques. Mais la Begum tressaille, redresse son front chargé de pierreries, ouvre tout grands ses yeux. Puis elle rit, comme un bengali. — Le saint homme rêve, — dit-elle, et elle lui lance une bourse. L'or roule sur le pavé. — Voici le prix du sang ! — dit le Fakir, et il sort.

Mohammed regarde fixement cette femme dont l'œil pur brille si doucement. Il sourit sous le joug de cet être charmant, vieux tigre résigné qu'une enfant mène en laisse; il repousse le soupçon : quelle bouche dit vrai, si celle-ci ment ?

La nuit est montée. Au fond du palais sombre Mohammed repose. Une lampe d'argent éclaire vaguement son front blême : le sang ne coule plus de sa gorge; au milieu d'une pourpre horrible et déjà froide, le corps du vieux Nabab gît immobile.

CHAPITRE II

Poème égyptien

Dans la galerie historique de Leconte de Lisle un seul poème représente la civilisation de l'ancienne Égypte. C'est peu si l'on songe à la longue durée de cette civilisation et à l'importance des monuments qu'elle nous a laissés. Mais le poème est du moins très synthétique et il nous transporte à l'époque la plus glorieuse de l'histoire des Égyptiens : les rois de Karnak ont imposé leur domination à toute la terre de Kêmi, qu'ils couvrent d'édifices somptueux ; la Mésopotamie reconnaît leur suzeraineté ; l'Asie entière a les yeux fixés sur eux.

Le curieux récit qui a servi de source au poète vient d'une inscription découverte par Champollion dans le temple de Khonsou à Thèbes, enlevée en 1846 par Prisse d'Avenne et donnée par lui à la Bibliothèque nationale de Paris. La Bibliothèque en fit faire une magnifique reproduction sur papier de luxe pour l'Exposition universelle de 1855, et à cette occasion le vicomte E. de Rougé la traduisit et la commenta dans une série d'articles publiés par le *Journal asiatique*, puis réunis en un volume sous ce titre :

---

1. *Poèmes barbares*, IV.

Étude sur une stèle égyptienne appartenant à la Bibliothèque Impériale [1].

L'inscription est surmontée d'un tableau.

A gauche, un roi casqué offre l'encens devant une barque sacrée. Une légende appelle ce roi Ramsès-Meriamen, c'est-à-dire Ramsès chéri d'Amon. La barque est portée sur les épaules de dix prêtres. Deux autres suivent, l'un tenant un parasol, l'autre lisant un hymne sur un volume à moitié déroulé. Au milieu de la barque est un naos fermé où repose un dieu, que la légende appelle « Chons en Thébaïde, bon protecteur ». Devant et derrière le naos on a figuré un adorant, sur le devant de la barque un étendard en plumes d'autruche, un lion diadémé, un uræus portant le disque solaire. Aux deux extrémités, la tête symbolique de Chons, à savoir une tête d'épervier coiffée du disque lunaire.

A droite, un prêtre offre l'encens devant une autre barque sacrée. Celle-ci n'est portée que par quatre prêtres. Ici, ni parasol, ni étendard. Dans le naos fermé repose un dieu que la légende appelle « Chons protecteur de l'Égypte, dieu grand qui chasse les rebelles ».

Avant de résumer le récit conté par l'inscription, disons brièvement qui est le dieu Chons et pourquoi il a deux statues.

Chons est le fils d'Amon; il est le dieu-fils de la trinité thébaine.

---

1. Paris, 1858. (Extrait du *Journal asiatique*, août 1857, juin-septembre 1858.)

Amon avait été à l'origine un dieu fort modeste. C'était simplement le dieu de Karnak, la personnification et le protecteur du sol. Identifié avec Ra, le soleil, il devint plus important sous le nom d'Amon-Ra. La fortune des rois de Thèbes fit ensuite la sienne. Il détrôna les dieux des autres villes à mesure que les maîtres de Karnak étendirent sur elles leur pouvoir. Il finit par être le dieu suprême de toute l'Égypte, comme les rois issus de lui, les Ramsessides, en étaient les souverains.

Longtemps solitaire, Amon s'associa plus tard une déesse-mère, mais qui n'eut jamais · de personnalité, ni même de nom : on l'appelait simplement Mout, la mère. Ils eurent un fils, qui fut d'abord Amon lui-même, en ce sens, dit Rougé, qu'Amon « se procréait et s'engendrait lui-même [1] » dans le sein de Mout : « Amon était donc père ou fils, suivant la face sous laquelle on le considérait. »

Le fils finit, cependant, par se distinguer du père et on l'identifia avec Montou, qui avait été jadis un dieu plus puissant qu'Amon. Puis, Montou fut remplacé dans la dignité de dieu-fils, par un dieu jusque là très secondaire, qu'on alla chercher parmi les génies qui veillaient sur les étoiles, Khonsou, le navigateur, identifié quelquefois avec la lune, et ce Khonsou devint alors assez vite un personnage fort puissant, fort populaire surtout, la providence de la Thébaïde, le conseiller du pays, celui qui chassait les mauvais esprits et guérissait les maladies [2].

---

1. Leconte de Lisle applique à Khons ce que Rougé dit d'Amon.
2. Maspéro, *Histoire ancienne des peuples de l'Orient*, t. II, p. 552.

Pour bien comprendre une partie de l'inscription qui nous occupe et le tableau qui la surmonte, « il faut se rappeler que, selon les croyances égyptiennes, chaque statue d'un dieu, établie dans un temple, contenait un *double* détaché de la personne même de ce dieu, et qu'elle était par là une véritable incarnation du dieu, différente de ses autres incarnations. Le dieu Khonsou avait dans son temple, à Karnak, deux statues au moins, dont chacune était animée par un *double* indépendant que les rites de la consécration avaient enlevé au dieu. L'une d'elles représentait Khonsou, immuable dans sa perfection, tranquille dans sa grandeur et ne se mêlant pas directement aux affaires des hommes... L'autre statue représentait un Khonsou plus actif, qui règle les affaires des hommes et chasse les étrangers, c'est-à-dire les ennemis, loin de l'Égypte [1] ». Le premier Khonsou, considéré comme étant le plus puissant, ne daignait point se déranger lui-même, quand on lui demandait une guérison : il y envoyait le second Khonsou après lui avoir transmis ses pouvoirs. C'est ainsi du moins que les choses se passent dans l'histoire racontée par l'inscription de la Bibliothèque nationale.

Cette inscription raconte en effet que Khonsou fit le voyage de Syrie pour guérir une princesse possédée par un esprit. Au préalable elle avait raconté comment la jeune fille était devenue la belle-sœur de Ramsès.

Le roi était en Mésopotamie, recevant les tributs de

---

1. Maspéro, *les Contes populaires de l'Égypte ancienne*, 3e édition, p. 164.

l'année. Les princes de toute la terre vinrent se prosterner à ses pieds et lui apportèrent de l'or, de l'argent, du cuivre. Le chef de Bachtan fit mieux : il amena sa fille aînée. Elle était belle, « elle plut au roi par dessus toute chose » ; il lui donna en qualité de première épouse royale le nom de Néférou-Ra, la beauté du soleil, et à son retour en Égypte, il la consacra comme reine avec tous les rites.

Un jour, continue l'inscription, le roi reçoit une ambassade de son beau-père. Bint-Reschit [1], la jeune sœur de la reine Néférou-Ra, est malade et le prince de Bachtan demande un médecin à son gendre. Celui-ci réunit ses docteurs, en choisit un, l'expédie à Bachtan.

Onze ans plus tard, nouvelle ambassade. La princesse est toujours malade. Son père demande cette fois qu'on lui expédie un dieu.

Le roi revint en la présence de Chons, dieu tranquille dans sa perfection, pour lui dire : « Mon bon Seigneur, je reviens pour t'implorer en faveur de la fille du prince de Bachtan. » Le roi fit conduire Chons, dieu tranquille dans sa perfection, vers Chons, conseiller de Thèbes, dieu grand qui chasse les rebelles. Sa Majesté dit à Chons, dieu tranquille dans sa perfection : « Mon bon Seigneur, si tu voulais tourner ta face vers Chons, le conseiller de Thèbes, le grand dieu qui chasse les rebelles et l'envoyer au pays de Bachtan par une grâce insigne. » Puis Sa Majesté dit : « Donne-lui ta vertu divine, j'enverrai ensuite ce dieu pour qu'il guérisse la fille du prince de Bachtan. » Par sa faveur la plus insigne, Chons de Thébaïde, dieu tranquille dans sa perfection, donna quatre fois sa vertu divine à Chons, conseiller de Thèbes [2].

---

1. La fille de la Joie, d'après Maspéro, *les Contes...*, p. 163.
2. Traduction de Rougé.

Chons, conseiller de Thèbes, part dans son grand naos.
De nombreux cavaliers marchent à sa gauche et à sa droite.
Il arrive à Bachtan après un voyage d'un an et cinq mois,
est reçu magnifiquement, guérit la princesse en donnant à
l'esprit qui demeure en elle l'ordre de la quitter. Le père
de la malade offre de riches présents à Chons, et aussi à
l'esprit. Puis, joyeux de la guérison, il forme le noir projet
de garder chez lui un dieu si utile. Mais, au bout de trois
ans et neuf mois, il voit en songe Chons qui s'enfuit sous
la forme d'un épervier. Docile à cet avis, il comble le dieu
de cadeaux et le renvoie en Égypte. En la trente-troisième
année du règne de Ramsès, Chons, conseiller de Thèbes,
rejoignit sa demeure et rendit compte de sa mission à
Chons, dieu tranquille dans sa perfection : c'est probablement l'entrevue des deux Chons, après le retour du voyageur, qui fait le sujet du tableau initial.

Cette inscription a longtemps passé pour un document
officiel. Tout contribuait à la faire paraître telle : les dates
échelonnées tout le long du texte, les détails du cérémonial pharaonique mis en scène avec un soin scrupuleux, les
titres prêtés au souverain, et qui sont ceux que prend dans
ses rescrits Ramsès II (Sésostris), la vraisemblance même
des faits. Mais il est aujourd'hui établi que le monument est
un faux, commis par les prêtres de Khonsou dans l'intention de rehausser la gloire de leur dieu et l'importance de
leur temple. D'après A. Erman, qui a reconnu le faux, l'inscription aurait été fabriquée aux environs de l'époque pto-
lémaïque. D'après M. Maspéro, qui en donne une traduc-

tion dans ses *Contes populaires de l'ancienne Égypte* [1], elle l'aurait été aux premiers temps des invasions éthiopiennes : « la charge de grand-prêtre d'Amon venait de tomber en désuétude, et les sacerdoces qui subsistaient encore devaient chercher à hériter par tous les moyens de la haute influence qu'avait exercée le sacerdoce disparu. »

Les faussaires n'eurent pas besoin de faire beaucoup de frais d'imagination, car ils construisirent leur conte sur un thème fréquent dans toutes les littératures populaires : un esprit, entré au corps d'une princesse, lutte avec succès contre les exorcistes, et il ne s'en va qu'à de certaines conditions. Voulant, d'autre part, pour la plus grande gloire de leur dieu, mettre l'histoire de la princesse guérie au compte de l'illustre Ramsès II, ils attribuèrent au souverain dont parle leur inscription le nom et les prénoms du fameux conquérant [2], et ils s'inspirèrent d'un fait vrai :

---

1. P. 159-167 : *La fille du Prince de Bakhtan et l'Esprit possesseur.*

2. La stèle de la princesse de Bachtan donne, entre autres titres, à Ramsès un titre que Rougé traduit dans sa version latine par *dominus duarum regionum* et dans son commentaire par *roi de la haute et de la basse Égypte*. (M. Maspéro traduit : *roi des deux Égyptes.*) Plus loin, le prince est décoré de titres que Rougé traduit : *roi de la région noire, prince des régions rouges*, et le traducteur explique que Kêmi, la région noire, c'est l'Égypte, qu'il y a deux régions rouges formant ensemble la Nubie. (M. Maspéro traduit ici : *roi de l'Égypte, prince des tribus du désert.*) Est-ce à ce double titre de *roi de la région noire, prince des [deux] régions rouges* que songe Leconte de Lisle quand il parle des *trois* empires ?

(Les vingt nomes, les trois empires sont en deuil.)

Je le pense. Mais l'expression *les trois empires*, dont le poète a l'air de faire en quelque sorte le nom officiel du royaume de Ramsès, semble bien avoir été forgée par lui. — Il n'y a pas plus d'exactitude dans l'expression, en apparence si précise, *les vingt nomes.* Car l'Égypte, primitivement soumise au régime féodal, continuait bien à être subdi-

Ramsès II avait épousé une princesse asiatique et lui avait donné le nom de Ouïrimaounofirouri (celle qui voit les beautés du soleil). Cette princesse était fille de Khâtoura-sou, souverain de Kâti, pays où s'est développée une civilisation curieuse, connue sous le nom de civilisation hittite. Le mariage avait été purement politique, et non romanesque : Khâtourasou était un puissant souverain indépendant, et Sésostris était devenu son gendre pour sceller une alliance utile. Ne voulant pas reléguer une princesse de si haut rang dans la foule des femmes de son harem, il l'avait épousée en grande pompe et lui avait donné ce beau nom de Ouirimaounofirouri, faible consolation sans doute pour une jeune fille qu'on mariait avec un homme plus que sexagénaire [1].

Ainsi, pour la composition de son poème de *Néférou-Ra*, Leconte de Lisle, sans le savoir, s'est inspiré d'un faux. Ce faux est toutefois, ne l'oublions point, de fabrication égyptienne et le style des monuments authentiques y a été adroitement imité. Bien que le document fût une super-cherie, la couleur que le poète en a tirée ne devait donc pas être nécessairement de mauvaise qualité.

Le plan de son poème lui a été suggéré par la disposi-

---

visée sous la suzeraineté des rois de Karnak en principautés féodales, que les Grecs appelèrent *nomes* ; mais, si le nombre des nomes, qui fut variable, s'éleva parfois jusqu'à cinquante, il ne descendit jamais, d'après M. Maspéro, au-dessous de trente-six.

1. Ramsès II a raconté lui-même son mariage dans un monument qu'on a retrouvé à Ypsamboul. Voir Maspéro, *Histoire ancienne...*, t. II, p. 405.

tion de la stèle : le poème, comme la stèle, nous présente un tableau suivi d'un récit.

Dans le tableau du poème, comme dans la partie gauche du tableau de la stèle, on voit dix prêtres porter une barque peinte où Khons siège sous un parasol [1]. Autour de la barque, le poète, — c'était son droit et son devoir, — a développé un beau décor, décor très sobre, mais où est condensé en quatre vers tant de couleur et de vérité qu'il y a peu de pages qui donnent du paysage égyptien une impression plus exacte et plus forte :

> Un matin éclatant de la chaude saison
> Baigne les grands sphinx roux couchés au sable aride,
> Et des vieux Anubis ceints du pagne rigide
> La gueule de chacal aboie à l'horizon.

On admirerait de même le portrait du dieu Khons, si le poète ne s'était pas trompé de modèle. Ayant eu, en effet, l'imprudence d'ouvrir le naos que le tableau de la stèle tenait fermé, il a prêté au dieu « un col raide, un œil fixe, une épaule carrée » ; il lui a « allongé les mains sur ses genoux aigus » ; il a enclos « ses tempes lisses » d'une double bandelette, « qui pend avec lourdeur sur son sein et son dos ». Et rien n'est plus égyptien, sans doute, que ce personnage, mais on reconnaît immédiatement en lui le roi Sovkhotpou du premier empire thébain, dont le

---

1. Si ces prêtres ont « le front incliné vers le sol », c'est sans doute pour que *sol* rime avec *parasol* : car dans la stèle ils ont plutôt le front relevé.

Louvre possède la statue colossale [1], et non pas Khons. Celui-ci n'avait pas les mains étendues sur les genoux : la droite s'appuyait sur le bras du siège, la gauche était soulevée à mi-hauteur entre le genou et le menton ; et il était bien coiffé de la double bandelette, mais elle était surmontée d'un large croissant que surmontait un énorme disque. C'est ainsi, du moins, que nous le représente une statue de bronze appartenant au musée de Gizeth [2]. Mais quand Leconte de Lisle composait son poème, Khons n'avait pas encore été exhumé de la couche de sable où il gisait depuis des milliers d'années.

L'ayant ainsi installé, comme l'avait fait l'auteur de la stèle, dans une barque portée par dix prêtres, mais lui ayant donné à tort l'attitude d'un roi du premier empire thébain, où Leconte de Lisle envoie-t-il le fils d'Amon ? Khons, « tranquille et parfait », ne s'en va pas chez son double, Khons, conseiller de Thèbes, dieu puissant qui chasse les rebelles, pour revêtir celui-ci de sa vertu divine et l'expédier ensuite chez une princesse malade : le poète français, simplifiant, et il a bien fait, la théogonie, d'ailleurs si variable, des Thébains, n'admet plus qu'un seul et unique Khons. Khons, « tranquille et parfait », s'en va directement chez la malade. Mais cette malade n'est plus une princesse asiatique, et voici la mélancolique histoire qui nous est contée.

Le divin Guérisseur s'en va dans la vaste demeure de

1. Reproduction dans Maspéro, *Hist. anc.*, t. II, p. 528.
2. Reproduction dans Maspéro, *Hist. anc.*, t. II, p. 552.

Ramsès, où, sur son lit virginal, enveloppée de fines ban-
delettes, se meurt Néférou-Ra, la Beauté du Soleil [1]. Hier,
elle courait parmi les roses,

> La joue et le front purs polis comme un bel or [2],

et souriait, son cœur étant encore paisible, de voir les ibis
roses voler dans le ciel bleu. Aujourd'hui, un rêve mystérieux consume sa vie. Et depuis que Néférou-Ra, palmier frêle, a ployé sous un souffle ennemi, la terre de
Khêmi est plongée dans la tristesse. Mais le dieu la gué-
rira sans doute. Il approche : des cris d'allégresse s'élèvent.
Le cortège monte les escaliers : la foule se prosterne.
Néférou-Ra, ouvrant ses grands yeux pleins de crainte et
d'amour, tressaille, sourit, s'incline, s'endort. Que fait-elle ?
Hélas ! Khons a guéri la beauté du Soleil, il l'a guérie en
la rendant à la vie immortelle. Que Ramsès ne gémisse
pas : ce jeune cœur était blessé sans remède,

> Et la mort, déliant ses ailes de colombe,
> L'embaumera d'oubli dans le monde divin !

En imaginant cette histoire touchante, qu'il pouvait
inventer sans aucune invraisemblance, — car ce n'est pas
une hypothèse bien extraordinaire que de supposer qu'un
Ramsès a perdu sa fille, — qu'a fait Leconte de Lisle ?

---

1. La fille supposée de Ramsès est donc nommée d'après la femme
épousée par le roi dans le récit de la stèle.

2. En Égypte les hommes se peignaient le visage en rouge, les femmes
en jaune, et elles se comparaient à l'or. La reine Hatshopsitou, de la
XVIIIe dynastie, déclare quelque part qu'elle est « comme une pluie
d'or ». Voir Maspéro, *Histoire ancienne...*, t. II, p. 252.

Il nous a montré quelle était, chez les Égyptiens, l'importance de la femme dans les successions princières. Il n'exagère nullement en mettant toute la terre de Khêmi en deuil parce qu'une fille de sang royal se meurt ; car il était plus utile à un roi thébain d'avoir une fille que d'avoir un fils : c'était la femme qui transmettait le sang divin, le sang du Soleil ; il importait peu, au contraire, quel fut le père charnel d'un enfant royal, le vrai père étant toujours censé être Amon-Ra lui-même.

Le poète nous a montré encore avec quel charme pénétrant les anciens Égyptiens savaient parler de la femme et de la jeunesse. Ici non plus, il ne sort point de la vérité historique en réunissant, pour peindre la grâce de son héroïne, de si pittoresques images : c'est ainsi que dans leurs rescrits et dans leurs inscriptions funéraires les rois d'Égypte décrivaient celles qu'ils avaient aimées [1].

Leconte de Lisle, enfin, après avoir condensé dans les premiers vers de son poème les articles essentiels de la théogonie des Thébains, a condensé dans les derniers leurs idées sur la vie future. Il les a, toutefois, quelque peu altérées. Car si les Égyptiens, à l'époque thébaine, croyaient que l'âme après la mort était associée à la vie du Soleil,

---

1. Voici le portrait que dans une inscription funéraire un roi thébain trace de sa femme : « C'est une palme, une palme auprès de tous les hommes, un amour auprès des femmes que la princesse, une palme d'amour gracieuse entre les femmes, une jouvencelle dont on n'a jamais vu la pareille. Noire est sa chevelure plus que le noir de la nuit, plus que les baies du prunellier ; rouge sa joue plus que les grains du jaspe rouge, plus que l'entame d'un régime de dattes... » Maspéro, *Études de mythologie et d'archéologie égyptiennes*, t. I, p. 44.

c'est-à-dire entrait « dans le monde divin », jamais ils
n'ont cru qu'elle oubliât sa vie mortelle. Mais est-ce bien
un Égyptien qui parle dans la dernière strophe du poème
de *Néférou-Ra* ? N'est-ce pas le poète lui-même, pour qui
la mort est le commencement de l'oubli éternel ?

Ce que son poème a d'ailleurs de plus beau, c'est de
nous faire comprendre que dans ces palais de Karnak, en
apparence si calmes, si somnolents, des cœurs aussi ont
battu ; que ces édifices colossaux, qui paraissaient construits
pour l'éternité et qui ont en effet traversé les siècles, ont
abrité des êtres très frêles et très passagers, puisqu'ils étaient
des hommes comme nous ; qu'avec leur puissance prodi-
gieuse les souverains qui ont possédé assez de milliers
d'esclaves pour pouvoir entasser l'un sur l'autre ces blocs
de granit n'ont pas échappé à la loi commune, celle d'aimer leurs enfants et parfois de les voir mourir. Et ainsi un
large flot d'intérêt universel, d'humaine tendresse, est
entré dans cette poésie qui semblait d'abord viser seulement à faire la joie des archéologues.

CHAPITRE III

Poèmes scandinaves

Leconte de Lisle avait déjà donné ses *Poésies antiques* quand un livre de Xavier Marmier tomba entre ses mains [2] : *Chants populaires du Nord* (Islande, Danemark, Suède, Norvège, Feroe, Finlande), traduits en français et précédés d'une introduction [3]. Dans l'introduction il lut ces lignes :

> On ferait un singulier contraste en mettant à côté de ces chants danois quelques suaves poèmes de l'Orient, un chant d'amour comme *Gul et Bulbul*, un drame comme *Sacountala*. Ici, le ciel étoilé, les rayons de soleil, la terre chargée de fleurs, les jours livrés aux molles rêveries, les nuits pleines de parfum et de douces clartés ; là, le sol aride, le vent qui gronde sous un ciel nébuleux, la mer qui frappe avec des gémissements de douleur son lit de roc, ses flancs de sable ; ici, le monde des génies gracieux et les enchantements de la vie ; là, les créations bizarres et la lutte pénible de l'homme avec le sort et les éléments [4].

Ces paroles furent pour le poète un trait de lumière. Il songea aussitôt à réaliser le contraste singulier que Mar-

---

1. *Poèmes barbares*, XII, XI.
2. C'est une hypothèse que je fais là : mais elle me paraît très vraisemblable.
3. Paris, Charpentier, 1842.
4. P. XXXIX.

mier appelait de ses vœux : il mettrait de sombres poèmes du Nord à côté de ses étincelants poèmes d'Orient et, ayant chanté Bhagavat, les Apsaras, l'arc de Civa, il chanterait le géant Ymer, les Elfes, l'épée d'Angantyr.

Parmi les poèmes islandais traduits dans le volume de Marmier, il trouvait deux chants guerriers très remarquables, le *Chant de Hervor* et le *Chant de mort de Hialmar*[1]. Il les choisit entre tous comme caractéristiques de la poésie héroïque des Scandinaves et, sous ces titres nouveaux, *l'Épée d'Angantyr, le Cœur de Hialmar*, il les refit, en les rendant plus significatifs encore. Il se sentit d'autant plus à l'aise pour les modifier que le traducteur ne lui donnait aucun renseignement sur les personnages qui en sont les héros et qui semblent appartenir à une légende assez obscure, mettant aux prises, dans des combats successifs, deux familles ou deux tribus rivales.

Le *Chant de mort de Hialmar* est un dialogue. Hialmar vient d'être frappé. Œrvarod, son compagnon d'armes, l'interroge et le plaint. Mais le guerrier sent qu'il va mourir ; il songe avec mélancolie à ses amis qui boiront désormais la bière sans lui, à sa jeune fiancée qu'il ne reverra pas ; il lui fait envoyer un dernier souvenir :

ŒRVAROD.
Comment te trouves-tu ? Ton front pâlit, Hialmar ; je te vois épuisé par ta large blessure ; ton casque est brisé, ton armure est rompue ; la vie est prête à te quitter.

---

1. P. 62 et 63.

Les sources de Leconte de Lisle.   8

HIALMAR.

J'ai seize blessures et mon armure est rompue. Tout devient noir devant moi ; je chancelle en marchant. L'épée d'Angantyr m'a atteint au cœur, cette épée sanglante, pleine de venin.

Quand j'aurais cinq maisons dans les champs, je n'en habiterais jamais une. Il faut que je reste à Samsoe sans espoir et blessé mortellement.

A Upsal, dans la demeure de Josur, bien des jarls boivent joyeusement la bière, bien des jarls échangent de vives paroles; moi, je suis dans cette île frappé par la pointe du glaive.

La blanche fille de Hilmer m'a suivi à Aguafik, au delà des écueils ; ses paroles se vérifient, elle me disait que je ne retournerais jamais près d'elle.

Tire de mon doigt cet anneau d'or rouge, porte-le à ma jeune Ingeborg, il lui rappellera qu'elle ne doit jamais me revoir.

A l'est s'élève le corbeau de la bruyère ; après le corbeau arrive l'aigle plus grand encore. Je serai la pâture de l'aigle qui viendra boire le sang de mon cœur.

Leconte de Lisle fait mourir Hialmar plus tristement.

Il est nuit, il vente, la neige couvre le sol. Mille braves sont là qui dorment, l'épée au poing. Pas un ne bouge. Quand Hialmar se soulève, appuyé au tronçon de sa lame, c'est en vain qu'il interpelle les joyeux et robustes garçons qui, ce matin, chantaient avec lui comme des merles : tous sont muets. Aucun humain ne peut recevoir ses adieux. Il les confiera donc, — et ce sera bien digne d'un héros du Nord. — au corbeau de la bruyère. Hialmar appelle ce rôdeur, et le prie de porter à sa fiancée un dernier souvenir. Son anneau d'or ? Non, certes ; car, depuis qu'il a appris à parler français, Hialmar a des inventions beaucoup plus islandaises :

Viens par ici, Corbeau, mon brave mangeur d'hommes !
Ouvre-moi la poitrine avec ton bec de fer.
Tu nous retrouveras demain tels que nous sommes.
Porte mon cœur tout chaud à la fille d'Ylmer.

Dans Upsal où les Jarls boivent la bonne bière,
Et chantent, en heurtant les cruches d'or, en chœur,
A tire d'aile vole, ô rôdeur de bruyère !
Cherche ma fiancée et porte-lui mon cœur.

Au sommet de la tour que hantent les corneilles
Tu la verras debout, blanche, aux longs cheveux noirs.
Deux anneaux d'argent fin lui pendent aux oreilles,
Et ses yeux sont plus clairs que l'astre des beaux soirs.

Va, sombre messager, dis-lui bien que je l'aime,
Et que voici mon cœur. Elle reconnaîtra
Qu'il est rouge et solide et non tremblant et blême ;
Et la fille d'Ylmer, Corbeau, te sourira [1].

L'antique cantilène n'a-t-elle pas pris ainsi une saveur vraiment barbare ? Peut-être même estimera-t-on qu'elle est maintenant plus barbare qu'il ne fallait. Mais le tableau de

---

1. Leconte de Lisle s'est peut-être inspiré ici d'une des légendes du *Romancero* : Durandart, blessé mortellement à la bataille de Roncevaux, demande à son compagnon d'armes Montesimos de lui arracher le cœur et de le porter à sa dame. La pièce *Oh ! Belerma ! Oh ! Belerma !* n'est pas traduite, il est vrai, dans la traduction du *Romancero* par Damas-Hinard, dont Leconte de Lisle s'est servi pour ses poèmes espagnols. Mais il put connaître la légende de Durandart envoyant son cœur à Belerme par le *Don Quichotte* de Cervantès (IIᵉ partie, ch. XXIII). Lope de Vega a mis en action la mort de Durandart dans le *Mariage dans la Mort* : il montre aux spectateurs Montesimos arrachant avec sa dague le cœur de son ami. (*Œuvres dramatiques de Lope de Vega*, traduction de M. Eugène Baret, t. I, p. 313.)

la salle où boivent les jarls est si pittoresque ! le portrait
de la blanche fiancée si poétique ! et la dernière strophe si
juste de ton !

> Moi, je meurs. Mon esprit coule par vingt blessures.
> J'ai fait mon temps. Buvez, ô loups, mon sang vermeil.
> Jeune, brave, riant, libre et sans flétrissures,
> Je vais m'asseoir parmi les Dieux, dans le soleil !

C'est à peu près ainsi que se termine le fameux chant de
Regnar Lodbrok.

Vers la fin du viiie siècle, Regnar Lodbrok, roi de Danemark, après la vie guerrière et romanesque la plus extraordinaire, fut fait prisonnier par Ella, roi en Angleterre. Sa
mort fut aussi étrange que sa vie. Son ennemi le fit jeter
dans un cachot plein de vipères. Au milieu de ses tortures,
Regnar composa, dit-on, le chant où il conte ses exploits
et qui a été traduit dans toutes les langues de l'Europe:
ce ne sont que flèches qui tombent en pluie sur des boucliers, casques qui se fendent sous le choc des épées, ruisseaux de sang qui rougissent des fleuves entiers, loups et
aigles qui se rassasient de cadavres. Le héros se vante
d'avoir rougi des flèches dès sa jeunesse, tué des comtes et
des rois, bataillé parfois six jours de suite, livré cinquante
et une fois de grands combats. Il a conscience que pas un
homme ne fut plus valeureux. Aussi meurt-il sans regret,
et sa dernière parole, dont Leconte de Lisle s'est si heureusement inspiré pour donner au *Cœur de Hialmar* une fin
brillante, respire-t-elle la joyeuse allégresse d'un guerrier
qui a rempli glorieusement sa vie :

Les Ases [1] peuvent m'appeler. Je ne regrette pas la vie. A présent, je désire mourir. Les messagères envoyées par Odin viennent m'inviter à entrer dans ses salles. Joyeux, j'irai boire avec les Ases, assis sur des sièges élevés. Les heures de la vie sont écoulées. Je meurs avec joie [2].

Comme le *Chant de Hialmar*, le *Chant de Hervor* est un dialogue. Près de la tombe où Angantyr dort son dernier sommeil, Hervor, sa fille, hurle pour l'éveiller. Elle réclame la forte épée du brave, l'épée forgée par les nains. Angantyr nie d'abord que l'épée soit dans son tombeau ; puis, il refuse de la céder : s'il s'en dessaisit, elle détruira toute la race de Hervor. Mais Hervor réclame l'héritage qui appartient à l'unique enfant d'Angantyr ; elle veut l'épée, meurtrière de Hialmar, et tant qu'elle ne l'aura pas, elle troublera le repos des morts :

HERVOR.

Éveille-toi, Angantyr, c'est Hervor qui t'appelle, Hervor, l'unique fille de la Svafa. Du fond de ta tombe, donne-moi ta forte épée, ta svafurlama forgée par les nains...

ANGANTYR.

Hervor, ma fille, pourquoi cries-tu ainsi à l'aide des armes qui causent ton tourment ? Es-tu folle, as-tu le vertige pour venir ainsi éveiller les morts ? Je n'ai été enseveli ni par mon père, ni par mes proches. Deux de mes amis qui me nourrissaient ont pris Tyrfing, l'un d'eux la possède.

---

1. Les dieux.
2. Marmier, *Chants populaires du Nord*, p. 51-57.

HERVOR.

Ce que tu dis est faux ; j'en atteste les Ases qui te tiennent
là ; tu as certainement Tyrfing près de toi. Tu as bien de la
peine, Angantyr, à donner à ton unique enfant l'héritage qui
lui appartient.

ANGANTYR.

Je te dirai, Hervor, ce qui doit arriver : Tyrfing, crois-en ma
parole, détruira toute ta race. Tu enfanteras un fils qui possé-
dera Tyrfing, et le peuple l'appellera Heidrek.

HERVOR.

Par la vertu de mes enchantements, ô morts ! vous n'aurez
point de repos si Angantyr ne me donne Tyrfing, qui fend les
boucliers ; Tyrfing, meurtrière de Hialmar.

ANGANTYR.

Tu es une femme, mais tu as le cœur d'un homme ; tu viens
la nuit errer autour des tombeaux avec une lance enchantée,
avec le casque et la cuirasse, ouvrant l'asile de la mort.

HERVOR.

Avant de venir te chercher dans ta tombe, je te regardais
comme un homme fidèle à sa parole. Donne-moi du sein de ta
tombe cette œuvre des nains, cette épée ennemie des boucliers,
tu ne peux plus t'en servir.

ANGANTYR.

Elle repose sur mes épaules, cette épée meurtrière de Hialmar, elle brille comme le feu. Je ne connais pas femme assez
hardie pour oser la prendre en ses mains.

HERVOR.

Moi, j'oserai bien la tenir en mes mains, cette épée brillante,

si je puis m'en emparer. Je ne crois pas qu'il brûle, le feu qui
brille autour du visage des morts.

ANGANTYR.

Intrépide Hervor, tu te laisserais, dans ton égarement, saisir
par les flammes ! J'aime mieux te donner l'épée ; mais tu ne
pourras t'en servir.   .

HERVOR.

Tu fais bien, descendant des héros, de me donner ce glaive.
A présent, je suis plus joyeuse que si je possédais toute la
Norvège...

Le dialogue se poursuit encore : Angantyr renouvelle sa
lugubre prophétie ; Hervor exprime son dédain pour ce qui
se fera après elle ; mais, depuis qu'elle a conquis l'épée,
l'intérêt s'est bien affaibli.

Il n'a jamais été très vif pour nous ; car trop de détails
nous échappent, il est fait trop d'allusions à des événements
obscurs, nous ne connaissons pas assez l'histoire des personnages pour être touchés des arguments qu'ils échangent.

Leconte de Lisle s'en est bien rendu compte. Aussi, tout
en conservant le cadre, si dramatique, du vieux pòème, en
a-t-il très heureusement modifié le sens.

Il suppose qu'Angantyr est mort sans vengeance. C'est
pour châtier les meurtriers de son père que Hervor réclame
l'épée forgée par les nains. Qui vengera, si elle ne le fait
pas, l'honneur de la famille, puisque les enfants d'Angantyr,
hormis elle, roulent tous, nus et sanglants, dans l'onde où
les poissons déchirent leur blanche chair ? En vain Angantyr
objecte-t-il, pour la forme, que le fer est pour les hommes,

la quenouille pour les femmes ; c'est, de sa part, une simple épreuve; car, lorsque sa fille se révolte contre l'injure et souhaite à ce père, qui ne veut pas être vengé, d'être déterré par les loups, le vieux brave, à ce mâle langage, reconnaît avec orgueil la fille des héros. Alors, le don Diègue scandinave, tout joyeux, donne son épée à ce Rodrigue féminin, en disant comme l'autre : va, cours, vole, venge-nous.

Angantyr ajoute : et meurs en brave. Leconte de Lisle a trop bien le sens de la composition pour prolonger le dialogue après ce mot héroïque.

Il s'est beaucoup écarté de son modèle. Mais son poème n'en est devenu que plus significatif. Ce n'est plus seulement l'histoire de la fille d'Angantyr qu'il nous donne, c'est l'histoire de cent autres héroïnes scandinaves. Car ce qui reparaît à chaque instant dans les traditions du Nord, « c'est un esprit de vengeance farouche, impitoyable : une jeune fille poignarde l'amant qui l'a trompé; une reine empoisonne la femme qui la rend jalouse; deux sœurs empruntent des vêtements de chevalier et s'en vont venger la mort de leur père : elles tuent l'homme qui l'a tué et le coupent en morceaux [1]. »

En expliquant la démarche de Hervor par l'esprit de vengeance, Leconte de Lisle, s'il a peut-être porté une atteinte légère à une légende particulière, a donc fait de son personnage un type très réussi d'héroïne scandinave.

Il était d'autant plus fondé à transformer l'histoire d'Angantyr dans le sens où il l'a fait, qu'un poème analogue

---

1. *Chants populaires du Nord*, introduction, p. XLII.

au *Chant de Hervor* nous montre aussi un père réveillé dans son tombeau par son enfant, qui veut son épée, et cette fois, il s'agit bien d'un père mort sans vengeance.

Le géant Berner a provoqué les guerriers du roi de Danemark, et seul le jeune Orm a relevé l'insolent défi. Mais il veut l'épée de son père Siegfried, qui est enterré dans une montagne. Il va frapper à la porte du tombeau ; il frappe si fort qu'il brise le rocher, et le père se réveille.

— Ne puis-je dormir en paix sous la lourde pierre ? Quel est le téméraire qui ose troubler mon repos ?

— C'est moi, ton jeune fils Orm.

— Que veux-tu ? Je t'ai donné, l'année dernière, des monceaux d'or et d'argent.

— C'est vrai, mais aujourd'hui je ne me soucie pas de ces trésors ; je veux Birting, ta bonne épée.

— Tu n'auras pas Birting, avant que tu n'aies été en Irlande venger la mort de ton père.

— Donne-moi l'épée, ou je brise en mille morceaux la montagne qui te sert de tombe.

Le vieux guerrier donne son épée. Orm tue le géant et s'en va ensuite tuer le meurtrier de son père [1].

La Mort de Sigurd, elle aussi, est une histoire d'atroce vengeance. Leconte de Lisle l'a empruntée au plus ancien recueil de poèmes scandinaves que nous ayons : l'*Edda*.

---

[1] *Chants populaires du Nord*, p. 91 : *Le combat du géant Berner et d'Orm le jeune écuyer*.

LA MORT DE SIGURD [1]

Le mot *edda* signifie grand'mère. Les *Eddas* sont donc
les récits de la grand'mère. On désigne sous ce nom deux
recueils islandais, l'un en vers, l'autre en prose. Le premier est le plus ancien. Découvert au milieu du xviie siècle,
il semble avoir été fait à la fin du xie. On l'appelle l'ancienne *Edda* ou, du nom de son auteur, l'*Edda* de Soemund,
pour la distinguer de l'*Edda* en prose, composée un siècle
plus tard par Snorri Sturleson.

Les poèmes de l'ancienne *Edda* appartiennent sans
doute à des dates diverses. Plusieurs ont pu être composées
par Soemund lui-même d'après des traditions orales.
D'autres ont été vraisemblablement transcrits par lui tels
qu'il les recueillit de la bouche de ses contemporains, et
dans le nombre plus d'un s'était transmis peut-être de
génération en génération sans être altéré depuis une haute
antiquité. On peut même affirmer que certaines des traditions racontées dans ces poèmes remontent jusqu'aux
temps les plus reculés, jusqu'à l'époque de l'émigration des
tribus scandinaves dans le Nord.

L'ancienne *Edda* se divise en trois parties. La première
renferme des chants mystiques et cosmogoniques, et ce sont
les plus précieux monuments qui nous restent de la mythologie primitive de la race scandinave. La deuxième partie
renferme des compositions didactiques et morales. La troi-

---

1. *Poèmes barbares*, XV.

sième, des chants guerriers et historiques. Marmier a traduit quelques-uns de ceux-ci dans ses *Chants populaires du Nord*. E. de Laveleye en a traduit dix-neuf dans le volume intitulé : *La Saga des Nibelungen dans les Eddas* [1].

La plupart de ces chants guerriers appartiennent à la légende des Niebelungen. Je n'ai pas à rechercher les origines de cette légende, ni à montrer le développement qu'elle a pris en Allemagne. Il me suffira, pour l'intelligence du poème que Leconte de Lisle en a tiré, de résumer l'histoire de Sigurd, telle que la raconte l'*Edda*.

Le héros a tué le dragon Fafnir, s'est emparé de ses trésors, a surpris Brynild dans son sommeil, lui a juré un éternel amour. Il va alors chez le roi Giuki, mari de Grimhild, père de Gudrun, de Gunnar et de Högni (que Leconte de Lisle appelle Hagen). Grimhild, qui veut avoir Sigurd pour gendre, lui donne un philtre magique : il oublie sa bien-aimée et se marie avec Gudrun. Ils vivent heureux pendant quelque temps. Mais un jour Gudrun et Brynild se rencontrent et se disent des injures. Brynild fait assassiner Sigurd par les frères de sa femme et se tue sur son corps. Gudrun désolée se retire en Danemark, où elle épouse Atli, frère de Brynild. Atli ayant tué les frères de sa femme, celle-ci tue son mari. Et là ne s'arrêtent pas ses lamentables aventures ; mais nous n'avons pas à poursuivre son histoire.

---

1. *Collection des épopées nationales*, Paris, Marpon et Flammarion, s. d.

Il n'y a pas de chant plus dramatique dans l'*Edda* que celui qui est intitulé: *Premier chant de Gudrun* [1].

Auprès du corps inanimé de Sigurd est assise sa veuve désolée. Elle ne se tord pas les mains, elle ne sanglote point, elle ne pleure point, comme font les femmes : sa douleur est muette. Des chefs s'approchent avec compassion pour adoucir son sombre désespoir : elle ne peut pas pleurer. De nobles femmes lui racontent leurs malheurs et lui montrent que d'autres en ont éprouvé de plus grands : elle ne les entend pas.

Alors sa sœur dit :

— Vous ne savez pas ce qui peut consoler une jeune épouse.

Et elle enlève le linceul qui cache Sigurd, pose la tête du héros sur les genoux de sa femme :

— Regarde ton bien-aimé, lui dit-elle, mets ta bouche sur ses lèvres, comme s'il était vivant.

Gudrun voit la chevelure du chef roidie par le sang, ses yeux sans regard, son cœur transpercé. Alors elle peut pleurer ; un torrent de larmes inonde ses genoux.

Et elle commence une plainte touchante :

Comme l'ail altier s'élève au-dessus des herbes, comme sur un baudrier brille une pierre précieuse enchâssée dans l'or ; ainsi, parmi les chefs, près des fils de Giuki, brillait mon Sigurd.

Et moi aussi je paraissais aux guerriers du roi supérieure aux

---

1. Il est traduit par Marmier, p. 47, et par Laveleye, p. 245. Je ferai toutes mes citations d'après la traduction Laveleye, qui est plus colorée.

Dises de Herian [1]. Et maintenant, depuis que le roi est mort, je suis moins qu'une branche morte que la tempête brise dans la forêt.

Sur mon banc et dans mon lit, il me manque l'ami avec qui je m'entretenais...

Et Gudrun accuse son frère Gunnar, le meurtrier, met en cause Brynild, l'instigatrice du meurtre. Brynild, qui est là, prend la parole pour maudire celle qui a consolé Gudrun.

Elle se tenait près du pilier en bois d'aulne : elle le saisit. Les yeux de Brynild, fille de Budli, lancèrent des flammes, et du poison sortit de sa bouche quand elle vit les blessures de Sigurd.

Ainsi s'achève le poème. Le compilateur de l'*Edda*, qui fait souvent précéder et suivre les chants recueillis par lui de quelques lignes de prose, pour les rattacher à d'autres poèmes, ajoute :

Brynild ne voulut plus vivre après la mort de Sigurd. Elle fit égorger huit de ses serviteurs et cinq de ses suivantes, puis elle s'enfonça une épée dans le corps, comme cela est raconté dans le plus court des *Chants de Sigurd*.

C'est le *Premier chant de Gudrun* que Leconte de Lisle a refait dans *la Mort de Sigurd*. Il en a conservé les parties principales, mais en les modifiant, et il a incorporé à son

---

1. « Herian est le nom d'Odhin en tant qu'il règne dans le Walhalla, et les Dises reçoivent les guerriers morts en combattant. Gudrun veut dire qu'elle paraissait supérieure même aux Walkyries. » Note de Laveleye.

récit un morceau pris au *Second chant de Gudrun*. Comme celui-ci n'est pas traduit dans le volume de Marmier, notre poète s'est donc servi, soit d'une traduction latine de l'*Edda*, soit de la traduction de Laveleye; si elle est antérieure à son poème.

Avec son entente habituelle de la composition, Leconte de Lisle commence par nous présenter tous ses personnages groupés en un tableau saisissant : le roi Sigurd est mort; un lourd tissu de laine couvre, du crâne aux pieds, son beau corps couché sur la dalle ; quatre femmes sont là: la Franke Gudruna, l'inconsolable veuve, sanglote ; la reine des Huns et la reine des Norrains pleurent à ses côtés; seule, la Burgonde Brunild contemple leur angoisse d'un œil sec.

Dans le poème islandais, la première femme qui prend la parole pour consoler Gudrun est sa tante Giaflög :

Je me considère comme la plus affligée qui soit au monde. J'ai perdu cinq époux, deux filles, trois fils et huit frères : seule je survis.

Leconte de Lisle supprime ce discours incolore et le personnage qui le prononce.

La deuxième femme qui conte ses malheurs est Herborg, reine du Hiunenland :

J'ai à rappeler de bien plus grands malheurs. Mes sept fils et mon époux, le huitième, sont tombés sous le fer ennemi dans les pays du sud.

La tempête fit périr, dans les flots, mon père, ma mère et quatre frères ; les vagues brisèrent les bordages de leur navire.

Je fus obligée de leur rendre moi-même les honneurs funéraires et de préparer leur voyage vers le royaume de Hel. J'ai
éprouvé toutes ces pertes dans l'espace d'une demi-année, et
personne ne m'apporta de consolation.

Avant la fin de cette même demi-année, je fus faite prison-
nière et enchaînée. Chaque matin, je devais préparer les ornements et attacher les chaussures de la femme du Jarl.

Par jalousie, elle me menaçait sans cesse et me frappait dure-
ment. Jamais je ne vis maître aussi bon ni aussi méchante mai-
tresse.

Leconte de Lisle conserve le personnage, son nom et sa
qualité de reine des Huns. Il la fait, comme dans l'*Edda*,
tomber en esclavage. Mais elle était vieille, il la rend jeune.
Elle avait sept fils et quatre frères, il supprime ses fils en
conservant ses frères, et il attribue à ceux-ci le sort de
ceux-là :

> Hélas ! n'ai-je point vu les torches et les glaives ?
> Mes frères égorgés, rougissant nos vallons
> De leurs membres liés aux crins des étalons,
> Et leurs crânes pendus à l'arçon des Suèves ?

De ces changements on voit aussitôt la raison principale :
si Herborga n'a plus de mari, ni de fils, c'est pour qu'elle
tombe vierge entre les mains du vainqueur, c'est pour
qu'elle ne connaisse pas d'autre amour que la brutale passion du chef dont elle est esclave, c'est pour que sa destinée devienne ainsi tout à fait *barbare*, comme il convient à
l'héroïne d'un poème figurant dans un recueil qualifié de
ce terme. Et le poète, impitoyable pour cette malheureuse
Herborga, lui enlève jusqu'à la satisfaction d'avoir trouvé

un peu de pitié chez son maître ; pour elle, rien qu'humi-
liations et sévices :

> Moi-même, un chef m'a prise, et j'ai, durant six ans,
> Sous sa tente de peaux nettoyé sa chaussure.
> Vois ! n'ai-je point gardé l'immonde flétrissure
> Du fouet de l'esclavage et des liens cuisants ?

Après Herborg le poëte islandais fait parler Gullrönd.
Elle est fille de Giuki ; elle est donc sœur de Gudrun. C'est
elle qui, pour faire verser à la veuve des larmes bienfaisantes, découvre le corps de Sigurd :

> Alors parla Gullrönd, fille de Giuki : « Quoique tu saches
> beaucoup de choses, ô tutrice, tu ne sais pas comment il faut
> adoucir la douleur d'une jeune épouse. » Et elle fit découvrir
> le corps du héros.
> Elle enleva le linceul qui cachait Sigurd, et posa sa tête sur
> les genoux de sa femme : « Regarde ton bien-aimé et pose ta
> bouche sur ses lèvres, et embrasse-le comme tu faisais quand
> il vivait encore. »

Chez Leconte de Lisle, le personnage ne conserve que
son nom (arrangé en Ullranda) ; il perd sa qualité, son
âge, son rôle. Ullranda devient reine des Norrains. Elle
était jeune sans doute, étant sœur de Gudrun, si jeune
elle-même ; Leconte de Lisle en fait une vieille femme ;
il lui donne des enfants, et pour leur attribuer quelles
aventures ? celles que l'*Edda* attribuait aux frères de la
reine des Huns :

> N'ai-je point vu mes fils, ivres des hautes mers,
> Tendre la voile pleine au souffle âpre des brises ?
> Ils ne reviendront plus baiser mes tresses grises ;
> Mes enfants sont couchés dans les limons amers !

Ce qui avait été supprimé tout à l'heure a donc été utilisé ici, et il y a eu entre Herborga et Ullranda un double chassé-croisé, chacune des héroïnes ayant pris l'âge de l'autre et les fils de celle-ci ayant reçu la destinée des frères de celle-là.

Cependant, qui est-ce qui soulèvera le linceul de Sigurd, puisque Ullranda ne le fait plus ? Ce sera Brunild, et le poème, par suite, continuera à être transformé dans le sens où il a commencé à l'être, c'est-à-dire qu'au lieu d'être surtout touchant, il sera surtout tragique ; dans l'*Edda*, c'est la pitié qui découvre le corps de Sigurd ; chez Leconte de Lisle, ce sera la haine :

> Elle se tait. Brunhild se penche, et soulevant
> Le drap laineux sous qui dort le roi des framées,
> Montre le mâle sein, les boucles enflammées,
> Tout l'homme, fier et brave, comme il l'était vivant.

Le corps de Sigurd ayant été découvert par un geste de haine, Gudrun devra faire entendre, à ce spectacle, moins des cris de douleur que des cris de vengeance. C'est bien aussi ce qu'elle fait, et Leconte de Lisle, pour approprier les paroles de son personnage à une situation un peu nouvelle, a imité ici, non le *Premier chant de Gudrun*, qui est plutôt une plainte, mais le *Second*, où domine le ressentiment et où d'ailleurs la mort de Sigurd est racontée :

Ma mère m'éleva, moi, la vierge des vierges, dans des salles brillantes. J'aimais mes frères, jusqu'à ce que Giuki, me couvrant d'or, me donna à Sigurd.

Près des fils de Giuki, Sigurd était semblable à une noble plante qui s'élève au-dessus des herbes, à un cerf superbe parmi des lièvres, ou à de l'or aux rouges reflets, à côté de l'argent à la couleur grisâtre.

Ainsi fut-il jusqu'à ce que mes frères devinssent jaloux de mon époux, le premier des guerriers. Ils ne pouvaient ni se reposer, ni juger les contestations avant qu'ils eussent tué Sigurd.

J'entendis résonner les sabots de Grani qui revenait ; mais je ne vis pas Sigurd lui-même. Tous les chevaux avaient le flanc ensanglanté par l'éperon ; poussés par les assassins, ils étaient blanchis d'écume.

L'âme affligée, j'allai parler à Grani, et, les joues humides de pleurs, j'interrogeai le cheval. Grani courba la tête jusqu'à terre : il savait bien que son maître était mort.

J'hésitai longtemps ; mon cœur faiblit avant de demander au chef des peuples où était Sigurd.

Gunnar baissa la tête ; mais Högni me dit, au sujet de la mort de Sigurd : « Il gît assassiné de l'autre côté du fleuve. Celui qui a tué Guttorm est en proie aux loups.

« On peut voir le corps de Sigurd sur le chemin du sud. On y entend crier les corbeaux, les faucons joyeux battent de l'aile et les loups hurlent à l'entour du héros. »

— « Comment, ô Högni, as-tu pu m'apprendre à moi, malheureuse, une si triste nouvelle ? Personne ne te recevra, et les corbeaux te dévoreront le cœur sur une terre lointaine. »

C'est la page qu'on vient de lire qui, librement traduite, forme dans le poème de Leconte de Lisle la plainte de Gudruna :

Quand vierge, jeune et belle, à lui, beau, jeune et brave,
Le col, le sein parés d'argent neuf et d'or fin,
Je fus donnée, ô ciel ! ce fut un jour sans fin,
Et je dis en mon cœur : Fortune, je te brave.

Femmes ! c'était hier ! et c'est hier aussi
Que j'ai vu revenir le bon cheval de guerre :
La fange maculait son poil luisant naguère,
De larges pleurs tombaient de son œil obscurci.

D'où viens-tu, bon cheval ? Parle ! qui te ramène ?
Qu'as-tu fait de ton maître ? — Et lui, ployant les reins,
Se coucha, balayant la terre de ses crins,
Dans un hennissement de douleur presque humaine.

Va ! suis l'aigle à ses cris, le corbeau croassant,
Reine, me dit Hagen, le Frank au cœur farouche ;
Le roi Sigurd t'attend sur sa dernière couche,
Et les loups altérés boivent son rouge sang....

Aux derniers mots de Gudruna, le poète fait lever brusquement Brunhild. Elle impose silence aux autres femmes, elle avoue son amour et sa vengeance : elle aimait le roi Sigurd, ce fut Gudruna qu'il aima ; elle a noyé sa haine dans le sang de ces dix plaies ; si elle eût égorgé l'épouse, Sigurd l'aurait pleurée ; il était mieux de faire ce qu'elle a fait : c'est au tour de Gudruna de pleurer, de veiller, de languir, de blasphémer. Ainsi parle la Burgonde et, se frappant au cœur, elle tombe raide, en travers, sur le Frank.

Sauf le dernier geste, toute la fin du poème appartient en propre à Leconte de Lisle, qui suppose que Gudruna ignorait encore la part prise par Brunild au meurtre de son époux, et même l'amour de sa rivale.

Admirablement composée, avec un souci manifeste de l'effet dramatique, la Mort de Sigurd ne respire guère que la haine et l'esprit de vengeance. Rien que des destinées

atroces et des infortunes lamentables ; plus d'humanité
chez le maître d'Herborga, plus de pitié chez les compagnes de Gudrun, qui ne content plus leurs malheurs,
comme elles font dans le poème de l'*Edda*, pour adoucir
son chagrin : n'est-ce pas là un excès de barbarie ? En
revanche, on ne peut nier, non seulement qu'il y ait dans
beaucoup de vers une couleur intense, mais que chacune
des existences racontées ait permis au poète de nous présenter une des faces de la vie des jarls scandinaves: dans
les plaintes d'Herborga il a su résumer leurs guerres ; dans
celles d'Ullranda leurs courses sur mer, dans celles de
Gudruna et de Brunild leurs rivalités de famille, les jalousies et les atroces vengeances de leurs femmes. Et s'il a fait
de toutes ses héroïnes des reines, des reines appartenant à
des nations différentes, c'est parce que rien n'est fréquent,
dans cette primitive histoire des Scandinaves, comme les
expéditions de tribus contre tribus, se terminant par la
conquête de la fille ou de la femme du chef vaincu. Encore
qu'il ait eu tort d'éteindre toute pitié dans le cœur de ses
personnages, il a donc réussi à condenser toute une époque
dans ce court poème.

LA LÉGENDE DES NORNES [1]

Le chant mythologique le plus important de l'ancienne
Edda est celui qui est intitulé la *Voluspa*, c'est-à-dire la
prédiction de la devineresse. Devant les dieux réunis une

---

1. *Poèmes barbares*, VIII.

prophétesse de la race des géants raconte la formation de l'univers et en annonce la ruine. Son chant est ainsi, comme le dit Ampère, la *Genèse* et l'*Apocalypse* du Nord. De grandes lacunes et de grandes obscurités indiquent, non un poème primitif, mais un résumé incomplet de traditions qui remontent à une plus haute antiquité. Telle qu'elle est, c'est une œuvre confuse et bizarre, mais grandiose et tragique.

Leconte de Lisle, pour l'étudier, ne manquait pas de guides. Il trouvait la *Voluspa* analysée, traduite par fragments, commentée dans l'*Histoire de Dannemarc* par Malet [1], dans divers ouvrages d'Ampère, d'Ozanam, de Xavier Marmier [2].

La cosmogonie scandinave débute comme celle de tous les anciens peuples. « Au commencement il n'y avait ni ciel, ni terre, ni flots, mais l'*abîme béant*; au nord de l'abîme était le monde des ténèbres, et au sud le monde du feu. D'une source jaillissant du monde des ténèbres, découlaient douze fleuves qui roulaient un poison vivant. (Leconte de Lisle réduira ces douze fleuves à quatre.) Ces tristes eaux se gelèrent, la vapeur que le poison distillait se condensa en givre, cette glace et ce givre tombèrent dans l'abîme. Les étincelles qui jaillissaient du monde de

---

1. Lyon, Duplain, 1766; t. I, p. 92-103.
2. Ampère, *Littérature et voyages, Allemagne et Scandinavie*; Paris, Poulin, 1833. Ozanam, *Les Germains avant le christianisme*; Paris, Lecoffre, 1847. X. Marmier, *Lettres sur l'Islande*; Paris, Bonnaire, 1837; *Chants populaires du Nord*, introduction, p. xxiv et suiv.

feu rencontrèrent cette glace et la fondirent, et les gouttes qui s'en détachèrent produisirent le corps du géant Ymer [1]. »

Ymer dans son sommeil enfanta un homme et une femme qui formèrent la race des géants. Peu après lui, naquit, des gouttes de la glace fondue, une vache merveilleuse, nommée Audumla; quatre fleuves de lait coulaient de ses mamelles et abreuvaient le géant. Elle-même se nourrissait en léchant le givre dont les rochers étaient couverts. Le premier jour, des cheveux poussèrent sur ces rochers; le deuxième jour, il en sortit une tête; le troisième jour un homme tout entier : c'était Buri, l'aïeul d'Odin. (Leconte de Lisle l'appelle le roi des Ases (dieux), change un peu les circonstances de sa naissance et le nourrit des fleuves de lait coulant des mamelles de la vache.)

Buri eut trois petits-fils : Odin, Vili et Vé. Tous trois se réunirent pour combattre Ymer. Ils le tuèrent, et les torrents de sang qui s'échappèrent de son corps noyèrent toute sa race, à l'exception de Bergelmer qui se sauva avec sa famille dans un bateau. Alors, les fils de Buri démembrèrent le corps d'Ymer et ils en formèrent le monde. De sa chair, ils firent la terre; de son sang, la mer; de ses os, les rochers; de ses cheveux, les forêts; de son crâne, la voûte du ciel; de sa cervelle, les brumes; de ses sourcils, la palissade qui environne l'univers et protège les hommes contre les attaques des géants; des vers qui s'étaient développés dans sa chair corrompue, ils firent les nains, race malfaisante et habile, comme celle des géants.

---

1. Ampère, ouv. cité, p. 394.

Mais l'homme n'existait pas encore. Un jour, les petits-fils de Buri, en passant sur le rivage de la mer, aperçurent un rameau de frêne et un rameau d'aulne qui flottaient. Ils les ramassèrent. Odin leur donna le souffle, un autre l'intelligence, un autre le sang et un beau visage. Et ainsi furent formés l'homme et la femme. L'homme s'appela Aske, la femme Embla.

Alors commença le règne des dieux, qui dure encore, mais qui n'est point exempt d'inquiétudes et qui a subi déjà de terribles assauts. Car la race de leurs ennemis n'est point éteinte. Du géant qui échappa au grand déluge de sang est issu Loki, le génie du mal, qui trompe, tente et raille les dieux. Il a donné naissance à trois monstres : Héla, la mort, qui règne sur l'empire ténébreux ; le serpent Midgard, qui entoure la terre de ses longs anneaux, comme fait dans la légende de Visnou le serpent Cèsa ; enfin le loup Fenris. Les dieux, après de longs efforts, sont parvenus à enchaîner Fenris. Ils ont aussi réduit à l'impuissance Loki pour le punir d'avoir tué Balder.

Balder, le bon Balder, fils d'Odin et de Frigga, était le plus doux et le meilleur des dieux. Depuis longtemps des rêves sinistres lui annonçaient qu'il devait mourir bientôt. Il fit part de ses craintes aux Ases, qui, pour prévenir un si grand malheur, firent jurer à toutes les choses existantes, aux éléments, aux métaux, aux pierres, aux arbres, aux maladies, de ne point attenter à la vie de Balder. Un arbrisseau fut par mégarde oublié. Loki cueillit la tige et la remit au frère de Balder, l'aveugle Holder, qui en frappa son frère, et le dieu mourut. Holder alla le chercher dans l'empire des morts. La déesse Héla promit de laisser Balder revenir sur la terre si tous les êtres morts ou animés le pleuraient. Les Ases convoquèrent donc tous les objets de la création. Tous pleurèrent sur le bon Balder, sauf une vieille femme, que nulle prière ne put émouvoir, et le dieu fut condamné à rester dans le ténébreux séjour. Cette vieille femme était Loki. Pour le punir, les dieux l'ont enchaîné et ont placé sur sa tête un serpent qui lui jette du venin au visage. Sa femme Signie est assise auprès de lui et reçoit dans un grand vase tout le poison vomi par le serpent. Quand le vase est plein, le venin tombe sur le corps de Loki et lui cause de telles douleurs qu'il ébranle le sol dans ses convulsions.

Mais sa délivrance approche. Voici venir la lutte suprême des dieux et des géants. Voici venir la destruction du monde. Des signes effrayants annoncent ce jour de calamité : à trois longues années d'un continuel hiver succèdent trois années de combats sanglants ; les amis se trompent, les frères s'entretuent ; plus de dévouement, plus de vérité, plus de vertu, plus d'amour ; puis, la terre tremble, les rochers se fendent, les hommes meurent, le ciel se déchire. Et les dieux s'avancent contre leurs ennemis déchaînés. Chacun choisit son adversaire : Odin est dévoré par le loup Fenris, et le loup est tué par Vidar ; le dieu Thor écrase la tête du serpent, mais périt du venin que le serpent a vomi ; Loki et le dieu Heimdal se tuent l'un l'autre, et le noir Surtur, — le dieu suprême, à ce qu'il semble, — embrase le monde.

Mais quand le monde est détruit, il renaît. Du milieu

des flots surgit une création nouvelle. C'est l'âge d'or. La terre porte d'elle-même des fruits. Il n'y a plus ni vices, · ni douleurs. Le bon Balder revient régner en paix dans un paradis plus beau que l'ancien Valhalla, et les justes jouissent d'une éternelle félicité.

Leconte de Lisle n'a conservé que les scènes essentielles de ce grand drame cosmogonique.

Dans le tableau du passé, c'est-à-dire de la formation du monde, il supprime tous les noms propres, sauf celui d'Ymer, et tous les détails qui n'étaient que curieux. Il simplifie et conte en deux mots la naissance du couple humain. Il conte à peine plus longuement la naissance du premier des dieux. Il ne décrit avec complaisance que le démembrement du corps d'Ymer et la mort sinistre des géants engloutis dans les flots du sang paternel.

Dans le tableau du règne des dieux, c'est-à-dire du présent, il simplifie tout, nous montre les génies du mal, Loki, le serpent, le loup Fenris, réduits à l'impuissance ; et Balder venant de naître, recevant l'hommage des dieux, n'ayant encore aucun pressentiment de sa mort prochaine.

Dans le tableau de l'avenir, c'est-à-dire de la destruction du monde, il annonce en quelques mots un peu obscurs la mort de Balder, ainsi reculée dans l'avenir, supprime les signes de la fin des temps et retrace dans ses grandes lignes, sans donner le détail de la lutte, ce gigantesque combat des génies du mal contre les dieux qui aura comme dénouement la chute des astres et la destruction de la terre.

Son exposé de la cosmogonie du nord est complet,

quoique succinct. Aussi bien il importait moins de nous en
donner les détails que de nous en faire comprendre les
caractères. Et le plus saillant de ces caractères est bien
celui que le poète met en relief quand il décrit avec tant
de force le déluge de sang où sombrent les géants, quand
il commente de ses réflexions si mélancoliques la chute de
la terre, c'est-à-dire une indicible tristesse. Oui, Ampère
le dit bien, ce drame cosmogonique des Scandinaves est un
drame lugubre, sur lequel plane d'un bout à l'autre « une
tristesse belliqueuse et un pressentiment sinistre ». On y
voit la vie sortir des ténèbres, l'univers se former des débris
d'un cadavre et d'un déluge de sang, les dieux souffrir et
combattre, sachant qu'ils doivent mourir, Balder périr de
la main de son frère, l'univers s'engloutir. « En présence
de ces redoutables scènes, ajoute Ampère, on est transporté au milieu des fantômes du nord, on croit sentir son
âme, pressée par le froid et la nuit, se dissoudre avec ce
nébuleux univers. Si l'on entrevoit, vers la fin, l'aurore
d'une vie nouvelle, plus douce et plus sereine, elle est
comme ces feux polaires qui brillent d'une lueur vague
au sein des longs hivers, sans en dissiper les ténèbres [1]. »
Et Marmier dit fort bien à son tour : « La théogonie orien-
tale s'est amoindrie en passant dans les régions hyperbo-
réennes. Le vent du nord a effrayé toutes ces myriades de
nymphes, de sylphes, d'anges ailés qui voltigent à travers
les forêts de l'Himalaya et les vertes vallées de Kachemire.
Quand cette armée de dieux s'en venait avec les bataillons

---

[1]. *Littérature et voyages*, p. 363-364.

d'Odin, la plupart n'ont pas eu le courage de continuer une si longue route, et sont retournés vivre dans leur paradis de fleurs. Les autres ont perdu le long du chemin leur manteau de pourpre, et les déesses ont laissé tomber leur écharpe d'or et leur ceinture magique. Le ciel scandinave est pauvre... et les dieux qui l'habitent sont les plus malheureux dieux que je connaisse... Les mythes indiens se sont développés comme des rameaux de fleurs sous un ciel d'azur, sur une terre riante. Les mythes scandinaves sont restés sombres comme les nuages qui flottent au dessus de la mer Baltique, tristes comme le vent qui gémit dans les montagnes de Norvège ou dans les plaines désertes de l'Islande [1]. »

C'est ce que Leconte de Lisle a bien compris ; mais il ne s'est pas contenté de relever le caractère lugubre de la cosmogonie du nord ; il a fait plus : il a retranché de cette cosmogonie la toute dernière page, celle qui vient un peu l'éclairer d'un sourire : la renaissance du monde et l'immortalité promise aux justes. Peut-être, par cette audacieuse suppression, voulait-il moins ajouter une dernière tristesse à un sombre tableau qu'exprimer ses idées personnelles. S'il lui avait été fort agréable de trouver dans des poèmes très antérieurs aux siens la prédiction de la mort des dieux, il lui eût été désagréable, fût-ce pour faire parler conformément à ses croyances un personnage d'une mythologie primitive, d'annoncer une vie future.

---

1. *Lettres sur l'Islande*, p. 160-162.

Le cadre du poème est une vraie trouvaille.

Au cours de son étrange prophétie, la Vola explique
que le grand conseil des dieux se rassemble sous le frêne
Yggdrasill, image du temps. C'est l'arbre le plus beau, le
plus vigoureux qui existe. Il a trois racines qui s'étendent
à une immense distance l'une de l'autre : la première touche
à la demeure des Ases, la seconde à la source de la sagesse,
la troisième à la source des serpents. Ses rameaux couvrent
le monde. Là est l'aigle qui sait tout, le serpent qui ronge
les racines de l'arbre et les quatre cerfs qui en mangent
les feuilles ; là est l'écureuil qui court de branche en
branche pour animer l'un contre l'autre le serpent et l'aigle.
Là sont aussi les trois Nornes qui président aux destins
des hommes. Citons *la Voluspa* :

> Je connais un frêne que l'on nomme Yggdrasill... Là viennent
> les vierges qui savent beaucoup. Elles viennent de la source
> qui est près de l'arbre. L'une se nomme Urd (passé), l'autre
> Verdandi (présent) : elles gravent des tablettes. La troisième
> est Skuld (avenir). Elles donnent des lois, elles déterminent la
> vie et fixent la destinée des enfants des hommes [1].

Ce sont ces trois Nornes que Leconte de Lisle a prises
comme héroïnes. Chacune d'elles ignorant ce que savent
les deux autres, Urda conte les origines du monde, Ver-
dandi le règne des dieux, Skulda la fin du monde. La cosmogonie scandinave se divise ainsi, dans le poème de
Leconte de Lisle, en trois grands tableaux distincts. La

---

[1]. *Chants populaires du Nord*, p. 10.

clarté y gagne, l'intérêt aussi, et la couleur historique n'y perd rien, puisque, par cette si ingénieuse et si poétique conception, *la Légende des Nornes* se trouve être, comme *la Voluspa*, un chant prophétique.

LES ELFES. — CHRISTINE [1]

La grande tristesse qui plane sur les légendes mythologiques des Scandinaves plane aussi sur leurs légendes romanesques. Ce sont pour la plupart de très douloureuses histoires d'amour. A peine deux enfants s'aiment-ils, que la méchanceté des éléments ou celle des hommes les sépare ; bientôt, la mort ravit l'un des deux amants, et le plus souvent avant même qu'ils [aient] été l'un à l'autre ; mais celui qui part est aussitôt suivi de celui qui restait, et le dénouement nous offre en général le lugubre spectacle d'une tombe qui s'ouvre pour recevoir deux cercueils.

La petite Isa aime le duc. Le duc part pour la guerre et Isa lui promet de l'attendre. Mais le duc meurt. Avertie par un oiseau, Isa s'en va sur la grève où le corps de son bien-aimé a été poussé par les flots et elle se perce le sein.

La petite Rosa sert dans la maison du roi, non pour gagner un salaire, mais par amour pour le fils du roi. Le prince est obligé d'aller en terre étrangère et on force Rosa de se fiancer avec un comte. Aussitôt elle écrit à son bien-aimé une lettre désolée. Il accourt. Il arrive pendant le

---

1. *Poèmes barbares*, XVI, XVII.

festin nuptial. Avertie, Rosa sort de la salle. Les deux amis tombent dans les bras l'un de l'autre et meurent de saisissement. On les enterre séparément, mais bientôt après on fait porter le prince dans le tombeau de la petite Rosa.

Lisa est menacée de mort par sa mère, parce que Redewal l'a séduite. Elle s'enfuit avec son ami dans la forêt. Là, elle met deux fils au monde. Mais, pendant que Redewal puise de l'eau à une source pour faire boire la jeune mère, il entend un oiseau parler. L'oiseau dit que Lisa est morte avec ses petits enfants. Redewal court auprès d'elle : l'oiseau a dit vrai. Redewal creuse une large tombe, y étend les trois morts et se perce le cœur.

Malmsten rêve que le cœur de sa bien-aimée se brise. Il fait seller son cheval gris et part au galop. A l'entrée du village, il rencontre un cortège funèbre : on mène sa fiancée au cimetière. Il y va lui-même. Il tire de ses doigts cinq anneaux d'or et les donne aux fossoyeurs pour qu'ils creusent une tombe large et profonde ; puis, il se perce le flanc.

Deux enfants de rois s'aiment d'amour. — Comment te rejoindre le soir dans ta chambre, demande le jeune homme? Il y a un courant si rapide entre toi et moi ! — Je mettrai, dit la jeune fille, un flambeau dans les branches de lis. — Une méchante créature les entend : elle éteint le flambeau quand le fils du roi s'est mis à l'eau. Il nage longtemps sans trouver la terre et se noie. La jeune fille va sur le bord de la mer et y trouve le pêcheur de son père : — Écoute, pauvre pêcheur mouillé et glacé. N'as-tu pas vu un fils de roi dans les vagues bleues ? — Nous avons pêché toute la nuit et nous avons vu le corps du fils du roi dans les vagues bleues. — La jeune fille donne la chaîne de son cou et les anneaux de ses doigts au pêcheur qui a trouvé le corps de son bien-aimé ; puis, elle se jette à la mer [1].

L'aventure du seigneur Oluf et de sa fiancée n'est pas moins lamentable. Mais ce n'est pas la jalousie d'une femme qui trouble leur félicité la veille même du jour où ils allaient réaliser leurs rêves enchantés, c'est celle de la reine des Elfes, ces fées séduisantes qui dansent sur la colline et dont un baiser, un geste, un regard donne la mort.

Peu d'histoires ont ému, comme celle-ci, le cœur des Suédois, puisqu'elle leur a inspiré, dit-on, plus de quinze chansons différentes. La Villemarqué en traduit une dans son *Barzaz-Breiz* [2]. Leconte de Lisle lui a préféré, avec raison, celle que traduit Henri Heine dans son livre *De l'Allemagne* [3] :

> Le seigneur Oluf chevauche bien loin
> Pour inviter les gens de sa noce.
> Mais la danse va si vite par la forêt.
>
> Et ils dansent là par quatre et par cinq,
> Et la fille du roi des Elfes étend la main vers lui.
> Mais la danse, etc.

---

1. *Chants populaires du Nord*, p. 193, 200, 202, 214, 230.
2. Quatrième édition, p. 47 ; note au chant III, *le Seigneur Nann et la fée*. La Villemarqué appelle le héros Olaf.
3. *Œuvres de Henri Heine* ; Paris, Renduel, 1835 : t. VI, p. 143.

— Bien venu, seigneur Oluf, laisse aller ton désir,
Arrête-toi un peu et danse avec moi.
Mais la danse, etc.

— Je ne le dois nullement, je ne le puis nullement,
Car c'est demain mon jour de noces.
Mais la danse, etc.

— Écoute, seigneur Oluf, viens danser avec moi :
Je te donnerai deux bottes de peau de bélier.
Mais la danse, etc.

Deux bottes de peau de bélier vont si bien à la jambe :
Les éperons dorés s'y attachent bien joliment.
Mais la danse, etc.

Écoute, seigneur Oluf, viens danser avec moi :
Je te donnerai une chemise de soie.
Mais la danse, etc.

Une chemise de soie, si blanche et si fine !
Ma mère l'a blanchie avec du clair de lune.
Mais la danse, etc.

— Je ne le dois nullement, je ne le puis nullement,
Car c'est demain mon jour de noces.
Mais la danse, etc.

— Écoute, seigneur Oluf, viens danser avec moi :
Je te donnerai une écharpe d'or.
Mais la danse, etc.

— Une écharpe d'or, je la prendrais volontiers ;
Mais je ne dois point danser avec toi.
Mais la danse, etc.

— Et si tu ne veux pas danser avec moi,
La maladie et la peste te suivront désormais.
Mais la danse, etc.

Et elle lui donna au milieu du cœur un coup
Comme il n'en avait jamais ressenti.
Mais la danse, etc.

Elle l'éleva sur son cheval rouge :
— Maintenant, chevauche vers ta fiancée.
Mais la danse, etc.

Et quand il arriva à la porte du château,
Sa mère y était, elle y était appuyée.
Mais la danse, etc.

— Ecoute donc, seigneur Oluf, mon fils chéri,
Pourquoi ta joue est-elle si pâle ?
Mais la danse, etc.

— Et je puis bien avoir la joue aussi pâle :
J'ai été à la danse du roi des Elfes.
Mais la danse, etc.

— Ecoute, mon fils, toi qui es bien prudent :
Ta jeune fiancée, que vais-je lui dire ?
Mais la danse, etc.

— Dis-lui que je suis dans le bois à cette heure
Pour essayer mon cheval et mes chiens.
Mais la danse, etc.

Le lendemain, quand il fut jour,
La fiancée vint avec le cortège des noces.
Mais la danse, etc.

Ils versèrent de l'hydromel, ils versèrent du vin :
— Où est le seigneur Oluf, mon fiancé ?
Mais la danse, etc.

— Le seigneur Oluf vient de chevaucher dans les bois, à
[cette heure,
Pour essayer son cheval et ses chiens.
Mais la danse, etc.

La fiancée leva le drap écarlate :
Le seigneur Oluf était étendu et mort.
Mais la danse, etc.

Le lendemain, de grand matin, au petit jour,
Trois cadavres étaient emportés hors du château.
Mais la danse va si vite par la forêt [1].

L'histoire est déjà bien poétique, Leconte de Lisle l'a
encore poétisée.

Son héros devient un chevalier romantique : il va campé
sur un cheval noir; son éperon d'or brille dans la nuit;
quand il traverse un rayon de lune, on voit sur sa chevelure resplendir un casque d'argent.

A ce voyageur, vraiment digne d'être aimé des fées,
qu'importeraient une paire de bottes en peau de bélier, une
fine chemise et même une écharpe d'or ? Aussi, pour le
séduire, les Elfes se couronnent de marjolaine et leur jeune
reine lui promet l'opale magique, l'anneau doré

Et, ce qui vaut mieux que gloire et fortune,

non pas une chemise, mais sa robe à elle,

Sa robe filée au clair de la lune.

---

1. Marmier, dans ses *Chants populaires du Nord*, p. 187, donne une
autre chanson suédoise, où les Elfes offrent leur amour au duc Magnus :
elles lui promettent sept paires de bœufs blancs, une épée d'or, un faucon d'or; il refuse et leur échappe. Il n'est pas question de sa fiancée.

Le dénouement est plus poétique encore. Quand, de son doigt blanc, la reine des Elfes a touché au cœur le guerrier qui refuse son amour, il ne meurt pas, il n'est pas blessé. Il fuit pendant que les Elfes continuent à danser. Son noir cheval court et bondit. Mais tout à coup le chevalier au casque d'argent frissonne ; car il voit sur la route une forme blanche qui lui tend les bras. C'est encore l'odieuse fée ? Non, c'est sa fiancée, morte : c'est elle que la reine des Elfes a tuée en touchant le cœur qui était sien. D'amour, alors, le chevalier tombe mort lui-même. Les Elfes, couronnées de marjolaine, dansent toujours.

En faisant mourir la fiancée du coup porté au cœur de son fiancé, Leconte de Lisle donne, on en conviendra, une grâce nouvelle à la vieille légende suédoise, sans en altérer l'esprit. Par son dramatique dénouement, où la jeune fille accourt dans son blanc linceul au devant du jeune homme, il a, d'ailleurs, rattaché l'histoire du chevalier frappé par la reine des Elfes à tout un groupe d'autres histoires scandinaves, fort touchantes : celles qui font rester ou revenir un mort sur terre pour revoir et consoler un être aimé [1].

Le poème suédois intitulé *la Puissance de la douleur*, que Marmier traduit dans ses *Chants populaires du Nord* [2] et que Leconte de Lisle a imité dans sa *Christine*, appartient à ce cycle de légendes :

---

1. Voir dans les *Chants populaires du Nord*, p. 108, la touchante histoire de la première femme de Dyring qui revient consoler et soigner ses enfants maltraités par leur marâtre.
2. P. 228.

La petite Christine et sa mère ont mis de l'or dans le cercueil. La petite Christine pleure son fiancé qui est dans la tombe.

Il frappe à la porte avec ses doigts légers. — Lève-toi, petite Christine, et tire le verrou.

Lève-toi, petite Christine, tire le verrou ; je suis le jeune fiancé que tu aimais autrefois.

La jeune fille se lève à la hâte, et tire le verrou.

Elle le fait asseoir sur un coffre d'or ; elle lave ses pieds avec du vin pur.

Ils se mettent au lit, et causent beaucoup, et ne dorment pas.

Les coqs commencent à chanter. Les morts ne peuvent rester plus longtemps absents.

La jeune fille se lève, prend ses souliers et suit son ami à travers la longue forêt.

Et quand ils arrivent au cimetière, les cheveux blonds du fiancé commencent à disparaître.

— Vois, jeune fille, comme la lune a rougi tout à coup. Ainsi tout à coup disparaît ton bien-aimé !

Elle s'asseoit sur son tombeau, et dit : — Je resterai jusqu'à ce que le Seigneur m'appelle.

Alors elle entendit la voix de son fiancé qui lui disait : — Petite Christine, retourne dans ta demeure.

Chaque fois que tu laisses tomber une larme, mon cercueil est plein de sang.

Chaque fois que ton cœur est gai, mon cercueil est plein de feuilles de rose.

Leconte de Lisle a suivi très fidèlement son modèle jusqu'au départ du fiancé. Mais à ce moment Christine demande à accompagner dans la mort celui à qui elle a donné sa foi virginale. Lui ne répond rien. Ils vont sur la mousse humide, à travers la longue forêt, arrivent au vieux cimetière.

— Adieu, quitte-moi, reprends ton chemin ;
Mon unique amour, entends ma prière ! —
Mais Elle au tombeau descend la première,
Et lui tend la main.

Et Leconte de Lisle, par ce dénouement nouveau, mais très scandinave, ajoute une histoire de plus à toutes celles qui nous montrent une jeune fille mourant d'avoir vu mourir son bien-aimé.

LA FILLE DE L'ÉMYR [1]

Il convient d'étudier ici, parce que la source en est suédoise, un poème qui par son sujet appartient à l'Espagne musulmane et qui, dans l'édition définitive des *Poèmes barbares*, figure entre *Djihan-Ara* et *le Conseil du Fakir*.

La Fille de l'Émyr conte une légende que les hommes du nord avaient rapportée des croisades. Elle fut très populaire dans leurs pays puisqu'on la trouve, d'après X. Marmier [2], en Allemagne, en Danemark, en Suède, dans les Pays-Bas.

La version suédoise, traduite par Marmier dans les *Chants populaires du Nord* [3], est franchement sympathique au christianisme.

Une fille de sultan allait un jour le long du parc et du jardin. Elle cueillait des fleurs de toutes sortes et elle se disait : — Qui donc a pu faire ces fleurs et découper avec

---

1. *Poèmes barbares*, XXIV.
2. *Chants populaires du Nord*, Introduction, p. IV, n. 4.
3. P. 235. *La Fille du Sultan.*

tant de grâce leurs jolies petites feuilles ? Oh ! je voudrais bien le voir ! Je l'aime déjà du fond du cœur ; si je savais où le trouver, je quitterais le royaume de mon père pour le suivre.

Ce pressant appel ne reste pas longtemps sans réponse. A minuit, Jésus arrive. — Jeune fille, ouvrez. — Elle ouvre la fenêtre : — D'où venez-vous donc, ô noble et majestueux jeune homme ? Jamais, dans le royaume de mon père, je n'ai trouvé votre pareil. — Apprends donc qui je suis : c'est moi qui ai créé les fleurs.

La jeune fille veut qu'on l'emmène. — Est-ce bien vous, mon puissant seigneur, mon amour, mon bien-aimé ? Combien de temps je vous ai cherché ! Et maintenant que vous voilà, il n'y a plus ni bien, ni patrie qui m'arrête : avec vous je m'en irai. Que votre belle main me conduise là où il vous plaira.

Mais le jeune homme ne veut pas qu'elle s'engage sans savoir ce qui l'attend : — Jeune fille, si vous voulez me suivre, il faut tout abandonner, votre père, vos richesses et votre beau palais. — La jeune fille est prête à tous les sacrifices : — Votre beauté m'est plus précieuse que tout cela. C'est vous que j'ai choisi, c'est vous que j'aime. Il n'y a rien sur la terre d'aussi beau que vous. Laissez-moi donc vous suivre où vous voudrez. Mon cœur m'ordonne de vous obéir et je veux être à vous.

Alors Jésus prend la jeune fille par la main et elle quitte avec lui la contrée païenne.

En route, elle lui demande son nom, et, quand elle l'a appris, lui jure fidélité. Puis, elle veut savoir comment est le père de son beau fiancé. — Mon père est très riche, dit Jésus. La terre et le ciel lui obéissent ; l'homme, le soleil, les étoiles lui rendent hommage. Un million de beaux anges s'inclinent devant lui, les yeux baissés. — Et votre mère ? — Jamais il n'y eut dans le monde une femme aussi pure. Elle devint mère d'une façon miraculeuse, sans cesser d'être vierge. — De quelle contrée venez-vous donc ? — Je viens du royaume de mon père, où tout est joie, beauté, vertu. Là, des milliers d'années se passent comme un jour ; d'autres milliers d'années leur succèdent pleines de repos et de félicité. — Hâtons-nous donc, ô mon roi, d'arriver à la demeure de votre père.

Ils continuent leur route à travers les champs et les prés et arrivent près d'un monastère où Jésus entre. — Attendez-moi ici, dit-il.

Le jour se passe, le soir arrive ; la jeune fille attend toujours.

Alors elle frappe et crie : — Ouvrez-moi ; mon bien-aimé est ici. — Nous n'avons vu entrer personne. — Mon bien-aimé est ici : pourquoi me le cacher ? — Dites-moi comment il s'appelle ; je vous dirai si je le connais. — Hélas ! j'ai oublié son nom. Mais c'est le fils d'un roi. Son père tient le sceptre de la terre et du ciel. Sa mère est une vierge. — Ah ! s'écrie le portier, c'est Jésus. Si c'est là votre fiancé, je vais vous le montrer. Mais renoncez à toutes les grandeurs païennes ; renoncez à la tendresse de votre père ; oubliez votre pays de paganisme, car désormais vous devez être chrétienne. — Mon amour, répond-elle, est ce que j'ai de plus cher, et nul sacrifice ne peut m'effrayer.

Elle entra, apprit la vie de Jésus-Christ, lui voua son âme, l'attendit longtemps dans un grand désir de le voir. Quand elle fut près de mourir, il lui apparut, la prit par la main et l'emmena dans son beau royaume. Là, elle est devenue reine.

On serait surpris si Leconte de Lisle n'avait pas donné à son héroïne un nom et une patrie, s'il n'avait pas reconstitué le milieu où sa vie s'écoule. Aussi l'a-t-il fait, et avec toute la précision, avec tout l'éclat qu'on était en droit d'attendre de ce grand décorateur.

La fille de l'Émyr s'appelle Ayscha. Son père est Abd-El-Nur-Eddin. Elle habite Cordoue aux dômes d'argent. La vieille, qui la tient tout le jour cachée sous la persienne et les fines toiles, la laisse errer en liberté dans le jardin frais dès que le soir revêt de ses couleurs chaudes les massifs touffus, pleins d'oiseaux siffleurs, quand le souffle léger du ciel attiédi verse ses murmures dans les sycomores et que l'ombre diaphane tombe des ramures sur le velours des gazons.

Mais, plus encore que de voir l'histoire scandinave conserver chez Leconte de Lisle l'indécision de son décor, on serait surpris de la voir garder son caractère chrétien. Elle est fort loin de l'avoir gardé.

Ayscha est une enfant ; un air d'innocence, un rire ingénu flotte sur sa bouche. Pendant qu'elle marche le long des rosiers, voici qu'une voix tendre la nomme et qu'elle découvre derrière elle un pâle jeune homme. (Jésus n'a donc pas attendu, comme dans le poème suédois, qu'on désirât sa venue ; il ne répond pas à un appel vague, mais déjà pressant : il est venu de lui-même.)

Ayscha le voit, l'admire, lui demande quels sont tous ses noms, s'il n'est point khalife, s'il a des palais, s'il est l'un des anges. Mais elle n'offre point son cœur la première, elle n'engage pas sa foi. C'est le jeune homme qui la sollicite. Souriant, il dit : — Je suis fils de roi. Mon premier palais fut un toit de chaume, mais le monde entier ne peut m'enfermer. Jeune fille, si tu veux m'aimer, je te donnerai mon royaume.

Tout de suite elle veut bien. (Comment ne voudrait-elle pas, puisque le jeune homme ne l'a pas prévenue, comme il fait dans le poème suédois, de tout ce qu'il lui en coûtera pour le suivre, et qu'il se contente de dire la puissance irrésistible de l'amour ?)

Ayscha et Jésus s'en vont à travers la plaine. Longtemps, bien longtemps ils marchent. L'enfant, hélas ! sent les durs cailloux meurtrir ses pieds las, elle manque d'haleine, elle demande grâce : — Allah m'est témoin que je t'aime, ô mon cher Seigneur. Mais que ton royaume est loin ! Arriverons-nous avant que je meure ? — Une maison noire apparaît enfin. — Voici ma demeure, dit le jeune homme. Mon nom est Jésus. Je suis le pêcheur qui prend dans ses filets l'âme en sa fraîcheur. Je te réserve, enfant, la vie éternelle après cette terre.

Désormais morte parmi les vivants, Ayscha ne sortit jamais du noir monastère.

Ainsi, ce n'est pas Ayscha qui appelait, avant même de connaître son nom, le créateur des fleurs, et qui l'aimait

déjà du fond de son âme pour avoir admiré la beauté de son
œuvre ; c'est Jésus qui spontanément est venu la chercher,
Jésus, c'est-à-dire, dans la pensée de Leconte de Lisle, on
l'entend bien, ceux qui parlent en son nom. Elle était naïve
et ingénue : ils l'ont séduite par de belles promesses. Sans
lui dire d'avance, ni la longueur du chemin, ni la dureté
des cailloux, ils l'ont emmenée. Et Ayscha s'est enterrée
jusqu'à sa mort dans un noir monastère, dont la tristesse
est certaine ; en échange de quoi ? le poète l'insinue, sans
le dire expressément : en échange d'une vie future qui est
problématique.

Le poème chrétien est devenu anti-chrétien. Les faits
sont restés les mêmes ; la signification en est maintenant
toute différente. Cette fois, le poète n'a point cherché à
rendre l'esprit de la légende qu'il racontait ; c'est sa propre
pensée qu'il lui a fait exprimer. Mais à être détournée ainsi
de son sens primitif, la légende n'a-t-elle pas perdu son
charme ?

CHAPITRE IV

Poèmes finnois

LES LARMES DE L'OURS [1]

Le *Kalewala* est pour les Finnois ce que *l'Edda* est pour
les Scandinaves : il est à la fois leur *Théogonie* et leur *Iliade*.
C'est une longue suite de chants que l'on a commencé à
recueillir assez tard. La première édition, qui n'avait que
trente-deux chants ou runas, fut donnée par Elias Lönnrot
en 1835. Jusqu'à cette publication, le poème n'existait qu'à
l'état de fragments, et la plupart de ces fragments n'étaient
même pas écrits. Lönnrot les recueillit de la bouche des
poètes populaires ou runoias chargés de les conserver et
de les transmettre par la mémoire. L'œuvre de Lönnrot
fut complétée par Castren, et aujourd'hui *le Kalewala*
compte une cinquantaine de chants. A quelle date furent-ils
composés ? Il est difficile de le déterminer. Mais on suppose que dans leurs parties essentielles quelques-uns
remontent au XIe siècle de notre ère, et on peut affirmer
que certaines des traditions qui en font la substance
s'étaient formées à une époque très reculée.

Quand il composa *les Larmes de l'Ours* et *le Runoïa*,
Leconte de Lisle ne pouvait connaître que les trente-deux

---

1. *Poèmes barbares*, XIII.

runas publiées par Lönnrot et qui avaient été traduites en
français, dès 1845, par Léouzon Le Duc [1]. Il connut certainement aussi l'article de Xavier Marmier sur *les Chants
populaires de la Finlande* (*Revue des Deux Mondes*, 1er octobre
1842).

Le principal personnage du *Kalewala* est le dieu Wäinämöinen, appelé généralement le vieux ou le brave Wäinämöinen. Wäinämöinen ! C'était là un nom que nos oreilles
françaises auraient trouvé bien dur pour être celui d'un
dieu qui inventa la musique. Aussi Leconte de Lisle n'a-t-il
jamais désigné son héros autrement que par un de ces beaux
surnoms qui lui sont parfois donnés dans le *Kalewala* : le
Roi des Runes ou l'éternel Runoïa.

Wäinämöinen est le dieu suprême des Finnois. Ce n'est
pas un dieu unique, car autour de lui gravite une multitude de dieux inférieurs. Ce n'est pas un dieu qui ait
existé de tout temps, car on sait qu'il demeura trente étés
et trente hivers dans le sein de sa mère, et on connaît le
nom de son père, Kalewa le géant, qui rentra d'ailleurs
dans le silence aussitôt qu'il eut donné naissance à son fils.
Mais s'il n'est pas le plus ancien de tous les êtres, Wäinämöinen a créé le monde que nous habitons. De quelle
manière ? La première runa nous le raconte dans un récit
plein de contradictions bizarres qui font supposer que des
légendes différentes y ont été juxtaposées.

---

1. *La Finlande*, son histoire primitive, sa mythologie, sa poésie
épique, avec la traduction complète de sa grande épopée *le Kalewala*,
son génie national, sa condition politique et sociale depuis la conquête
russe par Léouzon Le Duc ; Paris, Labitte, 1845, 2 vol.

Wäinämöinen reposait dans le sein de sa mère depuis trente années, et le temps lui paraissait long. Il supplia le soleil, la lune et les brillantes otawas (les étoiles de la grande ourse) de venir le délivrer. Mais les astres demeurèrent sourds à sa voix. Alors il ouvrit lui-même la porte de sa prison. Il vit avec bonheur l'éclat de la lune, du soleil et des otawas ; il se réjouit de respirer le souffle de l'air. Puis il se forgea un cheval léger comme la paille, et il se mettait à chevaucher sur la terre frémissante, quand un vieux Lapon animé contre lui d'une haine implacable blessa son cheval et le précipita dans les flots. Pendant qu'il se promenait sur les flots, Wäinämöinen créa la terre par une série de gestes :

Partout où il élève sa tête, il crée une île ; partout où il tourne la main, il crée un promontoire ; partout où son pied touche le sable, il creuse des tombes aux poissons. Quand il approche de la terre, il y enchante les filets des pêcheurs ; quand sa course le plonge dans l'abîme, il y fait surgir des rochers, il y enfante des écueils où se brisent les navires, où les marchands trouvent la mort [1].

À ce moment apparut un aigle, et le dieu lui offrit un asile sur son genou. Là, l'oiseau bâtit un nid, pondit et couva un œuf, et Wäinämöinen, ayant jeté l'œuf dans l'abîme, dit : « Que la partie inférieure de l'œuf soit la terre ; que la partie supérieure soit le ciel ; que tout ce qu'il renferme de blanc soit la splendeur du soleil, que

---

1. Léouzon Le Duc, t. I, p. 7.

tout ce qu'il renferme de jaune soit l'éclat de la lune, que
toutes les autres parties de l'œuf soient les étoiles. »

Voilà assurément un singulier tissu d'obscurités, et rien
n'est étrange comme le spectacle de ce dieu admirant le
ciel, chevauchant sur la terre, puis créant ce même ciel,
cette même terre. D'autant que pour la formation du
ciel d'autres runas lui donnent comme collaborateur son
frère Ilmarinnen, qu'elles appellent le forgeron éternel :
celui-ci aurait forgé le couvercle de l'air, où n'apparaissent
ni les trous du marteau, ni les morsures de la tenaille.

Toutes ces légendes peuvent cependant être conciliées à
la rigueur : il n'est que de changer l'ordre des faits, d'éli-
miner des interpolations évidentes, de ne pas trop entrer
dans les détails. Et c'est ainsi que les choses s'arrangeront
chez Leconte de Lisle : Wäinämöinen fera fabriquer d'abord
le couvercle du monde par l'éternel forgeron Ilmarinnen ;
il fera sortir ensuite les germes de l'œuf primitif ; puis il
fera battre la mer, monter les caps, verdir les bouleaux et
gronder les ours.

Il est inutile à l'intelligence des deux poèmes finnois de
Leconte de Lisle que nous contions ici la vie mythologique
de Wäinämöinen, ses expéditions dans les forêts téné-
breuses, ses voyages sur mer, ses luttes contre les mauvais
génies, les habitants de Pohja (ou Pohjola), et notamment contre la vieille magicienne Louhi, que le poète
appelle, comme font les runas, la vieille de Pohjola. *Le
Kalewala* est plein des épreuves et des exploits de Wäinämöinen. Il est plein aussi de ses bienfaits. Car c'est un dieu
souverainement bon : guerriers, pêcheurs, chasseurs, tous

l'invoquent avec fruit. Il est l'Esculape, le Prométhée, l'Orphée des Finnois : de la sueur qui coule de son corps il guérit toutes les maladies ; il a apporté le feu céleste aux mortels ; il leur a donné le kantele, l'instrument national de la Finlande, la lyre à cinq ou six cordes. Il l'a même créé deux fois, et on comprend que Leconte de Lisle ait été séduit par les deux récits, car il n'y en a guère dans *le Kalewala* de plus éloquents.

Le vieux Wäinämöinen naviguait quand sa barque fut arrêtée par un brochet gigantesque. D'un seul coup de glaive, il fendit le dos du poisson. Puis, lui retirant ses dents pointues, il songea à faire le kantele. D'un prunier et d'un sapin il forma la caisse ; les vis, des dents du grand brochet ; il prit les cordes dans la crinière du coursier d'Hiisi (le génie du mal). Il donna ensuite l'instrument aux vieillards, aux jeunes gens, à son compagnon le joyeux Lemmikainen, à son frère le forgeron Ilmarinnen, à l'hôtesse de Pohjola, à bien d'autres encore : sous tous ces doigts sortirent des sons affreux. Un vieillard endormi dans le foyer s'éveilla tout à coup : — Cessez, cessez, s'écria-t-il ; ce bruit me déchire jusqu'à la moelle, il blesse mes oreilles et me brise la tête... Qu'on jette cet instrument à l'eau ou qu'on le rende à celui qui l'a fait. — Alors l'instrument parla : — Rendez-moi, dit-il, à celui qui m'a fait.

Le vieux Wäinämöinen, s'asseyant au bord de la mer, commence à chanter. Son chant est si doux que pour entendre le runoia tous les êtres de la nature se précipitent.

Le loup déserte ses marais et l'ours sa caverne de sapin.
L'aigle descend des nuages, le faucon fend les airs, la
mouette s'élance des marais profonds, le cygne du sein
des ondes limpides ; les légers pinsons, les alouettes rapides,
les gracieux serins viennent se poser sur les épaules du
dieu. Les vierges de l'air (c'est-à-dire le soleil et la lune, que
les Finnois se représentent comme deux jeunes filles filant
un fin tissu) laissent tomber de leurs mains la navette
d'or et le peigne d'argent. Du fond des eaux arrivent aussi
les poissons aux mille nageoires, les saumons, les truites,
les brochets, les chiens de mer, les grands poissons et les
petits ; le roi des ondes s'élève sur un nénuphar, l'hôtesse
de la mer laisse tomber le peigne dont elle peignait sa
longue chevelure. Et tous pleurent, les jeunes gens, les
vieillards, les vierges, les petites filles, les héros, les
hommes les plus durs. Le vieux Wäinämöinen lui-même
sent les sources de ses larmes s'enfler. Bientôt elles tombent
de ses yeux, plus nombreuses que les baies des collines,
que les têtes des hirondelles, que les œufs des gélinottes.
Elles pénètrent ses cinq vêtements de laine, ses six ceintures d'or, ses sept robes bleues, ses huit tuniques épaisses.
Elles deviennent un fleuve et se précipitent dans les profondeurs de la mer. Là, elles fleurirent et ainsi furent formées les perles [1].

Cependant le dieu laissa tomber son kantele dans la
mer. Vainement essaya-t-il de l'en retirer avec un rateau
long de cinq cents brasses que lui avait forgé le forgeron

---

1. Vingt-deuxième runa ; Léouzon Le Duc, t. II, p. 53-58.

Ilmarinnen. Il s'en revenait tout triste quand il entendit pleurer le bouleau.

Il lui dit : — Pourquoi pleures-tu, beau bouleau ? Pourquoi gémis-tu, arbre au vert feuillage ? Pourquoi te plains-tu, arbre qui portes une blanche ceinture ? Est-ce parce qu'on ne te mène point à la guerre ?

L'arbre commence une longue plainte, dont la profonde vérité, dit dans une note le traducteur du *Kalewala*, sera bien comprise par tous ceux qui ont vu la physionomie si mélancolique du bouleau du Nord :

Déplorable opprimé que je suis, les bergers me déchirent pendant l'été, ils découpent ma blanche robe, ils sucent tout mon suc [1]... Déjà trois fois dans cet été, sous l'ombrage de mes rameaux, des hommes se sont assis aiguisant leurs haches et conspirant contre ma tête. C'est pourquoi toute ma vie se consume à pleurer et à gémir ; car je suis sans secours, sans protecteur contre les coups de la tempête, contre les orages de l'hiver. Chaque année la douleur me change avant le temps. Ma tête est fatiguée par les soucis, ma peau devient blanche lorsque je pense aux jours froids, au temps maudit. La tempête m'apporte la souffrance, le froid des jours fatals ; la tempête déchire mes flancs, me dépouille de toutes mes feuilles, et me laisse ainsi nu exposé à toutes ses rigueurs.

Le vieux Wäinämöinen dit : — O vert bouleau, ne pleure point, je vais changer ton deuil en joie, tes jours de douleur en jours de fête.

---

1. « Le bouleau distille une liqueur fort appréciée des Finnois. » (Léouzon Le Duc.)

Wäinämöinen coupa les branches du bouleau et de son bois il fit un nouveau kantele. Sur un chêne qui s'élevait là, des coucous gémirent, des globules d'or tombèrent de leur bouche, et Wäinämöinen en fit les vis de l'instrument. Une vierge pleurait, la plus belle jeune fille de la vallée; elle chantait, attendant celui qui devait l'épouser. — O Vierge, dit le vieux Wäinämöinen à la tendre enfant, donne-moi six de tes beaux cheveux. — Elle les donna, et le dieu en fit les cordes de son joyeux kantele. Puis il commença à chanter.

Le bouleau au doux feuillage palpita de joie, le présent d'or du coucou frémit, la belle chevelure de la vierge retentit.

Et les vallées s'élevèrent, et les collines s'abaissèrent, et les montagnes d'airain tremblèrent, et tous les rochers résonnèrent. Les tiges des arbres s'agitèrent en dansant, les pierres du rivage se fendirent, les pins tressaillirent de joie... Les oiseaux se précipitèrent en foule vers le grand runoia.

Un aigle du haut de son aire entendit aussi la douce harmonie, et il oublia ses petits, et il vola vers des régions qu'il n'avait jamais visitées, pour y jouir des merveilles du kantele.

Le roi du désert et son cortège à la peau hérissée dansa sur ses deux pieds, aux sons admirables de l'instrument de Wäinämöinen...

Lorsque Wäinämöinen sortit pour aller dans la forêt, les sapins vinrent s'incliner devant lui, les pins lui donnèrent un salut ami, les bouleaux abaissèrent leur cime jusqu'à terre. Et quand il alla dans les champs incendiés, les fleurs surgirent sous ses pas, le gazon fit renaître sa verdure [1].

Pour composer *les Larmes de l'Ours*, Leconte de Lisle

---

1. Vingt-neuvième runa, *id.*, t. II, p. 108-111.

s'est inspiré surtout de cette dernière runa, où il avait particulièrement remarqué la plainte du bouleau et le spectacle pittoresque du roi du désert à la peau hérissée dansant sur ses deux pieds aux sons admirables de l'instrument de Wäinämöinen.

Le Roi des Runes, raconte-t-il, écoutait gronder la mer, l'ours rugir et pleurer le bouleau. Il les interrogea et chacun lui fit sa plainte.

— Roi des Runes, dit l'Arbre au feuillage blême,

Qu'un âpre souffle emplit d'un long frissonnement,

jamais je n'ai vu rayonner la vierge sous le regard de son bien-aimé.

— Roi des Runes, dit la Mer infinie, mon sein froid n'a jamais connu la splendeur de l'été ; je n'ai jamais chanté, joyeuse, au soleil.

— Roi des Runes, dit à son tour l'Ours, hérissant ses poils rudes, comme j'envie l'agneau qui paît l'herbe embaumée !

Alors le Skalde prit sa harpe : l'Arbre fut baigné d'aurore, un rire éclatant courut sur la Mer, l'Ours charmé se dressa sur ses pattes et des larmes de tendresse ruisselèrent à travers ses poils rudes.

Nous n'assistons plus ici à la fabrication du kantele ; nous ne voyons plus tous les êtres de la nature suspendus aux lèvres du dieu ; la plainte du bouleau a perdu une part de son éloquence ; le rôle de l'ours a pris tant d'impor-

tance qu'il a fourni, avec le mot de la fin, le titre du poème;
et ce sont là des atteintes à la légende. Mais ces changements n'en ont point altéré le fond. Le poète en a même
dégagé plus clairement le sens en ajoutant, par une heureuse invention, les plaintes de l'ours et de la mer à celle
du bouleau : dans ces pays déshérités la musique est née du
besoin d'oublier les tristesses ambiantes. Et cette tristesse
des paysages d'extrême nord, en pouvait-on parler avec
plus de vérité, avec plus de sympathie que l'a fait Leconte
de Lisle ?

LE RUNOÏA [1]

Le vieux Wäinämöinen était si sympathique à son
peuple que la force seule put le détrôner. La Finlande ne
perdit sa foi primitive qu'après avoir perdu son indépendance ; elle ne devint chrétienne qu'en devenant suédoise,
vers le milieu du xii⁰ siècle. Encore l'ancienne religion
garda-t-elle longtemps des attaches dans le pays. Quand
les Finnois eurent enfin accepté Jésus et sa mère, ils ne
voulurent pas pour cela exiler le vieillard qui leur avait
donné la musique. Ils essayèrent de les faire vivre en
bonne harmonie, et naïvement ils installèrent la Vierge
Marie à côté de l'ouvrier Ilmarinnen dans la barque où
naviguait l'éternel Runoïa.

Le conflit des deux religions avait fait une impression si
forte sur les imaginations populaires qu'il suscita de nom-

---

1. *Poèmes barbares*, XIV.

breuses légendes. Ce sont deux de ces légendes qui ont servi de sources au poème que Leconte de Lisle a intitulé *le Runoïa*. Toutes les deux sont probablement anciennes et remontent, Léouzon Le Duc le pense, à l'époque où le nouveau culte triompha définitivement de l'ancien.

L'une de ces légendes est racontée dans la trente-deuxième et dernière runa du *Kalewala* publié par Lönnrot et traduit par Léouzon Le Duc.

Mariatta, la belle enfant, qui toujours avait vécu innocente, qui toujours avait cultivé avec amour la fleur de sa chasteté, fut envoyée pour paître les troupeaux. C'était là une tâche difficile ; car le serpent se glisse dans l'herbe, les lézards se roulent dans le gazon [1].

Sur la colline, une petite baie rouge se balançait, suspendue à son rameau. — Viens me cueillir, ô vierge, disait-elle, avant que le ver ne m'ait rongé, que le serpent noir ne m'ait souillée de son baiser. — Mariatta ne put cueillir la baie avec la main ; elle la fit tomber à terre avec un pieu et lui demanda de monter jusqu'à ses lèvres. La baie y monta, puis de là descendit dans la gorge, dans la poitrine. Et Mariatta fut fécondée par la petite baie.

Quand le dixième mois fut arrivé, elle envoya sa servante au village demander un bain. (Les femmes de la Finlande accouchent dans un bain.) La servante arriva à la maison de l'horrible Ruotas (Hérode). Vêtu d'une longue robe de

---

1. Les lézards se *roulent*-ils dans le gazon en Finlande ? — Je cite textuellement ici la traduction de Léouzon Le Duc.

lin, il mangeait et buvait. Sa femme était digne de lui. Elle rudoya la servante. — Que ta maîtresse, lui dit-elle, s'en aille dans la forêt de pins ; c'est là que les filles perdues mettent leurs enfants au monde.

Mariatta alla dans la forêt, entra dans une étable et dit à un cheval : — Bon cheval, exhale ton haleine dans le sein de celle qui souffre. — Le cheval obéit aussitôt et la suave vapeur de sa bouche fut pour Mariatta un bain chaud qui inonda son corps. (Si les deux animaux de l'étable de Bethléem se sont changés en cheval, c'est sans doute que ni le bœuf, ni l'âne ne sont communs en Finlande.) La vierge mit au monde un petit enfant et le déposa dans une crèche sur du foin séché par l'été.

Il grandit, mais son origine resta inconnue. Il fut appelé par l'époux de sa mère Ilmori (air, c'est-à-dire sans doute seigneur de l'air, du ciel), par elle enfant du désir, par ses frères enfant de l'oisiveté, par ses sœurs héros du combat, par tous les autres être sans nom.

Cependant, pour l'introduire dans le royaume du Christ, on le baptisa. (Détail bizarre, puisqu'il s'agit du Christ lui-même.) Avant le baptême (soit en souvenir du vieillard Siméon, soit parce qu'en Finlande après la naissance d'un enfant on fait toujours venir le sorcier pour tirer son horoscope), le prêtre dit : — Qui viendra maintenant pour prononcer un jugement sur ce malheureux enfant ? —

Ce fut le vieux Wäinämöinen, le Runoïa éternel, qui s'avança.

Et il dit :

« *Qu'on porte l'enfant dans un marais, qu'on lui écrase la tête,* qu'on lui brise les membres avec un marteau !

Le petit enfant, âgé de deux semaines, lui dit :

« Vieillard des pays lointains, runoïa de Karjala, tu as pro-
noncé un jugement insensé, tu as injustement interprété la
loi. »

Et le prêtre baptisa l'enfant, et il le couronna roi de la forêt,
et il lui donna la garde de l'île des trésors.

Alors le vieux Wäinämöinen, rougissant de colère et de
honte, chanta son dernier chant; et il se fit *une nacelle d'airain*,
une barque à fond de fer, et sur cette barque il naviguait au
loin, *dans les espaces sublimes*, jusqu'aux régions inférieures du
ciel.

Là sa barque s'est arrêtée, là s'est terminée sa course. Mais il
a laissé sur la terre son kantele et ses grandes runas pour l'éternelle joie de la Finlande.

De cette runa, Leconte de Lisle a simplement tiré la
malédiction et le départ du Runoïa :

> Chasseurs d'ours et de loups, debout, ô mes guerriers !
> Écrasez cet Enfant sous les pieux meurtriers ;
> Jetez dans les marais, sous l'onde envenimée,
> Ses membres encor chauds, sa tête inanimée.
>
> . . . .
> Dépossédé d'un monde, il lança sur la mer
> Sa nacelle d'airain, sa barque à fond de fer,...
> Et nageant dans l'écume et les bruits de l'abîme,
> Il disparut, tourné vers l'espace sublime.

Une autre source a donné bien davantage à l'auteur du
Runoïa.

Dans un drame intitulé *le Glaive runique*, qui a pour
sujet les derniers conflits du paganisme et du christianisme

en Finlande, le poète finnois Nicander [1] fait raconter une
saga par un vieux guerrier païen. Le vieillard la tient, dit-
il, de son père, et c'est bien, à ce qu'il semble, une saga
authentique et fort ancienne que l'auteur du *Glaive runique*
met ainsi dans la bouche de son personnage. Elle a fourni
à Leconte de Lisle tout le cadre de son poème.

Elle commence ainsi :

Dans le haut nord, un puissant château s'élevait, bâti sur un
rocher. De là la vue pouvait s'étendre au loin sur la terre et sur
la mer. Autour de lui des montagnes, des collines, des forts
armés de tours se dressaient ainsi que des vassaux. Il y avait
dans l'intérieur une salle magnifique. La voûte de son plafond
ressemblait à la voûte bleue du ciel ; *quatre ours d'or la soute-
naient.*

Grand, puissant était le roi, maître de ce château. Un
nombre infini de guerriers, revêtus de cuirasses, formaient sa
cour. Ils étaient joyeux et buvaient. Des scaldes chantaient leurs
exploits sur des harpes d'or. *Un de ces guerriers se nommait Inquiétude.*

Le grand roi était assis sur un trône d'argent orné d'images.
Il était vêtu de fer, et sa cuirasse avait *l'éclat de la mer aux
heures de son calme*; son front était ombragé d'un beau casque;
sa barbe flottait jusqu'à sa ceinture. L'âge avait pâli son visage,
mais ses traits avaient conservé leur puissance. Il tenait dans
sa main gauche une grande tablette d'or et dans sa main droite
un glaive qui lui servait de burin.

---

1. Charles-Auguste Nicander naquit à Strengans en 1799 et mourut
à Stockholm en 1839. Ses principales œuvres sont : *le Glaive runique, la
Mort du Tasse, Souvenirs du midi, Hespérides,* des traductions d'*Othello,*
des *Brigands,* de *la Vierge d'Orléans. Le Glaive runique* a été traduit du
suédois par Léouzon Le Duc (Paris, Sagnier et Bray, 1846). La saga qui
en est la principale curiosité est citée tout entière par Léouzon Le Duc
dans une note de sa traduction du *Kalewala,* éd. citée, t. II, p. 284-288.

Et il traçait des runas sur la peau d'un serpent bleu, roulé en
tortueuse spirale autour de la tablette ; il gravait des runas
belles, profondes, une pour chaque jour de victoire, conduisant
la pointe de son glaive depuis la queue du serpent jusqu'à la
tête. Quand le char du soleil roulait à l'occident et que sa
lumière dorée flottait sur l'onde comme une écume de feu,
unissant le ciel et la mer dans une même plaine, où nageaient
les cygnes blancs, quand les guerriers vainqueurs revenaient à
leurs foyers, alors il gravait une runa, et le chant mêlé à l'harmonie des harpes retentissait dans le château.

Leconte de Lisle a conservé tout l'essentiel de ce début :
le château qui se dresse sur un haut promontoire, les ours
d'or qui soutiennent la voûte, les chanteurs avec leurs
harpes, la tunique de fer, la cuirasse et la grande barbe du
dieu, la peau du serpent bleu qu'il couvre de runas et,
debout près de lui, « le guerrier muet qu'on nomme
Inquiétude ». Mais, pour plus de pittoresque, il a accroché
aux piliers quelques-uns de ces ornements sans lesquels une
salle de château ne peut pas décemment se dire finnoise :
de grands arcs, des pieux, des boucliers, des carquois,

  Des peaux de loups géants et des rameaux de rennes ;

il a changé en harpes de pierre les harpes d'or ; il a mis des
cruches d'or aux mains des buveurs et de l'hydromel dans
ces cruches ; il a transporté du bouclier du dieu à ses yeux
le reflet azuré de la mer ; il a dressé le château dans un
paysage saisissant, où l'on est toutefois un peu étonné de
voir évoquer le souvenir du géant Ymer et des Nornes,
personnages scandinaves et non finnois. Par un changement plus important, car il intéresse, nous le verrons, non

pas seulement le décor, mais le fond même de l'œuvre, les buveurs, de guerriers qu'ils étaient, sont devenus des chasseurs.

Le poète va maintenant beaucoup ajouter à son modèle.

La nuit vint ; la runa nouvellement gravée brillait, et son éclat était l'éclat du jour.

Les années s'écoulèrent ; le serpent n'avait plus de place pour l'œuvre du glaive. Les guerriers étaient sombres et tristes, les guerriers que le roi avait vus revenir vainqueurs, car le roi n'écrivait plus de runas.

Alors Inquiétude se leva et dit : « Père des runas, es-tu mort ? »

Le roi répondit par un douloureux sourire. Tous attendaient la nuit, croyant que le soleil se couchait. Mais le soleil s'élevait plus haut et refusait de se coucher. Il s'approcha du château. Le roi voulut écrire, il ne put pas. Soudain les portes s'ouvrirent : les guerriers tremblèrent. Inquiétude se mit à chanter :

« Le roi est pâle, plus pâle que la runa. Ah ! qui me dira ce qui agite le père des runas ? La harpe est muette et ses cordes palpitent. Inquiétude va mourir. »

A cette scène presque muette, dont seul le guerrier Inquiétude interrompt le silence, Leconte de Lisle substitue un dialogue très animé. Et d'abord, pendant que le vieux roi du Nord reste songeur sur son trône, les Runoïas évoquent, en face de leurs descendants occupés à boire, le souvenir des héros d'autrefois :

— Où sont-ils, ces rois de la haute mer,

Qui heurtaient le flot lourd du choc des nefs solides,

qui ne craignaient point que l'âpre vent d'hiver meurtrît leurs intrépides faces ? Honte à leurs enfants ! La hache du combat pèse à leurs mains débiles ; le sang est tari dans leurs veines ; guerriers énervés, ils ne savent que chasser par les monts

Les grands élans rameux, source de l'abondance.

Qu'ils mangent donc et qu'ils boivent, race sans gloire, enfants dégénérés des forts !

Mais ces reproches laissent les chasseurs insensibles : la paix est sur terre, le repos est nécessaire aux braves. Et joyeusement ils content leur vie : le gai départ du matin, la poursuite des cerfs sur les mousses rudes, le retour pacifique du soir, l'accueil des filles aux yeux clairs, qui accourent au devant d'eux, promptes comme le renne, le pétillement du feu sous les broches de frêne, l'écume de l'hydromel débordant des cruches d'or. Admirable couplet, plein de couleur et plein de sens ; car maintenant nous comprenons bien que si la religion de Wäinämöinen va disparaître, c'est que déjà ont disparu les mœurs qui l'avaient suscitée : mythologie conçue par une race aventurière et belliqueuse, pouvait-elle garder longtemps son empire sur une population devenue indifférente aux aventures et aux guerres ? Et nous sentons aussi que, tout en représentant pour Leconte de Lisle l'esprit de la population finnoise au moment où elle laissait tomber le culte du Runoïa, les chasseurs représentent encore pour lui ceux qui, par tout pays, indifférents à la querelle des dieux, ne croient à rien, sauf à la bonté de la vie présente, et n'ont d'autre culte que de vivre joyeusement.

Cependant le Runoïa sort de son long mutisme et il dit ses pressentiments : — Voici venir le Roi des derniers temps. Il sourit à la mer furieuse, et les flots courbent leur dos d'écume ; l'aube d'un grand jour jaillit de ses yeux. — Mais comme, à cette prophétie, les chasseurs font retentir de joyeux éclats de rire, demandent au vieillard si la reine des sorcières n'aurait point brûlé ses paupières, et l'engagent, pour oublier ses tristesses, à boire avec eux, le dieu maudit son œuvre : puisque ses fils devaient outrager son nom, pourquoi, hélas ! a-t-il créé l'homme ? pourquoi a-t-il créé le monde ? (Dans les regrets du Runoïa, Leconte de Lisle trouve ainsi un excellent prétexte pour insérer au cœur même de son poème un exposé de la cosmogonie finnoise, d'où, naturellement, ont disparu les contradictions, où tout est simplifié, où tout s'enchaîne : après la formation du ciel par l'ouvrier Ilmarinnen, se produit l'éclosion de l'œuf, et après que les germes sont sortis de l'œuf, la création de la mer, de la terre, des animaux et des végétaux, enfin de l'homme.)

Le Roi du Nord n'a pas plus tôt exhalé sa plainte que le rival attendu par lui fait son entrée. Leconte de Lisle, ici encore, va ajouter beaucoup à son modèle et même en modifier beaucoup l'esprit.

Le soleil rayonna à travers les portes. Alors, le château fut inondé de flammes lumineuses et les guerriers se couvrirent le visage. Les uns murmuraient, les autres tombaient à genoux. Mais tout à coup la lumière s'adoucit et une belle vierge, vêtue de blanc, s'avança au milieu de ses rayons. Sa blancheur croissait toujours plus éblouissante ; les flammes qui l'environnaient

étaient seules rouges et brûlantes. Un enfant d'une merveilleuse beauté reposait dans ses bras, et chassait avec une branche
de palmier les rayons qui voilaient le visage de la vierge.

Le vieux roi dit : « Enfant, quel est ton nom et d'où viens-
tu ? »

La vierge dit : « Le roi de l'Orient est venu ici. »

Alors le roi des salles du Nord dit : « Tu es bien petit pour
être roi. Veux-tu t'asseoir auprès de moi et lire mes runas ? »

Le roi de l'Orient dit : « Je veux m'asseoir auprès de toi. »
Et il regarda la tablette remplie de runas ; car la vierge l'avait
assis sur les genoux du vieillard. « Elles sont belles, tes runas ;
mais il en manque encore une ; je n'en vois point au milieu.
Veux-tu que je la grave, roi ? »

Le roi y consentit.

Dans la saga finnoise, l'entrevue des deux rivaux, on le
voit, n'a rien encore de tragique. Le vieillard accueille avec
égard son successeur ; il le fait asseoir sur ses genoux et,
comme pour abdiquer entre ses mains, il lui laisse écrire
la dernière runa. La légende n'est donc point hostile au
christianisme, encore que Nicander en ait mis le récit dans
la bouche du personnage qui défend le paganisme.

Chez Leconte de Lisle, la rencontre des deux dieux se
fait avec moins de douceur. A peine l'enfant a-t-il franchi
le seuil de la salle, que le vieillard, empruntant la malédiction qui est dans la trente-deuxième runa du *Kalewala*,
demande qu'on l'écrase sous les pieux et qu'on jette sa
tête dans les marais [1].

Mais l'enfant, d'une voix forte et douce, explique son
origine. Dernier né des familles divines, il est le fruit de

---

1. Voir plus haut, p. 167.

leur sillon et la fleur de leurs ruines (poétique formule pour signifier que le christianisme à la fois continue et contredit les religions précédentes). Puis il dit sa doctrine, et par sa bouche Leconte de Lisle nous fait du christianisme un long portrait, celui qu'on pouvait s'attendre qu'il nous en fît. Éclose dans un monde trop vieux et conçue par des gens épuisés, la religion apportée d'orient par le fils de la vierge vient pour combattre toutes les aspirations de la nature et de la raison : les liens des cœurs seront rompus ; la vierge maudira sa grâce et sa beauté ; l'homme reniera sa virilité ; les sages, honteux d'avoir vécu et d'avoir pensé, jetteront leurs travaux au feu ; les siècles écoulés rentreront dans la nuit, et l'oubli sera versé sur les anciens dieux. Le Roi du Nord, lui aussi, est donc voué à la mort : qu'il fasse ses adieux au soleil.

Mais de cette condamnation le Runoïa en appelle au monde « qu'il a conçu » et qu'il invoque dans une éloquente apostrophe, magnifique description de la nature du nord :

> O neiges, qui tombez du ciel inépuisable,
> Houles des hautes mers, qui blanchissez le sable,
> Vents qui tourbillonnez sur les caps, dans les bois
> Et qui multipliez en lamentables voix,
> Par de là l'horizon des steppes infinies,
> Le retentissement des mornes harmonies !
> . . . .
> . . . .
> Et vous, brises du jour, qui bercez les bouleaux ;
> Vous, îles, qui flottez sur l'écume des eaux ;
> Et vous, noirs étalons, ours des gorges profondes,

Loups qui hurlez, élans aux courses vagabondes !
Et vous, brouillards d'hiver, et vous, brèves clartés,
Qui flamboyez une heure au front d'or des étés !
Tous ! venez tous, enfants de ma pensée austère,
Forces, grâces, splendeurs du ciel et de la terre ;
Dites-moi si mon cœur est près de se tarir :
Monde que j'ai conçu, dis-moi s'il faut mourir !

En d'autres termes, le Runoïa demande pourquoi sa religion mourrait, puisque la nature dont elle est issue est toujours vivante.

Elle mourra, lui répond l'enfant, parce que ni la neige, ni la mer, ni la nuit, ni le vent, ni les fleuves n'ont plus de voix pour toi, parce que si la nature n'a point changé, l'homme a cessé de la comprendre : la nature divine est morte sans retour.

C'est là un arrêt irrévocable ; le Runoïa sent bien que son ennemi est victorieux, et sa bouche se lie. Vainement les Runoïas, ses prêtres, l'invoquent-ils encore : l'enfant leur prédit la fin de leur vaine sagesse, que les peuples vont désormais railler, et leur conseille de mourir muets, comme il sied aux cœurs forts. Vainement les Chasseurs opposent-ils leur indifférence à la prédication du nouveau roi ; car que leur importe à eux la querelle des dieux, pourvu que les ours continuent à se laisser prendre, les arcs à être solides et l'hydromel à fermenter dans les coupes ? l'enfant condamne ces épicuriens eux-mêmes à mourir (ce qui signifie qu'il ne tolérera ni la libre pensée, ni l'indifférence) ; et il leur montre leurs fils incapables de résistance, oublieux du passé, voyant sans plaisir ni regret tomber la majesté de leurs vieilles forêts (c'est-à-dire qu'il leur annonce l'asservissement du peuple finnois, qui fut en effet contemporain de sa conversion).

Au dénouement, Leconte de Lisle se rapproche d'abord un peu de son modèle, mais pour s'en écarter bientôt une fois de plus.

L'enfant se mit à graver la runa sur la tablette avec le bout lumineux de son doigt, et partout où son doigt passait l'or fondait.

Et c'était une runa de sang. Elle ressemblait à une rose nouvellement épanouie, belle et pleine de parfums.

Mais alors, ô prodige ! on vit les autres runas ramper et marcher, comme effrayées par la nouvelle, et lutter entre elles.

Tantôt elles se joignaient, tantôt elles se dispersaient de côtés divers, et puis elles revenaient à la charge, et l'on entendait dans la salle un cliquetis terrible. Elles marchaient ainsi deux à deux autour de la tablette, et la première fit un pas en arrière, et toutes les autres tombèrent. Mais bientôt elles se réunirent l'une à l'autre, et elles ondulèrent comme des vagues, et elles se changèrent en écailles. Le serpent agitait ses anneaux et menaçait de sa gueule béante la runa de sang. Et ils tombèrent tous les deux sur le parquet de la salle, détachés de la tablette, et ils engagèrent le combat. Tous ceux qui voyaient cela frissonnaient, mais l'enfant riait.

La tablette devint noire, et lorsque le vieux roi, que la mort avait frappé pendant le combat, roula par terre, la tablette roula sur lui, avec un bruit sourd, comme une pierre de sépulcre, sur laquelle les traces des runas apparaissent encore. La runa de sang grandit, et le roi de l'Orient la mit sur sa poitrine, et lui et le serpent combattirent.

Alors tous les guerriers se levèrent, les uns pour le serpent, les autres pour le roi. La terre **trembla** sous cette puissante lutte. Des héros tombèrent et leur sang enfanta des rocs, et bientôt la vaste salle ne fut plus qu'un parterre de fleurs. Mais la belle vierge pleurait. Le serpent se roulait en mille replis, ses écailles retentissaient avec un bruit affreux ; il redoubla d'efforts, et d'un bond terrible il s'élança sur le roi de l'Orient.

« Ici, ajoute le narrateur, la voix de mon père s'affaiblit, sa tête retomba sur son sein ; tout fut fini ; et il emporta avec lui dans le tertre la clé de l'énigme. »

Leconte de Lisle n'a garde de supprimer ce combat symbolique des Runoïas et des Guerriers qui prennent les armes, les uns pour l'ancien dieu, et les autres pour le nouveau ; il le développe au contraire et en montre la rage insensée. Mais il ne fait pas graver par l'enfant une dernière runa contre laquelle s'avance, gueule béante pour la dévorer, un serpent formé des autres runas : ni cette lutte singulière des runas, ni la métamorphose qui l'a précédée ne lui ont semblé dignes d'être conservées ; il fait simplement fondre sous le doigt de l'enfant les runas gravées par le vieillard. Puis, tandis que le personnage du *Glaive runique* laisse son récit sans dénouement définitif, — ainsi le voulait le sujet du drame, — Leconte de Lisle donne à son poème un dénouement conforme aux idées générales qu'il y a exprimées : la tour du Runoïa s'écroule ; le dieu dépossédé descend, lance sur la mer, comme il fait dans la trente-deuxième runa du *Kalewala*,

Sa nacelle d'airain, sa barque à fond de fer,

et disparaît dans l'espace ; mais il ne s'en va pas avant

d'avoir crié au dieu des âmes nouvelles à peu près ce
que le Prométhée d'Eschyle crie à Zeus : — Tu mourras à ton tour, tu mourras comme moi ! Car l'homme sur-
vivra et, après vingt siècles de douleurs, qui feront sai-
gner sa chair et ruisseler ses larmes, il secouera ton joug,
rira de tes temples, blasphèmera tous les dieux.

Quoiqu'on pense de la prédiction de l'éternel Runoïa,
on ne peut nier que Leconte de Lisle n'ait tiré un magnifique parti de la vieille saga conservée par Nicander, qu'il
n'ait fait admirablement revivre la physionomie de la Finlande, ni qu'en disant des choses si particulières au pays
qui a vu naître le culte de Wäinämöinen il n'en ait su
dire aussi de générales : car dans le conflit de la religion
chrétienne avec une des religions naturalistes qu'elle a
remplacées ne nous fait-il pas reconnaître les caractères du
conflit qu'elle eut avec les autres ?

CHAPITRE V

Poèmes celtiques

LA TÊTE DE KENWARC'H [1]

L'ancienne littérature du pays de Galles [2] était enfouie dans des manuscrits, quand un paysan gallois, Owen Jones, de Myvyr, entreprit de l'en exhumer. Après beaucoup d'efforts de tout genre, il publia à Londres, en 1801, un premier volume de textes sous ce titre : *The Myvyrian Archaiology of Wales*. Ce volume, qui contenait des poèmes attribués à des bardes du viᵉ siècle, Aneurin, Taliésin, Lywarch Hen, Merlin, Golyddan, suscita en Angleterre d'ardentes polémiques. Car tout le monde ne crut pas, sur la foi de l'éditeur, à l'ancienneté ou à la valeur des textes publiés. Mais la plupart des sceptiques se convertirent après avoir lu la *Défense de l'authenticité des anciens poètes bretons*, par Turner [3].

Chez nous, les poèmes attribués aux bardes bretons du viᵉ siècle furent signalés au public par Fauriel, par Ampère, par Magnin, par Amédée Thierry, par Adolphe Pictet, qui

---

1. *Poèmes tragiques*, II.
2. Pour avoir une idée d'ensemble de cette littérature, on lira le remarquable article de G. Dottin dans la *Revue de synthèse historique*, t. VI, 1903.
3. Londres, 1803.

en admirent sans peine l'authenticité. En 1850, une traduction partielle en fut donnée par Hersart de La Villemarqué, qui s'était fait une grande réputation de celtisant
par la publication du *Barzaz-Breiz* ou *Chants populaires de
la Bretagne*. Son ouvrage était intitulé : *Poèmes des bardes
bretons du VIe siècle traduits pour la première fois avec le texte
en regard revu sur les plus anciens manuscrits* [1]. Il eut un vif
succès et fit longtemps autorité.

Aussi ne saurait-on s'étonner que Leconte de Lisle ait
eu l'idée d'y puiser un poème, comme à la plus pure source
de poésie galloise. Son flair, d'ailleurs, l'a fort heureusement guidé dans son choix. Car la critique contemporaine,
qui n'admet plus que la plupart des poèmes attribués aux
bardes du vie siècle puissent être antérieurs au xie ou au
xiie siècle, ne met pas du moins en doute l'ancienneté des
poèmes attribués à Lywarch Hen, et c'est un de ceux-ci
que Leconte de Lisle a imité.

Ce poème est une élégie guerrière. C'est une plainte
farouche sur la mort d'un chef, tombé pendant les luttes
que les Celtes de la Grande-Bretagne soutinrent pour leur
indépendance contre les conquérants saxons.

D'après la notice du traducteur, Urien, chef des Bretons
de Reghed, c'est-à-dire du Cumberland, aurait, à un
moment donné, soutenu presque tout le poids de la guerre ;
les confédérés l'auraient choisi pour chef ; en 547, il aurait
reçu le choc des Angles, commandés par Ida ; vers 572, il
se serait opposé aux efforts de Théodorik, fils d'Ida, l'aurait

1. Paris, Renouard, 1850.

vaincu, poursuivi, acculé dans une île ; là, Théodorik aurait
été bloqué pendant trois jours et sur le point de succomber ;
mais Urien aurait été assassiné par un de ses soldats.
Quelle foi mérite cette notice, faite d'après des textes, dont
les uns ne sont certainement pas anciens et dont les autres
le sont peut-être, mais ont transformé l'histoire en légende
dès le lendemain des événements ? Je ne sais trop. Ce qui
ne semble pas douteux, c'est que Urien joua vraiment un
grand rôle dans les guerres de l'indépendance bretonne et
que sa mort, ayant été un désastre pour ceux de sa race,
méritait d'être chantée, comme elle le fut, par la voix des
bardes.

Des six parties dont est composé le poème de Lywarch
Hen d'après la division de La Villemarqué, Leconte de
Lisle n'a retenu, avec une phrase de la première, que la
seconde, la seule intéressante.

Le barde guerrier s'en va au galop de son cheval, la lance
en arrêt, emportant avec lui la tête d'Urien, qu'il a
recueillie :

En avant ! terrible Unour'h [1] ! *Il était amer, [il était] sombre
comme le rire de la mer, le tumulte de la guerre* [autour] d'Urien
au poignet vigoureux...

Je porte à mon côté la tête de celui qui commandait l'attaque
entre deux armées, [la tête] du fils de Kenvarc'h qui vécut
magnanime.

---

1. Unour'h, d'après La Villemarqué, est un homme, sans doute un
compagnon d'armes du barde. Chez Leconte de Lisle, le barde s'adresse
à son cheval. Je souligne les passages que le poète a imités de près. Les
mots mis entre crochets l'ont été par La Villemarqué.

Je porte sur mon côté la tête d'Urien qui doucement commandait l'armée : *sur sa poitrine blanche, un corbeau noir* !

Je porte dans ma tunique la tête d'Urien qui doucement commandait la cour; *sur sa poitrine blanche le corbeau se gorge.*

Je porte à la main une tête qui n'était jamais en repos : la pourriture ronge la poitrine du chef.

Je porte du côté de ma cuisse une tête qui était un bouclier pour son pays, une colonne dans le combat, une épée de bataille pour ses libres compatriotes.

Je porte à ma gauche une tête meilleure, de son vivant, que n'était son hydromel; [une tête] qui était une citadelle pour les vieillards.

Je porte, *depuis le promontoire de Pennok*, un chef dont les armées sont célèbres au loin; le chef d'Urien l'éloquent [dont] la renommée court [à travers le monde].

Je porte sur mon épaule une tête qui ne me faisait point honte : malheur à ma main ! mon maître est tué !

La tête que je porte sur mon bras n'a-t-elle pas conquis la terre des Berniciens ? Après le cri de guerre, les chevaux [trainent] des corbillards.

Je porte dans le creux de ma main, une tête qui commandait doucement son pays, la tête d'un puissant pilier de la Bretagne.

La tête que je porte au bout d'une pique noire est la tête d'Urien, *le sublime Dragon* [1]. Ah ! jusqu'à ce que le jour du jugement arrive, je ne me tairai point !

La tête que je porte me porta; je ne le retrouverai plus ; il ne viendra plus à mon secours. Malheur à ma main ! mon bonheur m'est ravi !

La tête que j'emporte du penchant de la montagne *a la bouche écumante de sang* ; malheur à Reghed de ce jour !

---

1. Au lieu d'en faire un Dragon, Leconte de Lisle en fait un Loup : l'image lui semble plus barbare.

Mon bras n'est point affaibli; [mais] mon repos est troublé; mon cœur ne te brises-tu pas ? La tête que je porte m'a porté !

Qu'est-ce que Leconte de Lisle a fait de ces quinze strophes ?

Il les a réduites à six, éliminant redites et longueurs.

Pour conserver ce que les répétitions de mots avaient d'original dans le vieux poème, sans conserver ce qu'elles avaient de monotone, il n'a pas fondu toutes les strophes dans le même moule, mais il a donné à chacune d'elles un refrain formé avec les mots de son deuxième vers :

> Loin du Cap de Penn'hor, où hurlait la mêlée,
> Sombre comme le rire amer des grandes Eaux,
> Bonds sur bonds, queue au vent, crinière échevelée,
> Va ! cours, mon bon cheval, en ronflant des naseaux.

> Qu'il est sombre, le rire amer des grandes Eaux !

> Franchis roc, val, colline et bruyère fleurie.
> Sur le funèbre Cap que la mer ronge et bat,
> Kenwarc'h le Chevelu, le vieux loup de Kambrie,
> Gît, mort, dans la moisson épaisse du combat.

> Oh ! le Cap de Penn'hor que la mer ronge et bat !

Toutes les paroles, — peu nombreuses, il est vrai, — qui exprimaient, non la rage, mais la douleur et la pitié, ont été dédaignées, comme dépourvues de caractère : « Je ne le retrouverai plus ; mon bonheur m'est ravi ; mon repos est troublé ; mon cœur, ne te brises-tu pas ? » Tout ce qui respirait l'esprit de vengeance a été, au contraire, retenu, et même accentué, peut-être jusqu'à l'exagération.

De même, tout ce qui parlait aux yeux a été soigneusement
relevé, décrit avec une nouvelle précision, admirablement
mis en relief.

> Je ne l'entendrai plus, cette tête héroïque,
> Sous la torque d'or roux commander et crier ;
> Mais je la planterai sur le fer de ma pique :
> Elle ira devant moi dans l'ouragan guerrier.

> Oc'h ! oc'h ! C'est le Saxon qui l'entendra crier !

> Elle me mènera, Kenwarc'h, jusques au lâche
> Qui t'as troué le dos sur le Cap de Penn'hor.
> Je lui romprai le cou du marteau de ma hache
> Et je lui mangerai le cœur tout vif encor !

> Kenwarc'h ! Loup de Kambrie ! oh ! le Cap de Penn'hor!

Détail assez amusant : après toutes ces transformations
qui rendaient le poème sauvage et pittoresque à souhait,
le héros décapité n'a plus paru avoir un nom digne de
son aventure, et il a reçu, en échange, celui de son père.
Quand on est « le loup de Kambrie », quand on meurt
sur le Cap de Penn'hor, peut-on, en effet, s'appeler tout
simplement Urien ? *La Tête d'Urien*, était-ce un titre pour
un poème gallois ? *La Tête de Kenwarc'h*, voilà qui avait
une tout autre physionomie.

Leconte de Lisle reprochait à nos classiques de n'avoir
pas appelé Clytemnestre Klutaimnestra : qu'aurait-il dit
s'ils l'avaient appelée Léda ?

LE MASSACRE DE MONA [1]

Peu après avoir publié les poèmes des bardes bretóns du vi⁰ siècle, Owen Jones donna un deuxième, puis un troisième volume de vieux textes gallois sous le même titre de *The Myvyrian Archaiology of Wales*. Ils contenaient des poèmes, des annales, des maximes morales, des proverbes, des lois. Les plus remarqués de ces textes furent des compositions singulières en prose appelées Triades. C'étaient des sentences, où des idées, des événements, des personnages analogues étaient classés trois par trois. Il y avait des Triades juridiques. Il y en avait de théologiques et d'historiques, qui passèrent pour renfermer le plus fidèle résumé que l'on eût des croyances et des traditions de l'ancienne Bretagne : elles devinrent donc la principale source où l'on puisa pour faire l'histoire des origines des Bretons [2].

En France, trois travaux firent connaître l'intérêt des Triades : un article publié en 1818, sans nom d'auteur, par Fauriel dans les *Annales philosophiques, historiques et littéraires* pour rendre compte de l'*Archéologie myvyrienne du pays de Galles* ; un article publié par Adolphe Pictet en 1853 dans la *Bibliothèque universelle de Genève* et intitulé:

1. *Poèmes barbares*, XIX.
2. Les Triades historiques ont été traduites en français et commentées par J. Loth dans un appendice à sa traduction des *Mabinogion* (*Cours de littérature celtique* par d'Arbois de Jubainville et J. Loth, t. III et IV ; Paris, Thorin, 1889).

Le Mystère des Bardes de l'île de Bretagne ou *La doctrine des bardes gallois du moyen âge sur Dieu, la vie future et la transmigration des âmes ;* enfin l'*Histoire de France* d'Henri Martin (à partir de la quatrième édition).

Leconte de Lisle connut ces travaux, les étudia et, essayant d'enfermer dans un seul cadre toute l'histoire du druidisme, il écrivit *le Massacre de Mona*, vaste composition, d'une magnifique et simple ordonnance, d'un pittoresque plein de relief et qui put passer pour une solide page d'histoire tant que l'autorité des documents où elle reposait ne fut pas infirmée.

C'est au temps où le christianisme commence à conquérir les pays du Nord.

Autour de Mona, l'Ile sainte, qui, du milieu de la mer haute et rude,

> Dresse rigidement les granits de sa côte,

de Mona, la vénérée, autel central du monde, tous les Dieux Kymris se sont assemblés. Innombrables, ils se sont assis sur les rocs ou sur le sable. Il y a l'Esprit du vent et l'Esprit de la tempête, les Esprits des algues et des monts, ceux des cavités, ceux de Kambrie, ceux d'Erinn, ceux d'Armor, les Dieux mâles et les Fées.

Les Bardes sont aussi venus là. Ils ont leur rhote et leur large glaive. Ils se serrent autour de leur chef sacré, le Très-Sage, le Pur, le Saint, l'Auguste, vénérable vieillard, couvert d'une robe aux longs plis blancs. A ses côtés, couronnée de verveine et de primevères,

La pâle Uheldeda, prophétesse de Sein,

tient la Faucille immortelle et le vase d'eau sacrée. Derrière elle, huit prêtresses portent le Gui divin dans une arche d'or.

Le chef des Bardes prend la parole : il dit les antiques croyances des Kymris sur les origines et la destinée de l'homme. Quand il s'est tu, un autre Barde chante l'histoire primitive de sa race, le déluge, puis la migration des Kymris, venus du pays de l'été dans la région qu'ils habitent aujourd'hui.

Uheldéda parle à son tour : — Les temps sont révolus, dit-elle ; voici venir Murdoc'h, le faucheur des chênes sacrés ; mais qu'aucun de ceux qui sont là ne survive à la ruine de ses Dieux ; c'est en chantant que vierges, prêtres, bardes doivent recevoir l'outrage et l'agonie ; la mort leur ouvrira la route par où ils monteront vers leurs destins sacrés.

Elle dit, et l'innombrable essaim des Dieux, prenant son vol, disparaît dans le rayonnement de la nuit.

Alors s'avance une nef, où, debout près de leur chef, se tiennent cinquante guerriers, dont le désir du meurtre élargit les narines. Sur la proue, Murdoc'h se dresse pour mieux voir. C'est un Kambrien, traître à sa race. Il a courbé le front sous le joug du Dieu des temps nouveaux ; mais l'eau dont il a été baptisé n'a pas lavé ses mains sanglantes ; en changeant de foi, il n'a pas changé de cœur. Il reste un barbare ivre de sang, et il prêche, le fer à la main, la foi du jeune Dieu, qui, toujours doux et clément,

pria et bénit jusqu'au tombeau, ne versa pas d'autre sang
que le sien.

Le voilà devant les Bardes, le Persécuteur. Impassible à
leurs chants sacrés, comme à l'auguste aspect du grand
vieillard assis sur le granit. il rit et blasphème. — Silence,
adorateurs du Diable ! — clame-t-il.

Mais le Très-Sage ne daigne pas lui répondre. D'une voix
calme, il invite ses frères à fermer l'opeille aux vains bruits
d'un moment, pour songer à l'impérissable vie qui les
attend, et tous ceux qui saisissaient déjà les haches de granit s'inclinent autour du vieillard par qui parlent les Dieux
de la patrie.

Murdoc'h fait signe à ses guerriers : les arcs tintent, les
traits s'enfoncent dans les flancs, hérissent les dos et les
seins, déchirent les gorges. Et tout fut dit. A l'aube,

Un long vol de corbeaux tourbillonnait dans l'air.

Le poème a trois parties principales : celle où Leconte de
Lisle expose par la bouche du Très-Sage les croyances des
Kymris sur les destinées de l'âme ; celle où il fait par la
bouche d'un Barde l'histoire de leur race ; celle où il
raconte le massacre des druides et des prêtresses.

Il faut citer intégralement la première :

Qu'enseigne à l'homme pur la Parole immortelle ?
Voici ce qu'elle dit : J'étais en germe, clos
Dans le creux réservoir où dormaient les neuf Flots,
Et Dylan me tenait sur ses genoux énormes,
Quand au soleil d'été je naquis des neuf Formes :

De l'argile terrestre et du feu primitif,
Du fruit des fruits, de l'air et des tiges de l'if ;
Des joncs du lac tranquille et des fleurs de l'arbuste,
Et de l'ortie aiguë et du chêne robuste.
Le Purificateur m'a brûlé sur l'autel,
Et j'ai connu la mort avant d'être immortel,
Et dans l'aube et la nuit j'ai fait les trois Voyages,
Marqué du triple sceau par le Sage des sages.
Or, serpent tacheté, j'ai rampé sur les monts ;
Crabe, j'ai fait mon nid dans les verts goëmons ;
Pasteur, j'ai vu mes bœufs paître dans les vallées,
Tandis que je lisais aux tentes étoilées ;
J'ai fui vers le couchant ; j'ai prié, combattu ;
J'ai gravi d'astre en astre et de vice en vertu,
Emportant le fardeau des angoisses utiles ;
J'ai vu cent continents, j'ai dormi dans cent îles,
Et voici que je suis plein d'innombrables jours,
Devant grandir sans cesse et m'élever toujours !
Que dit encor la Voix à la race du Chêne ?
Voici ce qu'elle dit : La flamme au feu s'enchaîne,
Et l'échelle sans fin, sur son double versant,
Voit tout ce qui gravit et tout ce qui descend
Vers la paix lumineuse ou dans la nuit immense,
Et l'un pouvant déchoir quand l'autre recommence.

Cette page, sauf deux ou trois expressions dont l'origine m'échappe, est traduite librement de diverses phrases du *Kad Goddeu*, poème symbolique attribué à Taliésin. Le poète avait trouvé ces phrases traduites en français dans une note de l'*Histoire de France* d'Henri Martin [1] :

Existant de toute ancienneté dans les océans, depuis le jour

---

[1]. Quatrième édition, t. I, p. 76, note 3

où le premier cri s'est fait entendre, nous avons été poussés dehors, décomposés et simplifiés par les *pointes du bouleau* (nous avons été individualisés par les forces génératrices). Quand ma création fut accomplie, je ne naquis point d'un père et d'une mère, mais des neuf formes élémentaires, du fruit des fruits, du fruit du Dieu suprême, des primevères de la montagne, des fleurs des arbres et des arbustes. J'ai été formé par la Terre dans son état terrestre [1]... J'ai été marqué par *Math* (la Nature[2]) avant de devenir immortel. J'ai été marqué par le *Voyant* (Gwyddon ou Gwyon), le grand purificateur de la multitude des enfants de *Math*. Quand le changement (par le feu) se fit, je fus marqué par le Souverain, à demi consumé. Par le Sage des Sages, je fus marqué dans le monde primitif, au temps où

---

1. L'auteur du *Kad Goddeu* ajoute ici qu'il fut « formé de la fleur des orties ». Or, Leconte de Lisle place, on l'a vu, « l'ortie aiguë » parmi les neuf Formes élémentaires. Ce n'est probablement pas là une simple coïncidence. La curiosité du poëte ayant été éveillée par l'extrait que donnait Henri Martin, je pense qu'il s'est fait traduire le reste du *Kad Goddeu* par quelque celtisant. — Le *Kad Goddeu* dit encore : « Je suis entre les genoux des rois », et Leconte de Lisle : « Dylan me tenait sur ses genoux énormes ». — Cependant on remarquera qu'il indique seulement les trois transformations en serpent, en crabe (il a substitué le crabe à la vipère d'eau), en berger ; et Henri Martin n'en indique pas d'autres, parce qu'il ne donne qu'un extrait du *Kad Goddeu* ; mais l'auteur du *Kad Goddeu* en indique bien d'autres : il a été un aigle, un pont, un cours d'eau, un bateau, une goutte d'eau, une épée, un bouclier, une corde de harpe, un livre, et même un mot écrit en lettres, etc. — A défaut de traduction française du *Kad Goddeu*, on peut consulter la traduction anglaise de Skene, *The Four Ancient Books of Wales*, Edinbourg, 1868 ; t. I, p. 276-283.

2. Leconte de Lisle appelle plusieurs fois les Kimris « les fils de Math ». Sur la foi d'Henri Martin, il entend sans doute par Math la Nature. Mais, d'après les Triades, Math est un des trois grands magiciens de l'île de Prydein (la Grande Bretagne), et la quatrième branche des *Mabinogi* (romans qui sont le plus ancien monument de la langue galloise) est intitulée *Math*. Voir Loth, *les Mabinogion*, t. I, p. 120, note 2, et ailleurs.

je reçus l'existence... je jouai dans la nuit ; je dormis dans l'aurore. En vérité, j'étais dans la barque de Dylan, le fils de la mer... lorsque, semblables à des lances ennemies, les eaux tombèrent du ciel dans l'abîme... J'ai été serpent tacheté sur la montagne ; j'ai été vipère dans le lac ; j'ai été étoile chez les chefs supérieurs ; j'ai été dispensateur de gouttes (de l'effusion du gui), revêtu des habits du sacerdoce et tenant la coupe. Il s'est écoulé bien du temps depuis que j'étais pasteur ; j'ai transmigré sur la terre avant de devenir habile dans la science ; j'ai transmigré, j'ai circulé, j'ai dormi dans cent îles, dans cent villes j'ai demeuré.

Sans prétendre expliquer dans le détail ces lignes obscures, qu'y faut-il chercher ? Une doctrine sur les destinées de l'âme, et cette doctrine, Henri Martin l'avait bien vu après Adolphe Pictet [1], est analogue à celle qui est enseignée dans un recueil de Triades connu sous le nom de *Mystère des Bardes*. La voici en substance :

Tout être a reçu une individualité distincte. Mais il n'en a pas d'abord conscience. Car l'être est créé au moindre degré de toute vie dans l'abîme ténébreux, le fond d'*Abred*. « Là, enveloppé dans la Nature, soumis à la Nécessité, il monte obscurément les degrés successifs de la matière inorganique, puis organisée [2]. Sa conscience

---

1. Adolphe Pictet, dans l'article de la *Bibliothèque universelle de Genève* cité plus haut, traduit intégralement les Triades sur la transmigration et les commente. Dans ses notes, il rapproche ces Triades du *Kad Godden*, dont il cite ou analyse divers passages.

2. Voir dans une note précédente quelques-unes des transformations du pseudo-Taliésin. Il a été encore chien, cerf, taureau, étalon, sanglier, bouc, coq, saumon, etc.

s'éveille enfin. Il est homme ! » Le bien et le mal s'offrent
à lui. Choisit-il le mal, qui est une diminution de l'être,
il retombe après la mort dans une vie moindre, renaît
homme inférieur ou animal irraisonnable ; il peut même,
quand il a péché trop gravement, être rejeté jusqu'au fond
de l'abime, dans le chaos des germes, d'où il recommence
tout le cours de la transmigration. L'homme fait-il, au
contraire, des progrès vers la connaissance et le bien, il
monte les degrés supérieurs d'*Abred.* « Quand enfin il est
parvenu au plus haut point de science et de force dont la
condition humaine soit susceptible, il échappe par la mort
au cercle de la transmigration et du mal, il atteint
Gwynfyd, le cercle du bonheur. » Alors son génie propre
lui étant pleinement révélé, il entre dans une nouvelle
série d'états successifs où il développe sa vocation par des
progrès qui n'auront pas de fin. L'habitant du ciel conserve, toutefois, la faculté de redescendre aux sphères inférieures dans un dessein de perfectionnement scientifique[1].

Telle est la doctrine développée dans le livre du *Mystère
des Bardes.* Mais déjà Henri Martin faisait observer que, ce
livre ayant été écrit à diverses époques du moyen âge par
des bardes plus ou moins imbus de christianisme, il fallait,
pour y retrouver le druidisme primitif, « une méthode cir-
conspecte et prudente ». Aujourd'hui, la critique, beaucoup plus réservée encore qu'Henri Martin, ne reconnaît

---

1. H. Martin, quatrième édition, t. I, p. 76 et suiv. On remarquera
sans peine que le héros de Leconte de Lisle s'inspire non seulement
du *Kad Godden,* mais çà et là du *Mystère des Bardes* ou plutôt de l'analyse qu'en donne H. Martin.

presque aucune autorité à ces Triades sur la transmigration, si longtemps fameuses.

Elle a aussi cessé de croire à l'authenticité des poèmes attribués à Taliésin, dont elle ne juge pas que les plus anciens soient antérieurs au xie siècle. Comme elle ne nie pas cependant que ces poèmes n'aient dû conserver une part des vieilles croyances celtiques, il n'est pas impossible que le héros de Leconte de Lisle, en répétant le *Kad Goddeu*, nous donne quelque chose des idées druidiques sur la destinée de l'âme. Mais il ne répète certainement pas, comme le croyait le poète, un chant authentique du xie siècle. Et l'obscurité de ses propos tient sans doute en partie à l'altération que les traditions galloises ont dû subir en passant de l'époque où florissait le druidisme à l'époque beaucoup moins ancienne où le pseudo-Taliésin les a rédigées.

Une autre partie importante du poème que nous étudions est celle où un Barde chante longuement l'histoire de sa race.

Il invoque d'abord les chanteurs anciens :

> Hu-Gadarn ! dont la tempe est ceinte d'un éclair !
> Régulateur du ciel, dont l'aile d'or fend l'air !
> Et vous, chanteurs anciens, chefs des harpes bardiques [1]..!

---

1. Cette invocation est empruntée à un poème, *le Dragon du Karn*, dont Hersart de La Villemarqué donne la traduction, — en le disant de la plus haute antiquité, — dans une note qu'il met à sa traduction du

Puis il dit la jeunesse du monde et le déluge...

Les grandes Eaux luisaient, transparentes, dans le lit où Gadarn les comprimait. Dans son palais de nacre, le roi Dylan [1] dormait, bercé par les flots ; ses fils riaient au soleil dans l'herbe des îles, et l'homme était heureux, la terre étant bonne et douce étant la mort.

Quand ce jour eut compté mille années, le vieux dragon Avank, aux sept têtes et aux sept becs d'aigle, sortit de son dolmenn, contempla la vie et, jaloux, mordit les digues de la mer.

Cent longues nuits durant, l'horrible Bête rongea les blocs : le granit s'effondra enfin et le Lac des Lacs noya la terre. Bois, animaux, races humaines, tout fut englouti ; et, joyeux de son crime, le Dragon cria : — Hors moi, qui suis impérissable, les heureux sont couchés dans l'oubli !

---

conte de Pérédur (*Les Romans de la Table Ronde et les Contes des anciens Bretons*, 3e édition, Paris, Didier, 1860 ; p. 419-420). Voici le passage imité par notre poète :

Hu ! toi dont les ailes fendent l'air, toi dont le fils était le protecteur des grands privilèges, ton héraut bardique, ton ministre, ô père généreux...

Soutien de la Bretagne, Hu, dont le front rayonne, soutiens-moi, régulateur du ciel, ne rejette pas mon message !...

Gloire à toi, victorieux Beli...

Au mot Beli, La Villemarqué note que les Triades le comptent avec Idris, l'inventeur de la harpe, et Eidiol, le magicien, parmi les trois bardes primitifs. Or, notons qu'après avoir invoqué Hu, le héros de Leconte de Lisle invoque « les chanteurs anciens, chefs des harpes bardiques ».

1. Je ne sais ce que Leconte de Lisle fait au juste de ce personnage mythologique qui apparaît dans le *Kad Goddeu*, où il est appelé « le fils de la vague ».

Mais sur l'océan voguait la Nef par qui tout est vivant et que les deux bœufs de Nevez traînaient de leurs cornes.

A cette vue, l'Avank, convaincu d'impuissance, se creva les yeux pour ne pas voir sa défaite et roula dans le gouffre. Alors le soleil sécha le sol, et mille ans plus tard la terre était de nouveau couverte d'hommes.

Mais, comme ils restaient tristes, la race des Purs désira voir d'autres cieux : elle quitta le berceau des clans antiques, le Pays de l'Été.

L'innombrable tribu partit avec tentes, chars et troupeaux. Elle allait à travers l'étendue,

Laissant les os des morts blanchir sur ses chemins.

Une mer apparut, qui semblait la gardienne des mondes défendus aux vivants. La foule des Kymris, guidée par Hu-Gadarn, y jeta ses barques, et après sept jours de tempête elle aborda dans les saintes contrées : Cambrie, Armor, où croissent les guerriers et les chênes, Erinn, qui berce les aigles sur ses verts peupliers. Bravant marais et torrents, aurochs et loups, les Purs s'assirent enfin sous les divines ombres des forêts, qu'ils n'ont plus quittées.

Le Barde qui chante l'histoire de sa race se borne, on le voit, à rappeler deux faits : le déluge universel et la migration des Kimris.

C'est d'après une note de La Villemarqué qu'est contée l'histoire du déluge [1] :

---

1. *Les Romans de la Table ronde*, p. 420.

Comme le Dragon du Karn, l'Avank est un monstre emprunté à la mythologie des anciens Bretons ; on en peut dire autant de la grotte ou *dolmen* qui lui sert de retraite, et du pilier de pierre ou *menhir* qui lui permet de voir sans être vu. Son histoire occupe une place importante dans un conte bardique fort ancien dont les Triades offrent le résumé.

Hu-Gadarn avait bâti sa demeure au bord d'un lac immense appelé le Lac des Lacs, qui menaçait toujours d'engloutir la terre, malgré les fortes digues qu'on lui opposait ; mais l'Avank ennemi les perça, et l'univers fut submergé. Cependant tous les hommes ne périrent pas : un sage nommé Névez-naf-Neivion avait préparé à l'avance un vaisseau où il se sauva avec un mâle et une femelle de toutes les créatures vivantes ; et, quand les eaux se furent écoulées, Hu, pour prévenir un nouveau malheur, fit traîner l'Avank hors du lac par ses bœufs Ninio et Pibio à la tête puissante [1].

Voici, dans la traduction de Fauriel [2], les Triades auxquelles La Villemarqué fait allusion. On remarquera qu'elles transportent le déluge dans le cercle particulier de l'histoire de la Grande-Bretagne après le passage des Kimris d'Asie en Europe, tandis que Leconte de Lisle le recule dans un lointain passé :

---

1. Leconte de Lisle parle du *dolmenn* de l'Avank ; il emploie l'expression le *Lac des Lacs* ; il place la demeure d'Hu-Gadarn près du lac : ces détails prouvent qu'il a connu la note de La Villemarqué. Il a, d'autre part, connu les Triades, puisqu'il s'est servi de l'expression *les Grandes Eaux*. — Il a imaginé lui-même plus d'un détail, par exemple le portrait de ce dragon mystérieux qui engloutit le monde et qui rappelle de fort près le serpent Cèsa des Indiens (mythe de Visnou) ; ce serpent Cèsa a sept têtes, comme l'Avank de Leconte de Lisle.

2. Article, cité plus haut, des *Archives philosophiques*... 1818. Voir une autre traduction des Triades dans l'ouvrage de Loth, *les Mabinogion*, t. II, p. 280 et 299.

[Des] trois grands désastres de l'île de *Prydain*, le premier est la rupture du *lac des Grandes Eaux* : l'inondation couvrit la surface de tout le pays, et toutes les créatures y furent submergées, à l'exception de *Dwyfan*, et de [sa femme] *Dwyfach*, qui se sauvèrent dans un vaisseau nu ; et ce fut par eux deux que l'île de *Prydain* fut repeuplée...

Les trois œuvres parfaites de l'île de *Prydain* [sont] 1° le vaisseau de *Nefyꭓ Naf Noivion*, dans lequel furent transportés un mâle et une femelle de chaque espèce d'animal, lors de la rupture du *lac des Grandes Eaux* ; [2°] *les taureaux à bosse* (*Ychain-Bannog*) de *Hu-le-Puissant*, qui tirèrent à terre le *Castor* ¹ du *lac des Grandes Eaux*, de sorte que le lac ne se rompit plus ; [3°] la pierre de *Gwyꭓon-Ganhebon*, sur laquelle se lisaient tous les arts et toutes les sciences du monde.

C'est d'après deux autres Triades traduites par Fauriel qu'a été composée la page magnifiquement colorée où Leconte de Lisle a conté la migration des Kimris :

Voici les trois noms donnés à l'île de *Prydain* depuis le commencement. Avant d'être habitée, elle se nommait *Clas Merꭓin* ² ; après qu'elle fut habitée, elle s'appela *Inys-Fel* (l'île du Miel) ; lorsque *Prydain*, fils d'*Aeꭓꭓ* le Grand, en eut pris le gouvernement, elle s'appela l'île de *Prydain*. Et personne n'a jamais eu de droit sur elle, si ce n'est la race des *Kynmri*, parce que ce sont eux qui l'occupèrent les premiers, quand il n'y avait encore en elle aucun homme vivant, et qu'elle était remplie d'ours, de loups, de castors et d'*ychain bannos* (bœufs à bosse).

[Des] trois colonnes de la nation de l'île de *Prydain*, le premier est *Hu-le-Puissant*, qui amena anciennement la race des

---

1. « Le texte dit l'*Avanc*, et ce nom est effectivement celui du castor dans le gallois moderne ; mais il est fort douteux qu'il doive être pris dans un sens aussi déterminé. » (Note de Fauriel.)

2. Signification inconnue.

Kymmri dans l'île de *Prydain* : ils [y] vinrent [de cette partie] du pays de *Haf* (le pays de l'été ou du midi) qui se nomme *Deffrobani*, et où est à présent Constantinople : ils arrivèrent à travers la *mer brumeuse* (la mer d'Allemagne) dans l'île de *Prydain*, et dans le pays de *Lydau* (l'Armorique), où ils se fixèrent [1].

Qui est ce Hu–le-Puissant, ce Moïse kimrique, qui conduit son peuple du pays de l'été jusqu'aux brumeuses régions du nord ? Les Triades qui parlent de lui en font non seulement un guide, mais un législateur. Elles lui attribuent l'honneur d'avoir enseigné l'agriculture aux Kimris, de les avoir constitués en tribus, de les avoir appliqués à la poésie, d'avoir posé toutes les bases de leurs institutions. C'est, d'après ces Triades, un si grand personnage que quelques savants, l'identifiant avec Hésus, ont voulu voir en lui le dieu suprême des Gallois [2], et il semble bien que Leconte de Lisle adopte cette hypothèse, puisqu'il fait vivre Hu-Gadarn mille ans avant la migration [3] et qu'il le représente comme celui qui contenait la mer dans ses digues.

Le malheur est que les Triades qui parlent d'Hu-Gadarn se trouvent toutes dans deux manuscrits dont le plus ancien est de la fin du XVe siècle. Ce sont les plus récentes et les plus remaniées. La légende de ce personnage est donc sans doute de formation peu ancienne, et ce n'est

---

1. Voir une autre traduction de ces Triades dans Loth, *les Mabinogion*, p. 251 et 271.

2. Par ex. Le Blanc, *Études sur le symbolisme druidique*, Paris, 1849.

3. Les Triades font bien Hu-Gadarn contemporain du déluge, mais elles placent le déluge après la migration.

pas d'Hésus qu'il faut rapprocher son nom, mais de Hue [1],
nom fréquent chez nous au moyen âge. Il n'en faut pas
conclure, assurément, que les traditions conservées par les
Triades du xve siècle sur la migration des Kimris manquent
tout à fait de fondement historique. Mais du moins est-il
fâcheux que le Barde de Leconte de Lisle fasse jouer dans
l'histoire des origines de sa race un si grand rôle à un personnage dont on n'avait pas encore entendu parler à
l'époque où ce Barde est censé vivre.

Et maintenant sur la foi de quels auteurs Leconte de
Lisle a-t-il raconté, dans la troisième partie de son poème,
le massacre des druides et des druidesses par le farouche
Murdoc'h ? L'île de Mona a-t-elle réellement vu se jouer
une deuxième fois le drame sinistre dont nous parle Tacite
au XIVe livre de ses *Annales* ? A-t-elle entendu de nouveau
les *diras preces* des druides protestant contre la violation
de leur asile, puis le bruit de leurs corps tombant sous les
coups des ennemis de leur foi ? Ce qu'avait fait sous Néron
un général romain, un prince chrétien l'a-t-il recommencé?
J'incline à croire que le poète s'est inspiré tout simplement
du récit de l'historien latin et qu'il a transporté chez un
personnage de son invention la furie que l'auteur des
Annales nous montre chez les soldats de Suetonius Pauli-
nus. S'il en est ainsi, on ne peut nier que l'histoire imaginée par lui ne soit du moins assez vraisemblable. Car l'île
de Mona, malgré le grand carnage que les Romains y

---

1. Voir Loth, *les Mabinogion*, p. 271.

avaient fait des druides, et peut-être à cause de ce carnage, resta dans la Grande Bretagne le principal sanctuaire du druidisme. C'est donc là qu'il dut chercher un dernier refuge contre l'invasion du christianisme. Et qu'un chef barbare, croyant agir au nom du Christ, ait eu l'idée de l'y relancer, l'hypothèse n'est pas inadmissible [1]. Ce que personne ne contestera, c'est que rarement le poète a raconté une scène plus poignante et décrit un décor plus tragique.

LE BARDE DE TEMRAH [2]

C'est encore aux conflits du christianisme avec la vieille religion des Celtes que nous assistons dans le poème intitulé *le Barde de Temrah* et dont le héros, nulle part dési-

---

1. Dans la Bretagne continentale, les druides furent persécutés, sinon massacrés. « Les druides furent longtemps en honneur auprès des comtes bretons, et ce ne fut que vers le vi[e] siècle, lors des États Généraux tenus à Rennes par Conan-Mériadeck, que ce prince, à l'instigation de Modéran, évêque de Rennes, et d'Arise, évêque de Nantes, rendit un décret qui exilait à tout jamais les derniers représentants de l'ancienne religion des Celtes. Les druides, guidés par leur chef, se retirèrent dans la presqu'île qui, de leur nom, s'appela *Druis*, et dont par corruption on a fait *Rhuiz*. Quelques années plus tard, ils furent expulsés de ce dernier asile par saint Gildas, et dès lors ils se dispersèrent de tous côtés et finirent par disparaître entièrement... Les prêtresses, atteintes aussi par l'arrêt de Conan, s'étaient enfuies vers l'île de Seyn sous la conduite de *Uhel-de-da* (sublimité), leur grande prêtresse ; mais bientôt, poursuivies et chassées de ces lieux, elles vinrent demander un refuge aux grottes profondes de Plouharnel et y vécurent longtemps ignorées ou tolérées. Elles s'éteignirent une à une, et avec Bélisa, la dernière, s'effaça le souvenir des vierges de Seyn. » D'A... (D'Armezeuil), *Légendes bretonnes*; Paris, Dentu, 1863, p. 253. — Ce Conan-Mériadeck, dont Leconte de Lisle a pu lire l'histoire quelque part, ne lui aurait-il pas suggéré l'idée de son Murdoc'h ?

2. *Poèmes barbares*, X.

gné par son nom, est le fameux apôtre de l'Irlande, saint
Patrice.

Peu de saints ont eu au moyen âge plus de biographes
que Patrice, et peu de biographies sont plus légendaires
que les siennes. Mais la vérité est au fond de ces légendes,
et ce qu'elles racontent à leur manière, c'est l'histoire réelle
des luttes de l'apôtre chrétien contre les druides.

Il est une anecdote que toutes les légendes du saint se
sont passée l'une à l'autre [1] : c'est celle de la rencontre dramatique de Patrice et de deux druides qui voulurent l'empêcher d'entrer dans la Connactie. La Villemarqué la
raconte à son tour dans sa *Légende celtique* [2] :

C'était un matin de printemps ; le Saint, monté sur son char,
traîné par ses deux buffles blancs, côtoyait les bords du Shanon,
dont les flots étincelaient au loin sous les feux du soleil levant.
Un essaim d'oiseaux, échappé du jeune feuillage de la forêt qui
bordait le fleuve, le suivait en chantant, comme pour fêter sa
bienvenue sur le territoire du Connaught. On apercevait à
quelque distance, près d'une fontaine, deux jeunes filles qui
venaient laver, et la lumière, éclairant en plein leurs visages,
faisait ressortir la blancheur éclatante de l'une qu'on n'appelait
pas sans raison *la blanche*, et l'éblouissante fraîcheur de l'autre,
qu'on nommait non moins bien *la rose* : elles étaient sœurs et
filles de rois.

---

1. Voir, par exemple, dans les *Acta Sanctorum*, au 2e vol. de Mars, p.
552, le récit du moine Jocelin, qui écrivait à la fin du XIIe siècle.
2. *La légende celtique en Irlande, en Cambrie et en Bretagne, suivie des
textes originaux irlandais, gallois et bretons, rares ou inédits ;* Saint-Brieuc
et Paris, 1859. L'auteur raconte la légende de saint Patrice, celle de
saint Kadok et celle de saint Hervé.

Au loin, sur une hauteur entourée de pierres sacrées, deux grands vieillards, les mains élevées vers le ciel, semblaient s'adresser au soleil, et l'appeler à leur aide comme à l'approche d'un pressant danger.

Tout à coup, le ciel se voila ; les grondements lointains du tonnerre se firent entendre ; les buffles du char de Patrice, enflant leurs naseaux, soufflèrent avec force; puis ils mugirent lamentablement et, secouant leur joug en furieux, ils emportèrent le char, dont une roue se brisa. En vain, le cocher du Saint les arrêta ; en vain, on coupa trois fois dans la forêt voisine le bois propre à réparer le dommage ; trois fois la roue, brusquement mise en mouvement, se rompit: la forêt était consacrée aux Divinités druidiques ; elle refusait de prêter son aide à la marche d'un char que les druides maudissaient. De leur côté, les prêtres redoublaient leurs imprécations, et le soleil obéissant à leurs prières, s'enveloppa instantanément de ténèbres si épaisses, qu'une nuit profonde remplaça le jour. Or, ces ténèbres, — les Irlandais le savent, observe la légende, — toutes les fois que les druides réussissaient à les obtenir, duraient trois jours et trois nuits. Elles devaient cacher au prédicateur de l'Irlande les deux filles du roi Loegaïr, la blanche Æthnéa et Fethléna la rose. C'étaient leurs pères nourriciers et leurs instituteurs qui les répandaient en ce moment sur toute la surface du pays.

Mais, ni le génie malfaisant qui agitait les buffles, ni le démon qui habitait la forêt druidique, ni le dieu du soleil, ni les prêtres eux-mêmes ne purent prévaloir contre un signe de croix de la main de Patrice.

Cette main, qui n'avait qu'à s'ouvrir et à s'étendre pour que cinq lumières illuminassent aussitôt l'obscurité de la nuit [1],

---

1. Jocelin raconte qu'une nuit le cocher de Patrice, ayant perdu ses chevaux, fondait en larmes. Ému de la douleur de son serviteur, le saint éleva la main, et des cinq doigts jaillirent aussitôt des rayons lumineux : les chevaux furent retrouvés. *Acta Sanct.*, 2ᵉ vol. de Mars, p. 572.

apaisa la fureur des buffles, dissipa les prestiges des magiciens ;
et le soleil remontra son visage radieux, et les oiseaux qui sui-
vaient le Saint recommencèrent leurs chants, et il put continuer sa marche vers la fontaine de Klebah, où les filles du roi
d'Irlande lavaient, comme autrefois les filles du roi Idoménée.

On a immédiatement reconnu, sans doute, dans ce
récit la source d'où Leconte de Lisle a tiré la première
partie de son *Barde de Temrah*. Il a, en effet, suivi de très
près son auteur, bien qu'il l'ait transfiguré, ai-je besoin de
le dire ? par la magnifique poésie des détails et que çà et là
il l'ait simplifié, ou, au contraire, compliqué.

Dans son récit, comme dans celui de La Villemarqué,
Patrice s'en va, par un beau matin de printemps, sur un
chariot massif que traînent deux buffles blancs ; à ses côtés
les oiseaux volent dans la lumière, et des filles le regardent
passer, — mais trois, et non deux, et rien ne dit qu'elles
soient filles de rois. — Autour des jeunes curieuses, le poète
ne manque pas de ressusciter le décor que La Villemarqué
n'avait pas su voir : la bruyère, le coq aux plumes d'or, la
perdrix, le lièvre, et des bœufs rouges, que poussent par la
vallée des guerriers tatoués,

> La plume d'aigle au front, drapés de longues peaux.

Cependant, sur une hauteur hérissée de ronces, parmi
d'épais rochers plats, deux vieillards sont debout. Ils
regardent avec un œil sombre ce voyageur sans crainte
traîné par deux buffles las. Bientôt leur parti est pris
d'empêcher sa marche, et Leconte de Lisle, donnant un
libre essor à son imagination, nous fait assister à
leurs apprêts : ils se couronnent de houx, élèvent un

bûcher dont le vent secoue la flamme, font des incanta-
tions à tous les dieux ; à leur voix, l'éclair fend la nue,
le vent cesse, et le chariot de l'étranger s'arrête, ayant
perdu sa route.

Mais alors le saint dissipe les ténèbres d'un signe de
croix, et, comme dans le récit de La Villemarqué, on
entend de nouveaux les oiseaux chanter l'aube immortelle.

C'est encore La Villemarqué qui a fourni à Leconte de
Lisle la deuxième partie de son poème ; mais ici la légende
était moins ancienne et le modèle a été moins bien respecté.

Patrice, raconte le poète, a soumis l'Irlande ; mais il est
des cœurs fiers qui gardent intact le culte du passé.

Une nuit, l'apôtre se promène à travers les ruines du
palais de Temrah, qui abritait jadis le principal roi de
l'île et les bardes ses conseillers. Décor très pittoresque,
comme toujours : le lichen mord le granit, l'herbe croît
dans les fentes des dalles, la ronce entre aux crevasses du
mur ; le pas de Patrice fait ramper des reptiles et voler des
hiboux.

Il fait sombre. Un vieillard est assis auprès d'un feu solitaire : une harpe de pierre est debout auprès de lui.

Longuement, doucement, Patrice lui prêche la foi nouvelle et lui annonce la fin du règne des violents. — Le
bras qui brandissait l'épée est désséché, — dit-il. Que le
barde reçoive donc l'eau sainte : il retrouvera son génie,
et de nouveau sa harpe fera entendre de sublimes accords.

Mais Murdoc'h exalte la religion qui suscitait les actions

héroïques et les morts orgueilleuses, inconnues aux esclaves. Puisque l'esclave rampe et prie où chantaient les épées, le vieux barde est heureux de songer qu'il mourra bientôt et qu'il s'en ira rejoindre les âmes des Finns dans la salle où elles siègent la coupe au poing.

— Insensé, lui crie Patrice, il n'y a pas d'autre ciel que celui de mon Dieu, qui le réserve aux humbles.

— Où sont donc mes pères ?

— Où les païens sont tous : Dieu les a balayés dans les ardentes tortures, pour l'éternité.

— Ami, dis à ton Dieu que je vais rejoindre mes ancêtres.

Et le barde se frappe au cœur.

C'est ainsi que mourut, dit la sainte légende,
Le chanteur de Temrah, Murdoc'h aux longs cheveux,
Vouant au noir Esprit cette sanglante offrande.

Aucune légende ne racontait cette entrevue de Patrice et de Murdoc'h. Mais une légende, probablement assez récente [1], faisait se rencontrer sur les ruines du palais d'Almoïn deux personnages sympathiques entre tous aux Irlandais, Patrice et Ossian. Voici comment La Villemarqué la raconte d'après un poème irlandais dont il cite des vers en appendice [2] :

Dans la salle abandonnée d'un palais en ruines, qui n'avait plus d'autre plafond que la voûte du ciel, et que la lune seule

---

1. Jocelin, au XIIᵉ siècle, ne la connaît pas.
2. On trouvera le texte et la traduction d'un poème irlandais qui met aux prises Patrice et Ossian dans O'Sullivan, *Irlande, Poésies des Bardes* ; Paris, Glashin, 1853, p. 323.

éclairait de ses rayons pâles, un vieux guerrier aveugle reposait sur un banc de pierre, auprès d'un foyer sans chaleur. Depuis longtemps Patrice le cherchait. Au bruit des pas du Saint, le vieillard s'éveilla, et, se levant, il s'avança en tâtonnant pour détacher sa harpe suspendue à la muraille, car il avait cru entendre résonner près de lui le bouclier de son père et la voix de Fion gémir dans le vent de la nuit. Touché de pitié à la vue de cette grande infortune, l'Apôtre de l'Irlande lui adressa doucement la parole. Le barde répondit par ces vers:

« Quand je prenais mes repas dans ce palais avec Fion, je voyais circuler à chaque banquet mille coupes de corne entourées de cercle d'or ciselé.

« Il y avait douze salles remplies des guerriers du fils de la fille de Tagès (mon aïeul), dans ce palais, résidence des Finn héroïques ; et dans les douze salles flamboyaient constamment douze feux, et chaque feu était entouré d'un cercle de cent Finn illustres...

« Quel malheur pour moi de leur survivre ! Les festins et la musique ne m'offrent plus d'attrait, misérable et vieux que je suis, pauvre solitaire, dernier débris d'une race héroïque... »

Patrice engage Ossian à se résigner, à courber la tête et les genoux sous la main de Celui qui communique sa puissance aux héros et la leur retire à son gré. Mais le barde est si malheureux qu'il n'est pas d'humeur endurante. Il continue de gémir, de plaindre le présent, de vanter le passé ; il oppose le chant des bardes aux psalmodies des moines ; il aime mieux les festins que le jeûne ; le bruit des cloches le fatigue ; il regrette les fanfares joyeuses et les aboiements des chiens de chasse dans les bois.

« O Patrice, as-tu entendu chanter la chasse ? O fils de Kalfurn, renommé par tes hymnes, as-tu entendu chasser cette chasse entreprise par Fion ? Jamais aucun des Finn n'en vit de plus merveilleuse. »

Le missionnaire, charmé de trouver le moyen d'arriver sûre-

ment au cœur du vieillard, profite de cette ouverture et répond :
« Je ne l'ai point entendue, ô fils de roi. Mais j'aimerais à
t'entendre me chanter, illustre Ossian, sans aucune fiction,
cette belle chasse. »

Ossian s'offense du mot fiction : « Les Bardes n'ont jamais
menti. » Il riposte par des représailles contre les clercs.

A son tour, Patrice, qui oublie un peu son indulgence ordinaire, menace les Finn de l'enfer.

La discussion s'aigrit ; le barde va se fâcher tout de bon :
« Si ton Dieu à toi était en enfer, mes héros l'en retire-
raient ! »

A cette réponse magnagnime le Saint ne peut s'empêcher de
sourire : mais, craignant de manquer le but qu'il veut atteindre,
il prend le parti de céder pour mieux vaincre. Il se rend donc,
et le barde se met à chanter le beau poème qu'il lui a promis.

Mais à la dernière strophe, c'est Ossian lui-même qui est
vaincu, car il a été admiré, et l'Église d'Irlande va compter un
chrétien de plus [1].

C'est, on le voit, la même histoire que chez Leconte de
Lisle, et le même décor. Ce que le poète français a changé,
c'est le nom du barde, c'est le nom du palais en ruines et
c'est le dénouement.

Il a changé le nom du héros, parce qu'il lui semblait
trop peu vraisemblable que Patrice eût rencontré Ossian.
Il a transporté la scène à Temrah, parce que Temrah fut
le principal théâtre des luttes de Patrice contre les druides.

---

1. Une histoire fort semblable à celle-ci est racontée par E. Schuré,
Les Grandes légendes de France, 3e éd., Paris, Perrin, 1903, p. 234. Le
héros en est, non Ossian, mais le druide Dubtak, père de Brigitte.
Je ne sais où a été puisée cette légende. Jocelin, loin de la connaître,
prête à Dubtak une tout autre attitude. Voir *Acta Sanct.,* 2e vol. de
mars, p. 550.

Ainsi, c'est à Temrah que la légende fixe l'épisode fameux du feu pascal.

On était à la veille de Pâques. Patrice, qui se trouvait à Temrah, résidence du roi Léogair, alluma, suivant la coutume, le feu pascal. Le même jour, les païens célébraient une de leurs fêtes. Leur cérémonie consistait à allumer un bûcher, et tant que ce feu brûlait on ne devait pas en apercevoir un seul autre dans le pays. Léogair et ses prêtres virent avec fureur s'élever la flamme allumée par Patrice. Un des magiciens eut un pressentiment et dit : — O roi, si ce feu n'est pas éteint tout de suite, celui qui l'a allumé deviendra le maître de l'Irlande. — Malgré la colère du roi, le feu de Patrice continua à briller, et ce fut celui des païens qui s'éteignit [1].

C'est aussi à Temrah que la légende place la grande épreuve à laquelle les druides soumirent la puissance du Dieu de Patrice.

Ils tendirent au saint une coupe empoisonnée ; mais il fit un signe de croix, et il but impunément. Ils couvrirent le sol de neige ; mais il invoqua la Trinité, et la neige fondit [2]. Ils plongèrent le pays dans les ténèbres ; mais sur un signe de croix la lumière reparut. Comme après ces

---

1. N'est-ce pas à ce fait que songe Leconte de Lisle quand il nous montre les deux vieillards debout auprès de leur bûcher consumé et sentant passer le Dieu d'une race nouvelle avec le char enflammé où l'étranger poursuit sa route ?

2. C'est probablement ce miracle auquel Leconte de Lisle fait allusion et qu'il arrange un peu quand il nous dit : « Sur son front la neige arrondit tout à coup sa voûte lumineuse et le sol fleurit sous le vent des hivers. »

épreuves décisives, plusieurs des magiciens s'obstinaient dans leur méchanceté, tout à coup la terre s'ouvrit pour les engloutir, et « avec eux furent abîmés beaucoup de gens de Temrah qui partageaient leurs erreurs », écrit le moine Jocelin [1].

Leconte de Lisle s'est autorisé sans doute de cette histoire pour engloutir, non plus seulement une partie de la population de Temrah, mais le palais du roi.

Et sans doute c'est une autre histoire racontée par le biographe du moyen âge, qui a encouragé le poète à modifier le dénouement du récit de La Villemarqué.

Le saint pontife, raconte Jocelin [2], partit pour aller prêcher la bonne doctrine à Milcho, son ancien maître. Celui-ci savait que la parole de Patrice était irrésistible. Il était sûr que cette éloquence de flamme ou quelque éclatant miracle le forcerait à se convertir. Mais il ne voulait pas s'humilier devant celui qui avait été son esclave. Plutôt que de subir un semblable affront, dès qu'il apprit l'arrivée de Patrice, il réunit toutes ses richesses, y mit le feu et se jeta dans les flammes, s'offrant lui-même en holocauste, comme Juda, aux furies infernales (*instar Judae, infernalibus furiis holocaustum se fecit*). Ce fut donc pour ne pas partager la foi de son esclave que l'ancien maître de Patrice se tua. Or, quel est pour ainsi dire le refrain du Murdoč'h de Leconte de Lisle, sinon : honte à une religion qui est une religion pour

---

1. *Acta Sanct.*, 2e vol. de Mars, p. 549-550.
2. *Ibid.*, p. 547.

des esclaves ? Et dans les deux récits, le dernier mot n'est-il pas le même : « Il se voua comme offrande au noir Esprit » ? Milcho semble donc bien avoir été le prototype de Murdoc'h aux longs cheveux.

L'histoire de saint Patrice est assez légendaire pour que Leconte de Lisle soit vite excusé d'en avoir arrangé certains faits. La seule chose qu'on est en droit de lui demander c'est s'il a conservé les caractères que la légende prête à la prédication de Patrice et aux oppositions qui furent faites à son apostolat. Or, il a bien respecté la physionomie des adversaires de l'apôtre : dans les deux vieillards du début, dans le Murdoc'h de la fin, nous reconnaissons sans peine ces magiciens et ces chefs à l'intraitable orgueil dont l'obstination fait tant de peine au bon Jocelin. Mais, vers la fin de l'entretien de Murdoc'h, n'a-t-il pas altéré la physionomie traditionnelle, si douce, du saint qui convertit l'Irlande ?

LE JUGEMENT DE KOMOR [1]

Sauf son décor, le poème intitulé *le Jugement de Komor* n'a rien de breton, et à la légende de sainte Triphyne Leconte de Lisle n'a guère emprunté, avec les noms des deux héros, que le coup de glaive qui détache si lestement de ses épaules la tête blonde de Tiphaine.

Il avait lu cette touchante et merveilleuse histoire dans le *Foyer breton* d'Émile Souvestre [2].

---

1. *Poèmes barbares*, XVIII.
2. Paris, Coquebert, 1845.

Le roi de Vannes avait une fille qui passait pour la plus belle créature du monde. Elle s'appelait Triphyna. Le roi eût mieux aimé perdre ses chevaux, ses châteaux et toutes ses fermes que de voir Triphyna mécontente de vivre.

Comorre, qui régnait sur le pays du blé noir, vint un jour, déguisé en soldat, à la foire de Vannes. Il vit Triphyna, l'aima et l'envoya demander en mariage par des ambassadeurs, qui offrirent au roi du miel, du fil et une douzaine de pourceaux.

Il passait pour être le plus méchant homme que Dieu eût créé depuis Caïn. Quand il était jeune, sa mère, dès qu'il sortait du château, tirait la corde du beffroi pour avertir les gens de se cacher. Plus tard, il essaya un jour son fusil sur un enfant qui conduisait un poulain. Il avait eu quatre femmes : elles étaient mortes subitement, sans recevoir les sacrements ; on le soupçonnait fortement de les avoir tuées.

Le roi de Vannes, comme bien on pense, refusa sa fille.

Les ambassadeurs lui déclarèrent la guerre, et le comte de Cornouaille arriva bientôt avec une puissante armée.

Alors saint Veltas (Gildas) alla trouver Triphyna et lui demanda d'épouser Comorre pour empêcher la mort de tant de chrétiens. Il lui remit une bague d'argent, qui devait, en signe d'avertissement, devenir noire dès qu'elle courrait un danger.

Le mariage se fit. Comorre aima sa femme et devint doux. Ses gens disaient : — Qu'a donc le Seigneur, que les pleurs ni le sang ne lui plaisent plus ?

Un jour, il partit pour une grande assemblée de princes

bretons à Rennes. A son retour, il trouva Triphyna taillant
un petit bonnet et il apprit d'elle qu'avant deux mois ils
auraient un enfant. A cette nouvelle, Comorre regarda sa
femme d'un air terrible et sortit sans rien dire. Triphyna
s'aperçut alors que sa bague était devenue noire : elle comprit qu'un grand danger la menaçait et descendit à la cha-
pelle pour prier.

Au coup de minuit, les quatre tombes des femmes de
Comorre s'ouvrirent et les quatre mortes apparurent dans
leurs blancs linceuls : — Ton mari, lui dirent-elles, va te
mettre à mort ; car il sait par l'esprit du mal que son premier né le tuera ; il nous a ôté la vie quand il a appris de
nous ce qu'il vient d'apprendre de toi.

— Comment fuir ? son chien géant garde la cour. —
Donne-lui ce breuvage qui m'a empoisonnée, dit la première morte.

— Comment descendre la muraille ? — Avec la corde
qui m'a étranglée, dit la seconde morte.

— Qu'est-ce qui me dirigera ? — La flamme qui m'a
brûlée, dit la troisième morte.

— Qui me soutiendra ? — Voici, dit la quatrième
morte, le bâton qui m'a brisé le crâne.

Triphyna prit le poison, la corde, la flamme et le bâton,
tua le chien, descendit la muraille et s'enfuit vers Vannes.

Son mari se mit à sa poursuite. Mais elle lui échap-
pait, parce que sa bague l'avertissait de se cacher dès qu'il
approchait. Épuisée de fatigue, elle mit au monde un enfant
merveilleusement beau, qui fut saint Trever. Comme elle
le tenait dans ses bras, elle aperçut sur un arbre le faucon

de son père. Elle l'appela et lui remit sa bague pour qu'il la portât à Vannes. L'oiseau comprit et obéit. Mais Triphyna, qui n'avait plus sa bague, ne fut pas avertie que son mari approchait, et il la rejoignit. Elle eut juste le temps de cacher son enfant dans son manteau. En voyant sa femme, Comorre poussa un cri de bête fauve, s'élança vers la malheureuse, et d'un seul coup de son couteau à tuer il lui détacha la tête des épaules. Puis, il siffla son chien et repartit pour la Cornouaille.

Cependant le roi de Vannes dînait avec saint Veltas quand le faucon, entrant dans la salle, laissa tomber la bague de Triphyna dans la coupe de son maître. Le roi et Veltas se mirent aussitôt en route avec une troupe nombreuse. Guidés par le faucon, ils arrivèrent dans une clairière où ils trouvèrent Triphyna morte et son fils vivant. Le saint se mit à genoux, pria, puis dit à la morte : — Lève-toi, prends ta tête et ton enfant. — Elle obéit et on se remit en marche. La femme décapitée allait en avant, tenant son fils sur son bras droit et sa tête sur son bras gauche.

On arriva devant le château de Comorre. Sommé par Veltas de recevoir son fils, le comte garda le silence. Veltas prit l'enfant sur les bras de sa mère et le posa à terre. Celui-ci se mit à marcher, prit une poignée de sable et la jeta contre le château. Aussitôt les tours s'ébranlèrent, le château s'affaissa, ensevelissant sous ses ruines Comorre et ses complices. Alors saint Veltas remit sur ses épaules la tête de Triphyna.

Il existe dans le Morbihan une autre version de la même légende [1].

Six mois après avoir épousé Triphyne, raconte cette version, Conamor (c'est ainsi que Comorre s'appelle dans le Morbihan) reçut en son château de Léon la visite du comte de Nantes, accompagné d'une brillante cour. Dans cette suite était la belle Oltrogothe, fille du marquis d'Assérac. Elle se fit aimer de Conamor, qui dès lors maltraita sa femme.

Triphyne pleurait un jour dans la forêt quand un renard l'aborda, lui conseilla de se fier à saint Gildas et lui remit comme talisman trois poils arrachés de sa poitrine. Un instant plus tard, un rouge-gorge lui parla à son tour, lui conseilla de se fier au même saint et lui donna trois de ses plumes. En continuant sa route, elle arriva près d'un étang : un petit poisson rouge lui prêcha aussi la confiance à saint Gildas et lui donna trois de ses écailles.

Elle mit dans son aumonière les trois écailles, les trois plumes et les trois poils, puis rentra au château. On dansait. Le comte courtisait Oltrogothe. Dans sa douleur Triphyne invoqua saint Gildas : aussitôt l'aumonière s'ouvrit, les trois écailles en sortirent et tombèrent sur Oltrogothe, qui fut instantanément changée en esturgeon ; les cuisiniers, apercevant ce gros poisson, le mirent dans la poêle à frire.

Conamor, irrité, s'écria : — Gardes, qu'on arrête cette

---

1. Voir d'A... (Armezeuil), *Légendes bretonnes, souvenirs du Morbihan*, Paris, Dentu, 1863.

femme et qu'on la brûle comme sorcière. — Triphyne invoqua le saint et, les trois plumes sortant de l'aumônière, les gardes s'envolèrent, changés en oiseaux.

Conamor tira son grand sabre et d'un seul coup fit voler la tête de Triphyne ; mais, au moment où la tête tombait à terre, les lèvres murmurèrent le nom de Gildas, et le manoir fut transformé en une vaste forêt où erraient des bêtes.

Triphyne était dans un carrefour de cette forêt, sa tête dans ses mains. Son père Guéreck et saint Gildas l'aperçurent. Le saint pria, puis, touchant la tête de sa crosse abbatiale, il la remit sur les épaules de Triphyne, qui revint à la vie, plus belle que jamais.

Bien qu'il ait appelé son héroïne Tiphaine, qu'il l'ait fait naître du chef de Vannes, qu'il l'ait mariée à un Komor (jarle de Kemper, non de Léon ou de Tréguier), et qu'il ait fait voler sa tête sous le glaive de son mari, Leconte de Lisle n'a certainement point eu l'intention de donner une nouvelle version de la légende de sainte Triphyne. C'est une tout autre histoire qu'il prétend nous raconter, et il n'a pris dans celle-là les noms de ses personnages que pour leur physionomie pittoresque. Son histoire a-t-elle, d'ailleurs, une source bretonne ? Je ne le crois pas. Je doute même qu'elle ait une source quelconque.

C'était par une nuit nuageuse. La lune par moments éclairait la tour de Komor, qui regardait la mer comme un cormoran. Au dehors, de la grêle, du vent, des houx

et des chênes. Dans une salle de la tour, un grand Christ,
une cloche, une épée nue sur un bloc bas. Au feu d'une
torche, plantée en un flambeau grossier, un vieillard marchait, les bras croisés sur sa cotte d'acier. Un moine parut
et dit : — J'ai fait selon votre commandement. — C'est
bien, dit le jarle, elle doit mourir, ayant trahi sa foi ; mais
la main d'un serf ne la touchera pas. — Le moine sortit.
A l'appel de la cloche, une femme entra, très belle, aux
tresses blondes. — Il faut mourir, Tiphaine. — Je suis
prête. — Priez encore auparavant [1].

Et Tiphaine pria sous ses longs cheveux d'or,

et l'épée étincelait sur le bloc, et la torche épandait sa
clarté sanglante, et la nuit déroulait ses bruits sans nombre.

Tiphaine s'oublia dans un long rêve enchanté. Elle revit
toute sa jeunesse, ses courses dans la lande au frais arôme,
ses offrandes à l'autel de la Vierge, puis le premier éveil
de l'amour, et alors le vieil époux au lieu du jeune amant,
le retour de l'aimé, les combats, les remords, la passion
plus forte, la chute et son enivrement. Tout est fini maintenant, et Tiphaine peut mourir, puisque le sang du fier
jeune homme a déjà coulé. — Femme, te repens-tu ?
— Frappe. Je l'aime encore. — Meurs donc dans ton
impureté.

Tiphaine soulève ses beaux cheveux dorés et pose sa
tête sur le funèbre bloc. L'épée siffle et Tiphaine tombe.

---

1. Ceci rappelle un peu *Angelo, tyran de Padoue,* journée III, partie 1re.

Le vieux jarle prend le corps dans ses bras et, montant sur la tour, le précipite dans les flots hurlants. Alors il fait un long signe de croix et, poussant un cri sauvage, il saute dans la mer, qui ne rejeta point ses os au rivage.

Tels finirent Tiphaine et Komor de Kemper.

CHANSONS ÉCOSSAISES [1]

L'Écosse fut le premier pays du nord que la muse de Leconte de Lisle visita. De tout temps, on le sait par ses amis, le poète avait été un grand admirateur de Walter Scott. En aimant le romancier, il apprit à aimer son pays et les choses de son pays. Aussi, lorsqu'en 1843 Léon de Wailly publia une traduction complète et très remarquable des poésies de Robert Burns [2], Leconte de Lisle en fut certainement un des premiers lecteurs et il en demeura sans doute un des plus fidèles. Qu'il ait eu bientôt l'idée de s'inspirer de cette poésie charmante, on ne saurait s'en étonner.

Il a pris à Burns six de ses chansons, ou plutôt le thème de six de ses chansons [3]. Car, on doit le dire tout de suite :

---

1. *Poèmes antiques*, XLVIII-LIII.
2. *Poésies complètes de Robert Burns* traduites de l'écossais par M. Léon de Wailly avec une introduction du même ; Paris, Delahays, 1843.
3. Voici les références :
   I. *Jane* = trad. de Wailly, LVI, *La fille aux yeux bleus*, p. 196.
   II. *Nanny* = id., LXXXIII, *Ma Nannie est partie*, p. 215.
   III. *Nell* = id., C, sans titre, p. 227.
   IV. *La Fille aux cheveux de lin* = id., LXVI, *Chœur*, p. 203.
   V. *Annie* = id., LXIII, sans titre, p. 201.
   VI. *La Chanson du rouet* = id., XCIII, *Bess et son rouet*, p. 222.

il n'a point prétendu nous donner des traductions de
Burns. Encore moins a-t-il essayé, dans les six pièces dont
il lui a emprunté l'idée, de condenser tout ce qu'il y a
d'éléments d'intérêt chez le poète de l'amour le plus varié
peut-être qu'il y ait jamais eu. Il a simplement voulu nous
donner dans ces brèves chansons des visions d'Écosse, et
s'il a, sans scrupule, dérobé ses thèmes à Burns, c'est que
Burns lui-même avait pris plus d'une fois les siens aux
chansonniers ses prédécesseurs.

Deux fois au moins, dans la chanson de *Jane* et dans
celle d'*Annie*, Leconte de Lisle s'est beaucoup rapproché
de son modèle. Ce n'est pas alors qu'il a été le mieux
inspiré.

Sans doute, il nous a donné dans la première strophe
de *Jane* un charmant portrait en raccourci de femme écos-
saise :

> Rose pourprée et tout humide,
> Ce n'était pas sa lèvre en feu ;
> C'étaient ses yeux d'un si beau bleu
> Sous l'or de sa tresse fluide.

Mais ce serait lui faire le plus grand tort que de lire toute
sa pièce avant de lire ce pur chef-d'œuvre, où le poète écossais a su dire si délicatement la fascination qu'un œil bleu
exerça un jour sur son cœur volage :

> J'ai pris hier une route malencontreuse,
>   Une route dont je me repentirai cruellement, j'ai peur ;
> J'ai puisé ma mort dans deux jolis yeux,
>   Deux charmants yeux d'un beau bleu.
> Ce n'étaient pas ses brillantes boucles d'or,

Ses lèvres pareilles à des roses trempées de rosée,
Son sein gonflé et d'un blanc de lis ; —
C'étaient ses yeux d'un si beau bleu.

Elle parlait, elle souriait, elle séduisit mon cœur,
   Elle charma mon âme, je ne sais comment ;
Et pourtant l'atteinte, la blessure mortelle,
   Vint de ses yeux d'un si beau bleu.
Mais, faute de parler on manque souvent son coup ;
   Peut-être écoutera-t-elle mon vœu :
Si elle refuse, j'imputerai ma mort
   A ses deux yeux d'un si beau bleu [1].

Il ne faut pas lire non plus *Annie* après la chanson dont
elle est imitée. Bien que la pièce soit remarquable par son
rythme, et même par je ne sais quoi de concentré dans
la passion, ce qu'elle ajoute au modèle d'un peu nouveau
ne suffit pas à nous faire oublier cette verve qu'elle n'a
pas su lui prendre :

   C'était la nuit du premier août,
      Quand les sillons de blé sont beaux,
   A la clarté sereine de la lune,
      Que j'allai trouver Annie :
   Le temps s'enfuit sans être remarqué,
      Jusqu'à ce qu'entre tard et de bonne heure,
   Sans se faire beaucoup prier, elle convint
      De me voir au milieu de l'orge ; etc. [2].

---

1. Je cite la traduction de Wailly. On en trouvera une autre, bien
supérieure, dans Angellier, *Robert Burns* (Paris, 1892), t. II, p. 263.
2. Cette pièce a été traduite aussi entièrement par Angellier, t. II,
p. 274.

Les autres pièces de Leconte de Lisle peuvent se lire, au contraire, après celles de Burns. On n'y retrouve pas ce qui faisait le charme de celles-ci, mais on y trouve autre chose, qui, sans avoir toujours la même valeur, a du moins son prix.

La chanson sur le départ de Nannie est-elle demeurée chez son adaptateur aussi profondément émouvante qu'elle l'était chez son auteur? On ne le pensera pas, sans doute[1]. Mais Leconte de Lisle a essayé de nous donner ce que Burns ne nous a pas donné une seule fois, si grand peintre de la nature qu'il ait été, c'est-à-dire un paysage de la Haute Écosse ; car, dans son pays, le poète écossais n'a connu et il n'a peint que les régions qui ressemblent à toutes les plaines cultivées et bien arrosées. Et je ne dis pas que la description des fameux lacs soit dans la pièce de Leconte de Lisle tout à fait digne de leur réputation. N'est-il pas cependant piquant que la physionomie pittoresque de l'Écosse ait intéressé davantage un poète étranger que le poète national ?

Du courlis siffleur l'aube saluée
Suspend au brin d'herbe une perle en feu ;
　　Sur le mont rose est la nuée ,
　　La poule d'eau nage au lac bleu.

Pleurez, ô courlis ; pleure, blanche aurore ;
Gémissez, lac bleu, poule, coqs pourprés ;
　　Vous que la nue argente et dore,
　　O claires collines, pleurez.

1. Voir la traduction d'Angellier, t. II, p. 271.

Bien supérieure est *la Fille aux cheveux de lin*, la meilleure de ces six chansons. La pièce dont elle est inspirée est certes fort jolie et je ne songerais point à m'étonner si beaucoup de lecteurs la lui préféraient [1] : la passion y parle si vivement ! la nature y met autour de la fillette aimée un si gracieux cadre de verdure ! Mais quel pittoresque portrait de femme nous donne celle de Leconte de Lisle ! Comme à chaque strophe sont heureusement remis sous nos yeux ces cheveux de lin et ces lèvres rouges qui font tout le charme de ce visage ! Et ces cheveux de lin, ces lèvres rouges, comme à chaque fois un coin de nature, un simple coin, mais si vrai de couleur, les fait ressortir ! C'est vraiment une fille d'Écosse dans un pays d'Écosse :

> Sur la luzerne en fleur assise,
> Qui chante dès le frais matin ?
> C'est la fille aux cheveux de lin,
> La belle aux lèvres de cerise.
>
> L'amour, au clair soleil d'été,
> Avec l'alouette a chanté.
>
> Ta bouche a des couleurs divines,
> Ma chère, et tente le baiser !
> Sur l'herbe en fleur veux-tu causer,
> Fille aux cils longs, aux boucles fines ?
>
> L'amour, au clair soleil d'été,
> Avec l'alouette a chanté.

---

1. Voir la traduction d'Angellier, t. II, p. 208.

Ne dis pas non, fille cruelle !
Ne dis pas oui ! J'entendrai mieux
Le long regard de tes grands yeux
Et ta lèvre rose, ô ma belle !

L'amour, au clair soleil d'été,
Avec l'alouette a chanté.

Adieu les daims, adieu les lièvres
Et les rouges perdrix ! Je veux
Baiser le lin de tes cheveux,
Presser la pourpre de tes lèvres !

L'amour, au clair soleil d'été,
Avec l'alouette a chanté.

Je n'aurai point le mauvais goût de mettre *le Rouet* de Leconte de Lisle au-dessus du *Rouet* de Burns. Celui-ci a mérité d'être comparé par un juge délicat [1] à un intérieur de Pierre de Hooch, à un de ces tableaux familiers de dessin, mais baignés d'une demi-teinte de pourpre riche et harmonisés par la lumière ? Et personne, après avoir lu la pièce, ne trouvera l'éloge exagéré :

Oh ! vive mon rouet !
Oh ! vivent ma quenouille et ma bobine !
De la tête aux pieds il m'habille bravement,
Et m'enveloppe doux et chaud le soir !
Je vais m'asseoir, et chanter, et filer,
Pendant que descend le soleil d'été,
Satisfaite d'avoir la joie du cœur, du lait et de la farine.
Oh ! vive mon rouet !

---

1. M. Angellier, dont on lira la traduction, t. II, p. 183. Je donne la traduction de L. de Wailly.

De chaque côté les ruisseaux trottent,
Et se rencontrent au bas de ma chaumière ;
Le bouleau odorant et la blanche aubépine
Unissent leurs bras par dessus l'étang,
Et pour abriter le nid de l'oiseau,
Et pour que les petits poissons reposent au frais ;
Le soleil luit doucement dans l'abri
Où, joyeuse, je tourne mon rouet.

Sur les chênes altiers le ramier gémit,
Et l'écho apprend la plaintive histoire ;
Les linots dans les noisetiers de la colline
Se plaisent à imiter les autres chants ;
Le râle au milieu de la luzerne,
La perdrix qui part dans le champ,
L'hirondelle aux détours rapides qui vole autour de ma cabane,
M'amusent quand je suis à mon rouet.

Avec peu à vendre et moins à acheter,
Au-dessus du besoin, au-dessus de l'envie,
Oh ! qui voudrait quitter cet humble état
Pour tout le faste de tous les grands ?
Au milieu de leurs éblouissants et frivoles colifichets,
Au milieu de leurs joies pénibles et bruyantes,
Peuvent-ils goûter la paix et le plaisir
De Bessy à son rouet ?

Mais Leconte de Lisle n'a nullement prétendu faire une
copie de ce charmant intérieur. Chose curieuse ! lui si épris,
en général, de pittoresque, a ici supprimé le décor : c'est
un tableau moral qu'il nous donne, et il y met ce que
Burns n'avait pas songé à y mettre, la gravité mélancolique
qu'apporte avec elle l'idée de la mort :

O mon cher rouet, ma blanche bobine,
Vous me filerez mon suaire étroit,
Quand, près de mourir et courbant l'échine,
Je ferai mon lit éternel et froid.
Vous me filerez mon suaire étroit,
O mon cher rouet, ma blanche bobine !

CHAPITRE VI

Poèmes espagnols

L'APOTHÉOSE DE MOUÇA-AL-KÉBYR [1]

Quand il emprunta le sujet des poèmes de *Nurmahal* et de *Djihan-Ara* à l'*Histoire générale de l'Inde ancienne et moderne*, par M. de Marlès, Leconte de Lisle fut frappé du titre dont l'historien avait fait suivre son nom : auteur de l'*Histoire de la domination des Arabes en Espagne*. Le plaisir que lui avait donné le premier ouvrage l'engagea à lire le second, et il ne dut point être déçu, car elle est pleine d'intérêt l'*Histoire de la domination des Arabes en Espagne et en Portugal, rédigée sur l'Histoire traduite de l'arabe en espagnol de M. Joseph Conde*, par M. de Marlès [2].

M. de Marlès, on le voit, indiquait loyalement dans son titre même que son histoire était une simple adaptation d'une histoire écrite en espagnol. Celle-ci, qui avait paru à Madrid en 1821, avait jeté un jour tout nouveau sur un sujet réputé épuisé. C'est que jusque-là ce sujet était connu des Espagnols et des autres peuples chrétiens seule-

---

1. *Poèmes tragiques*, I.
2. Paris, 1825, 3 vol. — En disant que Leconte de Lisle lut l'*Histoire de la domination des Arabes* seulement après avoir lu l'*Histoire générale de l'Inde*, je fais une hypothèse, mais elle me paraît très vraisemblable.

ment par des histoires ayant utilisé des sources espagnoles, et Conde, au contraire, avait utilisé exclusivement des sources arabes, dont ses compatriotes ne soupçonnaient pas l'existence. Son livre, il en convenait lui-même dans sa préface, n'était au fond que « l'extrait fidèle d'un grand nombre de livres écrits en arabe ». Aussi prévenait-il ses lecteurs de ne pas s'étonner s'il ne leur donnait presque aucun renseignement sur les princes et les généraux chrétiens. « En un mot, disait-il, mon ouvrage peut être regardé comme le revers de nos annales. »

C'était donc une histoire de la domination arabe en Espagne faite d'après des Arabes, et l'on peut même dire faite par des Arabes, que Leconte de Lisle trouvait dans les trois volumes de M. de Marlès. Aussi les lut-il certainement avec la passion qu'il apportait à toutes les choses d'Orient. Et le désir lui étant venu d'en tirer des poèmes, une idée se présenta bien vite à son esprit, celle d'opposer les deux gigantesques figures de celui qui fonda la domination des Arabes en Espagne et de celui qui la porta à son apogée : Mouça-le-Grand (al-Kébyr) et Moham-med-l'Invincible (al-Mançour).

Mouça ben Nozéir fut le conquérant de l'Espagne.

Lieutenant aux ordres du gouverneur de l'Égypte, il avait soumis les Berbères jusqu'à l'Atlantique. Il reçut alors du khalyfe Walid (Al-Oualyd) le titre de wali (ouali) du Maghreb, et l'Afrique occidentale fut détachée du gouvernement de l'Égypte. Maître de Tanger, Mouça rêvait de conquérir l'Espagne, dont il devinait les richesses : et puis, n'était-il pas obligé d'occuper, pour les maintenir dociles, les populations qu'il avait asservies? L'occasion vint elle-même le chercher. L'Espagne, qui était depuis 472 sous la domination des Goths, avait pour roi, en 710, Roderic, vingt-quatrième successeur d'Euric. Il avait été élu à la place de Vitiza dépossédé. Les fils de Vitiza se révoltèrent, s'entendirent avec le comte Julien, gouverneur de la Mauritanie gothique, qui, d'après la légende, avait reçu de Roderic une offense personnelle, et Julien appela les Arabes.

Mouça consulta le khalyfe, qui approuva son projet. En 710, il envoya en reconnaissance 500 cavaliers, qui débarquèrent sans difficultés. L'année suivante, le principal lieutenant de Mouça, Thâriq, traversa le détroit, se fortifia sur une hauteur, qu'il appela de son nom Gebal-Thâriq (mont de Thâriq), et brûla ses vaisseaux pour enlever à ses soldats toute idée de retraite. Il prit Cadix et Sidonia, puis marcha contre toutes les forces espagnoles, coalisées sous le commandement du roi Roderic. La bataille eut lieu en 711 ou 712, sur les bords du Guadaleté (al-Ouad-al-Lethé), près de Xérès de la Frontera. Elle dura trois jours, quelques-uns disent huit, et elle décida pour de longues années du sort de l'Espagne. Roderic disparut. Les Espagnols affirment qu'il s'échappa et se réfugia dans un couvent du Portugal. Les Arabes prétendent qu'il périt dans la bataille et que, reconnu à ses insignes royaux, il fut décapité par ordre de Thâriq, qui envoya sa tête à Damas.

Mouça, jaloux de Thâriq, lui enjoignit de l'attendre. C'était compromettre le succès. Thâriq, se laissant forcer la

main par ses lieutenants, continua ses conquêtes. Il poussa
jusqu'à Tolède, qui se rendit : il s'empara de tous les trésors des rois goths et en particulier des vingt-cinq couronnes d'or qui avaient ceint l'une après l'autre les fronts
royaux. (Leconte de Lisle, souvent inexact quand il donne
un chiffre, réduira ces vingt-cinq couronnes à vingt.)

Cependant Mouça ben Nozéir débarqua avec 18.000
chevaux, prit Séville, puis Mérida, d'où il emmena comme
otage la veuve de Roderic et rejoignit Thâriq à Tolède. Il
reprocha à son lieutenant sa désobéissance, et, bien que
celui-ci lui eût remis tout le butin, il lui enleva son commandement ; mais le khalyfe le lui fit rendre.

Et la conquête continua. Thâriq, Mouça et son fils
Abdelaziz rivalisaient de bravoure et d'audace. En 714, les
Arabes étaient maîtres de presque toute la péninsule.
Mouça, montant en Catalogne, avait pris Tarragone, Barcelone, Port-Vendres, et avait même fait une incursion
dans la Gaule narbonnaise, que les Arabes appelaient le pays
d'Afranc. Mais les querelles ne s'apaisaient point entre le
général et son premier lieutenant, jaloux l'un de l'autre et
d'ailleurs fort différents de caractère : Thâriq abandonnait
tout le butin aux soldats, Mouça gardait pour lui d'immenses richesses. Le khalyfe se décida à les rappeler tous
les deux. Thâriq obéit immédiatement et alla rendre
compte de sa mission. Mouça ne s'éloigna qu'à regret et
lentement.

Quand il arriva en Syrie, le khalyfe Walid était gravement malade. Le frère du khalyfe, Suléïman, fit dire à
Mouça de s'arrêter en chemin jusqu'à la mort du prince : il

voulait sans doute que les trésors rapportés d'Espagne fussent pour lui. Mouça méprisa cet avis et parut devant le khalyfe, qui interrogea les deux généraux sur leur conquête : ils s'accusèrent mutuellement, mais Mouça fut convaincu par Thâriq de mensonge.

Peu de jours après, Walid étant mort, Suléïman, qui lui succéda, envoya Mouça en prison, le fit battre de verges et le condamna à une forte amende.

Puis il donna l'ordre d'exterminer les fils du conquérant de l'Espagne, ayant peur qu'ils ne se rendissent indépendants. On tua sans difficulté ceux qui étaient en Mauritanie. Mais on n'osait mettre la main sur Abdelaziz, qui, depuis le départ de son père, avait achevé la conquête du Portugal. Pour le perdre dans l'esprit de ses soldats, on le représenta comme un mauvais musulman, parce qu'il avait épousé en grande pompe à Séville Egilone, veuve de Roderic, et on le frappa pendant sa prière.

Sa tête fut envoyée au khalyfe, qui la montra à Mouça. — Maudit soit de Dieu, dit celui-ci, le barbare qui a assassiné l'homme qui valait mieux que lui. — Il quitta Damas et s'enfonça dans l'Arabie, où il mourut de chagrin en 716.

On s'expliquerait mal les changements que Leconte de Lisle apporte à l'histoire de Mouça ben Nozéir, si l'on ne comprenait pas qu'il n'a pas voulu simplement faire revivre la physionomie du conquérant de l'Espagne. Son poème est beaucoup plus synthétique : du lieu où il nous place, au centre de l'histoire des khalyfes, le poète essaye de nous faire apercevoir tout le développement de cette histoire.

Il nous transporte un matin dans la cité des khalyfes et nous la dépeint telle qu'elle fut aux plus beaux jours de sa splendeur. Dans la plaine embaumée, parmi les caroubiers, les jasmins et les palmes, elle monte, la royale Damas, comme un grand lys empli de gouttes d'or ; ses tourelles pétillent, ses dômes reluisent, des toits plats de ses maisons les cigognes fidèles

> Regardent le soleil jaillir d'un bond puissant.

Dans les rues s'agite, entre les longs murs blancs, une cohue pittoresque : âniers, chameliers, marchands, chiens hurleurs, cavaliers du désert armés de lances, batteurs de tambourins, joueurs de flûtes, femmes en litière aux épaules des nègres,

> Dardant leurs yeux aigus sous leurs voiles légers.

C'est l'heure où le khalyfe va rendre ses arrêts souverains. Le Divan s'ouvre. Autour de Soulymân, l'Ommyade sacré, on voit une cour brillante : les Émyrs d'Orient dressant leurs hautes tailles sous le manteau de laine et le cimier d'où sort le fer d'épieu carré ; les Imâns de la Mekke, immobiles, l'écharpe verte enroulée au front ras ; les chefs des tribus chasseresses d'esclaves, dont le soleil a corrodé les bras ; les noirs Égyptiens vêtus d'acier. Soulymân songe et médite de sombres desseins. Car les temps sont passés de la grandeur austère, et le poète, en face des richesses opulentes de ce khalyfe avare, évoque le souvenir des origines de l'Islam, des chefs dont les fronts mâles et doux étaient ceints d'un bandeau fait du poil de leurs chameaux.

Cependant le Hadjeb ou ministre de l'Empire, après s'être prosterné trois fois et après avoir salué le maître de tous les titres adulateurs dont les vils héritiers de l'humble Aly ne rougissent pas de se laisser décorer, introduit un homme, un vieillard. La tête et les pieds nus, les deux mains liées, maigre comme un vieil aigle, il s'avance, la narine gonflée par le dédain, bravant l'envie, hautain sous l'affront : c'est

Mouça-ben-Noçayr, l'Ouali du Maghreb.

Et le Hadjeb commence à l'accuser. — Cet homme, dit-il, sans attendre l'ordre du maître, a passé la mer et combattu les Goths. Il s'est gorgé du sang et de l'or des infidèles. Il a voulu, dans l'ivresse de son orgueil, rompre l'unité de l'Empire, séparer l'Orient du Couchant ; il a rêvé de s'élever jusqu'au faîte où l'on contemple le Khalyfe. Et qui sait si en son cœur il ne reniait pas Dieu pour le fils de la Vierge, puisque son fils, Abd-al-Azys, a osé prendre pour femme

La veuve du roi goth qui mourut à Xérès ?

(Aucun texte n'autorisait formellement Leconte de Lisle à supposer que Mouça eut à se justifier devant le khalyfe d'accusations semblables. Mais le poète n'en reste pas moins ici dans les limites de la vraisemblance. Car ce fut bien dans la crainte de voir les fils de Mouça rompre l'unité de l'Empire, — et elle n'allait pas tarder à être rompue, — que Soulymân les fit massacrer ; et pour perdre Abdelaziz on invoqua bien contre lui son mariage

avec la veuve de Roderic, en affectant de considérer cette
union comme un commencement d'apostasie. Leconte de
Lisle ne fait donc rien dire à l'accusateur de Mouça que
sans doute ses ennemis n'aient réellement murmuré aux
oreilles du khalyfe, s'ils ne l'ont pas peut-être crié publi-
quement.)

· A son accusateur Mouça oppose une dénégation méprisante. Il en appelle au Très Haut, à l'Unique : — Louanges
à lui, immuable et vivant ! Gloire à lui, qui seul est
éternel ! Mouça attend avec confiance le jour où sonnera
le clairon du dernier jugement, où les Justes s'en iront
boire aux quatre fleuves de lait, de vin pur et de miel,
qu'Allah fera jaillir pour leurs. lèvres charmées ; où ils ver-
ront ces vierges au front ceint de roses éternelles, dont les
yeux sont si doux qu'un regard tombé de leurs prunelles
enivrerait Yblis, le chef des mauvais anges, et le rachèterait :
ces Hûris célestes,

> Blanches comme le lys, pures comme l'encens.

Et ce même jour, les lâches, qu'ils soient Émyrs, Had-
gebs, Khalyfes, ceux qui auront blémi de la gloire d'autrui,
Yblis le Lapidé, les prendra dans sa griffe et crachera de
dégoût sur eux. Mouça n'a rien d'autre à dire : il a vécu,
il meurt, c'est la loi.

Rien n'est plus naturel que cette réponse : accusé d'être
un mauvais musulman, Mouça répète et commente les pre·
miers mots du *Coran* : « Louanges au Très Haut ! », puis
ayant dit ce qu'il croit, il dit ce qu'il espère. Mais en plaçant ainsi cette profession de foi musulmane au centre

même de son poème, Leconte de Lisle a eu un autre dessein que de mettre sur les lèvres de son héros un discours
approprié à sa situation. Il a voulu, dans ce morceau, condenser, je ne dis pas tout le *Coran*, qui est un assez gros
livre, mais les pages capitales du *Coran*, celles qui ont eu
une si profonde influence sur les destinées d'une si grande
partie du monde, celles qui ont suscité des milliers d'invin-
cibles soldats en promettant aux défenseurs d'Allah les joies
d'un paradis voluptueux et en menaçant ses adversaires
d'un insigne châtiment. Un poème qui, sans être précisé-
ment une histoire de l'islamisme, voulait nous ouvrir des
perspectives sur les origines, l'apogée, l'avenir de l'islamisme n'eût point été complet si on n'y eût pas vu
quelque part le ressort qui mit en branle le fanatisme
musulman [1].

La défense de Mouça exaspère le Khalyfe. — Voleur,
lui crie-t-il, les vingt couronnes des rois goths et les
dépouilles des cités royales, qu'en as-tu fait ? Rends-les
pour prix de ta vie inutile. — Mais, comme Mouça refuse
de rien ajouter, il s'entend condamner à être traîné par la
ville sur un âne à rebours, à être fouetté dans chaque carrefour, à avoir la tête tranchée au coucher du soleil. —
L'arrêt vaut le juge, — fait-il observer simplement. Et la
sentence s'exécute.

Ici, Leconte de Lisle s'éloigne beaucoup des historiens

---

1. Une remarque. Ce n'est pas dans l'une des descriptions du paradis
faites par le *Coran* que Leconte de Lisle a trouvé les quatre fleuves de
lait, de vin pur et de miel : c'est dans la fameuse vision de Mahomet,
dont nous parlerons bientôt.

arabes. Car, s'ils racontent que Mouça fut fouetté par ordre de Soulymân, ils ne disent point qu'à ce supplice on ait ajouté celui d'une promenade humiliante à travers la ville; et aucun d'eux n'autorisait le poète à faire décapiter le vieillard, qui en réalité se retira au fond de l'Arabie. Mais il a pensé sans doute qu'on lui pardonnerait, — si on la remarquait, — cette entorse à l'histoire de Mouça pour les services qu'elle lui rendait.

Elle lui a permis, en effet, d'abord de résumer la conquête de l'Espagne, par un artifice ingénieux et dramatique qui rappelle *le Jugement de Komor*. Quand Tiphaine est invitée à prier avant de recevoir la mort, elle revoit toute la suite de l'aventure qui l'a amenée devant le bloc funèbre, et très naturellement le poète nous raconte alors les antécédents de l'action. Aussitôt que Mouça a commencé sa lugubre promenade, son esprit s'envole bien loin de la multitude qui hurle à son passage, des pierres qui meurtrissent sa face, du fouet qui coupe ses reins. Il revoit toute sa jeunesse, toute sa vie, et, en nous disant le rêve de son héros, le poète, très naturellement, nous raconte la conquête de l'Espagne : le détroit franchi sur des barques et le noble étalon du guerrier sautant parmi l'écume pour fouler au plus vite le sol des vieux Ibères ; les assauts furieux des hautes citadelles ; les mêlées où, debout sur le large étrier, il buvait l'ivresse du combat ;

> Et les bandes des Goths aux lourdes tresses rousses
> Fuyant, la lance aux reins, par les vals et les monts,
> Et les noirs cavaliers du Maghreb à leurs trousses
> Bondissant et hurlant comme un vol de démons !

Alors, Mouça se croit encore au milieu d'eux. Il dresse
toute sa taille, et, du haut de cet âne sur lequel il est igno-
minieusement lié, il crie à la foule, comme s'il s'adressait
à ses compagnons d'armes, de balayer les chiens, blasphé-
mateurs du Prophète, de se ruer sur le pays d'Afrank : à
eux les fruits dorés qui font ployer les branches, à eux la
beauté de la vierge et le grain du sillon, à eux plus tard le
Paradis divin ! A ces cris héroïques, la foule répond par
des huées.

Mais le soir est arrivé. Les flammes du soleil couchant
inondent les rochers et, pendant qu'un sombre Éthiopien
dégaine le sabre grêle, c'est la foule à son tour qui a une
hallucination.

Leconte de Lisle s'est rappelé ici la page la plus fameuse
de la vie de Mahomet : son voyage nocturne.

Un an avant l'hégire, le Prophète était couché, quand
son conseiller habituel, Gabriel, l'éveilla. L'ange lui ame-
nait Al-Borak, c'est-à-dire l'Étincelante, cavale ailée et merveilleusement rapide. Al-Borak emporta Mahomet à Jéru-
salem, puis de là aux sept cieux successivement. Il vit
Adam, Enoch, Joseph, Aaron, Moyse, Abraham. Il pénétra dans le jardin céleste où sont les quatre fleuves délicieux
et fut reçu dans le temple de l'Éternel : là on lui présenta
trois coupes, remplies, l'une de vin, l'autre de lait, la troisième de miel. Il choisit celle qui était remplie de lait et
fut félicité de son choix par Gabriel [1]. Dieu lui dit combien

---

1. Je donne ces détails pour montrer où Leconte de Lisle a pris (en
les arrangeant) une partie de sa description du Paradis. La vision du
Prophète est racontée dans toutes les Vies de Mahomet.

de fois on devait prier, et Al-Borak le déposa ensuite au lieu où elle l'avait pris.

Cette vision, qui fit murmurer les premiers adeptes de Mahomet le jour où il la leur raconta et qui faillit même, dit-on, ruiner son crédit, devint, au contraire, quand la religion nouvelle eut établi son autorité, un de ses dogmes les plus populaires. Les docteurs musulmans l'ont de cent façons racontée et commentée. Et l'on conçoit que, dans le principal poème qu'il consacrait à l'histoire de l'islamisme, Leconte de Lisle ait été tenté de décrire l'ascension d'Al-Borak. La vision du Prophète l'intéressait, d'ailleurs, non seulement par l'importance que les sectateurs de Mahomet finirent par y attacher et par l'influence qu'elle eut, dès lors, sur le développement de sa doctrine, mais encore parce qu'il y retrouvait les caractères que peut avoir l'hallucination dans le pays des mirages.

Voici donc ce qu'il a imaginé (l'invention est sans doute fort audacieuse, puisque les annalistes arabes ne nous racontent rien de semblable sur Mouça-al-Kébyr; mais une fois le poète excusé d'avoir fait infliger au vieillard un supplice nouveau, l'hallucination qu'il prête à la foule devient très vraisemblable ; elle paraît la suite naturelle de tout ce qui précède) :

Le soleil couchant vient d'illuminer de ses rayons étincelants le guerrier dont la face est déjà transformée par le souvenir de ses combats héroïques. Alors, dans l'œil dilaté de la foule l'homme se transfigure. Ses haillons font place à une cotte d'acier. L'épée en main, il chevauche la créature auguste, aux lèvres de carmin, aux serres d'aigle, aux blanches ailes, Al-Borak, qui élargit la splendeur de sa queue au soleil. En un magique essor, la céleste cavale et son cavalier montent ; ils touchent aux confins suprêmes de l'azur,

Et Mouça disparaît dans la pourpre du soir.

LE SUAIRE DE MOHAMMED-AL-MANÇOUR [1]

Mouça-al-Kébyr avait planté sur une grande partie de l'Espagne l'étendard du Prophète. Mohammed-al-Mançour essaya de le faire flotter définitivement jusqu'aux Pyrénées, et il y réussit presque.

Le Couchant s'était séparé de l'Orient, et Cordoue, comme Damas, avait son khalyfe. Au grand souverain Alhakem II avait succédé en 976 Hischem II. Il n'avait que dix ans. Sa mère, Sobeïah, nomma Hadjeb ou premier ministre son secrétaire, Mohammed-Aben-by-Amer, qui, pour le compte d'un roi fainéant, gouverna d'une façon absolue l'empire pendant vingt-cinq ans.

Il tenta l'asservissement total de la péninsule. Sans entrer dans le détail de ses expéditions, qui lui valurent le glorieux surnom d'Al-Mançour (l'invincible), disons qu'il promena ses armes victorieuses dans les comtés de Castille, de Salamanque, de Zamora, d'Astorga, de Léon, qu' « il triompha dans toutes les rencontres et emporta d'assaut toutes les places [2] ». Il prit Barcelone, et rejeta le comte Borel dans

---

1. *Poèmes tragiques*, IV.
2. Viardot, *Essai sur les Arabes d'Espagne*, Paris, 1833, 2 vol.

les montagnes. S'étant emparé de Santyago, il para les monuments de Cordoue des dépouilles de Saint Jacques, et les cloches de Compostelle, suspendues à la renverse dans la grande mosquée, servirent de lampes pour les prières du soir. Il ne faisait campagne, suivant la coutume arabe, que pendant la belle saison : à l'approche de l'hiver, il rentrait à Cordoue, et après son départ les armées chrétiennes se reformaient; mais bientôt Al-Mançour les battait de nouveau. En 997, il était maître de toutes les possessions des rois chrétiens jusqu'à l'Ebre, ayant livré sous les murs de Léon une sanglante bataille aux troupes réunies de Bermudo, roi de Léon, et de Garcia Fernandez, comte de Castille. La même année, son fils Abdelmélik fit rentrer sous l'autorité du khalyfe le nord de l'Afrique, où les Berbères toujours rebelles avaient une fois de plus secoué le joug. Jamais la puissance des Omyades d'Espagne n'avait connu des jours si prospères.

Resserrés dans les montagnes des Asturies, berceau de leur indépendance, les chrétiens, en 1001 ou 1002, tentèrent un suprême effort. Les Castillans et les Navarrais, réunis à ceux des Asturies, de la Galice et de Léon, descendirent à la rencontre d'Al-Mançour. La bataille eut lieu, non loin de Medina Cœli, à Quala't-Al-Nosour, le fort des aigles [1].

Elle dura depuis le matin jusqu'à la nuit sans que la victoire se prononçât. La cavalerie africaine enfonça plu-

---

1. Marlès donne la forme Calatañazor. La forme Quala't-Al-Nosour, adoptée par Leconte de Lisle, est donnée par Viardot.

sieurs fois les chrétiens, qui chaque fois se rallièrent. La nuit sépara les combattants et les deux armées restèrent sur le champ de bataille. Al-Mançour, blessé, attendait tristement dans sa tente que ses généraux vinssent, suivant l'usage, lui faire leurs rapports. Il n'en vit arriver qu'un petit nombre : tous les autres étaient morts ou blessés. Alors, il donna l'ordre de commencer la retraite dès le point du jour. Aux premiers mouvements des Arabes, les chrétiens se rangèrent en bataille ; quand ils virent que l'ennemi repassait le fleuve, ils ne se décidèrent point à troubler sa retraite, tant ils avaient souffert eux-mêmes le jour précédent.

Al-Mançour n'avait pas voulu qu'on pansât ses blessures, et comme elles l'empêchaient de monter à cheval on l'emporta dans une litière. Près de Medina Coeli, il trouva son fils Abdelmélik, que le khalyfe lui envoyait pour le consoler. Mais il mourut désespéré de n'avoir pas vaincu.

Son règne de vingt-cinq ans (976-1001), car c'est le nom de règne qui convient à son ministère, avait marqué l'apogée de la grandeur des Arabes en Espagne. Une foule de belles actions honorèrent sa vie. Quand il apprit les victoires de son fils en Afrique, il les célébra en affranchissant deux mille esclaves chrétiens et en payant les dettes de pauvres honnêtes. Il faisait toujours deux parts du butin, une pour les soldats, l'autre pour le trésor ; sa part à lui était la gloire. Il protégea les arts et attira à Cordoue des savants de l'Arabie, de la Grèce, de l'Italie. Comme on lui proposa de prendre la couronne, puisqu'il était le véritable maître de l'empire, il refusa d'être un usurpateur. Son fils ne devait pas avoir le même scrupule.

Al-Mançour fut enseveli, comme le dit poétiquement Leconte de Lisle, dans la cendre de ses victoires. Depuis l'époque de sa première incursion en Galice, il avait pris l'habitude de faire secouer la poussière de ses habits toutes les fois qu'il rentrait dans sa tente après le combat. Cette poussière était conservée soigneusement dans une caisse, qui le suivait partout. Elle était destinée à le couvrir dans son cercueil. Et ce fut bien dans ce suaire glorieux que son corps fut enveloppé [1].

Dès que sa mort fut connue de l'armée, raconte Marlès, écho des annalistes arabes, la consternation fut à son comble. Chaque soldat, la tristesse sur le visage, le deuil dans le cœur, s'écriait douloureusement : « Nous avons perdu notre ami, notre chef, notre défenseur, notre père. » Ces mots, arrachés par la douleur, répétés par le désespoir, étaient les seuls qu'on entendît dans le camp. Et Marlès conjecture, avec une grande vraisemblance, que la reconnaissance et l'admiration durent produire bien des poèmes sur la mort du héros.

C'est un de ces poèmes que l'imagination de Leconte de Lisle a essayé de reconstituer sous le titre de *le Suaire de Mohammed-al-Mançour*, et le sujet lui en était clairement indiqué par le récit de l'historien : le poème qu'il fallait faire, c'était le chant des soldats d'Al-Mançour pleurant la

---

1. Marlès, t. II, p. 9 et p. 56, note 1. Viardot obscurcit et arrange le fait en disant qu' « on réunit pour ensevelir Al-Mançour de la terre prise à tous les champs de bataille où il avait combattu ». — Leconte de Lisle met sur le cheval d'Al-Mançour une peau de panthère. C'est dans une page de Marlès (t. II, p. 16) qu'il a probablement pris ce détail.

mort de « leur ami, de leur chef, de leur défenseur, de leur père ».

Le chant mis par le poète sur les lèvres de ces soldats orphelins n'est guère qu'une description de la bataille de Kala't-al-Noçour. Mais quelle description ! combien émouvante ! combien pittoresque ! combien significative surtout ! Car lorsque les soldats d'Al-Mançour dessinent la fière attitude de leur général, ce n'est pas un individu qu'ils dressent devant nous, c'est un type, c'est le guerrier arabe :

> Et toi, vêtu de pourpre et de mailles d'acier,
> Coiffé du cimier d'or hérissé d'étincelles,
> Tel qu'un aigle, le vent de la victoire aux ailes,
> La lame torse en main, tu volais devant elles,
> Mohammed-al-Mançour, bon, brave et justicier !

Et quand ils racontent les infatigables élans de ces étalons qui bondissaient dans la mêlée,

> Comme un essaim strident d'actives sauterelles,

ce n'est pas tel combat particulier qu'ils font revivre à nos yeux, c'est une longue série de batailles, c'est toute guerre arabe :

> Ah ! vrais fils d'Al-Borak la Vierge et de l'éclair,
> Sûrs amis, compagnons des batailles épiques,
> Joyeux du bruit des coups et des cris frénétiques,
> Vous hennissiez, cabrés à la pointe des piques,
> Vous enfonçant la mort au ventre, ô buveurs d'air !

Et quand enfin ils se représentent avec un frémisse-

Les sources de Leconte de Lisle.   16

ment de rage le bloc, impossible à rompre, de ces hordes qui après le combat se repliaient vers les monts, ce n'est pas seulement l'attitude soutenue en un jour décisif par l'armée chrétienne qu'ils nous rappellent, c'est toute l'histoire de la résistance opiniâtre de l'Espagne à ses envahisseurs :

> Rien n'a rompu le bloc de ces hordes farouches.
> Vers les monts, sans tourner le dos, lents, résolus,
> Ils se sont repliés, rois, barons chevelus,
> Soudards bardés de cuir, serfs et moines velus
> Qui vomissent l'infect blasphème à pleines bouches.

LA TÊTE DU COMTE. — LA XIMENA. — L'ACCIDENT DE DON INIGO [1]

Le dernier des grands conquérants de l'Espagne, Mohammed-al-Mançour, était mort à l'aurore du XIe siècle. L'avant-dernière année du même siècle, mourait à Valence, arrachée par lui aux mains des Mores, celui qui mérita le nom de « reconquérant de l'Espagne », le fils de Diego Laynez, don Rui Diaz de Bivar. Mais dans la physionomie complexe créée au Cid par la légende greffée sur l'histoire, ce ne fut point le vainqueur des Mores qui intéressa Leconte de Lisle : ce fut le vassal insolent, ce fut surtout le meurtrier de Gomez Loçano. Était-ce parce que chez nous, depuis l'immortel chef-d'œuvre de Corneille, Rodrigue ne peut guère être autre chose que le vengeur de son père et

---

1. *Poèmes barbares*, LXIX, LXXI, LXX.

le mari de Chimène ? Oui, sans doute. Mais c'était aussi
parce que dans le *Romancero* du Cid, composé de pièces
appartenant à des dates diverses, les romances consacrées à
la fameuse vengeance et à ses suites sont les plus anciennes
et comptent parmi les plus farouches. Elles devaient plaire
à Leconte de Lisle, car il y trouvait des héros presque
plus barbares que des Scandinaves agissant dans un décor
presque aussi splendide que les bords du Gange.

Une de ces rudes poésies l'a particulièrement bien
inspiré, celle que. le traducteur français du *Romancero* intitule : *Le Cid se présente devant son père après l'avoir vengé* [1].

Diègue Laynez pleurant se tient assis devant sa table, versant
des larmes amères et pensant à son affront. Et le vieillard agité,
l'esprit toujours inquiet, faisait déjà lever de ses craintes hono-
rables toute sorte de chimères, lorsque vint Rodrigue avec la
tête du comte coupée, ruisselante de sang, qu'il tenait par la
chevelure.

Il tire son père par le bras, le fait revenir de sa rêverie, et,
avec la joie qu'il apporte, lui dit de cette façon :

« Vous voyez ici la mauvaise herbe afin que vous en mangiez
de la bonne. Ouvrez les yeux, mon père, et levez le visage ;
car voilà que votre honneur est assuré, et qu'il vous ressuscite
de la mort avec la vie : sa tache est lavée malgré l'orgueil de
l'ennemi. Maintenant il y a des mains qui ne sont plus des
mains, et cette langue maintenant n'est plus une langue. Je vous
ai vengé, Seigneur : car la vengeance est sûre quand le bon
droit vient en aide à celui qui en est armé. »

---

1. Damas Hinard, *Romancero général ou Recueil des Chants populaires
de l'Espagne*, traduction complète ; Paris, Charpentier, 1844 ; t. II, p. 14.

Le vieillard s'imagine qu'il rêve cela. Mais il n'en est pas ainsi, il ne rêve pas ; seulement l'abondance de ses larmes lui fait voir mille images. A la fin, pourtant, il leva ses yeux, qu'offusquaient de nobles ténèbres, et reconnut son ennemi, quoique sous la livrée de la mort.

« Rodrigue, fils de mon âme, recouvre cette tête de peur que ce ne soit une autre Méduse qui me change en rocher, et que mon malheur ne soit tel qu'avant de t'avoir remercié mon cœur se fende avec un si grand sujet de joie !

« O infâme comte Loçano ! le ciel me venge de toi, et mon bon droit a donné contre toi des forces à Rodrigue.

« Sieds-toi à table, mon fils, où je suis, au haut bout; car celui qui apporte une telle tête doit être à la tête de ma maison. »

De cette pièce sauvage Leconte de Lisle n'a rien retranché. Qu'y pouvait-il ajouter ? Un décor, et il l'a brossé avec amour (chandeliers de fer, escabeaux, coffres trapus, dépouilles ravies aux Sarrasins, écuyers, échansons, pages, Mores lippus). Mais pouvait-il y mettre un surcroît de barbarie ? On ne le croirait pas, et pourtant il a su l'y mettre, installant les deux héros côte à côte devant la table et, pendant qu'ils mangent un plat de venaison, leur faisant regarder « la tête lamentable » qui saigne sur la nappe.

Il n'a pas manqué, non plus, de prêter à ses personnages, comme à son Komor, beaucoup de piété chrétienne. Il fait remercier Dieu par Rodrigue d'avoir gardé l'honneur de son toit, c'est-à-dire, en somme, dirigé son bras homicide. Il fait attester par don Diègue la Vierge et les Saints, et il lui fait appeler par une prière la bénédiction divine sur le repas mangé avec volupté en face d'un spectacle atroce.

Il veut laisser cette impression qu'en Espagne comme en Bretagne, les convictions chrétiennes s'accommodaient d'une grande dureté de mœurs.

Tout compte fait, cette pièce a vraiment une fière allure, et elle figure avec honneur dans le recueil des *Poèmes barbares* à côté du *Cœur de Hialmar* et du *Jugement de Komor*.

Il ne manque à la pièce intitulée *la Ximena* qu'un rythme mieux approprié au sujet. *La Tête du Comte* est en rimes tierces, comme *la Vigne de Naboth*, comme *le Barde de Temrah*, comme *le Jugement de Komor*, et il convenait, en effet, que ce poème affectât la forme d'une chanson héroïque. Pourquoi Leconte de Lisle n'a-t-il pas donné aussi cette forme aux deux autres romances empruntées par lui à la légende du Cid, comme il devait la donner plus tard aux trois romances qu'il tira de la légende de don Pèdre le Cruel ? On n'en voit pas bien la raison, et l'emploi de l'alexandrin à rimes plates dans *la Ximena* est certainement regrettable.

A cela près la pièce est belle, si elle est dépourvue, d'ailleurs, d'originalité. Entre plusieurs romances qui nous montrent Chimène allant demander au roi de la venger de Rodrigue et qui sont de dates diverses, Leconte de Lisle a choisi pour la refaire celle que le traducteur du *Romancero* intitule : *Autres plaintes de Chimène et ce que le roi lui répond* [1].

---

1. Damas Hinard, t. II, p. 23.

Il est assis le seigneur roi, assis sur son fauteuil à dossier, jugeant les différends de son peuple mal discipliné. Libéral et justicier, il récompense les bons et punit les méchants : car les châtiments et les récompenses font des sujets dévoués.

Traînant un long deuil, entrèrent trente gentilshommes, écuyers de Chimène, fille du comte Loçano. Les massiers ayant été renvoyés, le palais resta libre, et Chimène commença ainsi ses plaintes, prosternée sur les degrés :

« Seigneur, il y a aujourd'hui six mois que mon père mourut par les mains d'un jeune homme que les tiennes élevèrent pour être un meurtrier. Quatre fois je suis venue à tes pieds, et quatre fois j'ai obtenu des promesses; jamais je n'ai obtenu justice.

« Rempli d'un vain orgueil, le farouche don Rodrigue de Bivar profane tes justes lois, et tu soutiens un profane. Tu le protèges, tu le mets à couvert ; et quand il est en lieu de sûreté, tu punis tes mérins [1] parce qu'ils ne peuvent pas le prendre.

« Si les bons rois représentent Dieu sur la terre et le remplacent à l'égard des faibles humains, celui-là ne devrait point être roi bien craint et bien aimé qui manque à la justice et encourage les méchants. Tu n'y as point regardé ni songé assez.

« Pardonne si je te parle ainsi : l'offense faite à une femme change le respect en outrage. »

— « Cela suffit, gentille damoiselle, répondit le premier Ferdinand; car vos plaintes attendriraient un cœur d'acier ou de marbre. Si je conserve don Rodrigue, c'est bien à votre intention que je le conserve : un temps viendra qu'à son égard vous changerez votre tristesse en joie. »

Sur ce entra dans la salle un messager de doña Urraca. Le roi prit Chimène par le bras, et ils entrèrent où était l'infante.

On a là tout le poème de Leconte de Lisle, sauf, ai-je

---

1. *Merino*, homme qui a pour mission de rendre la justice.

besoin de le dire ? la poésie des détails, sauf aussi un morceau d'une âpre couleur, que l'auteur a tiré d'une autre
romance, une des plus anciennes du *Romancero*, où le futur
mari de Chimène nous apparaît bien différent du héros qui,
chez Corneille, soupire les fameuses stances :

« O roi ! je vis dans le chagrin, dans le chagrin vit ma
mère. Chaque jour qui luit je vois celui qui tua mon père, chevalier à cheval, et tenant en sa main un épervier, ou parfois un
faucon qu'il emporte pour chasser ; et pour me faire plus de
peine il le lance dans mon colombier. Avec le sang de mes
colombes il a ensanglanté mes jupes..... Il m'a tué un petit
page sous les pans de mes jupes. Un roi qui ne fait point justice
ne devrait point régner, ni chevaucher à cheval, ni chausser
des éperons d'or, ni manger pain sur nappe, ni se divertir
avec la reine, ni entendre la messe en un lieu consacré, parce
qu'il ne le mérite pas ! [1] »

Il y a plus d'originalité dans *l'Accident de don Iñigo*. Mais
Leconte de Lisle a-t-il été bien inspiré en s'écartant autant
de son modèle ?

La romance imitée par lui est celle que le traducteur du
Romancero intitule *Comment Diègue Laynez se rendit à Bur-
gos, accompagné de ses gentilshommes, et comment le Cid refusa
de baiser la main du roi.*

Diègue Laynez va à cheval baiser la main au bon roi. Il
emmène avec lui ses trois cents gentilshommes. Rodrigue
est parmi eux. Ils rencontrent les gens du roi qui devisent

---

1. Damas Hinard, t. II, p. 20, *Chimène vient de nouveau porter sa
plainte au roi.*

ensemble. Les uns disent tout bas, les autres disent tout haut : — Voici venir dans cette troupe celui qui a tué le comte Loçano.

Ce mot provoque la colère de Rodrigue. D'une voix haute et fière il dit : — S'il y a quelqu'un parmi vous, son parent ou son allié, qui soit mécontent de sa mort, qu'il vienne m'en demander raison.

Tous répondent à la fois : — Que le diable te demande raison !

Cependant don Diègue et ses gentilshommes mettent pied à terre et baisent la main au roi. Rodrigue reste sur son cheval. — Pied à terre, mon fils, lui commande don Diègue, vous baiserez la main au roi puisque vous êtes son vassal.

Vassal insolent, mais fils docile, Rodrigue répond : — Si quelqu'autre m'eût dit cela, il me l'aurait déjà payé; mais puisque c'est vous qui l'ordonnez, mon père, je le ferai de bonne grâce.

Il descend et s'agenouille. Son estoc se détachant, le roi a peur : — Ote-toi de là Rodrigue, ôte-toi de là, diable dont la figure est d'un homme et la conduite d'un lion sauvage.

Rodrigue remonte aussitôt à cheval : — Je ne me tiens pas pour honoré de baiser la main du roi, je me tiens pour offensé de ce que mon père l'a baisée.

Et il s'en va avec ses trois cents gentilshommes.

Ce qu'il y a de très remarquable dans le poème de Leconte de Lisle, c'est le tableau des trois cents gentils-hommes en marche.

Pour les costumes, la vieille romance lui fournissait un canevas assez développé. Mais voyez l'effet de quelques détails heureusement choisis! Il suffit au poète de mettre des chevelures rousses aux gentilshommes, des harnais de cuir fauve à leurs mules, des plumes blanches à leurs toques, des souliers pointus à leurs pieds, une chemise de fer au cheval de Rodrigue, trois glands à son capuchon, pour que tout soit transformé :

Tous chevauchent sur des mules : Rodrigue, seul à cheval; tous sont vêtus d'or et de soie : Rodrigue va bien armé; tous ont l'épée au côté : Rodrigue, un poignard doré ; tous, une houssine chacun : Rodrigue, une lance à la main; tous, des gants parfumés : Rodrigue, de bons gantelets; tous, des chapeaux d'un grand prix ; Rodrigue, un casque d'acier, et ce casque est surmonté d'un bonnet écarlate.

> Quatre-vingts fidalgos à chevelures rousses,
> Sur mulets harnachés de cuir fauve et de housses
> Écarlates, s'en vont, fort richement vêtus :
> Gants parfumés, pourpoints soyeux, souliers pointus,
> Triples colliers d'or fin, toques à plumes blanches,
> Les vergettes en main et l'escarcelle aux hanchès.
> Seul, Rui Diaz de Vivar, enfourche, roide et fier,
> Son cheval de bataille enchemisé de fer.
> Il a l'estoc, la lance, et la cotte maillée
> Qui de la nuque aux reins reluit ensoleillée,
> Et, pour parer le casque aux reflets aveuglants,
> Un épais capuchon de drap rouge à trois glands.

Pour composer le reste du tableau, le modèle ne donnait plus à Leconte de Lisle que de sèches indications : « allant par bon chemin, devisant entre eux. » Mais son imagina-

tion n'a pas eu de peine à reconstituer le chemin et à
retrouver les propos échangés en cours de route :

> La guêpe au vol strident vibre, la sauterelle
> Bondit dans l'herbe sèche et rase, le bruit grêle
> Des clochettes d'argent tinte, et les cavaliers
> Mêlent le rire allègre aux devis familiers :
> Ruses de guerre et rapts d'amours, et pilleries
> Nocturnes par la ville et dans les juiveries,
> Querelles, coups de langue et coups de merci-Dieu.

Ce qui suit manque un peu de vraisemblance. Sans qu'il
ait été provoqué par aucune parole malveillante, Rodrigue
reste dédaigneux sur son haut destrier. Devant cette attitude insuffisamment expliquée, le porte-bannière de Castille,
Iñigo Lopez, en prend une encore bien moins explicable.
Longuement, grossièrement , il insulte Rodrigue : détrous-
seur de gens, fils de routiers, bon pour le couperet, hautain,
fou, More, Juif et — injure pire — hérétique, à coup sûr
menteur et traître, tels sont les jolis noms que le fils de
don Diègue s'entend jeter à la tête, parce qu'il a, non pas
refusé de baiser la main au roi, mais manifesté peu d'empressement à vouloir le faire. N'est-ce pas beaucoup de
colère pour une faible cause, même chez un homme du
XIᵉ siècle ?

Après une offense si sauvage, les lecteurs s'attendent
bien que la lance de Rodrigue fermera pour jamais la bouche
insolente. Mais ce qui ne laisse pas de les étonner, c'est,
après le coup, l'étonnement du roi, qui se montre « tout
surpris » de l'événement et se demande ingénuement si
don Iñigo n'est pas « fort endommagé ». Leconte de Lisle

n'a-t-il pas ici poussé bien loin la simplicité que la légende prête au roi Ferdinand ?

LES INQUIÉTUDES DE DON SIMUEL. — LA ROMANCE DE DON FADRIQUE. — LA ROMANCE DE DONA BLANCA [1]

« Alphonse XI, roi de Castille, laissa en mourant (1350) un fils légitime, don Pèdre, qui lui succéda, et sept fils naturels qu'il avait eus de sa maîtresse Éléonore de Guzman. A la mort du roi, l'épouse délaissée se vengea de sa rivale en la faisant périr. Ce meurtre fit, des enfants de celle-ci, autant d'ennemis à don Pèdre, et ils ne cessèrent d'agiter l'Espagne durant tout le règne de leur malheureux frère. De là des *guerres plus que civiles* ; de là une foule de sanglantes justices et des crimes horribles [2]. »

Trois des crimes de don Pèdre frappèrent particulièrement l'imagination des poètes et leur inspirèrent de dramatiques romances. En 1358, il fit mettre à mort son frère, l'infant don Frédéric, grand-maître de Saint-Jacques. En 1361, il fit assommer sa femme, la reine Blanche de Bourbon, qu'il avait fait enfermer dès le lendemain de son mariage. En 1362, il assassina lui-même le roi de Grenade, son allié, qu'il avait attiré dans un piège et dont il se croyait trahi.

Dans la romance *Sur la mort de don Frédéric, grand-*

---

1. *Poèmes tragiques*, XXXV, XXXVI, XXXVII.
2. Notice du traducteur du *Romancero* ; ouvrage cité, t. I, p. 190.

maître de Saint-Jacques, le récit — procédé singulier — est
commencé par le héros lui-même, puis achevé par le poète.
Pour ne pas engendrer de confusion dans l'esprit des lecteurs, résumons-le comme s'il était fait tout entier par le
poète.

Le grand-maître vivait à Coymbre, quand don Pèdre l'invita à venir voir les tournois qu'il avait préparés à Séville.
(Leconte de Lisle allèguera un motif plus décisif : une
guerre nouvelle.) Don Frédéric prit avec lui treize hommes
montés sur des mules, vingt-cinq montés sur des chevaux.
(Ils deviendront chez Leconte de Lisle dix chevaliers de
noble origine.) Au passage d'une rivière, l'infant tomba de
sa mule, perdit son poignard doré et vit se noyer son
page favori ; c'étaient là trois mauvais présages. (Leconte
de Lisle n'en retiendra qu'un, la perte du poignard, mais
y ajoutera celui-ci : le chien du grand-maître, au départ,
hurla d'une façon lamentable ; à l'imitation de Hugo,
Leconte de Lisle semble ici donner aux animaux une
intuition refusée à l'homme.)

A la porte de Séville, Frédéric rencontra un clerc qui le
conjura de ne pas pousser plus avant. Il ne tint pas compte
de cet avertissement. Dès qu'il eut dépassé la porte du
palais, elle se referma sur lui, on lui enleva son épée, on le
sépara de ses compagnons, qui lui conseillèrent de s'enfuir.
Mais se sentant sans reproche, il entra dans l'appartement
de son frère.

— Que Dieu vous maintienne en paix, ô bon roi ! vous et les
vôtres jusqu'au dernier !

— Soyez venu à la male-heure, grand-maître ! Grand-maître, soyez le mal-venu ! Vous ne venez jamais nous voir qu'une fois dans l'année ; et encore, grand-maître, est-ce par force et par ordre. Votre tête, grand-maître, voilà l'étrenne que je veux de vous !

— Pourquoi cela, bon roi ? je ne vous ai jamais offensé ; je ne vous ai jamais abandonné dans la guerre, ni quand vous vous battiez avec les Mores [1].

— Venez ici, mes portiers et qu'il soit fait selon mes ordres.

Le roi n'eut pas plus tôt achevé, qu'on coupa la tête au grand-maître, et don Pèdre l'envoya, dans un plat, à sa maîtresse, Maria de Padilla. « Vous payez ainsi, traître, dit-elle, le passé et le présent ; » et, prenant la tête par les cheveux, elle la jeta à un chien. C'était le chien du grand-maître. Il poussa de tels gémissements que tout le palais en retentit. « Qu'est-ce qui a fait du mal à ce chien ? » demanda le roi. « Il tient la tête du grand-maître, votre frère, » lui répondit-on. Et la romance conte alors qu'une tante des deux princes ayant reproché son crime au Cruel, il la fit enfermer dans une prison obscure où désormais ce fut lui-même qui lui porta sa nourriture. (Leconte de Lisle négligera cette fin.)

Il existe deux romances *Sur la mort de la reine Blanche*. Elles ne diffèrent que par les détails. Leconte de Lisle a imité la seconde.

Sur les instances de Maria de Padilla, raconte-t-elle, don

---

1. Leconte de Lisle développera cette défense ; mais elle deviendra les réflexions que Don Fadrique fait en cours de route pour se rassurer contre les mauvais présages.

Pèdre se décida à tuer la reine Blanche, qui était enfermée à Médina Sidonia. (Leconte de Lisle, pour avoir une rime en ez, la transportera à Xérez.) Il fit appeler un personnage de marque, Iñigo Ortiz, et lui dit d'aller à Médina mettre fin à ses ennuis. Ortiz répondit : « Je ne ferai point pareille chose, car qui tue sa maîtresse manque à ce qu'il doit à son seigneur ». Le roi, mécontent de cette réponse, donna le même ordre à un massier. L'homme alla vers la reine, et la trouva en prières.

Il lui dit : « Madame, le roi m'a ici envoyé afin que vous ordonniez votre âme avec celui qui l'a créée ; car votre heure est arrivée, et je ne puis vous accorder aucun délai. »

— « Ami, dit la reine, je vous pardonne ma mort ; et si le roi mon seigneur le veut, qu'il soit fait selon son ordre. Seulement, qu'on ne me refuse pas la confession afin que je demande pardon à Dieu. »

Ses gémissements et ses larmes attendrirent le massier ; et d'une voix faible et tremblante elle se mit à dire ainsi : « O France, mon noble pays ! ô ma noble famille de Bourbon ! Aujourd'hui s'accomplit ma dix-septième année, et commence ma dix-huitième [1]. Le roi ne m'a point connue ; je m'en vais parmi les vierges. Réponds, Castille, que t'ai-je fait ? Je ne t'ai point trahie ; et la couronne que tu m'as donnée était pleine de sang et de soupirs. Mais j'en aurai une autre dans le ciel qui vaudra bien mieux. »

Et ces paroles achevées, le massier la frappa, et la cervelle qui jaillit de sa tête couvrit toute la salle.

Dans la romance *Sur la mort du roi de Grenade*, comme

---

1. Pour les besoins du vers, Leconte de Lisle rajeunira la reine d'un an.

dans la romance *Sur la mort de don Frédéric*, le récit est fait, en partie par le héros, en partie par le poète.

Avec trois cents de ses Mores, le roi de Grenade quitta l'Alhambra. Il emportait ses joyaux pour les donner à don Pèdre.

Présenté au roi, il lui dit : « Dieu te garde, ô roi ! et qu'il augmente ta couronne et ta renommée ! Je me mets en ta main. Qu'elle me daigne secourir. Car mon frère Mahomet est entré dans Grenade. Si tu viens à mon secours, ô roi ! je m'engage à te payer constamment un tribut. » Le roi don Pèdre répondit : « Soyez le bienvenu, roi ! Reposez-vous en ma maison ; l'aide qu'on pourra vous accorder, on ne vous la refusera jamais. » Et le prince more reçut un bon logis.

Mais, tandis qu'il soupait, des gens armés se saisirent de lui et de ses chevaliers, et leur enlevèrent leurs joyaux.

A deux jours de là, on le transporta dans un champ. Le roi don Pèdre était là avec sa lance. Il fit aussitôt mettre en pièces trente-sept Mores de bonne famille. Puis, arrivé près du roi, il lui donna un mortel coup de lance, en lui disant : « Prends, déloyal ; car jamais je n'oublierai qu'à cause de toi j'ai fait avec le roi d'Aragon un mauvais accord, par suite duquel j'ai perdu le château d'Ariza et le pays d'alentour. »

Le roi more lui répondit en sa langue : « Roi don Pèdre ! roi don Pèdre ! tu as fait là une chevauchée dont tu ne retireras pas beaucoup d'honneur. »

Leconte de Lisle conserve les grandes lignes des trois romances. Mais déjà l'ordre dans lequel il les dispose manifeste un souci singulier de l'effet dramatique. La romance du roi more devient la première, celle de don Fadrique la seconde, celle de doña Blanca la troisième : par une gradation intéressante, mais aux dépens de la chronologie, don Pèdre nous est ainsi montré meurtrier, d'abord de son allié, puis de son frère, enfin de sa femme.

Et chez notre poète, tout se passe avec plus de mise en scène, tout se colore. L'homme qui frappe le grand-maître, le massier envoyé pour tuer la reine n'avaient pas de nom ; le premier se nomme maintenant Pero Lopez, et le second, « étant aragonais, Rebolledo Perez ». Le gentilhomme qui refuse l'odieuse mission d'aller à Sidonia s'appelait Ortiz ; ce nom est réservé pour le gouverneur de la prison, et le généreux gentilhomme en reçoit un d'une envergure proportionnée à la noblesse de sa réponse : Juan Fernandez de Hinestrosa.

Les costumes prennent une physionomie comme les noms, et les lieux comme les costumes. Pendant que don Fadrique songe, en cours de route, aux ordres de son frère, nous voyons le long manteau blanc de l'ordre couvrir sa chemise d'acier et son épée pendre contre ses éperons d'or. A mesure qu'il approche de Séville, nous découvrons avec lui, dans l'air chaud de parfums,

> les tours, la cathédrale neuve,
> Les mâts banderolés hérissant le grand fleuve
> Et le vieil Alcazar des Khalytes défunts.

Quand un clerc l'arrête, en saisissant le mors de sa mule, nous sommes entrés sous une poterne basse à voussure de brique. Et dans quelle belle salle à manger nous pénétrons à la suite de don Pèdre !

> La salle est haute, étroite et fraîche, à demi-close
> De gaze diaphane et d'un treillis léger ;
> Et, de l'aurore au soir, la fleur de l'oranger
> Y mêle son arome à celui de la rose.
>
> La terrasse mauresque, aux trèfles ajourés,
> Domine les jasmins et les caroubiers sombres
> Qui jettent, çà et là, de lumineuses ombres
> Où palpitent des vols de papillons pourprés.

Les événements, qui ont pour témoins de plus pittoresques décors, s'y accomplissent avec plus d'horreur. Plus de conversation entre le roi et son frère. Fadrique est encore dans la cour, quand Pèdre jette son ordre cruel du haut d'un balcon :

> A la male heure êtes venu vous mettre
> Entre mes mains, Bâtard ! Lopez, tuez le Maître !

L'autre lève sa masse. Mais Fadrique, pour plus d'effet, n'est pas assommé du coup. Il veut dégaîner sa lame ; la masse se relève, retombe, et alors elle rompt la nuque, écrase le cerveau, fait écumer le sang noir.

Le poète, ayant assommé le grand-maître au lieu de le décapiter, égorge la reine au lieu de l'assommer. Et avec quelle férocité ! Don Pèdre exige qu'on cèle cette tuerie : il ne veut ni lutte, ni cris, ni vestige sanglant ; que la

reine semble finir d'une façon naturelle. Pour se faire le
ministre de cette hypocrisie (que Leconte de Lisle ne trouvait, ni dans les romances, ni dans l'histoire), le massier
prend dans ses dix doigts le cou délicat, frêle et doux, et le
serre ; puis il clôt les yeux bleus, voilés de longs cils d'or,
dispose la figure, et, furtif, disparaît dans le noir corridor.

Le roi more, lui aussi, périt d'une façon plus tragique
que dans la romance. Don Pèdre ne se contente plus de le
frapper d'un coup de lance, après qu'on a massacré ses
compagnons. Il se promène à travers les rangs des Mores
liés contre des poteaux et, les prenant comme cibles, il leur
jette de loin des djerrids aigus, joyeux qu'aucun trait ne
soit perdu. Son dernier coup est réservé à l'Émyr.

Mais c'est surtout l'épisode du chien qui est arrangé de
façon à bien secouer nos nerfs. Don Pèdre a donné l'ordre
de couper la tête au maître et, sans plus y songer, est allé
dîner avec la Padilla. Les deux amants sont gais et insou-
ciants. Tout à coup, un hurlement lugubre éclate, le page
qui verse à boire devient blême. Une tête sanglante aux
dents, un chien, d'un bond nerveux, saute sur·la table
royale et y laisse tomber la dépouille hideuse où un œil
terne s'entrouvre à travers les cheveux. Doña Maria tremble,
don Pèdre·rit.

> — Vrai dieu ! Tout, dit le Roi, vient à point de concert.
> Foin de Mahom, du Diable et de la Synagogue !
> C'est la tête de Don Fadrique, et c'est son dogue,
> Maria, qui vous l'offre, en guise de dessert !

Disons bien vite qu'avec plus de pittoresque et plus
d'horreur tragique, les additions de Leconte de Lisle ont

souvent introduit plus d'histoire dans les vieilles romances. Cela est vrai, on l'a remarqué certainement, de plusieurs de celles qui viennent d'être signalées. Cela est plus vrai encore du rôle de Juan de Hinestrosa et du rôle de don Simuel.

Le premier était à peine ébauché dans la romance de la reine Blanche. Il prend chez Leconte de Lisle un long développement qui permet au poète de résumer le règne de don Pèdre et de dessiner une de ces nobles figures de gentilshommes loyaux que l'on rencontre à chaque page dans l'histoire d'Espagne.

Le roi rappelle au bon chevalier l'aide qu'il a toujours trouvée en lui contre ses frères sans cesse en révolte, et au nom de cette fidélité il lui demande de faire mourir la reine secrètement. Mais Juan Fernandez a voué au service du roi son épée, non son honneur : pour assassiner ou empoisonner, sa lignée est trop haute et son sang trop rouge ; qu'on emploie à cela un autre, si on le trouve ; d'ailleurs, sa vie est au roi. Le roi refuse cette vie, dont il a besoin, et il affecte de rire, comme si sa proposition eût été une épreuve.

Le rôle de don Simuel Lévi a été inventé de toutes pièces.

C'est le trésorier de Castille. Peu avant que le roi more vienne si fort à propos remplir les coffres de don Pèdre, Simuel fait le compte de ce qui reste dans le trésor : peu de chose. Il y a pourtant beaucoup de frais. Car les reîtres du Comte [1] recommencent à brûler les châteaux de

---

1. Henri de Transtamare, frère de don Pèdre.

la frontière, et il faut pourvoir la flotte de chiourmes, les
hidalgos d'étriers ; il faut surtout acheter des traîtres. Et il
n'y a plus d'expédients. Rançonner les couvents, traire les
juiveries ? Du roc de Thâriq aux rocs des Asturies, on l'a
déjà fait, sans y laisser rien. Don Simuel n'a pas même la
ressource de passer au Comte : à la première occasion, il
serait vendu. Par bonheur pour lui, pendant que se font
ces réflexions (qui vous apprennent tant de choses sur
les mœurs du temps), Abou-Sayd traverse la sierra, suivi
de mulets lourds d'or et de pierreries. Bientôt le More est
dépouillé, cloué au poteau, tué, et le dernier quatrain de
la romance nous met sous les yeux la curieuse physionomie de l'argentier juif :

> Don Simuel, pendant ceci, suppute et pèse
> Sequins et diamants, perles et dinars d'or.
> Il fait sa part, il rit, et son trouble s'apaise,
> Car cette bonne aubaine a comblé le Trésor.

Dans cette reconstitution historique, si ample et souvent si précise, tout est-il exact ? On peut se demander si
la sombre figure du Cruel n'a pas été un peu trop noircie.
Le personnage a pris sans doute un rare relief. Et quand
Leconte de Lisle lui fait infliger aux Mores un supplice
d'un raffinement atroce, quand il lui fait donner l'ordre de
tuer la reine de telle façon que le corps ne révèle pas une
mort violente, s'il lui prête un surcroît de perfidie et de
méchanceté, il s'autorise bien de l'esprit des vieilles
romances. Mais dans celles-ci ne sent-on pas déjà beaucoup
qu'elles ont été écrites peu après le triomphe des ennemis
de don Pèdre ?

Le poète ajoute, d'ailleurs, au caractère de son héros un trait qui n'est point du tout dans les romances. Il lui fait invoquer le vrai Dieu quand le chien apporte la tête de don Fadrique, la Vierge et saint Jacques quand on lui conseille de tuer le More pour avoir son argent. Abou-Sayd prend à témoin le Prophète, et on sent qu'il eût respecté ce serment ; don Pèdre jure Dieu, et bientôt il se flatte comme d'une œuvre pie de s'être parjuré : tenir parole à des païens, ne serait-ce point trahir l'Église et les saints, ses patrons ?

Hypocrite ou sincère, sincère plutôt dans cette dévotion, don Pèdre reçoit ainsi un titre nouveau à la haine de Leconte de Lisle. Et l'on ne se trompe pas, sans doute, en disant que l'Émyr exprime bien un peu la pensée du poète lorsqu'avant de mourir il fait cette réflexion :

> Je suis content qu'un roi chrétien ne soit qu'un lâche.

Seulement don Pèdre fut-il un roi chrétien ?

CHAPITRE VII

Poèmes sur le nouveau monde

Ce poème n'est qu'une brillante traduction d'un chant polynésien en dialecte de Tahiti, recueilli à Raïatea par J.-A. Mœrenhout et publié par lui en 1837 dans ses *Voyages aux îles du Grand Océan* [2].

Consul général des États-Unis aux îles océaniennes, Mœrenhout habitait depuis longtemps la Polynésie et cherchait en vain des renseignements précis sur les antiques croyances du pays, quand un chef tahitien lui parla d'un vieillard, jadis prêtre à Raïatéa, qui connaissait, disait-il, toutes les traditions. L'Américain dépêcha un messager au vieil indigène. Le messager ne revint qu'après un temps assez long, preuve qu'on avait beaucoup hésité à répondre aux questions posées. Mais enfin il revint et il rapportait une grande feuille de bananier chargée de caractères d'écriture. Mœrenhout y lut d'étranges paroles, dont voici la traduction :

Il était : Taaora était son nom ; il se tenait dans le vide. Point de terre, point de ciel, point d'hommes. Taaora appelle ; mais rien ne lui répond ; et, seul existant, il se changea en l'univers.

---

1. *Poèmes barbares*, VII.
2. Paris, Arthus Bertrand, 2 vol. in-8°. Voir t. I, p. 419-423.

Les pivots sont Taaora; les rochers sont Taaora; les sables sont Taaora; c'est ainsi que lui-même s'est nommé. Taaora est la clarté : il est le germe : il est la base; il est l'incorruptible, le fort qui créa l'univers, l'univers grand et sacré qui n'est que la coquille de Taaora. C'est lui qui le met en mouvement et en fait l'harmonie.

Mœrenhout lut et relut ce singulier écrit. Il était « ébloui », écrit-il dans son Journal, dont son livre reproduit un long fragment; il était « dans l'enthousiasme », tant il était loin de s'attendre à trouver dans ces îles une aussi sublime poésie. Désireux d'en savoir davantage, il partit sans retard pour voir le prêtre de Raïatéa.

Il fut admirablement reçu. L'indigène, comprenant qu'on l'interrogeait sur ses croyances avec sympathie, et non pour s'en moquer, ne fit aucune difficulté à les faire connaître. Mais son auditeur eut beaucoup de peine à les recueillir, car le vieillard ne pouvait réciter qu'en déclamant er sans s'interrompre; dès qu'on l'arrêtait pour écrire, il ne savait plus rien, il ne pouvait poursuivre, il devait tout recommencer, et ces répétitions, en le fatiguant, lui brouillaient la mémoire. Il fallut plusieurs séances à Mœrenhout pour transcrire tout ce qu'il avait entendu.

Ainsi instruit par les confidences de l'ancien prêtre de Raïatéa, il put donner dans son volume les indications les plus précieuses sur les croyances et sur le culte des Polynésiens : sur leurs temples ; — sur le cérémonial des sacrifices humains ; — sur l'origine et l'organisation des Aréoïs, association d'initiés, qui rendaient, à ce qu'il semble, un culte au soleil, tenaient le peuple sous leur domination et

s'engageaient à tuer désormais, aussitôt après leur naissance, tous les enfants qu'ils auraient ; — sur la conception
qu'on se faisait dans les îles océaniennes de la vie future :
vie très heureuse pour les Aréoïs, à qui était réservé un
ciel supérieur, mais médiocrement désirable pour le commun des mortels, qui s'en allaient dans Pô (la nuit, l'obscurité), non sans avoir eu d'abord la chair grattée sur tous
les os quand ils étaient coupables de quelque irrévérence
envers les dieux ; — sur ces dieux enfin, ou *atouas*, qui
étaient innombrables, dieux supérieurs, dieux inférieurs,
dieux domestiques, tous fils ou petits-fils de Taaora.

Mais rien dans les chapitres de Mœrenhout sur la religion des Polynésiens, n'égale en intérêt les renseignements
qu'il nous donne sur leur dieu suprême, ni surtout les
deux chants cosmogoniques qu'il cite textuellement, en les
accompagnant d'une traduction, tels que les lui avait transmis le vieil adorateur de Taaora.

Le premier chant, que nous avons cité plus haut, définit
le créateur du monde. Le deuxième nous montre Taaora
appelant à lui les éléments pour qu'ils forment la terre :

« Vous, pivots ! vous, rochers ! vous, sables ! Nous sommes [1].
Venez, vous qui devez former cette terre. » — Il les presse, les
presse encore ; mais ces matières ne veulent pas s'unir. Alors,
de sa main droite, il lance les sept cieux, pour en former la première base, et la lumière est créée ; l'obscurité n'existe plus.
Tout se voit : l'intérieur de l'univers brille. Le dieu reste ravi

---

1. Je pense que ces deux mots sont la réponse des éléments appelés.
Mais je ne me permets pas de rien changer à la ponctuation du traducteur.

en extase, à la vue de l'immensité. L'immobilité a cessé ; le mouvement existe. La fonction des messagers est remplie ; l'orateur a rempli sa mission ; les pivots sont fixés ; les rochers sont en place ; les sables sont posés. Les cieux tournent ; les cieux se sont élevés ; la mer remplit ses profondeurs ; l'univers est créé.

Tout n'est pas clair, certes, dans cette poésie barbare. Ce dieu Taaora, dont le nom, d'après Mœrenhout, signifie le Très-éloigné ou le Très-étendu, qu'est-il au juste ? Tantôt il semble rester distinct du monde après la création, et tantôt il semble se confondre alors avec lui. Tantôt il semble avoir formé l'univers de rien, et tantôt il semble avoir seulement organisé la matière. Une phrase du deuxième chant laisse même supposer qu'à l'origine ce créateur ou cet ordonnateur du monde n'a peut-être été que le Soleil, puisqu'il y est dit que le dieu est impuissant à associer les éléments tant que la lumière n'existe pas et que le monde est fait aussitôt que la lumière brille [1].

Malgré leurs obscurités, les deux odes cosmogoniques que chantaient les ancêtres de la reine Pomaré n'en ont pas moins une noblesse de pensée et une splendeur d'expres-

---

1. Que Taaora a commencé probablement par être une simple personnification du soleil, c'est ce qui résulte, comme le fait justement observer Mœrenhout, d'un autre chant, où l'on voit le dieu s'unir avec les différentes parties de l'univers pour les féconder. Uni avec la femme-déesse du dehors (la mer), il crée les nuages noirs et blancs et la pluie. Uni avec la femme-déesse de l'intérieur (la terre), il crée les premiers germes, les nuages des montagnes, l'homme. Uni avec la femme-déesse de l'air, il crée l'arc-en-ciel, les nuages rouges, la pluie rouge. Uni avec la femme-déesse du dedans (le sein de la terre), il crée les bruits souterrains. Cet être, qui pour former la pluie s'unit à la mer et qui pour former l'arc-en-ciel s'unit à l'air, quel est-il donc, s'il n'est pas le soleil ?

sion que pourrait envier un poète d'une nation civilisée. Aussi l'on ne saurait trop féliciter Leconte de Lisle de s'être contenté de les traduire, en y mettant, — ce qui n'était pas un tort, — un peu plus d'ordre et en réservant pour la fin le mot qui devait être le dernier : et devant son œuvre, « le dieu reste ravi en extase ».

> Dans le Vide éternel interrompant son rêve,
> L'Être unique, le grand Taaora se lève.
> Il se lève, et regarde : il est seul, rien ne luit.
> Il pousse un cri sauvage au milieu de la nuit :
> Rien ne répond. Le temps, à peine né, s'écoule ;
> Il n'entend que sa voix. Elle va, monte, roule,
> Plonge dans l'ombre noire et s'enfonce au travers.
> Alors, Taaora se change en univers :
> Car il est la clarté, la chaleur et le germe ;
> Il est le haut sommet, il est la base ferme,
> L'œuf primitif que Pô, la grande nuit, couva [1] ;

---

[1]. C'est le seul trait important que Leconte de Lisle ajoute au chant indigène. Chose piquante ! n'est-ce pas celui qu'on aurait cru le plus tahitien ? Le poète ne l'a pas, d'ailleurs, complètement inventé. Dans une note, Mœrenhout dit que le mot *paa*, traduit par lui *la coquille* [de Taaora], signifie le plus souvent l'œuf et quelquefois les parties extérieures d'un objet. Plus loin (p. 557 et suiv.), il explique que si la même cosmogonie se retrouve dans toute la Polynésie, que si partout on attribue à Taaora (ou Tonéora ou Tangaroa) la formation des cieux et de la terre, on ne le fait pas agir partout de la même manière : ainsi, aux îles Sandwich, on dit que sous la forme d'un oiseau il déposa un œuf sur les eaux et que cet œuf en se brisant produisit le monde. Leconte de Lisle s'est inspiré de ces deux passages ; mais, tandis que d'après la version de Tahiti, Taaora n'est pas l'œuf, mais est *dans* l'œuf qui est le monde, et tandis que d'après la version des îles Sandwich Taaora est, non pas l'œuf, mais l'oiseau qui le pond, le poète français fait du dieu lui-même l'œuf primitif. — Le mot pittoresque de Pô, qu'il introduit ici, a été emprunté à une autre page de Mœrenhout (p. 431-432).

Le monde est la coquille où vit Taaora.
Il dit : — Pôles, rochers, sables, mers pleines d'îles,
Soyez ! Échappez-vous des ombres immobiles ! —
Il les saisit, les presse et les pousse à s'unir ;
Mais la matière est froide et n'y peut parvenir :
Tout gît muet encore au fond du gouffre énorme ;
Tout reste sourd, aveugle, immuable et sans forme.
L'Être unique, aussitôt, cette source des Dieux,
Roule dans sa main droite et lance les sept cieux.
L'étincelle première a jailli dans la brume,
Et l'étendue immense au même instant s'allume ;
Tout se meut, le ciel tourne, et, dans son large lit,
L'inépuisable mer s'épanche et le remplit :
L'univers est parfait du sommet à la base.
Et devant son travail le Dieu reste en extase.

LE DERNIER DES MAOURYS [1]

Depuis qu'il avait chanté, d'après de vieux poèmes indigènes, le dieu suprême de Tahiti, Leconte de Lisle n'avait
point cessé de s'intéresser aux Polynésiens. Aussi fut-il de
ceux qui lurent avec le plus d'attention dans la *Revue des
Deux-Mondes* les articles de Quatrefages sur *les Polynésiens
et leurs migrations* (1er et 15 février 1864). Et plus tard il
essaya de condenser toute la substance de ces articles dans
un poème qu'il intitula *le Dernier des Maourys*.

D'où viennent les Polynésiens ? Ne seraient-ils pas
autochtones ? Est-il possible qu'ils soient sortis d'Asie,
d'Amérique ou d'Afrique ? Car comment supposer que des

---

1. *Derniers Poèmes*, XII.

sauvages, ayant de si frêles barques pour les porter, étrangers à l'astronomie, ne connaissant pas la boussole, aient pu franchir les espaces immenses qui séparent du continent les îles polynésiennes, et celles-ci les unes des autres? Telles sont les questions que se posait Quatrefages, vivement préoccupé, comme on sait, du problème de l'unité de l'espèce humaine. Et pour y répondre, il fut amené à faire dans un de ses articles toute l'histoire de la race polynésienne.

Cette remarquable page d'histoire était puisée aux sources les plus sûres. Entre autres documents, Quatrefages avait utilisé avec une rare sagacité les traditions qu'avait recueillies un gouverneur de la Nouvelle-Zélande, sir George Grey. Celui-ci, mis à la tête de la colonie en 1845, au moment où les indigènes s'étaient révoltés, avait refusé de réprimer la révolte dans le sang, comme l'avaient fait ses prédécesseurs. Il avait trouvé plus sage de chercher à comprendre les causes de mécontentement de ses administrés. Pour cela, il avait appris leur langue et étudié leurs traditions. Il recueillit ainsi de leur bouche un grand nombre de chants mythologiques ou historiques qu'il publia en 1855 sous le titre de *Polynesian mythology and ancient traditional History*.

Des textes étudiés par Quatrefages, et en particulier des chants traditionnels des Maoris publiés par sir George Grey, que résulte-t-il ? Que l'histoire des Polynésiens, tout au contraire de ce qu'on avait d'abord supposé, ne fut qu'une longue suite de migrations.

Tantôt, c'était l'esprit d'aventure qui poussait une tribu

à changer d'île. Tantôt, c'était la faim, quand l'île natale ne pouvait plus nourrir tous ses habitants. Le plus souvent, c'était la guerre : le vaincu cédait les lieux au vainqueur et se mettait en quête d'une nouvelle patrie.

Les canots où il embarquait sa tribu pouvaient tenir longtemps la mer. Composés de deux pirogues simples réunies par une plate-forme, ils ne contenaient pas moins chacun de trente guerriers, de cent quarante pagayeurs et de huit pilotes. Toute tribu en possédait une véritable flotte qui pouvait la recueillir en un jour de détresse. Lors du premier voyage de Cook, l'île de Tahiti pouvait équiper dix-huit cents pirogues et mettre sur mer vingt-sept mille hommes.

Les Polynésiens hésitaient d'autant moins à quitter le sol où ils étaient nés qu'ils s'y considéraient comme des étrangers. Les races se vantent en général d'être autochtones. Celle-ci se vantait, chose notable, d'être émigrée. Car dans toutes les traditions des Polynésiens, on retrouve, très nette, cette croyance que leur race est venue de l'est, d'une mère patrie, qu'ils appellent généralement Hawaiki, Havaï ou Hoaï, et qui est très probablement l'une des Samoa. Ils ont pour elle la plus profonde vénération. Ainsi, aux îles Marquises, Hawaiki est le lieu sacré où l'on va après la mort, et l'on dit à l'âme de la victime dans les sacrifices humains : « *To fenua Hawaiki*, retourne à Hawaiki », c'est-à-dire retourne à la terre de tes ancêtres. (Leconte de Lisle a retenu cette tradition si poétique, qu'il a connue, non par Quatrefages, mais par un livre dont celui-ci lui avait donné l'indication : *Du dialecte de*

Tahiti, de celui des îles Marquises, et, en général, de la langue,
polynésienne par Goussin [1].)

Dans les terres où ils abordaient, souvent après un très
long voyage, souvent après avoir essuyé des tempêtes, les
émigrants ne rencontraient parfois pas un sèul être humain.
Parfois ils avaient la surprise de retrouver des compatriotes
venus avant eux dans les mêmes conditions. Il leur arrivait
aussi de rencontrer une population noire, installée là
depuis peu, après un voyage analogue à celui qu'ils venaient
de faire. Quatrefages raconte, d'après un des chants indigènes publiés par George Grey, l'histoire du chef Manaïa :
« Arrivé à Rohutu, dit le chant maori, il trouva un peuple
qui vivait là ; Manaïa et ses hommes tuèrent ces habitants
et les détruisirent. » Quels étaient ces habitants ? Pour
répondre avec certitude à cette question, fait observer
Quatrefages, il suffit d'examiner les caractères physiques
des classes inférieures chez les Maoris : ces caractères
accusent une prédominance marquée de sang nègre. Qu'en
faut-il conclure, sinon que les indigènes rencontrés par
Manaïa étaient des nègres, originaires de la Nouvelle-Hol-
lande ou de la Tasmanie ? La plupart furent massacrés par
les nouveaux venus; les survivants, réduits en esclavage,
se fondirent avec la plus basse classe de la population
victorieuse.

Les migrations des Polynésiens (qui se faisaient toujours
de l'ouest à l'est) ne cessèrent qu'avec leur indépendance.
Quatrefages en cite d'assez récentes, par exemple celle qui

---

1. Paris, Didot, 1863.

peupla les îles Chatam d'une colonie de Maoris qu'un orage avait emportés à sept cents kilomètres à l'est de la Nouvelle-Zélande.

Les Polynésiens n'émigreront plus : ils n'ont plus leurs pirogues, ils n'ont plus rien ; les blancs leur ont tout pris. Vont-ils même leur laisser la vie ? Telle est la question que se pose Quatrefages dans une note où il constate que la guerre s'est rallumée dans la Nouvelle-Zélande et où il ajoute avec indignation : « Dernièrement encore (je rappelle que ceci fut écrit en 1864), le *Times* racontait avec une joie peu déguisée que des mesures étaient prises pour la pousser avec la plus grande vigueur. Espérons que le triomphe des armes anglaises n'aura pas les suites terribles qu'il a eues ailleurs. Faire de la Nouvelle-Zélande une nouvelle Tasmanie, c'est-à-dire une terre où la race anglaise aurait *en entier* remplacé *la race indigène*, par suite de *l'extermination totale de celle-ci* (c'est Quatrefages qui souligne tous ces mots), serait un crime dont nous laissons juges nos lecteurs. »

Si Leconte de Lisle, désireux de condenser dans un poème, d'après les articles de Quatrefages, l'histoire de la race polynésienne, a choisi comme héros un Maori, c'est parce que la population de la Nouvelle-Zélande fut plus indignement décimée par les blancs que ne le fut celle des autres îles océaniennes. Il a même supposé, pour avoir un titre plus dramatique, que l'extermination totale de cette vaillante population par les Anglais était un fait accompli, et il a intitulé son poème *le Dernier des Maourys*.

Deux autres raisons recommandaient les Maoris à l'attention d'un poète coloriste.

La première était qu'ils avaient poussé jusqu'à la plus extrême perfection l'art du tatouage. Leconte de Lisle, pensant qu'on ne saurait être trop pittoresque, a tatoué le dernier des Maourys de la tête aux genoux. Peut-être a-t-il eu tort. Car, d'après Quatrefages, les Néo-Zélandais réservaient presque exclusivement pour la figure ces nobles marques, qui étaient des récompenses militaires ou des signes d'aristocratie ; d'ailleurs, s'ils n'en mettaient guère que là, ils en mettaient tant que la face d'un chef finissait par être couverte tout entière de dessins d'une régularité et d'une complication absolument remarquables [1].

Les Maoris, qui entendaient si bien l'art de se décorer la face, s'imposaient par un autre titre au choix de Leconte de Lisle : entre toutes les races polynésiennes, c'était la leur qui était particulièrement friande de chair humaine. Le cannibalisme, qui avait fini par tomber en désuétude chez les Tahitiens, était, en effet, chez les Maoris tout à fait

---

[1]. D'autres auteurs donneraient raison à Leconte de Lisle. Ainsi C. de Varigny, *l'Océan Pacifique* (Paris, 1888, Hachette), p. 63. Parlant des habitants de Pomotou, qui appartiennent à la race maorie et en ont les usages, il dit : « *Tatoués sur toutes les parties du corps*, ils portent sur eux, en hiéroglyphes incompréhensibles, leur généalogie et la chronique de leur famille. Plus le tatouage est compliqué, plus haut remonte la noblesse de leurs aïeux. Ainsi passés à l'état de documents historiques, les vieux chefs exhibent sur les parties les plus imprévues de leur individu les annales de toute une race. Ils en sont fiers et les étalent. À court de parchemin, tatoué jusque sous les aisselles et jusqu'à la nuque, un chef de la baie de Chikakoff avait fait graver sur sa langue quelque exploit qui n'avait pu trouver place ailleurs. »

passé dans les mœurs. C'est que la Nouvelle-Zélande, fait observer Quatrefages, est une île froide où la nourriture est difficile : peu de plantes, peu de gibier. Les Maoris étaient, d'ailleurs, très belliqueux : ils mangeaient leurs ennemis par vengeance, en même temps qu' « ils croyaient, en se repaissant de leur chair, hériter des qualités qui les avaient rendus redoutables ». « Chez les Polynésiens, en général, dit encore Quatrefages [1], et surtout chez les Maoris, tuer un ennemi n'est qu'un demi-triomphe ; il faut surtout s'emparer du corps pour le manger et conserver sa tête comme un trophée. C'est par suite de cette coutume que l'on voit dans un grand nombre de collections des têtes que leurs tatouages font reconnaître pour avoir appartenu parfois à des chefs d'un rang élevé. »

Les caractères de la race polynésienne étant, on le voit, plus accusés chez les Maoris que chez d'autres Océaniens, il était tout naturel que, pour faire l'histoire de la race, Leconte de Lisle fît celle des Maoris. Et voici la fable très simple qu'il a imaginée. Aussi bien, n'est-ce pas l'ingéniosité de la fable qu'il faut admirer dans son poème, mais l'abondance des faits historiques qui s'y trouvent mis en œuvre sans aucune espèce de pédantisme.

C'était un soir dans une île du Pacifique. Des blancs avaient devant eux un vieux chef osseux,

> Tatoué de la face à ses maigres genoux,

---

1. *Revue des Deux Mondes*, article cité, p. 881, note 1.

assis sur les jarrets, les paumes aux mâchoires, semblable
à une Idole. Longtemps inerte, il parla enfin.

— Le monde est grand, dit-il. La terre où vos enfants
sont nés et où vos pères sont morts est-elle pleine, ô blancs?
Non, mais vous êtes plus avides que l'essaim vorace des
moustiques. Les Maourys étaient plus généreux que vous.

Et le chef conte alors son histoire.

Il appartient à la plus noble race de l'Océanie, à la
première qui vit le jour après que le divin Mahouï eut organisé le monde [1]. Lui-même n'est pas né sur cette rive. Il
a quitté la côte orageuse où les os de ses aïeux dorment,
bercés au bruit de la mer éternelle. Qu'ils étaient beaux
les jours où, chef de sa tribu, il mangeait la chair et buvait
le sang des braves, servi par un troupeau d'esclaves

Dans la hutte où pendaient cent crânes chevelus !

---

1. Leconte de Lisle raconte ici brièvement l'organisation du monde
par Mahouï. Il s'est probablement inspiré, mais avec une grande liberté,
d'un des chants indigènes publiés par Mœrenhout (*Voyages aux îles du
Grand Océan*, t. I, p. 449) : « Mahoui va lancer sa pirogue. Il est assis
dans le fond. L'hameçon pend du côté droit, attaché à sa ligne avec des
tresses de cheveux ; et cette ligne et l'hameçon qu'il tient à sa main, il
les laisse descendre dans la profondeur ou l'immensité de l'univers pour
pêcher ce poisson (la terre). Il élève les pivots (les axes ou orbites);
il élève la terre, cette merveille du pouvoir de Taaora. Déjà vient la base
(les axes ou orbites); déjà il sent le poids énorme du monde. La terre
vient. Il la tient à la main, cette terre encore perdue dans l'immensité;
elle est prise à son hameçon. Mahoui s'est assuré ce grand poisson,
nageant dans l'espace, et qu'il peut à présent diriger à volonté. » — La
suite est fort difficile à comprendre, de l'aveu de Mœrenhout. La
terre y est dépeinte en désordre et inculte ; les êtres souffrent ; tout est
confus et obscur. Mahoui règle le cours du soleil : alors naissent la
fertilité, l'abondance, le bonheur.

Il les avait tranchés en face, ces crânes de guerriers,

> Pour que le fier esprit qui les hantait vivants
> *Le* fît un des meilleurs parmi ceux qu'on renomme.

Mais mille Maourys vinrent un jour d'une île voisine attaquer sa tribu. Après d'héroïques combats, elle fut vaincue. Alors elle entassa sur ses pirogues couplées les vivres, les armes, les esclaves, les femmes, les enfants, et elle s'enfuit vers l'Orient, « où va l'âme des morts ».

Après onze jours d'orage, elle fut jetée sur le sol où le chef est maintenant. Un peuple hideux, noir et crêpu, y fourmillait : il fut balayé comme les feuilles sèches,

> Et, pour ne pas mourir, les guerriers tatoués
> Mangèrent ces chiens noirs hérissés de *leurs* flèches.

Ce qui restait fut réduit en esclavage. Et les blancs vinrent à leur tour décimer les vainqueurs des noirs avec leur fatal tonnerre. Aujourd'hui, de toute sa race, il reste seul, obligé, lui qui a été un chef redoutable, à mendier et à chercher l'oubli dans l'eau de feu.

Ceci dit, le vieux mangeur d'hommes mordit ses auditeurs d'un regard de haine et s'en alla, tête basse, les deux bras pendants.

En lui faisant conter sa vie, le poète a su résumer, dans un tableau admirablement coloré, tout ce qu'avait dit d'essentiel l'historien de la race polynésienne.

LE CALUMET DU SACHEM. — LA PRAIRIE [1]

Le dernier des chefs Sagamores peut faire pendant au dernier des Maourys : dressant son torse tatoué d'ocre et de vermillon, lui aussi est comparé à une Idole ; lui aussi a vu sa race décimée par le tonnerre des blancs.

Il est assis contre le tronc géant d'un sycomore, le cou roide, les yeux clos, une plume d'ara au sommet du crâne, fumant son calumet. Autour de lui se développe l'incomparable décor de la forêt paternelle : les cèdres, les pins, les hêtres

> Haussent de toutes parts avec rigidité
> La noble ascension de leurs troncs vénérables
> Jusqu'aux dômes feuillus, chauds des feux de l'été.

C'est midi. Toute la nature est assoupie : les grands élans, couchés parmi les cyprès,

> Sur leurs dos musculeux renversent leurs cols lourds ;

les panthères, les loups, les couguars, les ours, repus, se sont tapis dans leurs antres ; les écureuils dorment ; les singes noirs, pendus par la queue aux branches qui ploient,

> Laissent inertement aller leurs maigres bras.

Qu'est-ce que fait là le Sachem ? Ses guerriers, dispersés par l'exil, errent dans la prairie par de là le fleuve immense où boivent les bisons. Seul, très vieux, semblable à l'aigle,

---

1. *Poèmes tragiques*, XXXII ; *Derniers Poèmes*, XIV.

il est revenu mourir au berceau des aïeux, qu'il a retrouvé
« avec l'œil et le flair ». Il a posé sur ses genoux sa hache
et son couteau, dénoué sa ceinture, et il fume d'un air
grave sans qu'un pli de sa face ait remué. Ne sait-il pas
que bientôt, à l'odeur de sa chair, les bêtes affamées, bos-
suant leur dos rond, vont ramper jusqu'à lui ? Il le sait,
mais il en rit ; car une ardente vision l'emporte dans le
pays des chasses éternelles. Viennent les panthères et les
loups, le voilà !

Et l'antique forêt, où rien ne bouge, semble inerte,

> Sauf la molle vapeur qui va tourbillonnant
> Hors du long calumet de cette Idole rouge
> Et monte vers la paix de midi rayonnant.

Y a-t-il chez Leconte de Lisle d'aussi beaux poèmes que
celui-ci ? C'est possible, mais certainement il n'y en a pas
de plus beaux, et je ne crois pas qu'il ait souvent ramassé en
si peu de vers tant de pittoresque et tant d'émotion tragique.

On admirera davantage encore cette magnifique pièce,
si on la rapproche des pages intéressantes et précises, mais
assez ternes, qui l'ont, je crois, inspirée. Elles se lisent dans
un récit de voyage qui eut un légitime succès dans la
deuxième moitié du siècle dernier : *Voyage pittoresque dans
les Grands Déserts du Nouveau Monde,* par l'abbé Em. Domenech [1]. 1868

---

1. Paris, Morizot, s. d. ; la préface est datée de 1860.

Citons sans commentaires les morceaux qui ont sans doute servi de canevas au poète :

L'existence ordinaire des Peaux-Rouges est une oisiveté presque continuelle, dont la chasse, la pêche, les jeux et les danses viennent seuls interrompre la monotonie. Assis ou mollement étendus près de leurs wigwams, ils passent des journées entières plongés dans le *dolce far niente*, fumant dans leur pipe de stéatite rouge du knick-kneck, espèce de son, fait avec l'écorce d'un certain saule et qui a un goût délicieux... Tout en regardant s'évanouir dans l'air les blanches spirales de la fumée, ils laissent nonchalamment errer leur imagination, soit dans ces régions fantastiques où se trouvent les âmes heureuses après la mort, soit...

Le ciel est pour les Peaux-Rouges un beau pays de chasse, situé vers le Midi, jouissant d'un climat délicieux et d'un printemps perpétuel. Les prairies de cette terre promise sont remplies d'arbres, de fleurs, de verdure ; les buffles et les chevreuils s'y promènent en quantité ; on les tue facilement et sans verser de sang...

Les forêts plus ou moins vierges des grands déserts américains ne retentissent pas seulement au souffle imposant des tempêtes, au mystérieux murmure de la bise, le cerf y fait encore entendre son cri d'appel ou d'alarme, l'ours gris, le plus dangereux des animaux du Nouveau-Monde, répand la terreur autour de lui par un grognement terrible auquel se mêlent le miaulement de la panthère et le hurlement des loups ; le lièvre nain, encore inconnu à la plupart des naturalistes, ronge des plantes aromatisées qui croissent dans les anfractuosités des rochers ; le porc-épic prend son repas d'écorce de cyprès sur les jeunes branches ; le rat musqué s'amuse dans l'onde claire des ruisseaux ou des lacs solitaires ; l'écureuil saute de branche en branche jusqu'à la plus haute cime des pins ; la martre se cache dans le feuillage des arbres ; le blaireau creuse sa demeure

souterraine dans un sol sablonneux pour cacher sa belle four-
rure, et le renard gris, par sa fuite rapide, dépiste les chasseurs qui voudraient lui enlever sa robe soyeuse [1].

C'est du même livre de voyage qu'est probablement
sorti le poème qui décrit une chasse aux bisons, *la
Prairie*.

Le buffle, écrit l'abbé Domenech, fournit aux Indiens
ce qui est le plus utile à leur existence. Aussi le chassent-ils,
non seulement quand ils sont dans la disette, mais toutes
les fois qu'ils aperçoivent un troupeau :

> Pour ces chasses, les Peaux-Rouges se servent de leurs
> chevaux les plus agiles et sur lesquels ils montent ordinai-
> rement sans selle ; ils se dépouillent même des armes et des
> vêtements qui pourraient les embarrasser ; ils ne prennent avec
> eux qu'un arc, des flèches et leur petit fouet pour faire avancer
> les chevaux... D'autres n'ont pour toute arme qu'une lance.

Les bœufs sont timides de nature : ils se réunissent en
masses énormes comptant parfois plusieurs milliers de
têtes. Lorsque les chasseurs sont arrivés à deux kilomètres
du troupeau, ils le cernent, puis s'approchent en poussant
des cris épouvantables. Alors, commence la tuerie. Les
chevaux, dressés à cette chasse, conduisent leurs maîtres ;
ceux-ci ne s'occupent que de tuer. Si le cheval est tué,
l'homme continue la lutte à pied : furieusement attaqué,

---

1. *Voyage pittoresque*, ch. XIII, p. 424 ; ch. XVII, p. 586 ; ch. XIV,
p. 459. Dans ce dernier passage le voyageur décrit la forêt au moment
où les animaux s'agitent et crient, tandis que le poète la décrit au
moment où ils sont assoupis ; mais c'est la même forêt.

il se défend avec adresse, jette sur les yeux de son ennemi
une ceinture de cuir et, pendant que l'animal cherche à
s'en débarrasser, il le frappe au cœur. Quelquefois le cavalier désarçonné saute sur un buffle et continue ainsi la
chasse. Elle ne s'achève jamais sans qu'il y ait des chevaux
tués et des hommes blessés. L'attaque est si vive qu'en
moins d'une demi-heure un troupeau de cent buffles est
détruit. Ceux qui parviennent à sortir du cercle de fer où
on les tient enfermés sont poursuivis et tués dans la plaine [1].

A quoi ressemblent ces plaines où chassent les Indiens ?
Le voyageur nous le dit dans une autre page de son
journal :

Les prairies du Texas ressemblent à celles des autres grands
déserts américains, mais elles sont moins ondulées et plus fertiles. J'en ai traversé quelques-unes ayant plus de quatre-vingts
kilomètres de longueur ; elles me paraissaient comme un océan
d'herbes courtes et sombres où pas un buisson n'arrêtait la vue,
où rien ne marquait un commencement ni une fin, où tout
était immobile et muet [2].

C'est dans une de ces prairies que Leconte de Lisle nous
transporte pour nous y faire assister au moment le plus
pittoresque et le plus dramatique d'une chasse aux bisons,
celui de la poursuite. S'il a exagéré le nombre des animaux qui, échappés à la première attaque, s'enfuient devant
les chasseurs ; si, de sa propre autorité, il a mis à leurs
trousses des loups blancs

---

1. *Voy. pitt.*, ch. XIII, p. 444-448.
2. *Id.*, ch. III, p. 97.

Avec la langue hors de leurs gueules voraces,

son tableau n'en est pas moins, dans l'ensemble, véridique autant que saisissant.

Dans une prairie immense, océan sans rivages,

Houles d'herbes qui vont et n'ont pas d'horizon,

cent rouges cavaliers pourchassent les bisons, torrent farouche. La plume d'aigle au crâne, striés de vermillon de la face au torse, l'arc au poing, le carquois aux reins, ils percent les bêtes en hurlant. Elles, écrasant morts et blessés, se ruent parmi les râlements d'agonie. Au loin, derrière les chasseurs et les chassés, les loups blancs dardent la braise de leurs yeux. Puis, tout cela, beuglements, clameurs, loups, cavaliers, roule, fuit, s'enfonce et disparaît par bonds dans l'espace.

CHAPITRE VIII

Poèmes bibliques

La Vigne de Naboth est l'un des plus remarquables d'entre les *Poèmes barbares*, et ce n'est pas un des moins originaux.

L'originalité du poète n'a point consisté sans doute à inventer les faits : il les a pris dans les chapitres XX et XXI du IIIe livre des *Rois*.

Peu après qu'Achab, roi d'Israël, eut vaincu pour la deuxième fois le roi de Syrie, Benabad, il demanda à Naboth de lui céder sa vigne contre une vigne meilleure ou contre une somme d'argent. Naboth ne voulut point se dessaisir de son héritage. Le roi rentra chez lui, grinçant des dents, se jeta sur son lit, tourna le front contre le mur et demeura sans manger.

Sa femme Jézabel vint lui demander la cause de son affliction, et quand il lui eut raconté son entrevue avec Naboth, elle lui dit : — Allons, lève-toi, mange, reprends courage ; c'est moi qui te donnerai la vigne de Naboth de Jezrahel.

Elle écrivit une lettre, scellée avec l'anneau d'Achab, aux anciens de la cité qu'habitait Naboth : elle leur enjoignait

1. *Poèmes barbares*, II.

de susciter contre lui de faux témoins, qui l'accuseraient de blasphème, et de le lapider. Ils firent comme elle l'avait demandé, et le maître de la vigne fut lapidé.

A cette nouvelle, Jézabel dit au roi : — Lève-toi et va prendre possession de la vigne de Naboth de Jezrahel.

Achab partit. Alors, Dieu dit à Élie de Thesbé : — Lève-toi, va à la rencontre d'Achab, roi d'Israël, qui veut prendre possession de la vigne de Naboth, et dis-lui : Voici ce que dit le Seigneur : En ce lieu où les chiens ont léché le sang de Naboth, ils lécheront le tien.

Élie accomplit sa mission. Il annonça au roi que sa maison serait ruinée, que sa femme Jézabel serait dévorée par les chiens dans le champ de Jezrahel, que lui-même serait dévoré par les vautours, s'il mourait dans la campagne, par les chiens s'il mourait dans la ville. Quand il eut entendu le prophète, Achab déchira ses vêtements, couvrit son corps d'un cilice, jeûna, dormit dans un sac et marcha la tête basse. Et Dieu dit à Élie de Thesbé : — Tu as vu qu'Achab s'est humilié devant moi ; parce qu'il s'est humilié, je ne lui ferai pas de mal pendant les jours qui lui sont destinés ; mais aux jours de ses fils, je ferai du mal à sa maison.

Leconte de Lisle, pour éviter les redites, supprime le premier récit de l'entrevue d'Achab et de Naboth, puisque le roi doit la raconter lui-même à la reine. Il supprime de même le premier récit de l'entrevue de Dieu et d'Élie, puisque le prophète doit la raconter lui-même à Achab. Il ne nous fait pas connaître d'avance les manœuvres de

Jézabel pour perdre Naboth : nous les apprendrons seulement par l'événement.

Ce sont là de simples changements de plan qui accélèrent la narration sans modifier en rien le fond des choses.

Une seule altération. Elle est curieuse, parce qu'elle atteste une fois de plus chez l'auteur le parti-pris de mettre beaucoup de noirceur dans l'histoire et de rendre les *Poèmes barbares* dignes de leur titre.

Lorsque Benabad fut battu, ses serviteurs se présentèrent devant le roi d'Israël, le sac aux reins et la corde au cou, demandant merci pour leur maître et offrant son alliance : Achab les accueillit fort bien et conclut avec son ennemi un traité d'alliance, ce qui lui valut les reproches des prophètes. Leconte de Lisle lui fait, au contraire, massacrer indignement les suppliants : d'un signe, Achab étouffe la prière dans leur gorge, rougit de leur sang les hauts lieux, nourrit ses chiens de leur graisse guerrière.

A ce détail près, et qui ne laisse pas d'être fâcheux, le poète n'a ni imaginé, ni changé aucun fait. Son poème n'en est pas moins, du premier vers jusqu'au dernier, une perpétuelle création.

Quel fut son dessein et quelle fut sa méthode, on le voit clairement rien qu'en rapprochant du verset biblique qui y correspond les deux premières strophes du poème :

Et projiciens se in lectulum suum, avertit faciem suam ad parietem, et non comedit panem.

Au fond de sa demeure, Akhab, l'œil sombre et dur,
Sur sa couche d'ivoire et de bois de Syrie
Gît, muet et le front tourné contre le mur.

Sans manger ni dormir, le Roi de Samarie
Reste là, plein d'ennuis, comme, en un jour d'été,
Le voyageur courbé sur la source tarie.

C'est la physionomie pittoresque des choses et des hommes, celle des lieux, des maisons, des costumes, des discours que le poète a voulu reconstituer. Et, par un procédé, qui n'est certes pas exceptionnel chez lui, mais que jamais il n'a poussé aussi loin, la couleur locale n'est pas ici massée dans quelques tableaux : elle est disséminée dans toutes les parties du poème et intimement fondue avec l'action. Aucun paysage qui remplisse le cadre d'une phrase entière et qu'on puisse détacher du contexte : quand on voit flamboyer les cèdres du Liban, c'est pour apprendre que l'heure est venue du conseil des anciens; on ne connaît les figuiers aux fruits roux que parce qu'ils abritent la délibération des vieillards, et les sentiers pierreux du Carmel que parce qu'ils sont le chemin où passe le prophète :

Or, ayant dit cela, l'Homme de l'Éternel,
Renouant sur ses reins sa robe de poil rude,
Par les sentiers pierreux qui mènent au Carmel,

S'éloigne dans la nuit et dans la solitude.

Ce sont donc les gestes des personnages qui nous décrivent le milieu où leur vie s'écoule. Ce sont surtout leurs paroles. Car, suivant les habitudes des narrateurs

bibliques, le récit est mis presque tout entier au style
direct : les réflexions d'Achab sont un monologue ; il rapporte à Jezabel les propos de Naboth tels qu'il les a entendus ; Élie rapporte de même textuellement au roi les
menaces que Dieu l'a chargé de lui transmettre ; Naboth,
pour confondre ses accusateurs, imagine le discours que
pourraient tenir ceux qui l'ont mis à l'épreuve. Or, ces
personnages, étant des Orientaux, ne s'expriment que par
images et comparaisons, et à leur voix tout leur pays surgit
ainsi peu à peu devant nous.

Pour expliquer le mépris où on le tient, Akhab dit que
sa gloire est une cendre vile et son sceptre un roseau des
marais ; pour qualifier l'impuissance de ses désirs, il se
compare au lion mort, insulté par la corne du bœuf et par
le pied de l'ânon ; sa fortune, qui va s'écrouler, lui rappelle
le bœuf qui mugit sur l'autel pendant que le couteau s'ai-
guise et qu'on le lie. Jézabel s'étonne que son mari, cèdre
altier, se soit laissé dompter par le mal comme une faible
plante ; elle se flatte de voir fuir l'homme de Thesbé
comme un chien affamé qui s'enfuit aussitôt qu'on le
brave. Ses arguments sont des proverbes, dont chacun
constate quelque trait des mœurs orientales :

> Que ne le frappais-tu du glaive ou de la lance ?
> L'onagre est fort rétif s'il ne courbe les reins ;
> Qui cède au dromadaire accroît sa violence.

Pour être compris d'Akhab, Dieu lui parle en images : il
se vante d'être comme le bon moissonneur,

> Qui tranche à tour de bras les épis par centaines,

de faire jaillir l'exécration comme un vin nouveau, de faire déborder le sang des rois des toits plats, tel qu'une eau sale ; et à ce langage imagé le roi répond par un langage non moins chargé d'images :

> Gloire au Très-Fort de Juda ! Qu'il s'apaise !
> Sur l'autel du Jaloux, j'égorgerai cent bœufs !

> Que suis-je à sa lumière ? Un fêtu sur la braise.
> La rosée au soleil est moins prompte à sécher.
> Moins vite le bois mort flambe dans la fournaise.

> Je suis comme le daim, au guet sur le rocher,
> Qui geint de peur, palpite et dans l'herbe s'enfonce,
> Parce qu'il sent venir la flèche de l'archer.

Quand le poète achève son récit, il n'a rien décrit, à proprement parler, mais il a tout fait voir.

Cette manière de peindre un pays en mettant un coin de décor dans chaque geste et dans chaque parole des personnages était-elle nouvelle en 1862 ? Elle ne l'était pas, même dans l'œuvre de Leconte de Lisle, bien loin de l'être dans l'histoire de notre poésie, puisque c'était celle que Vigny avait appliquée dans ses poèmes bibliques, par exemple dans sa *Femme adultère*. Mais Leconte de Lisle en fit dans *la Vigne de Naboth* un usage particulièrement brillant et juste, qui, au moins autant que le sujet, rappelle sans cesse *Salammbô*. Si l'on a souvent comparé Leconte de Lisle à Flaubert, jamais cette comparaison ne s'impose davantage à l'esprit que lorsqu'on vient de relire *la Vigne de Naboth*. Dans les deux poèmes, — on peut bien donner ce titre à *Salammbô*, — ce sont les mêmes mœurs, c'est la même barbarie associée au même luxe, et Akhab jetant aux

chiens les ambassadeurs de Benabad, fait aussitôt songer
aux ambassadeurs des Mercenaires traîtreusement crucifiés
par Hamilcar. C'est enfin la même façon de faire parler
aux personnages ou de parler soi-même le langage figuré
des Orientaux. Et ce qui achève de rendre la comparaison
intéressante, c'est que, par une coïncidence singulière, ces
deux œuvres sœurs, sans rien se devoir l'une à l'autre, ont
paru la même année à quelques mois d'intervalle.

QAÏN [1]

Depuis le jour où Iahvèh avait lié les Israélites au joug
assyrien, tous s'étaient tus : ployés sous le faix des misères,
l'épaule meurtrie par la sangle des meules, ils revoyaient
leurs murs écroulés, leurs princes pendus aux gibets, leur
saint temple souillé. Or, en la trentième année du siècle de
l'épreuve,

> Thogorma, le Voyant, fils d'Élam, fils de Thur,
> Eut ce rêve, couché dans les roseaux du fleuve,
> A l'heure où le soleil blanchit l'herbe et le mur.

C'était un soir, au temps mystérieux des origines du
monde. Thogorma vit une ville gigantesque : murailles de
fer, palais cerclés d'airain sur des blocs lourds. Des géants
y rentraient avec leurs femmes et leurs troupeaux. Et le
Voyant connut dans son esprit que c'était là Hénokhia, la
ville que Qaïn avait fait construire et à qui il avait donné
le nom de son fils Hénokh. Là, le fratricide dormait son
dernier sommeil, tout en haut d'une tour, couché sur le

---

1. *Poèmes barbares*, I.

dos, la face vers les nues : car il avait voulu que le soleil continuât à regarder et l'eau du ciel à laver le signe creusé sur son front, certain que jamais ni les aigles, ni les vautours n'oseraient manger sa chair.

Mais voici que des confins du désert accourt un ange, un cavalier, traînant après lui toutes les bêtes de la terre et du firmament. Il charge d'imprécations Hénokhia, monceau d'orgueil, la ville du vagabond révolté, le sépulcre du maudit. Il lui annonce que la mer se gonfle pour exterminer la race carnassière de Celui qui ne sut ni fléchir, ni prier, et appelant trois fois par son nom le silencieux dormeur il lui crie toute sa haine.

Sous l'injure et l'affront, Qaïn se dresse lentement; il se dresse debout sur le lit granitique où il dort depuis dix siècles et impose silence aux cavaliers et aux bêtes : — Je veux parler aussi, dit-il, afin que tous vous sachiez, barbares stupides, que vous êtes,

Ce que dit le Vengeur Qaïn au Dieu jaloux.

Alors il raconte son histoire. Il redit l'innocence du monde, le chant des bois épanouis sous la gloire des cieux, la tranquillité des soirs dans les brouillards dorés, l'inépuisable joie émanant de la vie, et la femme à jamais vénérée, qui en un long baiser multiplie l'homme immortel. Il rappelle ensuite la malédiction qui chasse ses parents du Paradis et l'heure sinistre de sa naissance :

Celui qui m'engendra m'a reproché de vivre,
Celle qui m'a conçu ne m'a jamais souri.

Il revoit le Paradis gardé par une active sentinelle, un Khéroub, dont la sanglante épée rougissait le ciel comme une aube de mort. Il voulait entrer, l'ange l'insultait : — Esclave, subis ton destin, courbe ta face ; ver de terre, rentre dans ton néant ; ta révolte inutile n'importe pas à Celui qui peut tout. Prie et prosterne-toi.

Mais Qaïn restait debout. Pour le punir, Iahvèh « le précipita dans le crime tendu », lui fit tuer son frère dans un accès de fureur.

Qaïn se vengera, et voici sa prophétie : — Quand Dieu voudra engloutir l'homme dans le gouffre des eaux, l'homme rira de cette colère, et Dieu le verra bientôt sortir de l'abîme. (Leconte de Lisle suppose donc que l'arche a été construite, non par ordre de Iahvèh, mais malgré lui.) L'homme pullulera de nouveau sur la terre, non plus indompté, mais servile, rampant, rusé, lâche, « emportant dans son cœur la fange du déluge », docile esclave du Dieu de la foudre, du Dieu des vents, du Dieu des armées. Un jour pourtant la victime se révoltera :

Tu lui diras : Adore ! Elle répondra : Non !

En vain pour retenir les hommes sous le joug, Dieu fera-t-il ruisseler le sang et flamboyer les bûchers, le souffle de Qaïn animera les révoltés ; la voûte dérisoire des cieux s'effondrera ; qui y cherchera Dieu ne l'y trouvera pas,

Et les petits enfants des nations vengées
Ne sachant plus *son* nom riront dans leurs berceaux !

Le Vengeur se tut. Alors Thogorma vit le ciel s'illumi-ner d'éclairs, une pluie horrible tomber, la mer sortir hurlante de son lit. Mais, quand les eaux eurent couvert, comme d'un suaire, l'univers mort, le fils d'Élam vit Qaïn, le Vengeur, qui marchait vers l'arche monstrueuse apparue à demi. (Car Leconte de Lisle, qui veut que l'arche ait été construite à l'insu de Dieu, veut qu'elle soit sauvée par Qaïn.)

Et l'homme s'étant éveillé écrivit sa vision avec un roseau sur une peau d'onagre, en langue khaldaïque.

Qaïn est-il, comme on l'a dit, le chef-d'œuvre de son auteur? C'est assurément celle de ses œuvres qui contient ses plus belles pages. Je ne crois pas qu'il y ait nulle part dans les *Poèmes barbares* une résurrection du passé comparable pour l'intérêt du sujet à celle qui se fait sous les yeux de Thogorma, un tableau supérieur à celui qui nous montre ces gigantesques chasseurs d'ours et de lions s'engouffrant avec leurs troupeaux dans la ville aux murs de fer. Je ne pense pas que le poète ait jamais exprimé avec plus d'éloquence qu'il l'a fait ici dans quelques strophes « la protestation du corps contre la douleur, du cœur contre l'injustice et de la raison contre l'inintelligible[1] ». Et combien n'a-t-il pas d'ingéniosité grandiose, le plan qui réussit à enfermer dans le même cadre ces trois faits, les trois plus grands de l'histoire biblique, les trois grandes punitions que Jéhovah tira de sa créature : l'expulsion du Paradis terrestre, le déluge, la captivité de Babylone !

Mais il est permis, je suppose, d'estimer que cette ingéniosité n'est pas allée sans quelque complication et que, si

---

1. Jules Lemaître, *Les Contemporains*, t. II.

tant de choses ont été ramassées dans un seul poème, on
aperçoit l'effort qui a été nécessaire pour les unir. Qu'est-
ce qu'il a fallu, en effet, imaginer pour leur trouver un
lien ? Qu'un voyant s'endorme pour voir dans le passé un
mort qui s'éveille pour prédire l'avenir. Cette hypothèse ne
sent-elle pas un peu l'artifice ? Et, — j'entre en plein dans
mon sujet : les sources de *Qaïn,* — le poème, pour nous
satisfaire entièrement, ne manque-t-il pas un peu de spon-
tanéité ? Ne rappelle-t-il pas un trop grand nombre
d'œuvres antérieures, sans que la comparaison se fasse toujours à son avantage ?

Lorsque Qaïn s'est mis à parler

> D'une voix lente et grave et semblable au tonnerre
> Qui d'échos en échos par le désert roula,

nous songeons aussitôt, — ce n'est pas moi qui fais le premier ce rapprochement, — au Charlemagne d'*Aymerillot* [1] :

> Et les pâtres lointains, épars au fond des bois,
> Croyaient en l'entendant que c'était le tonnerre.

Et l'image nous paraît plus grande chez Hugo, parce que
Leconte de Lisle a trop insisté sur les effets pittoresques du
tonnerre. Lorsque Qaïn évoque le souvenir de l'Eden,
tous les lecteurs ont bientôt présent à l'esprit *le Sacre de la
Femme,* et c'est pour regretter, non pas peut-être que la
description luxuriante de Hugo soit réduite ici à trois ou
quatre strophes, mais que le Paradis y soit ramené aux

---

1. E. Rigal, *Comment ont été composés Aymerillot et le Mariage de Roland,*
Revue d'hist. litt. de la France, nº du 15 janvier 1900.

proportions de l'île Bourbon. Lorsque le cavalier céleste maudit la cité des géants, lorsqu'il annonce le temps où la face du désert dira : « Qu'est devenue Hénokhia semblable au Gelboé ? » le temps où l'aigle et le corbeau se diront entre eux : « Où donc se dressait autrefois sous la nue la Ville aux murs de fer ? » on se souvient immédiatement d'avoir lu plusieurs fois chez Victor Hugo des choses semblables, mais beaucoup plus éloquentes :

> Ville ! où sont tes docteurs qui t'enseignaient à lire ?
> Tes dompteurs de lions qui jouaient de la lyre,
> Tes lutteurs jamais las ?
> Ville ! est-ce qu'un voleur, la nuit, t'a dérobée ?
> Où donc est Babylone ? Hélas ! elle est tombée ;
> Elle est tombée, hélas !
>
> On n'entend plus chez toi le bruit que fait la meule.
> Pas un marteau n'y frappe un clou. Te voilà seule,
> Ville ! où sont tes bouffons ?
> Nul passant désormais ne montera tes rampes ;
> Et l'on ne verra plus la lumière des lampes
> Luire sous tes plafonds [1] ...

Avant d'avoir été décrit par Leconte de Lisle, le déluge l'avait été par Vigny, avec moins de pittoresque et de vigueur peut-être, mais d'une façon peu différente. Avant que son Qaïn eût rejeté sur Dieu seul la responsabilité du fratricide, le Samson de Vigny avait reproché à Dieu lui-même, comme au véritable auteur de ce crime, la trahison de Dalila. Avant que l'auteur de Qaïn eût affirmé qu'il se bornait à copier, scribe consciencieux, la vision écrite jadis

---

[1]. *Contemplations*, livre VI, *Pleurs dans la nuit*, XIII.

par Thogorma sur une peau d'onagre, d'autres auteurs, par
exemple celui du *Roman de la Momie*, pour citer seulement celui-là, avaient imaginé, par une fiction très analogue, de donner à leur récit les apparences d'une narration
authentique. Avant Leconte de Lisle, Hugo avait déjà fait
construire par les enfants de Caïn le sépulcre de leur père :
il est vrai que Hugo ayant enfoui Caïn au plus profond de
la terre, Leconte de Lisle le couche sur le sommet d'une
tour, face au ciel; mais peut-être n'aurait-il point eu l'idée
de mettre son héros en plein air si son devancier n'avait
pas eu l'idée opposée : car imiter consiste souvent à prendre
le contrepied de son modèle.

Enfin, si le principal intérêt du poème est que le premier homicide y soit le porte-parole de l'humanité, est-ce
Leconte de Lisle qui a eu lui-même l'idée de réhabiliter
ainsi celui que Dieu avait marqué au front de son signe?
Il faut croire que l'écho soulevé par les œuvres les plus
retentissantes n'est pas long à s'éteindre. Car j'ai vu souvent
Qaïn comparé au *Prométhée* d'Eschyle, — parallèle très
indiqué, si Hénokhia, comme on l'a dit, est « aussi
énorme que le Caucase », si « Mercure n'est pas plus
lâche que le Cavalier », si le cri de Qaïn est plus tragique
encore que celui du « Titan voleur de feu[1] » ; — mais je
ne me souviens pas d'avoir jamais vu le poème de Leconte
de Lisle rapproché d'une œuvre peu antérieure à la sienne
cependant, qu'on avait, comme elle, comparée au *Prométhée*, et qui avait suscité, comme elle, chez les croyants, de

---

1. Jules Lemaître, ouv. cité.

vives protestations : le *Caïn* de lord Byron, mystère en trois actes. C'est bien cependant des hardiesses de l'une que dérivent en partie les hardiesses de l'autre, et c'est dans la bouche du Caïn anglais que l'on retrouvera le thème des plus éloquentes récriminations du Qaïn français.

— Quel mal avais-je fait ? demande le héros de Leconte de Lisle. Pourquoi mon père ne m'écrasait-il pas sur le roc, quand je vis la lumière ? Est-ce moi qui ai dit à l'argile inerte : Souffre et pleure ! Est-ce moi qui ai mis le désir auprès de la défense, moi qui ai dit de vouloir et puni d'obéir ?

Le Caïn de Byron ne parle pas autrement :

ADAM.

Nos prières terminées, rendons-nous chacun à notre travail... Il n'est pas pénible, quoique nécessaire : la terre est jeune et nous cède ses fruits avec complaisance...

CAÏN, *seul.*

Et c'est donc là la vie ! travailler ! Et pourquoi faut-il que je travaille ? Parce que mon père n'a pu conserver sa place dans Eden. *Qu'avais-je fait, moi ?...* Je n'étais pas né... Je ne cherchais pas à naître ; et je n'aime point l'état auquel la naissance m'a réduit. Pourquoi céda-t-il au serpent et à la femme ? ou pourquoi est-il puni d'avoir cédé ? Qu'y avait-il à cela ? L'arbre fut planté ; et pourquoi pas pour lui ? *Sinon, pourquoi le placer près de lui et le faire croître le plus beau des arbres* [1] ?

. . . .

----

1. Plus loin Lucifer fait la même question : « Avais-je planté des arbres défendus, à la portée d'êtres innocents et curieux par leur innocence même ? »

CAÏN, *contemplant son fils.*

Cet enfant endormi ne se doute guère qu'il porte en lui le germe d'une éternelle misère pour des myriades de mortels; ah! *mieux vaudrait que mon bras le saisît dans son sommeil et l'écrasât contre les rochers...* que de le laisser vivre pour...

Le Qaïn de Leconte de Leconte de Lisle refuse d'adorer Dieu : le lâche peut ramper sous le pied qui le dompte et payer le repos par l'avilissement ; lui restera debout ; qu'on l'écrase, sinon il ne ploiera pas. Longtemps, le Caïn de Byron refuse aussi ses adorations à Jéhovah : il n'a jamais jusqu'à présent, dit-il à Lucifer, fléchi le genou devant le Dieu de son père, quoique son frère Abel le supplie de se joindre à lui dans ses sacrifices. S'il se décide enfin à sacrifier, sur les instances d'Abel, c'est en restant debout ; et quand il prie il n'est pas moins insolent que le Qaïn de Leconte de Lisle se refusant à prier :

CAÏN. (*Il reste debout.*)

Esprit ! qui que tu sois, tout-puissant peut-être... et si tu es bon, c'est ce que doivent prouver tes actes...

Si un autel sans victime, un autel non teint de sang peut mériter ta faveur, regarde-le ! et quant à celui dont la main le décore, *il est tel que tu l'as fait, et ne cherchant rien de ce qui s'obtient par des génuflexions* : s'il est méchant, frappe-le : tu es tout-puissant et tu le peux... quelle résistance ferait-il ? S'il est bon, punis ou pardonne à ton gré, puisque tout repose sur toi, et que le bien et le mal semblent n'avoir de pouvoir que dans ta volonté : qu'elle soit juste ou non, je l'ignore ; n'étant pas tout-puissant, ni destiné à juger la toute-puissance, mais condamné simplement à subir des ordres... que j'ai subis jusqu'ici.

Voilà donc bien des sources pour un seul poème, et de

tous les éléments qui y sont combinés, je n'en vois pas un qui en 1869 fût tout à fait nouveau. Mais le poète nous répondrait sans doute avec Pascal qu'il n'importe qu'on reprenne des matériaux anciens, quand on en fait une combinaison nouvelle, ni qu'on joue avec une balle ayant déjà servi, si on sait la placer autrement, et la bien placer. Il a en effet admirablement placé la balle. Aussi bien la question ne se posait-elle pas de savoir si *Qaïn* était un très beau poème. Le seul doute que nous émettions était celui de savoir si *Qaïn* devait être considéré comme le plus beau poème d'un recueil où abondent les chefs-d'œuvre.

CHAPITRE IX

Poèmes grecs et latins

Si j'aborde l'étude des poèmes grecs de Leconte de Lisle par celle de son *Apollonide*, c'est qu'il y a donné les raisons de cette admiration jamais lassée pour le génie hellénique qui, jusqu'à la fin de sa carrière, le ramena si souvent à l'école de la Grèce.

L'*Apollonide* est imité de l'*Ion* d'Euripide, poète à qui l'on ne s'attendait guère que Leconte de Lisle empruntât un sujet. Euripide avait sans doute un titre à sa sympathie, celui d'avoir été un contempteur des dieux ; mais les dieux contre qui Euripide exerça sa verve malicieuse sont les seuls dieux qui aient trouvé grâce aux yeux de Leconte de Lisle. Et quelles différences entre les deux génies.! Euripide est le plus pathétique des poètes anciens, et Leconte de Lisle a horreur de la passion qui s'étale. Euripide se moque de la composition, faisant lui-même à l'occasion la critique de ses pièces, et Leconte de Lisle ne prend rien plus au sérieux que son art. Euripide met souvent sa personne en scène dans un genre qui prescrit pourtant au poète de s'effacer derrière ses héros, le genre dramatique,

---

1. *Derniers Poèmes*, XXIII.

et Leconte de Lisle, même dans un genre qui semble pourtant exiger ces confidences, le genre lyrique, s'ingénie à dérober les secrets de son cœur. Il ne semble donc pas qu'on puisse découvrir entre les deux poètes de bien grandes affinités. Mais aussi, quand il a emprunté à Euripide le sujet d'*Ion*, Leconte de Lisle a-t-il été attiré par la légende elle-même, et non par la façon dont son modèle l'avait traitée.

Créuse, fille d'Érechtée, roi d'Athènes, a été séduite par Apollon, dont elle a eu un fils. Elle a abandonné l'enfant, que le dieu a recueilli et a fait élever à Delphes dans son temple. Puis elle a épousé Xuthus, petit-fils d'Éole : il était étranger, mais ses armes avaient sauvé Athènes. Ils n'ont pas eu d'enfant et ils viennent consulter l'oracle de Delphes dans l'espoir qu'Apollon leur donnera une postérité.

Créuse arrive la première et rencontre aux portes du temple Ion, son fils, qui en est l'intendant. Elle lui dit l'objet de son pèlerinage, et bientôt une sympathie très naturelle attire l'un vers l'autre ce jeune homme qui n'a pas de mère, cette femme qui n'a pas d'enfant.

ION.

Quoi ! tu n'as jamais été mère et tu es sans enfants ?... O infortunée ! bien partagée pour tout le reste, tu n'es pas heureuse néanmoins.

CRÉUSE.

Mais toi, qui es-tu ? J'envie le bonheur de celle qui t'a donné le jour.

ION.

Je ne sais qu'une chose, c'est que j'appartiens à Apollon.

CRÉUSE.

Je te plains à mon tour, ô étranger.

ION.

Oui, car je ne connais ni quelle mère m'a donné le jour, ni de quel père je suis né.

Cette mutuelle sympathie ayant éveillé la confiance de Créuse, elle fait à Ion d'une façon détournée l'aveu de son aventure : elle lui révèle la violence du dieu en feignant que la victime en ait été une de ses amies, et le jeune homme écoute avec curiosité, avec émotion, cette histoire d'un enfant abandonné comme il l'a été lui-même ; il plaint « la pauvre mère » dont on lui parle et qui le fait songer à la sienne :

ION.

Hélas ! comme cette destinée se rapporte à mon infortune !

CRÉUSE.

Toi aussi, étranger, je suppose que tu regrettes ta malheureuse mère.

ION.

Ah ! ne réveille pas en mon cœur une douleur que j'avais oubliée.

Alors, Ion fait sur le compte du ravisseur une de ces réflexions irrévérencieuses dont les personnages d'Euripide sont assez coutumiers à l'égard de la divinité. Comme la jeune femme voudrait consulter Apollon sur le sort de son fils, il doute qu'elle obtienne une réponse :

Il y a dans ton cas une circonstance malheureuse : comment le dieu répondra-t-il sur un fait qu'il veut tenir caché ? Se laissera-t-il convaincre de crime dans son propre temple ?... Il ne faut pas lui demander des oracles qui lui soient contraires. Ce serait le comble de la sottise que de prétendre forcer les dieux à parler quand ils s'y refusent [1].

Ce sont là de hardis propos, mais où il est peut-être excessif de voir, comme on l'a fait [2], presque tout l'essentiel du rôle d'Ion ; car la scène entre la mère et le fils est beaucoup plus touchante qu'ironique. D'ailleurs, en faisant craindre à Créuse que le dieu ne refuse de répondre afin de n'être point convaincu de crime dans son propre temple, il n'a pas seulement le dessein de signaler, pour la satisfaction d'Euripide, l'immoralité de la légende dont il est le héros : il montre encore aux spectateurs que la situation de Créuse paraît sans issue, et il redouble ainsi l'intérêt dramatique.

Cependant Xuthus, qui a pénétré dans le temple, en sort bientôt et salue Ion du nom de fils : la Pythie a proclamé, en effet, qu'il devait considérer comme son enfant la première personne qu'il rencontrerait. Ion, étonné, demande des explications : comment peut-il être le fils de Xuthus ? Celui-ci, pressé de questions, conjecture qu'il a dû avoir cet enfant d'une Delphienne avant son mariage, un jour qu'il était venu à Delphes pour les fêtes de Bacchus ; la mère l'aura confié à Apollon.

---

1. Un peu plus loin, quand Créuse l'a quitté, Ion ne se fait pas faute de condamner sévèrement la conduite du dieu, dont il est pourtant le serviteur et qui le nourrit des dons offerts sur son autel.

2. Voir la conférence faite par M. Jules Lemaître le 3 décembre 1896 avant la représentation de l'Apollonide : Conférences de l'Odéon, t. IX.

L'attitude d'Ion envers l'homme qui le revendique pour fils n'a rien qui doive surprendre : s'il n'entend pas la voix du sang, c'est qu'en effet le sang de Xuthus ne coule pas dans ses veines, et quand l'hypothèse du roi d'Athènes finit par lui paraître vraisemblable, il a ressenti trop profondément jusqu'ici le chagrin d'avoir été abandonné, pour pouvoir se montrer bien empressé envers celui qui se reconnaît l'auteur de cet abandon. Toute la sympathie d'Ion, comme il est naturel, — et cela prépare le dénouement, — va à sa mère, qui dans cette aventure a été victime plutôt que coupable et qu'il espère retrouver, maintenant qu'il connaît son père :

O ma mère chérie ! quand me sera-t-il donné de contempler tes traits ? Qui que tu sois, je désire maintenant, plus qu'auparavant, te voir. Mais peut-être es-tu morte, et nous ne pourrons arriver à rien.

Ion ne tardera pas, comme il le souhaite, à retrouver sa mère, mais ce ne sera pas sans qu'un effroyable malentendu ait failli amener une catastrophe.

Après avoir d'abord refusé de suivre son père présumé à Athènes, où il a peur d'être mal accueilli par un peuple qui ne veut pas d'un étranger pour roi, il se décide à s'y rendre en passant seulement pour l'hôte de son père, et il réunit ses compagnons de jeunesse dans un festin d'adieu. C'est alors que Créuse apprend la réponse de l'oracle : Xuthus a retrouvé un fils, qui n'est pas d'elle ; ainsi son mari aura des joies qui lui seront refusées, et, par un surcroît de malheur, le sceptre d'Érechtée va tomber aux mains d'un étranger ! Dans son désespoir, elle fait à un vieux serviteur la confidence de son aventure avec Apollon.

Le vieillard, qui exècre les étrangers, lui offre son bras pour frapper l'intrus. Il reçoit d'elle une goutte du sang de la Gorgone, s'introduit dans la salle du festin et verse le poison foudroyant dans la coupe d'Ion. (C'est un récit qui nous fait connaître tout cet épisode.) Mais Ion, ayant versé la coupe à terre sous un prétexte ingénieusement trouvé par le poète, une des colombes sacrées va tremper son bec dans le liquide répandu : aussitôt elle meurt, « en allongeant ses pattes purpurines ». On soupçonne le vieillard, on le presse de questions. Il avoue le crime de sa maîtresse, et les magistrats de Delphes la condamnent à mort. Elle se réfugie dans le temple, asile sacré, dont Ion veut la faire arracher. Tout à l'heure, c'était la mère qui voulait la mort du fils, c'est maintenant le fils qui veut la mort de la mère. Mais dans sa colère, — encore une préparation du dénouement, — il invoque contre sa meurtrière le nom de sa mère qu'il ne connaît pas et qui est cette meurtrière elle-même.

A ce moment, la Pythie remet au jeune homme une corbeille garnie de langes : c'est celle où il fut jadis exposé ; la Pythie ne devait pas la lui remettre avant ce jour. Ion prend la corbeille avec émotion, et ses pensées vont aussitôt à l'inconnue dont il aurait dû recevoir les caresses et qu'il plaint d'avoir perdu les joies de la maternité. Mais Ion n'est pas au bout de ses surprises, car Créuse a reconnu la corbeille et veut embrasser son fils. Celui-ci s'y refuse : il a bien le droit de se défier d'une femme qui a tenté de l'empoisonner. Il se fait donc nommer les objets que contient la corbeille ; mais, aussitôt que sa conviction est faite, il tombe dans les bras de Créuse, et ce sont les plus tendres effusions, les plus touchantes caresses. Ion veut alors qu'on aille chercher son père pour qu'il s'associe à leur joie. Mais Créuse le détrompe : il n'est pas fils de Xuthus, il est fils d'Apollon. Encore un étonnement pour Ion, encore un doute angoissant : Créuse dit-elle vrai ? Cette fois une ·divinité vient le tirer d'affaire. *Deus ex machina,* sans doute, mais dont l'intervention paraît toute naturelle dans un *imbroglio* créé par un dieu. Donc Minerve garantit la sincérité de Créuse et prescrit à Ion le silence envers Xuthus, dont il passera pour être le fils. Elle annonce à Créuse qu'elle aura de son époux deux autres enfants, Doros et Argos ; puis elle prédit la grandeur des Ioniens, fils d'Ion, et celle de la ville d'Athènes.

On ne peut nier qu'Euripide n'ait combiné dans cette pièce des éléments assez divers, qu'on n'y retrouve parfois à côté du dramaturge le patriote, le philosophe, l'artiste; il y fait l'éloge d'Athènes et la satire des dieux ; il y disserte sur les tristesses de la vie ; il y décrit curieusement le fronton du temple de Delphes. Sa tragédie n'en est pas moins une œuvre très scénique. C'est un drame fertile en surprises et en revirements, où un fils est sur le point de tuer sa mère après que la mère a été sur le point de tuer son fils, où un enfant abandonné retrouve sa mère quand il croit retrouver son père. C'est surtout un drame sentimental et réaliste : l'aventure d'un dieu y est ramenée aux proportions d'un fait divers tout humain ; elle devient l'histoire d'une jeune fille qui a jadis abandonné son enfant, mais qui aujourd'hui voudrait le retrouver ; et les scènes qui naissent de la situation sont traitées avec toute la vérité qu'on est en droit d'attendre de ce grand peintre des passions.

Leconte de Lisle a fait au plan d'Euripide une seule modification notable : il a mis en action l'épisode du festin. Sauf ce changement, qui n'altère pas le sens de l'œuvre, il a suivi scène par scène le plan de son modèle. Mais il a élagué beaucoup de détails et resserré le dialogue, visiblement peu intéressé par le drame sentimental et romanesque qui avait charmé Euripide.

Qu'est-ce qu'il a donc vu dans le sujet d'Ion ? L'éloge de la Grèce et d'Athènes, pays de la beauté.

La dernière scène du poème en dégage nettement le sens : les Muses, et non plus Minerve, y apparaissent à Ion et lui montrent Athènes telle qu'elle sera dans l'avenir : l'Acropole, le Parthénon, la statue de Pallas, les temples, le port, les trirèmes ; elles saluent

> La ville des héros, des chanteurs et des sages,
> Le Temple éblouissant de la sainte Beauté.

Pour Leconte de Lisle, Ion, le père des Ioniens, est avant tout la personnification du génie grec. Il est doux, il est humain, il est modéré dans ses désirs ; il a l'esprit hardi et juge ses dieux. Il est surtout épris de beauté, et tandis que chez Euripide il purifie et pare le temple d'Apollon par reconnaissance envers le conservateur de ses jours, il ne le fait plus maintenant que par amour pour l'art. Écoutons le héros d'Euripide :

Les sources de Leconte de Lisle.   20

Viens, nouvel ornement de la terre, superbe laurier, viens
me prêter ton ministère pour effacer les souillures de ce sol
révéré. O rameaux cueillis près du temple, dans les jardins du
dieu, en ce lieu où, entretenue par de célestes rosées, une source
éternelle arrose la chevelure sacrée du myrte, c'est avec vous
que je balaie ce vestibule d'Apollon, tous les jours, au premier
essor de l'aile rapide du soleil, empressé de remplir ma tâche
accoutumée. O Pæan, ô Pæan, béni, béni sois-tu, fils de
Latone ! Le noble emploi, ô Phébus, de veiller ainsi à ta porte,
d'honorer le siège de tes oracles ! De quel juste orgueil ils me
remplissent, ces devoirs serviles que rendent mes mains, non
pas aux hommes, mais aux dieux, aux dieux immortels ! Oui,
un tel travail fait ma gloire ; jamais je ne m'en lasserai. Phébus,
ne suis-je pas ton fils ? Ne te dois-je pas des jours que tu soutiens. Après tant de bienfaits, il m'est bien permis d'appeler du
nom de père le dieu qu'on adore en ce temple.

Ion, chez Leconte de Lisle, balaie toujours le parvis avec
la branche de laurier ; mais, serviteur du beau et non plus
du dieu, c'est

> Afin que la blancheur vénérable du marbre
> Éblouisse les yeux ravis.

Si sa main agit de même, son intention a changé. Et, sen-
sible aux beautés de la nature comme à celles de l'art, il
n'arrose pas le parvis sans que son imagination le transporte aux lieux charmants où l'eau a été puisée, sans qu'il
dise le chant harmonieux des sources fluant « parmi les
lys lourds de rosée », sans qu'il souhaite de mettre dans
sa vie la pureté des flots.

Amant de la beauté artistique, de la beauté naturelle et
de la beauté morale, l'Ion de Leconte de Lisle n'est donc

rien d'autre que le génie grec. Or, Ion est l'Apollonide, le fils d'Apollon ; et Apollon qui est-il, sinon le soleil ? Le génie grec est fils d'un ciel clément et d'un soleil radieux, voilà ce que dit clairement toute la première scène où quelques vers descriptifs d'Euripide ont pris un long développement :

Le quadrige hennit, l'éclair sort de l'essieu,
Et tout flamboie, et tout s'illumine d'un Dieu,
Les monts, la mer joyeuse et sonore, les plaines,
Les fleuves et les bois et les cités Hellènes !

Toi qui mènes le chœur dansant
Des neuf Muses ceintes d'acanthes,
Iô ! Salut, Resplendissant !
Prophète aux lèvres éloquentes !...

Le génie grec est né d'un pays enchanteur et d'un soleil étincelant, c'est encore ce que signifie l'aveu de Créuse :

KRÉOUSA.

Strophe.

De ses ceintures longtemps closes
L'aube faisait pleuvoir ses roses
Au ciel étincelant et frais ;
Le vent chantait sur la colline ;
Les lys que la rosée incline
Parfumaient d'une odeur divine
L'air léger que je respirais.

Antistrophe.

J'allais, foulant les herbes douces,
Éveillant l'oiseau dans les mousses

Avec mes rires ingénus ;
J'entrelaçais en bandelette
L'hyacinthe et la violette ;
Dans l'eau vive qui les reflète
Je baignais mes pieds blancs et nus.

Épode.

Et tu survins alors, ô Roi des Piérides,
   Ceint du fatidique laurier !
Terrible et beau, pareil au chasseur meurtrier
   Qui poursuit les biches timides,
Apollôn ! Apollôn ! ô ravisseur impur !
Tu m'emportas mourante au fond de l'antre obscur,
   Suspendue à tes mains splendides !

En donnant à l'*Ion* d'Euripide un sens nouveau qui
rejetait dans l'ombre le drame romanesque et pathétique,
Leconte de Lisle était obligé d'atténuer ce qu'avait de cri-
minel l'attitude de Créuse et du vieillard. Il n'y a pas manqué. A peine le vieillard est-il sorti, porteur de l'ordre
meurtrier, que la jeune femme se repent d'avoir prescrit un
crime lâche, « qui mettra sur son nom une longue souillure », et elle supplie Apollon de lui épargner ce forfait.
Quand le crime a été reconnu, le vieillard, bien loin de
dénoncer sa maîtresse, comme il fait chez Euripide, se
déclare seul coupable. En vain le presse-t-on d'avouer
qu'un autre, pour ce vil forfait, a dû armer ses vieilles
mains, lâchement homicides ; il se vante d'avoir seul tout
conçu, de n'avoir eu ni complice, ni confident. Mais Créuse
ne reste pas au-dessous de tant de générosité ; elle revendique hautement la responsabilité de ce qu'elle a fait : on

la punira, qu'importe ! ayant voulu le mal, elle sera légitimement frappée ; elle préfère la mort à l'opprobre.

Ainsi un moment de lâcheté ne sert pour ainsi dire qu'à raviver chez Créuse la haine de la laideur morale, et cette héroïne d'Euripide se trouve vite transformée, par une métamorphose bien singulière, en héroïne de Corneille. On sent combien la pièce se vide de son pathétique à mesure que le personnage se dépouille de ses rancunes, de ses jalousies, de son esprit de vengeance. Mais, puisque le drame devenait l'apothéose du génie grec, représenté par Ion, la mère d'Ion ne pouvait plus, sans danger pour la thèse, rester cette malheureuse femme que la passion possède et dirige.

Leconte de Lisle n'a donc pas imité servilement l'*Ion* d'Euripide ; il a fait une pièce assez nouvelle. On aurait tort de dire cependant qu'il n'a pas trouvé dans *Ion* l'idée générale qui soutient *l'Apollonide* ; car, pour le poète grec, lui aussi, Ion est déjà parfois le symbole du génie attique. On serait moins juste encore en tenant les deux poèmes en même estime. Si intéressante qu'elle soit, en effet, l'idée de Leconte de Lisle ne se manifeste pas toujours avec une clarté suffisante, et il reste dans sa pièce trop de scènes ou de morceaux qui ne pouvaient avoir de sens que si le sujet était resté ce qu'il était chez Euripide.

LES ÉRINNYES [1]

Leconte de Lisle n'a pas plus voulu faire de l'Eschyle

---

1. *Poèmes tragiques*, XXXIX.

dans ses *Érinnyes* qu'il n'a voulu faire de l'Euripide dans
son *Apollonide*. Bien qu'il ait suivi son modèle de beaucoup
plus près que Racine n'a jamais suivi les siens, cependant
son dessein n'était point de copier les procédés de l'art
eschyléen. Encore moins était-il de mettre dans son poème
la psychologie ou la morale qu'Eschyle avait mises dans le
sien. S'il a raconté après l'auteur de l'*Orestie* le meurtre
d'Agamemnon par sa femme Clytemnestre, puis le
meurtre de Clytemnestre par son fils Oreste, il a prétendu
le faire à sa manière. Disons-le tout de suite : en s'appuyant
sur Eschyle comme sur le poète chez qui il trouvait la
version la plus ancienne de la légende d'Agamemnon, il
semble avoir eu l'intention de reconstituer une Grèce très
primitive, la Grèce de la civilisation mycénienne.

Il tente d'en reconstituer d'abord le décor, aidé d'Eschyle
et d'Homère, aidé aussi des lumières que les découvertes
de l'archéologie mettaient à sa disposition. Son style émi-
nemment plastique nous montre les combats et les voyages
des Achéens, les lances rompant l'orbe des boucliers et les
nefs enfonçant dans le sable leurs éperons d'airain. Ici nous
sont décrits les rites des sacrifices, et là les rites des funé-
railles. Tel vers nous fait entendre le son des knémides
au travers de la plaine, et tel autre le bruit strident des
chars sur les pavés cyclopéens.

Mais les âmes intéressent le poète plus que les décors.
Et quelle idée s'en fait-il ? Pour lui,

Les hommes chevelus de l'héroïque Hellas,

étant des primitifs, ont été de vrais barbares. Sa Clytemnestre a un cœur de fer, et son Agamemnon est comparé à un loup vorace. Ses héros sont atroces dans leurs guerres et dans leurs sacrifices. Quand ils pénètrent dans une ville conquise,

La lance au poing, la haine aux yeux, l'injure aux dents,

ils brûlent les maisons, ils égorgent les hommes, ils font hurler les mères d'horreur en jetant les berceaux du haut des toits, en écrasant les enfants sur les pierres, en trempant dans ce jeune sang leurs sandales guerrières. Pour remercier les dieux de leurs victoires, ils font

Ruisseler le sang noir de cent taureaux beuglants ;

pour acheter ces victoires, c'est aussi du sang qu'ils ont fait couler, et le sang d'une jeune fille. Ce qu'ils décorent du nom de justice, c'est la vengeance. Et combien féroces sont leurs vengeances ! Avec quelle volupté Clytemnestre ne se vante-t-elle pas d'avoir frappé trois fois son mari comme un bœuf mugissant et d'avoir vu trois fois le flot tiède et rapide du sang jaillir sur sa robe, « ineffable rosée » ! Avec quelle rage ne commande-t-elle point de jeter les corps de ses ennemis aux bêtes furieuses,

Aux aigles que l'odeur conduit des monts lointains,
Aux chiens accoutumés à de moins vils festins !

Et Oreste est le digne fils de sa mère : « La soif du sang me brûle », dit-il au moment d'agir, et dans ce mot il se peint tout entier. Oreste ajoute : « Et le destin m'entraîne ».

Ce vers

> La soif du sang me brûle et le destin m'entraîne

résume assez bien la psychologie des héros de Leconte de
Lisle. En rendant aux Hellènes préhistoriques leur barbarie sauvage et surtout leur soif du sang, le poète explique
en effet leur barbarie par le destin.

Le destin ! c'est aussi un mot que prononce Eschyle. Mais
chez Leconte de Lisle le mot prend un sens tout nouveau,
que bien des passages indiquent très clairement. Le destin
qui entraîne irrésistiblement ces hommes et ces femmes au
meurtre n'est plus une divinité indépendante d'eux, c'est
une puissance qu'ils portent avec eux et en eux, qui est
dans leur moëlle et dans leur sang, et cette puissance, c'est
tout ce que nous appelons du nom d'atavisme : Agamemnon tue parce que son père a tué ; et, parce que ses parents
ont tué, Oreste tuera à son tour. Et cette passion homicide, héritée des parents, reçue d'eux avec la vie même, est
encore avivée par une influence extrêmement puissante sur
les barbares, comme sur les enfants, l'influence des lieux.
Quand ils ne seraient pas poussés à se gorger de sang par
l'instinct héréditaire, ils y seraient encore poussés par les
souvenirs qui s'éveillent à chaque pas qu'ils font dans ce
palais, « antre fatal aux siens », comme dit Cassandre,
« sombre repaire de meurtres »,

> Nid d'oiseaux carnassiers gorgés, mais non repus.

C'est ainsi que *les Érinnyes* de Leconte de Lisle nous
offrent dans un décor très ancien des actes d'une sauva-

gerie très primitive expliquée par une psychologie très moderne.

S'il y a probablement beaucoup de vérité dans cette conception du caractère des vieux Argiens, personne ne contestera que le poète n'ait poussé bien loin leur barbarie et que, par suite, son poème, où l'on retrouve si souvent l'accent de la véritable tragédie, ne confine parfois au mélodrame.

Quand Oreste, pour pénétrer dans le palais, a annoncé, par une ruse ingénieuse, sa propre mort, la Clytemnestre d'Eschyle conserve une attitude décente à cette nouvelle inattendue. Elle n'affecte point la douleur, mais elle ne laisse pas éclater la joie dont elle est pleine : elle se contente d'inviter le prétendu messager à entrer dans le palais, et, bien que celui-ci lui demande si elle veut qu'on lui apporte les cendres d'Oreste ou qu'on les ensevelisse dans le lieu où il est mort, elle ne donne aucune réponse ; elle annonce simplement qu'elle délibérera sur l'événement avec le maître d'Argos et avec ses amis. Chez Leconte de Lisle, le premier mot de Clytemnestre est pour refuser brutalement les cendres de son fils, et le second pour menacer sa fille :

ORESTÈS.

Veux-tu qu'il rende l'urne où sont les cendres ?

KLYTAIMNESTRA.

Non.

Tu diras qu'il la garde et qu'il l'ensevelisse.

ÉLEKTRA.

O race misérable et vouée au supplice !

Mon frère, ma dernière espérance! je meurs.

KLYTAIMNESTRA.

A quoi sert de pleurer ? A quoi bon ces clameurs ?
Les cris n'éveillent point les morts.
. . . . Assez tant larmoyer sur eux !
Crains plutôt de gémir sur toi-même, insensée !

Mais c'est surtout l'entretien suprême de la mère et du fils qui tourne chez notre poète au mélodrame. Comme nous sommes loin de la scène eschyléenne, si grave, si poignante, si simple, la plus belle scène peut-être qui ait jamais été mise au théâtre ! Comme nous sommes près du dénouement de *Lucrèce Borgia* et des déclamations romantiques !

KLYTAIMNESTRA.

On ne peut pas tuer sa mère !

ORESTÈS.

Tu n'es plus
Ma mère. C'est un Spectre effrayant qui t'accuse
Et qui te juge. Toi, tu te nommes la ruse,
La trahison, le meurtre et l'adultère...
. . . .

Hâte-toi, hâte-toi, femme, si tu ne veux
Que je te traîne par les pieds ou les cheveux !

Je n'insisterai point sur la composition des *Érinnyes*. Les quelques changements apportés par Leconte de Lisle au plan de son modèle sont faciles à constater et non moins faciles à comprendre. A quoi tendent-ils pour la plupart? A resserrer l'action, à hâter le mouvement, à remplacer les chœurs par des dialogues. La pièce y perd de grandes beautés lyriques, mais elle y gagne d'être jouable sur une scène française.

C'est aussi pour donner une satisfaction légitime à notre goût que Leconte de Lisle a corrigé la scène fameuse où le frère et la sœur se reconnaissent à la couleur de leurs cheveux et à la longueur de leurs pieds. Il a craint justement qu'un public disposé à l'ironie ne sourît de ces signes peu probants de parenté qui avaient déjà provoqué le persiflage d'Euripide ; et croyant, non sans raison peut-être, que le comble de l'adresse serait ici de n'avoir aucune adresse, il a fait reconnaître le frère par la sœur tout simplement à l'intensité de son émotion, aux pleurs de joie qui s'échappent de ses yeux quand il revoit sa sœur et sa patrie.

Le style de cette œuvre forte est vraiment un grand style. Il est fort loin sans doute d'avoir toutes les qualités du style eschyléen. (Mais le poète a-t-il eu pour lui cette ambition ?) Il n'en a point la simplicité, et bien des comparaisons ont été condamnées, comme celle-ci, pour leur familiarité :

Oui, en ce jour les Achéens sont maîtres de Troie. Des cris bien divers, j'imagine, retentissent dans la ville. Versez dans le même vase le vinaigre et l'huile, vous les voyez se séparer, jamais s'unir : ainsi se distinguent, indices d'un succès tout différent, les cris des vaincus et ceux des vainqueurs [1].

---

1. Traduction Pierron.

Dans un bouquet d'images, celles-là sont retenues qui sont les plus nobles :

Aujourd'hui enfin, après tant de peines, je puis le dire, dans mon bonheur : cet époux, il est pour moi ce qu'est le chien pour l'étable ; il est le câble sauveur du vaisseau, la colonne qui soutient le haut édifice, un fils unique aux yeux de son père, la terre qui se montre aux matelots désespérés, un jour resplendissant après la tempête, une source d'eau vive pour la soif du voyageur.

> Voici l'homme ! Voici l'active Sentinelle
> Du seuil, celui qui m'est plus doux et plus sacré
> Qu'au lointain voyageur ardemment altéré
> Le frais jaillissement de l'eau qui le convie !

Telle image prend un développement brillant :

Celle-ci qui m'a suivi est la fleur choisie parmi d'innombrables richesses.

> Et le sang des héros a nourri cette fleur
> Sur un arbre royal dépouillé feuille à feuille.

Telle autre image se vide de tout sens moral et devient purement plastique :

C'est la dixième année déjà, depuis que les deux grands adversaires de Priam, depuis que le roi Ménélas et Agamennon, ces Atrides, couple invincible qu'honora Jupiter d'un double trône, d'un double sceptre, ont levé l'ancre, et loin de cette contrée, ont emmené les mille vaisseaux de la flotte des Argiens, armement formidable ! Du fond de leur âme partait la clameur guerrière : on eût dit des vautours, à l'instant où, pleins d'une inexprimable angoisse, battant l'air des coups pressés de leurs ailes, ils tournoient *au-dessus de leur nid vide de nourrissons, autour de ce nid où la garde de leur couvée leur a coûté tant de soins inutiles.*

L'allusion est claire : car le nid de Ménélas n'a-t-il pas été dépouillé, sinon des petits, du moins de la mère ? Dans *les Érinnyes* l'image devient purement pittoresque :

> O chers vieillards, depuis dix très longues années,
> Ils sont partis, les Rois des nefs éperonnées,
> Entraînant sur la mer tempétueuse, hélas !
> Les hommes chevelus de l'héroïque Hellas,
> Qui, tels qu'un vol d'oiseaux carnassiers dans l'aurore
> De cent mille avirons battaient le flot sonore.

Moins familier, plus pompeux, plus uniforme dans sa couleur, plus uniforme aussi dans son mouvement, ce style rappelle surtout celui d'Eschyle par sa plasticité et sa sonorité. Mais il a ces qualités, si importantes dans la poésie eschyléenne, à un degré merveilleux, et rien, dans notre littérature dramatique, ne vaut peut-être pour la grande allure du vers certains couplets des *Érinnyes*.

POÈMES EMPRUNTÉS A THÉOCRITE

S'il est un poète chez qui l'on ne s'étonne point que Leconte de Lisle ait beaucoup puisé, c'est assurément ce Théocrite qu'il est devenu banal de comparer à nos Parnassiens. Cet amour si vif de la nature qui est comme l'âme de ses idylles, son sentiment du réel, son art épris de concentration qui sait ramasser tant de choses dans un cadre restreint, l'ingéniosité de ses plans, tout attirait vers lui Leconte de Lisle, et notre poète a bien souvent cédé à cet attrait, car quinze à vingt des *Poèmes antiques* sont plus ou moins inspirés de Théocrite.

Dans le nombre, sept[1] ne sont guère que des traductions :

Le Vase = Théocrite, *Idylle* I, *Thyrsis*, vers 27-61 ;

Les Plaintes du Cyclope = *Id.* XI, *Le Cyclope* ;

L'Enfance d'Héraklès = *Id.* XXIV; *Le jeune Héraklès*, v. 1-33 ;

La Mort de Penthée = *Id.* XXVI, *Les Bacchantes* ;

Héraklès au taureau [2] = *Id.* XXV, *Héraklès vainqueur du lion*, v. 85-152 ;

Le Retour d'Adonis = *Id.* XV, *Les Syracusaines*, v. 100-144 ;

Symphonie = *Épigramme* V, *Le Concert*.

Dans toutes ces pièces traduites du poète syracusain les morceaux pittoresques sont d'une étonnante réussite et ils ont presque toujours quelque originalité. Un mot plus

---

1. *Poèmes antiques*, XXII, XXIII, XXIV, XXV, XXVI, XXXV, XXXIV.

2. Ce poème est particulièrement connu et sa réputation n'a rien d'illégitime. Tout y est sans doute à peu près traduit, sauf une ou deux images. Mais ç'a été déjà une originalité que d'avoir taillé dans une trop longue idylle le morceau qui décrivait le spectacle éternellement beau de cette force puissante et disciplinée : un grand troupeau rentrant en ordre au bercail. Il est advenu, en effet, à ce morceau une fois détaché du contexte ce qu'il advient à certains tableaux quand on les change de salle : sans qu'on ait rien fait d'autre que de les isoler de ceux qui jusque-là les entouraient et leur volaient la lumière, ils paraissent tout nouveaux. Ç'a été d'ailleurs une grande originalité que d'avoir su toujours choisir des mots d'une harmonie si expressive.

coloré, un groupement plus logique des traits, deux adjectifs accouplés à la façon d'André Chénier, c'en est assez
pour que la description soit en partie renouvelée et pour
que parfois un véritable décor soit suscité autour du personnage.

THÉOCRITE.

Charmante Bombyca, tes pieds sont blancs comme des osselets.

LECONTE DE LISLE.

> Sur le sable marin où sèchent les filets,
> Elle bondit pareille aux glauques Néréides,
> Et ses pieds sont luisants comme des osselets.

THÉOCRITE.

Non loin de là, un vieux pêcheur traîne à la hâte, sur une
roche escarpée, un filet qu'il se prépare à jeter à la mer.

LECONTE DE LISLE.

> Sur ce roc, où le pied parmi les algues glisse,
> Traînant un long filet sur la mer glauque et lisse,
> Un pêcheur vient en hâte; et, bien que vieux et lent,
> Ses muscles sont gonflés d'un effort violent.

Dans la *Symphonie*, l'épigramme de Théocrite (à supposer
qu'elle soit bien de lui) s'est enrichie d'un paysage tout
entier qui en a plus que doublé la valeur :

Le Concert.

Veux-tu, au nom des Muses, me jouer sur la double flûte, un
de ces airs que j'aime ? Moi je prendrai un pectis, et j'en ferai

résonner les cordes sous mes doigts, tandis que le bouvier Daphnis nous charmera par les sons que modulera sa bouche sur les roseaux assemblés avec de la cire. Nous nous placerons près de cette grotte dont l'entrée est cachée par des broussailles, et nous tiendrons éveillé Pan aux pieds de chèvre [1].

Symphonie.

O chevrier ! Ce bois est cher aux Piérides.
Point de houx épineux ni de ronces arides ;
A travers l'hyacinthe et le souchet épais
Une source sacrée y germe et coule en paix.
Midi brûle là-bas où, sur les herbes grêles,
On voit au grand soleil bondir les sauterelles ;
Mais du hêtre au platane et du myrte au rosier,
Ici, le merle vole et siffle à plein gosier.
Au nom des Muses ! viens sous l'ombre fraîche et noire !
Voici ta double flûte et mon pektis d'ivoire.
Daphnis fera sonner sa voix claire, et tous trois,
Près du roc dont la mousse a verdi les parois,
D'où Naïs nous écoute, un doigt blanc sur la lèvre,
Empêchons de dormir Pan aux deux pieds de chèvre.

Deux pièces ont demandé à Leconte de Lisle un plus grand effort d'invention : *les Bucoliastes* [2], imités fort librement des *Bucoliastes* de Théocrite (*Id.* VIII), et *Hylas* [3]. Je ne m'occuperai pas de la première et m'arrêterai un peu sur la seconde, dont le sujet a sans doute un vif intérêt, puisque quatre grands poètes l'avaient traité avant

---

1. Traduction Léon Renier.
2. *Poèmes antiques*, XXXII.
3. *Poèmes antiques*, XX.

Leconte de Lisle, pour ne parler ni de Valerius Flaccus, ni de Ronsard, que cette légende a médiocrement inspirés.

Lorsque Jason, fils d'Éson, raconte Théocrite (*Id.* XIII), partit pour conquérir la Toison d'or et emmena avec lui l'élite des Hellènes, l'infatigable Hercule se joignit aux héroïques aventuriers. Il avait avec lui le gracieux Hylas, à qui il enseignait, comme un père à son fils, toutes les choses qui l'avaient rendu lui-même illustre. Jamais il ne s'en séparait, ni quand l'aurore montait aux demeures de Zeus, ni à l'heure où les oiseaux gazouilleurs reviennent au nid, rappelés par leur mère qui bat des ailes sur la poutre enfumée.

Un soir, les navigateurs arrivèrent sur les bords de la Propontide et, descendant au rivage, préparèrent le repas du soir. Hylas prit un vase et alla chercher de l'eau pour le repas d'Hercule.

Bientôt il découvrit une source dans une vallée basse. Tout autour poussaient en abondance les plantes aquatiques, la bleue chélidoine et la verte adiante, l'abondant persil et le rampant agrostis. Et au milieu de l'eau dansaient des nymphes, nymphes sans sommeil, déesses terribles aux campagnards, Euneika, Malis, et Nikhéia qui a le printemps dans les yeux. Le jeune homme approchait le vase pour le plonger dans l'eau, quand les nymphes s'attachèrent toutes trois à sa main : car l'amour s'était emparé de leur tendre cœur à la vue de l'enfant argien. Il tomba dans l'eau noire, comme une étoile étincelante tombe du ciel dans la mer... et les nymphes, tenant sur leurs genoux le jeune homme en pleurs, cherchèrent à le consoler par de douces paroles.

Cependant Hercule, inquiet de cette longue absence, prit son arc et sa massue. Trois fois il appela Hylas ; trois fois l'enfant l'entendit, mais sa voix arriva très faible du fond de l'eau, et, bien qu'il fût tout près, il paraissait très loin. Alors, semblable au lion chevelu qui a entendu le cri d'un faon, Hercule se mit à courir au milieu des ronces, et il parcourut une vaste étendue : Jason et son entreprise étaient bien loin de sa pensée.

Dans ce récit de Théocrite le principal personnage est manifestement Hercule. L'amour des nymphes pour Hylas est simplement indiqué, et une seule phrase, bien courte, laisse à peine soupçonner que le jeune homme ne reste pas insensible aux paroles consolatrices des déesses qui l'ont enlevé. Ce qui intéresse surtout Théocrite, c'est la violente affection d'Hercule pour son jeune compagnon ; c'est son désespoir, qui lui fait oublier Jason, la Grèce et la Toison d'or, c'est-à-dire l'amitié, la gloire, l'honneur, le devoir. Et l'on ne peut se tromper sur l'intention du poète ; car il déclare lui-même sans ambages, dans l'introduction de son idylle, qu'Hercule est son héros et que son sujet est la passion d'Hercule :

Ce n'est pas pour nous seuls, ô Nicias, qu'Amour fut créé, comme nous le pensions, quel que soit le dieu qui l'ait engendré, et ce ne fut pas à nous mortels, qui ne verrons pas demain, que la beauté parut belle pour la première fois. Le fils d'Amphitryon, cet homme au cœur d'airain, qui affronta le lion sauvage, aima le gracieux Hylas aux longs cheveux bouclés.

C'est aussi Hercule qui est le principal personnage de l'épisode d'Hylas dans les *Argonautiques* d'Apollonius de

Rhodes. Le désespoir du héros y est peint longuement. Hylas, en tombant dans l'eau, a jeté un cri perçant. Un des navigateurs, Polyphême, l'a entendu ; il court à la fontaine.

Tel qu'un lion affamé, entendant le bêlement des moutons, s'approche avec vitesse, et, ne pouvant se jeter sur le troupeau que les bergers ont renfermé, pousse pendant longtemps d'affreux rugissements : tel le fils d'Elatus fait retentir au loin l'air de ses gémissements [1].

En vain il parcourt tous les lieux d'alentour, rien ne répond à ses cris. Enfin il rencontre Hercule et lui annonce le malheur : Hylas a disparu, dérobé sans doute par des voleurs ou par des bêtes sauvages. A cette nouvelle le héros sent une sueur abondante couler de son front ; son sang bouillonne dans ses veines.

Enflammé de colère, il jette aussitôt le pin qu'il portait, et suit en courant le chemin qui se présente à lui. Comme un taureau, piqué par un taon, s'échappe du pâturage, et, fuyant loin des bergers et du troupeau, s'arrête quelquefois, lève sa tête altière, et, pressé par la douleur, pousse d'effroyables mugissements, ainsi Hercule, emporté par sa fureur, tantôt court avec rapidité, et tantôt, suspendant sa course, répète avec des cris perçants le nom de son cher Hylas.

Cependant Apollonius s'est intéressé aussi à l'amour de la nymphe — car chez lui il n'y a plus qu'une seule nymphe — pour Hylas, et dans la naissance de cette passion, il fait jouer un rôle au décor :

Ephydatie, levant sa tête au-dessus de l'onde limpide, aperçut

---

1. Traduction Caussin.

le jeune Hylas, et découvrit à la faveur de la lune, qui laissait tomber sur lui ses rayons, l'éclat de sa beauté et les grâces de son visage. Aussitôt l'amour s'empare de ses sens, elle est toute hors d'elle-même, et demeure interdite. Hylas, penché sur le bord, plongeait son urne au milieu des ondes, qui se précipitaient avec bruit dans l'airain résonnant. La nymphe, brûlant d'appliquer un baiser sur sa bouche délicate, lui passe une main autour du col, et le tire de l'autre par le bras. L'infortuné est entraîné au fond des ondes, et jette en tombant des cris perçants.·

La nymphe sut-elle consoler le jeune homme ? le poète ne le dit point.

Apollonius avait partagé son intérêt entre Hercule et la nymphe. Properce (*Élégies*, I, xx) adresse le sien tout entier aux nymphes et relègue Hercule au dernier plan. Il donne aussi un long développement au décor. Non que ce décor agisse sur les sens des personnages et prépare les voies à l'amour ; mais il arrête Hylas, l'occupe, l'amuse et permet ainsi aux nymphes de le contempler longuement :

Au pied du mont Arganthe, étaient les sources de l'Ascanius, séjour favori des nymphes de Bithynie. Au-dessus pendaient à des arbres solitaires des fruits vermeils qui ne devaient rien à la culture. Tout autour, constamment rafraîchie par les eaux, s'étendait une prairie où s'élevaient des lis dont l'éblouissante blancheur se mêlait à la pourpre des pavots. Hylas oublie son office pour les jeux de son âge : tantôt il cueille des fleurs d'une main légère ; tantôt il se penche, l'imprudent, sur ces belles ondes et perd le temps à regarder sa flatteuse image ; il veut enfin remplir son urne. Appuyé sur l'épaule droite, il tend le bras et la retire pleine. Mais les Dryades, éprises de tant de

blancheur, avaient, dans leur admiration, abandonné leurs
danses ordinaires. Pendant qu'Hylas est légèrement penché en
avant, elles l'entraînent sans peine ; il tombe avec bruit au fond
des eaux. Hercule de loin l'appelle, et demande, puis demande
encore une réponse ; mais de la source lointaine les vents lui
apportent un... nom [1].

Des sentiments d'Hylas pour les nymphes, ici, comme
chez Apollonius, pas un seul mot.

La partie du sujet que Properce, après Apollonius, avait
complètement négligée et à laquelle Théocrite avait à peine
touchée est, au contraire, celle qui a séduit André
Chénier. Aussi son idylle, malgré quelques emprunts dis-
crets à ses devanciers, est-elle tout à fait originale. Le principal personnage y est, non plus Hercule, ni la nymphe,
mais Hylas, et le poète y reprend l'un des sujets qu'il a
traités avec le plus de complaisance, de grâce et de volupté :
le premier éveil de l'amour dans un jeune cœur qui
l'ignorait. Son *Hylas* se rapproche ainsi de son *Jeune
Malade*, de son *Oaristys*, de sa *Lydé* surtout, où l'on voit,
comme ici, un jeune homme ingénu initié aux joies de
l'amour par une jeune femme moins ignorante que lui-
même. Et ici, comme dans le *Jeune Malade*, l'éveil de
l'amour est facilité par les séductions d'un paysage voluptueux qui, à son insu, émeut les sens de l'adolescent. Cette
excitation sensuelle est l'œuvre des nymphes : ce sont elles
qui pour attirer Hylas jusqu'à leur demeure, puis pour le

---

1. Traduction Valatour.

disposer à aimer, ont donné plus de limpidité aux eaux de
la source et plus de douceur à son murmure. Un peu de
merveilleux entre ainsi dans le poème ; mais le paysage se
mêle davantage à l'action et reçoit un caractère plus dramatique :

> Reines, au sein d'un bois, d'une source prochaine,
> Trois naïades l'ont vu s'avancer dans la plaine.
> Elles ont vu ce front de jeunesse éclatant,
> Cette bouche, ces yeux. Et leur onde à l'instant
> Plus limpide, plus belle, un plus léger zéphyre,
> Un murmure plus doux l'avertit et l'attire :
> Il accourt. Devant lui l'herbe jette ses fleurs ;
> Sa main errante suit l'éclat de leurs couleurs ;
> Elle oublie, à les voir, l'emploi qui la demande,
> Et s'égare à cueillir une belle guirlande.
> Mais l'onde encor soupire et sait le rappeler.
> Sur l'immobile arène il l'admire couler,
> Se courbe, et, s'appuyant à la rive penchante,
> Dans le cristal sonnant plonge l'urne pesante.
> De leurs roseaux touffus les trois nymphes soudain
> Volent, fendent leurs eaux, l'entraînent par la main
> En un lit de joncs frais et de mousses nouvelles.
> Sur leur sein, dans leurs bras, assis au milieu d'elles,
> Leur bouche, en mots mielleux où l'amour est vanté,
> Le rassure, et le loue, et flatte sa beauté.
> Leurs mains vont caressant sur sa joue enfantine
> De la jeunesse en fleur la première étamine,
> Ou sèchent en riant quelques pleurs gracieux
> Dont la frayeur subite avait rempli ses yeux.

C'est le sujet traité par André Chénier que Leconte de
Lisle a repris ; mais il l'a repris en y mettant plus de profondeur et surtout en donnant à l'histoire un dénouement

plus dramatique. Sur les genoux des nymphes, Hylas a bientôt tout oublié : le toit natal et la verte prairie, où, paissant les grands bœufs, il suspendait des couronnes à l'autel du dieu protecteur, sa mère en pleurs dont l'œil le suit sur les flots, et le grand Hèraklès son ami, et Kolkos, et le monde ; sa passion, à peine éclose, est devenue plus forte que l'amitié, la patrie, l'honneur, la gloire, le devoir.

Et Chénier a été ainsi heureusement combiné avec Théocrite. Car le sujet est ici, comme chez André, l'amour d'Hylas pour les nymphes ; mais ici cet amour a la violence qu'avait chez Théocrite celui d'Hercule, oubliant pour Hylas ses compagnons d'armes et la conquête de la Toison.

Leconte de Lisle a pensé sans doute que la passion de son héros serait plus vraisemblable si elle commençait à s'éveiller avant qu'Hylas fût tombé au fond des eaux. Aussi est-ce avant la chute du jeune homme qu'il a mis sur les lèvres des nymphes « les mots mielleux où l'amour est vanté ». Chacune d'elles, — elles ne sont plus que deux, Molis et Nikhéa, — le salue dès qu'il approche, le loue, flatte sa beauté, lui promet d'indicibles plaisirs, et, attentif, suspendant son haleine, il les écoute parler, quoique invisibles, quand soudain deux bras l'attirent par son cou blanc : il tombe et plonge sous le flot. C'est alors que son œil, découvrant les sœurs fluides dont la voix a caressé son oreille de mots séducteurs, s'arrête sur elles « avec amour ».

Et ce dénouement ne nous étonne point ; car le poète a su nous dire au début de son idylle toute la grâce enchanteresse des belles Hydriades :

L'eau faisait ruisseler sur leurs blanches épaules
Le trésor abondant de leurs cheveux dorés,
Comme, au déclin du jour, le feuillage des saules
    S'épanche en rameaux éplorés.

. . . .

Tantôt, se défiant, et d'un essor rapide
Troublant le flot marbré d'une écume d'argent,
Elles ridaient l'azur de leur palais limpide
    De leur corps souple et diligent.

Sous l'onde étincelante on sentait leur cœur battre,
De leurs yeux jaillissait une humide clarté,
Le plaisir rougissait leur jeune sein d'albâtre
    Et caressait leur nudité.

Quand on a vu Molis et Nikhéa poursuivre ainsi leurs
« jeux immortels » dans la source natale aux reflets de
saphir, on n'a aucune peine à comprendre la vivacité de la
passion d'Hylas. Mais par ce paysage, si largement traité,
où les nymphes ne peuvent pas être séparées des eaux
qu'elles habitent, Leconte de Lisle nous a fait sentir, en
même temps, que les Grecs ont personnifié dans les
nymphes une des forces mystérieuses de la nature. Et son
poème en reçoit un nouveau sens. C'est une histoire tout
humaine, sans doute, qu'il nous a contée : celle d'un jeune
homme qui sacrifie l'amitié, la gloire et le devoir à un
amour sensuel né dans un paysage voluptueux. Mais à travers cette histoire, on en peut lire, si l'on veut, une
autre : celle de l'attrait irrésistible des eaux et des bois,
celle de l'homme s'absorbant, s'ensevelissant dans la nature,
jusqu'à oublier tout le reste.

A *Hylas* il est permis de préférer quelques poèmes plus originaux encore parce qu'ils n'ont pas, à proprement parler, de sources. L'imitation de Théocrite y est tout indirecte, et cependant je ne sais si ce n'est pas dans ceux-ci que le bucoliaste syracusain eût le mieux reconnu la Sicile et les Siciliennes. C'est *Thyoné* et *Glaucé* [1], deux poèmes symétriques, qui nous font voir, celui-là un jeune homme offrant en vain son amour à une nymphe chasseresse, fidèle suivante d'Artémis, et celui-ci une nymphe des eaux dont l'amour est repoussé par un jeune bouvier, épris seulement du silence des grands bois, adorateur passionné de Kybèle. C'est *Klytie* [2], où l'on assiste au désepoir d'un amant qui n'est pas aimé. C'est *la Source* [3], brillante variation sur un thème emprunté à André Chénier, qui lui-même le devait à Gessner ; pièce d'un accent tout antique, bien que le sujet en ait été fourni par des poètes modernes. C'est surtout *Thestylis*, *Kléarista* et *Paysage* [4], trois étonnantes visions de Sicile.

Thestylis, c'est la Sicile au déclin du jour, quand on entend

> Le doux mugissement des grands bœufs fatigués
> Qui s'arrêtent pour boire en traversant les gués ;

quand on voit, dans les sentiers pierreux menant à la mer, s'avancer vers l'étable

---

1. *Poèmes antiques*, IX, X.
2. *Poèmes antiques*, XV.
3. *Poèmes antiques*, XVIII.
4. *Poèmes antiques*, XXVIII, XXXIII, XXXI.

L'indocile troupeau des chèvres aux poils lisses,

et que le tintement aigu des grelots s'unit par intervalles à
la plainte des vagues ou au bruit grêle des pins sur la colline. Heure charmante, où la vierge de l'Etna, Thestylis,
descendant vers la source, embellit encore de sa grâce cette
nature souriante; où chaque soir elle rêve d'être aimée par
un dieu, pour qu'il ravisse au temps jaloux la fleur de sa
beauté; où chaque soir, après une attente vaine et quelques
pleurs versés, elle se reprend à espérer, car elle songe tout
bas :

Je l'aime et je suis belle ! Il m'entendra demain !

Kléarista, c'est la Sicile au lever de l'aurore, quand
l'alouette joyeuse

D'un coup d'aile s'envole au sifflement des merles,

et que les lièvres, tapis dans le creux des sillons, remuent
les épis d'un bond inattendu; quand Kléarista s'en vient
par les blés

Avec ses noirs sourcils arqués sur ses yeux bleus,

et que le berger de l'Hybla, se demande qui rayonne le
mieux sous le ciel, de la Sicilienne au doux rire ou de
l'Aube sortant de l'écume marine.

Paysage, enfin, c'est la Sicile aux heures les plus chaudes
du jour, quand, tous les souffles s'étant apaisés et tous les
bruits d'ailes s'étant tus, le silence de l'air n'est plus inter-
rompu que par le murmure léger des abeilles fidèles;
quand les béliers dorment dans la moiteur des noirs

gazons et que par de là les blés mûrs, lourds de sommeil, la mer tranquille étincelle au soleil; quand sur les rudes cheveux de l'Aigipan, immobilisé en un rêve souriant, les larges papillons vont se poser comme des flocons de neige : accoudé sur l'épaisse mélisse en face de ce spectacle incomparable, le pasteur, oublieux de la rumeur humaine, laisse couler les heures divines et savoure en paix la lumière des cieux.

ODES ANACRÉONTIQUES. — MÉDAILLES ANTIQUES. — ÉTUDES LATINES [1]

Des neuf petites pièces que Leconte de Lisle a réunies sous le titre d'*Odes anacréontiques* et qui sont toutes dans le même mètre (le gracieux vers de dix pieds coupé après le cinquième), une, l'*Abeille*, est traduite du *Voleur de Miel* attribué à Théocrite (*Idylle* XIX), une autre, *la Cavale*, est imitée d'un des rares poèmes authentiques qui nous restent du véritable Anacréon (Fragment 75). Les sept autres pièces, *les Libations*, *la Coupe*, *la Tige d'œillet*, *le Souhait*, *le Portrait*, *la Cigale*, *la Rose*, sont empruntées au faux Anacréon (*Odes anacréontiques*, IV, XII et XVIII, VII, XX, XXVIII, XLIII, LIII). Leconte de Lisle, en les intitulant *Odes anacréontiques*, n'ignorait pas que, lorsque Henri Estienne publia pour la première fois en 1554, sous le nom du poète de Théos, les pièces renfermées dans un manuscrit du Xᵉ siècle, il fut dupe d'une illusion, que le monde

---

1. *Poèmes antiques*, XXI, XXIX, XXXVIII.

lettré devait partager à sa suite pendant fort longtemps. Quand, après tant d'autres, après Ronsard et après Gœthe, pour nommer seulement deux des plus grands, l'auteur des *Poèmes antiques* s'inspira à son tour de ces odelettes fameuses, la critique avait déjà dissipé l'erreur. Elle avait établi que la fabrication des pièces dites anacréontiques, commencée probablement à l'époque alexandrine, se fit surtout à l'époque romaine et byzantine. Mais Leconte de Lisle savait bien aussi qu'en dépit de la sécheresse du style et des fautes de versification les petits poèmes recueillis dans le manuscrit du Xe siècle n'en sont pas moins dans le goût du véritable Anacréon et que quelques-uns dans le nombre sont tout à fait charmants.

C'est, naturellement, de ceux-ci qu'il s'est emparé, et ils ne sont pas sortis de sa main sans en recevoir une grâce nouvelle; car ce qui leur manquait dans le modèle, c'était la poésie du détail, et personne plus que Leconte de Lisle n'était capable de les en doter :

Sur une coupe d'argent.

Héphaistos, en ciselant cet argent, ne me fais pas une panoplie ; car, que m'importe la guerre ? Mais une coupe aussi profonde que tu le pourras.

N'y grave ni les astres, ni le Chariot, ni le triste Oriôn ; que me font les Péléiades et le brillant Bouvier ? Mais une vigne et ses rameaux, et des grappes que foulent, avec le beau Lyaios, Erôs et Bathyllos.

Fais plutôt Bakkhos, fils de Zeus, enseignant ses mystères, ou Kypris menant le chœur des jeunes Hyménées [1].

---

1. Traduction Leconte de Lisle; *odes* XVII et XVIII.

La Coupe.

Prends ce bloc d'argent, adroit ciseleur.
N'en fais point surtout d'arme belliqueuse,
Mais bien une coupe élargie et creuse
Où le vin ruisselle et semble meilleur.
Ne grave à l'auteur Bouvier ni Pléiades,
Mais le chœur joyeux des belles Maïnades,
Et l'or des raisins chers à l'œil ravi,
Et la verte vigne, et la cuve ronde
Où les vendangeurs foulent à l'envi,
De leurs pieds pourprés, la grappe féconde.
Que j'y voie encore Évoé vainqueur,
Aphrodite, Éros et les Hyménées,
Et sous les grands bois les vierges menées
La verveine au front et l'amour au cœur.

Les *Médailles antiques* ne se distinguent des *Odes ana-créontiques* que par le rythme, qui change avec chaque pièce, et parce que toutes les cinq affectent d'être, ce que tant de pièces de l'anthologie sont effectivement, des descriptions d'œuvres d'art.

L'une de ces *Médailles* (V) développe les derniers vers de l'idylle sur la *Mort d'Adonis* attribuée à Théocrite (*id.* XXX). Deux autres (I et II) sont traduites du faux Anacréon (LI, *Sur un disque où était gravée Aphrodite*; LII, *Sur la Vendange*). Une autre (III) est à signaler pour la très gracieuse combinaison qui, dans chaque strophe, répète le premier vers après le quatrième et place, après ce vers répété tout entier, un vers qui rappelle le second seulement par son dernier mot. La pièce est intéressante encore parce

qu'elle est sortie tout entière de deux ou trois vers d'une
pièce du recueil anacréontique, celle même d'où est tirée la
fin du petit poème de *la Coupe* que nous venons de citer :

N'y grave point les rites des sacrifices étrangers, ni aucune
image douloureuse...
Fais Kypris menant le chœur...
Ajoutes-y de beaux jeunes hommes.

Chez Leconte de Lisle, nous n'avons plus une coupe,
mais une médaille ; et ce n'est plus une scène de ven-
danges, mais une danse :

> Ni sanglants autels, ni rites barbares.
> Les cheveux noués d'un lien de fleurs,
> Une Ionienne aux belles couleurs
> Danse sur la mousse au son des kithares.
> Ni sanglants autels, ni rites barbares :
> Des hymnes joyeux, des rires, des fleurs !
>
> Satyres ni Pans ne troublent les danses.
> Un jeune homme ceint d'un myrte embaumé
> Conduit de la voix le chœur animé ;
> Éros et Kypris règlent les cadences.
> Satyres ni Pans ne troublent les danses :
> Des pieds délicats, un sol embaumé !
>
> Ni foudres ni vents dont l'âme s'effraie.
> Dans le bleu du ciel volent les chansons ;
> Et de beaux enfants servent d'échansons
> Aux vieillards assis sous la verte haie.
> Ni foudres ni vents dont l'âme s'effraie :
> Un ciel diaphane et plein de chansons !

Des dix-huit pièces groupées sous le nom d'*Études*

latines les seize premières sont empruntées aux *Odes* d'Horace [1].

L'idée d'Horace est toujours bien comprise, les qualités plastiques de son style bien conservées. Mais l'ode latine est assez souvent abrégée. Elle l'est plusieurs fois au point d'être réduite à l'état d'épigramme, soit que le poète français en ait exprimé la substance en quelques vers, soit que, comme il a fait souvent dans ses imitations de Théocrite, il en ait extrait, pour le traduire, un morceau qui lui paraissait particulièrement intéressant.

Voici, sous le titre de *Salinum*, un huitain fait avec une pensée prise dans l'*Ode à Grophus* :

> Le souci, plus léger que les vents de l'Épire,
> Poursuivra sur la mer les carènes d'airain ;
> L'heure présente est douce : égayons d'un sourire
> L'amertume du lendemain.
>
> La pourpre par deux fois rougit tes laines fines ;
> Ton troupeau de Sicile est immense ; et j'ai mieux :
> Les Muses de la Grèce et leurs leçons divines
> Et l'héritage des aïeux.

---

1. I. *Lydie* = Horace, II, XI, ad Quinctium Hirpinum. — II. *Licymnie* = II, XII, ad Maecenatem. — III. *Thaliarque* = I, IX, ad Thaliarcum. — IV. *Lydé* = III, XXVIII, ad Lyden. — V. *Phylis* = IV, VI, ad Phyllidem. — VI. *Vile Potabis* = I, XX, ad Maecenatem. — VII. *Glycère* = I, XI, ad Glyceram et I, XIII, v. 1-3, ad Lydiam. — VIII. *Hymne* = I, XXI, in Dianam et Apollinem. — IX. *Néère* = I, XIX, de Glycera. — X. *Phidyllé* = III, XXIII, in Phidyllen. — XI. *Plus de neige* = IV, VII, ad Torquatum. — XII. *Salinum* = II, XVI, ad Grosphum, st. 6-7, 9-10. — XIII. *Hymne* = III, XXV, ad Bacchum. — XIV. *Pholoé* = III, XV, in Chlorin. — XV. *Tyndaris* = I, XVII, ad Tyndaridem. — XVI. *Pyrrha* = I, V, ad Pyrrham.

Et voici, ramenée de seize vers aux dimensions d'un sixain, l'ode où Horace reproche à la vieille Chloris de ne pas laisser la coquetterie à sa fille Pholoé. On remarquera que Leconte de Lisle qui, pour plus de pittoresque, a donné à Urien le nom de son père Kenwarc'h, donne ici, pour la même raison, à Chloris le nom de sa fille Pholoé :

> Oublie, ô Pholoé, la lyre et les festins,
> Les Dieux heureux, les nuits si brèves, les bons vins
> Et les jeunes désirs volant aux lèvres roses.
> L'âge vient : il t'effleure en son vol diligent,
> Et mêle en tes cheveux semés de fils d'argent
> La pâle asphodèle à tes roses !

L'ENLÈVEMENT D'EUROPÉIA [1]

Europe, vierge tyrienne, jouait avec ses compagnes sur les bords de la mer, quand un grand taureau l'aborda et la flatta. Elle le caressa à son tour et monta sur son dos. Alors l'animal, se relevant, bondit dans la mer. C'était Jupiter, qui avait caché sa divinité afin d'éviter la colère de Junon. Il emporta la jeune fille en Crète, où elle devint mère.

Voilà, en abrégé, la légende d'Europe telle qu'on la racontait à l'époque alexandrine, et il ne faut pas s'étonner qu'elle ait été alors très populaire. Elle offre, en effet, aux artistes, — peintres, ciseleurs, sculpteurs et poètes, — d'admirables sujets, en leur permettant d'associer dans un

---

1. *Derniers poèmes*, V.

même groupe la beauté de la femme et la beauté du taureau, le plus plastique des animaux.

Ce groupe est particulièrement beau à deux moments.
L'un est celui où la vierge, ayant enguirlandé les cornes
du taureau, vient de s'asseoir sur son dos et où l'animal
se soulève de terre. L'autre est celui où le dieu nage sur
les flots : la jeune fille est obligée de tenir d'une main la
corne du ravisseur pour ne point tomber, et de contenir
de l'autre les plis de sa robe pour que le vent ne l'enlève
point ; son péplos flotte comme une voile de vaisseau ; le
taureau dresse au-dessus des vagues son poitrail majestueux. C'est le premier de ces deux tableaux que Paul Véronèse nous a donné dans une toile prestigieuse, où Taine
a pu dire qu'il s'était « enfoncé jusque dans les territoires
inexplorés de son art ». C'est le second qu'Ovide a esquissé
dans les derniers vers d'un épisode des *Métamorphoses* (II,
872-875) :

> *Mediique per aequora ponti*
> *Fert praedam. Pavet haec, littusque ablata relictum*
> *Respicit, et dextra cornum tenet, altera dorso*
> *Imposita est : tremulae sinuantur flamine vestes.*

C'est le même tableau qu'avait peint avant Ovide, et
bien plus largement, le poète alexandrin Moschus, dont le
vers, comme celui de Théocrite, son modèle, obtenait des
effets qu'on aurait cru réservés seulement aux arts plastiques :

Elle parla ainsi et s'assit en riant sur son dos. Et ses compagnes s'apprêtaient aussi à monter ; mais, brusquement, le taureau se leva, et il emporta Eurôpéia comme s'il volait, et il parvint rapidement à la mer. Et, se retournant, elle appelait ses chères compagnes en étendant les bras, mais elles ne pouvaient la suivre. Alors, du rivage étant entré dans la mer, il s'éloigna comme un dauphin. Les Néréides, émergeant des flots, l'accompagnaient, assises sur le dos des baleines, et le retentissant Poséidaôn lui-même, apaisant les flots de la mer, guidait son frère ; et tout autour s'assemblaient les Tritônes, habitants de la profonde mer, en soufflant le chant nuptial avec leurs longues conques.

La vierge, assise sur le dos du taureau Zeus, d'une main tenait une des longues cornes, et de l'autre contenait les plis flottants de sa robe pourprée ; et l'onde abondante de la blanche mer en mouillait l'extrémité. Le large péplos d'Eurôpéia flottait sur ses épaules, tel que la voile d'une nef, et soulevait la vierge. Mais elle, déjà loin de la terre de la patrie, elle ne voyait plus ni le rivage, ni les hautes montagnes, mais seulement l'Ouranos au-dessus d'elle, et, en bas, l'immense mer [1].

Avant d'être imitée par Leconte de Lisle, l'idylle de Moschus avait inspiré deux fragments à André Chénier. Le plus ancien des deux n'est qu'une traduction, et qui n'est peut-être pas toujours très heureuse. L'autre est un admirable morceau, où des traits pris à Mochus ont été combinés avec des traits empruntés à Ovide, à une ode anacrèontique et à une pièce de l'anthologie. C'est la description d'une coupe : elle devait figurer dans une idylle dont le poète a seulement tracé le plan général en quelques lignes de prose et composé deux morceaux.

André décrit d'abord, et plutôt d'après Ovide que d'après

---

1. Traduction de Leconte de Lisle.

Moschus, le taureau nageant au bord crétois avec la vierge
assise sur son flanc : le vent fait voler l'écharpe obéis-
sante ; d'une main tremblante, la jeune fille tient la corne
d'ivoire ; les pleurs dans les yeux, elle appelle ses parents
et ses compagnes, et, redoutant les assauts de la vague,
elle veut retirer sous soi ses pieds timides. Après avoir
décrit ainsi les reliefs de la coupe, Chénier en explique le
sujet :

> Ce nageur mugissant,
> Ce taureau, c'est un Dieu ; c'est Jupiter lui-même.

Dans ses traits déguisés on reconnaît encore les traits du
monarque suprême. Sidon l'a vu descendre sur sa rive. La
vierge tyrienne, Europe, imprudente, l'a flatté, puis elle a
osé s'asseoir sur son flanc ; il s'est alors lancé dans l'onde ;
et maintenant le divin nageur,

> Le taureau roi des Dieux, l'humide ravisseur,
> A déjà passé Chypre et ses rives fertiles :
> Il approche de Crète et va voir les cent villes.

Ne cherchons aucun sens caché dans ce brillant morceau
de sculpture : il n'a pas d'autre prétention que de charmer
nos yeux.

Peut-être Leconte de Lisle n'a-t-il eu, lui non plus, en
racontant à son tour l'enlèvement d'Europe, aucune intention mystérieuse. Peut-être voulait-il simplement rivaliser
de plasticité avec Moschus et André Chénier. S'il a eu un
autre dessein, en tout cas il a eu certainement aussi celui-
là, et il pouvait sans fatuité concevoir l'espérance d'égaler

ces deux grands maîtres. Il les a égalés, ce n'est point con-
testable, et on doit l'admirer d'autant plus que, venant
après eux, il ne les a pas répétés. Bien qu'il imite en général Moschus de beaucoup plus près que ne l'avait fait
André Chénier, il le modifie et le complète. Au début de
son poème, il décrit la naissance de l'aurore, — ce que
n'avait point fait Moschus, — peut-être avec l'arrière-pen-
sée de rappeler au lecteur le mythe scolaire, qui fut certainement la première origine de la légende[1]. Il donne
aux deux héros, dans leur première rencontre, une attitude
un peu nouvelle. Quand ses personnages sont au sein des
flots, c'est le taureau qu'il s'attache surtout à décrire,
tandis que ses prédécesseurs avaient peint de préférence la
jeune fille :

> Mais lui nageait toujours vers l'horizon sans bornes,
> Refoulant du poitrail le poids des grandes Eaux
> Sur qui resplendissait la pointe de ses cornes
> A travers le brouillard qu'exhalaient ses naseaux.

Leconte de Lisle a donc en partie renouvelé les descriptions de Moschus et d'André Chénier, et je ne sais si là ne
se sont pas bornés ses efforts.

---

1. Ce dieu qui franchit la mer enlevant une blanche jeune fille, qui
la franchit pour aller de Tyr en Crète, qu'est-il, sinon le soleil emportant avec lui la lumière de l'est à l'ouest ? Et si l'astre est devenu un
taureau, ne savons-nous pas combien cette métamorphose est fré-
quente dans les mythes solaires ? Bien que le souvenir des origines du
ravisseur d'Europe fût très obscurci à l'époque où Moschus composa
son idylle, la physionomie dont le poète grec, se conformant à la tradition, a revêtu le taureau nous permet de reconnaître le soleil dans
l'animal.

Cependant les derniers vers du poème semblent accuser chez l'auteur une autre intention, celle de glorifier le génie grec.

— O Vierge, dit le divin Taureau à la jeune fille, ne crains rien,

> Je suis le Roi des Dieux, le Kronide lui-même,
> Descendu de l'immense Éther à tes genoux !
> Réjouis-toi plutôt, ô Fleur d'Hellas que j'aime,
> D'être immortelle aux bras de l'immortel Époux !
>
> Viens ! Voici l'île sainte aux antres prophétiques
> Où tu célèbreras ton hymen glorieux,
> Et de toi sortiront des Enfants héroïques
> Qui régiront la terre et deviendront des Dieux !

Dans cette jeune fille qui porte le nom de notre continent et que le ravisseur arrache à l'Asie, sa patrie, pour l'emmener en Crète, où elle deviendra mère d'enfants héroïques, est-ce que le poète n'a pas symbolisé la civilisation, transportée par les dieux d'Asie en Europe, c'est-à-dire en Grèce, comme dans un milieu plus favorable à son épanouissement ?

HÉRAKLÈS SOLAIRE. — LA ROBE DU CENTAURE [1]

On ne saurait se méprendre sur le sens de deux courtes pièces, *Hèraklès solaire* et *la Robe du Centaure*, où est racontée la mort d'Hercule sur l'Œta : la première est une page de mythologie savante, la seconde une allégorie.

---

1. *Poèmes antiques*, XXXVI, XII.

Toutes deux sont inspirées d'un récit d'Ovide (*Mét.*, IX, 229), ou plutôt de l'imitation qu'André Chénier en a faite dans un fragment fameux, dont l'importance a été considérable, si vraiment, comme on l'a dit, il a éveillé chez Victor Hugo le sens de l'épopée :

> Œta, mont ennobli par cette nuit ardente,
> Quand l'infidèle époux d'une épouse imprudente
> Reçut de son amour un présent trop jaloux,
> Victime du centaure immolé par ses coups.
> Il brise tes forêts : ta cîme épaisse et sombre
> En un bûcher immense amoncelle sans nombre
> Les sapins résineux que son bras a ployés.
> Il y porte la flamme ; il monte, sous ses pieds
> Étend du vieux lion la dépouille héroïque,
> Et, l'œil au ciel, la main sur la massue antique,
> Attend sa récompense et l'heure d'être un dieu.
> Le vent souffle et mugit. Le bûcher tout en feu
> Brille autour du héros, et la flamme rapide
> Porte aux palais divins l'âme du grand Alcide !

Le titre d'*Hèraklès solaire* nous dit déjà d'avance que Leconte de Lisle a l'intention de nous faire reconnaître dans les travaux d'Hercule la vie du soleil. Et avec quelle clarté ne le fait-il pas ! Ces dragons qu'Hèraklès, à peine né, étouffe dans ses bras, ce sont les ténèbres de la nuit ; cette hydre, qu'il perce de ses flèches dans les marais de Lerne, c'est la brume, c'est l'humidité pestilentielle que dissipent les rayons purificateurs ; ces Centaures, avides de lui ravir sa Déjanire et qu'il immole de ses coups, ce sont les nuées et les orages ; ces flammes de pourpre au sein desquelles il meurt dans l'éclat d'une apothéose, ce sont les splendeurs du couchant : voilà ce que nous explique l'auteur d'*Héraklès solaire*.

Mais dans son explication il entre autant de poésie que de science. Sa pièce affecte la forme d'un hymne au dieu et fait plus d'une fois songer, par la splendeur des épithètes, aux *Hymnes védiques*. C'est comme un hymne très ancien qui remonterait aux origines de l'histoire d'Hercule et qui ferait pressentir cependant le développement futur de la légende.

La Robe du Centaure est une allégorie dont le poète nous donne lui-même la clef.

— Antique Justicier, divin Sagittaire, dit-il en s'adressant au héros, comme fait Ovide dans son récit, tu foulais paisiblement la cîme de l'Œta ; ton front s'était penché sur ta solide main ; ta massue et ton arc dormaient à ton côté ; tu contemplais, glorieux lutteur, le sol sacré d'Hellas où tu fus invincible. Mais il n'y a pas de trêve ni de repos pour toi : il te faut encore souffrir ; il te faut expier ta grandeur et mourir ; car la robe de Nessus t'étreint et tu n'échapperas à la douleur qu'en te jetant dans les flammes du bûcher.

Et le poète, écho d'Alfred de Vigny, explique qu'une robe expiatoire attend tous les grands hommes, et que cette tunique dévorante, ce sont leurs désirs indomptés. C'est peu d'avoir planté douze travaux sacrés aux haltes du chemin ; c'est peu d'avoir versé longtemps la sueur du génie : source de sanglots, foyer de splendeurs, le génie use, il brûle, il ne fait de l'homme un dieu qu'en le consumant.

EKHIDNA [1]

Après avoir raconté comment Khrysaôr, s'étant uni à Kallirhoè, fille de l'illustre Okéanos, engendra Geryôn aux trois têtes, l'auteur de la *Théogonie* ajoute :

Et Kallirhoè donna le jour à un enfant monstrueux, invincible, nullement semblable aux hommes mortels et aux Dieux immortels. Elle enfanta, dans un antre creux, la divine Ekhidna au cœur ferme, moitié nymphe aux yeux noirs, aux belles joues, moitié serpent monstrueux, horrible, immense, aux couleurs variées, nourri de chairs crues dans les antres de la terre divine. Et sa demeure est au fond d'une caverne, sous une roche creuse, loin des Dieux immortels et des hommes mortels ; car les Dieux lui ont donné ces demeures illustres. Et elle était enfermée dans Arimos, sous la terre, la morne Ekhidna, la Nymphe immortelle, préservée de la vieillesse et de toute atteinte. Et l'on dit que Typhaòn s'unit d'amour avec elle, ce Vent impétueux et violent, avec cette belle nymphe aux yeux noirs.

Elle devint enceinte, et elle enfanta le monstrueux et ineffable Kerbéros, chien d'Aidès, mangeur de chair crue, à la voix d'airain, aux cinquante têtes, impudent et vigoureux [2].

Hésiode dit ensuite comment Ekhidna enfanta l'odieuse Hydre de Lerne, tuée plus tard par Hèraklès ; puis, comment elle enfanta la Chimère aux trois têtes, que tuèrent Pégase et Bellérophon ; puis, comment elle enfanta la Sphinx, qui fut le fléau des Thébains ; puis, comment elle enfanta le lion de Némée, que tua Hercule.

---

1. *Poèmes barbares*, V.
2. Hésiode, *Théogonie*, traduction de Leconte de Lisle, p. 12-13.

Bien que le poème de Leconte de Lisle soit un poème symbolique, une strophe, qui elle-même a surtout une valeur symbolique, nous fait très bien entendre que la légende d'Ekhidna est, comme tant d'autres, un mythe solaire, et que cette nymphe, si belle, mais si cruelle, mère de tant d'êtres effrayants, tués par Hercule, Pégase, Bellérophon et Œdipe, autant de héros solaires, est tout simplement l'obscurité de la nuit :

> Tant que la flamme auguste enveloppait les bois,
> Les sommets, les vallons, les villes bien peuplées,
> Et les fleuves divins et les ondes salées,
> Elle ne quittait point l'antre aux âpres parois.

Mais le poète s'est beaucoup moins soucié de rechercher les origines de la légende que d'en tirer un sens nouveau. Après avoir dit en trois strophes, où Hésiode est suivi de très près, la naissance du monstre horrible et beau, moitié nymphe aux yeux illuminés, moitié reptile énorme, écaillé sous le ventre, puis ses parents, puis le plus cruel de ses enfants, Kerbéros aux cinquante mâchoires, il nous raconte longuement, ce qu'Hésiode ne fait point, comment Ekhidna se pourvoyait de chair crue.

Tant que la flamme du soleil enveloppait le monde, elle restait tapie dans son antre aux âpres parois. Dès qu'il se baignait dans les flots profonds, elle s'avançait, dérobant sa croupe ; son visage luisait comme la lune ; ses lèvres vibraient d'un rire étincelant ; elle chantait, et les hommes accouraient sous le fouet du désir. — Je suis l'illustre Ekhidna, fille de Khrysaor, disait-elle. Ma joue a l'éclat des pommes, des lueurs d'or nagent dans mes noirs

cheveux. Heureux qui j'aimerai, plus heureux qui m'aime !
Je le ferai semblable à Zeus ; il se réveillera sur les cîmes
sereines où sont les dieux, et je l'inonderai de voluptés ! —
Elle chantait ainsi, sûre de sa beauté, tandis que son grand
sein cachait le seuil étroit du gouffre ensanglanté. Comme
le tourbillon nocturne des phalènes attirés par le feu, les
hommes lui criaient : — Je t'aime, je veux être un dieu !
— Et ils l'enveloppaient de leurs chaudes haleines. Mais
ceux qu'elle enchaînait de ses bras, nul ne les revoyait, et
nul n'en dira jamais le nombre :

> Le monstre aux yeux charmants dévorait leur chair crue,
> Et le temps polissait leurs os dans l'antre creux.

Le poète n'a pas ici, comme dans *la Robe du Centaure*,
expliqué le sens du poème. Mais était-ce nécessaire ? Alors
même qu'il ne nous apprend pas, comme fait Hésiode,
qu'Ekhidna est la mère de la Chimère et la mère de la
Sphinx, qui ne voit qu'elle personnifie ici tous les rêves et
toutes les chimères, et que le poète prédit une affreuse fin
à tous les amants de l'idéal, à tous les chercheurs d'énigmes,
à tous les aventuriers de la passion, à tous ceux qui
demandent à la poésie, à l'art, à la philosophie, à l'amour
de les rendre des dieux ?

LE COMBAT HOMÉRIQUE [1]

Le titre du poème est significatif : ce n'est pas ici *un*

---

1. *Poèmes barbares*, VI.

combat homérique, c'est *le* combat homérique. L'entreprise pouvait paraître bien ambitieuse de condenser en quatorze vers les caractères principaux des combats d'Homère ; mais le poète n'a-t-il pas vraiment tenu les promesses de son titre ?

De même qu'au soleil l'horrible essaim des mouches
Des taureaux égorgés couvre les cuirs velus,
Un tourbillon guerrier de peuples chevelus,
Hors des nefs, s'épaissit, plein de clameurs farouches.

Tout roule et se confond, souffle rauque des bouches,
Bruit des coups, les vivants et ceux qui ne sont plus,
Chars vides, étalons cabrés, flux et reflux
Des boucliers d'airain hérissés d'éclairs louches.

Les reptiles tordus au front, les yeux ardents,
L'aboyeuse Gorgô vole et grince des dents
Par la plaine où le sang exhale ses buées.

Zeus, sur le Pavé d'or, se lève, furieux,
Et voici que la troupe héroïque des Dieux
Bondit dans le combat du faîte des nuées.

C'est d'un passage du IVe chant de l'*Iliade* que Leconte de Lisle s'est probablement inspiré pour peindre le tumulte de la bataille :

Et quand ils se furent rencontrés, ils mêlèrent leurs boucliers, leurs piques et la force des hommes aux cuirasses d'airain ; et les boucliers bombés se heurtèrent, et un vaste tumulte retentit. Et on entendait les cris de victoire et les hurlements des hommes qui renversaient ou étaient renversés, et le sang inondait la terre [1].

---

[1]. Traduction de Leconte de Lisle, édition in-8°, p. 71.

C'est au XXe chant de l'*Iliade* que l'on voit la troupe héroïque des Dieux bondir tout entière dans la mêlée avec l'assentiment de Zeus.

C'est d'un passage du XVIe chant qu'est sans doute imitée la sortie des vaisseaux :

Et ils se répandaient semblables à des guêpes, nichées sur le bord du chemin et que des enfants se plaisent à irriter dans leurs nids. Et ces insensés préparent un grand mal pour beaucoup ; car, si un voyageur les excite involontairement au passage, les guêpes au cœur intrépide tourbillonnent et défendent leurs petits. Ainsi les braves Myrmidones se répandaient hors des nefs, et une immense clameur s'éleva [1].

La comparaison des guêpes n'ayant pas paru à notre poète assez réaliste, il les a transformées en un essaim de mouches sortant des taureaux égorgés ; réminiscence du IVe livre des *Géorgiques* :

> *Aspiciunt liquefacta boum per viscera toto*
> *Stridere apes utero et ruptis effervere costis.*

NIOBÉ [2]

Niobé est un des plus anciens poèmes de Leconte de Lisle, et c'est un de ceux où il a exprimé le plus clairement ses idées générales.

Il est imité librement d'une page des *Métamorphoses* d'Ovide (VI, v. 146 et suiv.).

---

1. *Id.*, p. 295.
2. *Poèmes antiques*, XIX.

Latone, mère d'Apollon et d'Artémis, avait prescrit aux Thébaines de lui offrir de l'encens et des prières. Elles obéirent. Mais Niobé, leur reine, s'avança au milieu d'elles. — Quelle folie, leur dit-elle, de consacrer des autels à Latone, lorsque l'encens ne brûle pas encore en mon honneur ! — Elle se vante alors d'être fille de Tantale, qui seul s'assit à la table des dieux, d'avoir pour aïeul maternel Atlas, dont la tête supporte la voûte des cieux, et pour aïeul paternel Jupiter. Son mari est Amphion, qui, au son de la lyre, éleva les murs de Thèbes. Un peuple immense lui obéit. Mais ce qui fait surtout sa fierté, ce sont ses enfants : elle a sept fils et sept filles, elle aura bientôt sept gendres et sept belles-filles. Peut-on dès lors lui préférer Latone qui n'eut jamais que deux enfants ? Et comment les eut-elle ? Ne sait-on pas qu'elle erra dans le monde entier cherchant une terre qui voulût bien la recevoir au moment de sa délivrance, et qu'enfin elle émut de pitié l'île stérile et flottante de Délos ? Si Niobé perdait une partie de ses enfants, elle serait encore plus riche que Latone.

Émues par ce discours, les Thébaines arrachent les couronnes de leurs têtes et interrompent les sacrifices commencés. Mais Latone, indignée, demande à ses enfants, Apollon et Artémis, de venger l'injure faite à leur mère : on lui dispute le titre de déesse, on veut renverser ses autels.

Apollon et Diane prennent aussitôt leurs flèches et descendent, enveloppés d'un nuage, vers la cité de Cadmus. Près des murs s'étendait une large plaine où les fils d'Amphion et de Niobé s'exerçaient à conduire des chars. En peu d'instants ils tombent l'un après l'autre, abattus par les traits d'Apollon. (Le récit d'Ovide est ici admirable de mouvement, de précision et de variété.) Cependant Niobé apprend que ses fils viennent de lui être ravis, et bientôt que son mari, fou de désespoir, s'est percé le sein. Elle se jette sur les corps de ses fils et les couvre de baisers ; ses ennemis eux-mêmes la plaignent ; mais la douleur n'a pas abattu sa fierté : — Rassasie-toi de mes larmes, crie-t-elle à Latone ; mais où est donc ta victoire ? Après tant de pertes, il me reste encore plus d'enfants que tu n'en as.

Elle dit, et les cordes des arcs célestes résonnent de nouveau. Une à une, les filles de Niobé tombent sur les corps de leurs frères. (Encore un récit plein de vivacité et de variété.) Bientôt une seule reste vivante, la plus jeune. Cette fois, Niobé, vaincue, s'humilie : elle entoure l'enfant de ses bras, elle demande grâce. Mais pendant qu'elle prie, l'enfant rend l'âme à son tour. Muette d'horreur, Niobé s'immobilise ; ses yeux sont fixes, sa langue se glace, son cou ne se plie plus, ses pieds cessent de marcher. Elle pleure pourtant, et des larmes baignent encore le marbre qu'elle est devenue.

Dans ce beau récit, Ovide ne prétend illustrer aucune idée philosophique ou morale. Encore moins se propose-t-il de nous faire reconnaître dans les innombrables enfants percés par les flèches-rayons du dieu solaire les nuées ou les ténèbres qu'ils ont commencé par être. Il ne se soucie pas davantage d'expliquer que le primitif mythe solaire

s'est sans doute fondu avec d'autres légendes et que l'histoire de la rivalité de Latone et de Niobé est probablement
celle de deux divinités locales, une déesse de Délos et une
déesse de Thèbes. (L'histoire de cette rivalité s'est greffée
ensuite sur celle de la lutte, autrement plus importante, des
deux grandes religions ennemies, la religion des Titans et la
religion de Zeus.) Ovide est seulement un narrateur et un
peintre. Pour lui, Niobé n'a été qu'un type de l'orgueil
maternel et l'histoire de ses malheurs n'a été qu'un sujet de
drame. Mais s'il a conduit le drame avec un art consommé,
s'il a ménagé admirablement l'intérêt, s'il a su varier sans
aucune recherche l'attitude et les blessures de tant de mou-
rants, ne doit-on pas se déclarer satisfait ?

Leconte de Lisle a complètement modifié les circonstances dans lesquelles se produit le blasphème de Niobé,
sans que ce changement-ci intéresse le sens de l'histoire. Il
n'a mis dans le début de son poème aucun symbolisme : il
y a fait seulement de l'archéologie.

Les jeux isménéens viennent de finir. La foule s'ache-
mine vers Thèbes par les routes poudreuses. L'olivier ceint
le front des vainqueurs. Des chars d'airain ramènent à la
ville les vieillards drapés dans la pourpre et la laine, les
jeunes gens qui font jouer la lumière sur leurs casques
polis. Bientôt le palais d'Amphion s'ouvre pour recevoir
l'élite des étrangers : les serviteurs du roi servent l'orge et
l'avoine aux chevaux dételés et, recouvrant les chars de
laines protectrices, les inclinent doucement contre les
murs. Les héros se baignent dans de larges conques d'or,

versent l'huile sur leurs membres pour les assouplir, se couvrent de longs tissus de lin et entrent aux sons des lyres ioniques dans la vaste salle. Là, dix nymphes d'or massif tendent d'un bras brillant dix torches enflammées; mille autres flambeaux illuminent la voûte. Le divin Amphion, le front serré du bandeau royal et la lyre à la main, préside le festin. Assise à ses côtés, la fière Niobé, fille de Tantale, contemple avec orgueil ses sept fils et ses sept filles, tandis qu'à ses pieds vingt femmes de Lydie ourdissent des laines violettes. Cependant les vins dorés coulent des cratères d'argent, le miel tombe des amphores profondes, de jeunes canéphores offrent des fruits vermeils aux convives et la table gémit sous le poids des viandes fumantes.

Après ce tableau qui n'a d'autre objet que de peindre les mœurs de la Grèce préhistorique, on voit, comme dans les festins de l'*Odyssée*, un aède se lever.

Et d'abord il salue les dieux primitifs : l'Aithèr, dominateur de tout et substance première ; les Astres, signaux du ciel; la Nature, épouse de l'Aithèr, nourrice éternelle, habile et sachant toutes choses; le vieil Ouranos, agitateur des mondes; et Zeus, roi du feu, éclatant voyageur. Très beau couplet, riche de style et plein de sens, inspiré des *Hymnes orphiques* à l'Aithèr, aux Astres, à la Nature, à Ouranos, à Zeus tonnant [1]. Il suffira, pour faire sentir

---

1. *Hymnes orphiques*, IV, VI, IX, III, XVIII. Ces chiffres sont ceux de la traduction de Leconte de Lisle.

l'étendue de la dette du poète, de rapprocher du début de ce couplet l'Hymne orphique à l'Aithèr :

PARFUM DE L'AITHÈR.

Le Safran.

O toi qui possèdes la haute demeure de Zeus, partie infatigable et dominatrice de Hèlios et de Sélènaiè, dompteur de toutes choses, qui respires le feu, flambeau de tous les vivants, qui règnes dans les hauteurs, Aithèr ! ô le meilleur élément du Kosmos, ô fleur illustre, qui portes la lumière et donnes la splendeur aux astres, je t'invoque et te supplie d'être doux et tempéré [1].

> Toi qui règnes au sein de la voûte azurée,
> Aithèr, dominateur de tout, flamme sacrée,
> Aliment éternel des astres radieux,
> De la terre et des flots, des hommes et des Dieux !
> Ardeur vivante ! Aithèr ! source immense, invisible,
> Qui, pareil en ton cours au torrent invincible,
> Dispenses, te frayant mille chemins divers,
> La chaleur et la vie au multiple univers,
> Salut, Aithèr divin, ô substance première !

Suspendus aux lèvres de l'aède, les convives délaissent la coupe et les mets parfumés. Il poursuit en invitant tous les dieux et toutes les déesses à chanter l'immortel Zeus : il y invite les monstrueux Titans, qui gémissent dans les anciens abîmes; l'immense Typhoé, dernier-né de la Terre, les Okéanides, qui se jouent en rond sur les perles humides, les Kurètes vagabonds, générateurs des fruits,

---

1. Traduction de Leconte de Lisle, p. 89.

Les sources de Leconte de Lisle. 23

Pallas, déesse au casque d'or, et Aphrodite, reine à tête blonde, et les enfants sans nombre de Zeus, fruits de ses mille hymens, qui sont sa pensée aux formes innombrables, son courroux, sa force, sa grandeur. Encore un couplet remarquable, où le poète montre du panthéisme hellénique une grande intelligence, due en partie aux *Hymnes orphiques*, notamment à l'hymne aux Titans et à l'hymne aux Kurètes [1].

Cependant l'aède (s'inspirant, cette fois, moins des *Hymnes orphiques* que des Hymnes homériques à Apollon et à Artémis) croit devoir chanter en particulier le plus illustre et le plus beau des fils de Zeus : c'est le Dieu de Sminthée et le Dieu de la Maionie; c'est le roi de Pytho, de Klaros et de Milet ;

> C'est le Lykoréen, meurtrier de Tityé,
> Le Dieu certain du but, protecteur des héros.

A la gloire du dieu, l'aède associe sa sœur, la mâle Chasseresse, la Vierge aux flèches d'or, et Léto leur mère, illustre entre toutes les mères pour avoir eu de tels enfants.

A ces mots, Niobé se lève, l'œil en feu. Déjà, tout à l'heure, elle avait eu de la peine à supporter l'éloge de Zeus. Maintenant, l'éloge de Léto déchaîne sa fureur. Elle fait taire l'aède. — Il était d'autres dieux que les siens. Fils de la terre et de l'Ouranos, ils dispensaient, propices aux mortels, la paix, le bonheur et la sagesse. Ce sont ces dieux, aujourd'hui déchus et gisant dans l'Hadès, les dieux

---

1. Hymnes XXXVI et XXXVII.

Titans, qu'il faut chanter : Hypérion, Atlas, Prométhée surtout, le ravisseur du feu, l'ami des hommes. Ceux-là furent sages. Leur culte, d'ailleurs, survit au fond des cœurs. — Et Niobé annonce qu'un jour viendra où Zeus s'évanouira dans la nuit et verra le feu sacré mourir sur ses autels : ce jour-là, les dieux déshérités sortiront du Tartare. Aussi, dans une apostrophe éloquente (où Leconte de Lisle, si tendre en général pour la mythologie grecque, en signale vigoureusement l'immoralité et les puérilités), Niobé brave-t-elle Zeus, lui, et son amante Léto, et les enfants de leur impure union : cet Apollon qui a usurpé le char d'Hypérion, cette Artémis imposée comme souveraine aux paisibles forêts. Elle défie leurs risibles colères. Elle appelle sur elle leurs traits funestes aux cerfs des bois.

L'appel blasphématoire est entendu : la voûte du palais s'entr'ouvre, les lambris tombent sur la table, les convives s'enfuient épouvantés. Apollon et Artémis sont là, l'arc tendu, et ils massacrent les enfants de Niobé dans la salle du festin, comme Ulysse fait des prétendants au XXIIIe chant de l'*Odyssée*. Fils et filles tombent pêle-mêle. (Puisqu'ils étaient tous groupés autour de la mère, le poète ne pouvait, à l'exemple d'Ovide, faire mourir les fils avant les filles ; et, dans le cours de son récit, il s'est piqué de ne pas copier Ovide ; il ne lui a emprunté qu'un seul détail, celui des deux enfants percés de la même flèche ; encore ne sont-ce pas les mêmes personnages qui chez lui sont victimes de ce coup double.)

Quand toute leur famille est éteinte, Amphion se tue et Niobé devient marbre. Alors le poète, songeant moins au récit d'Ovide qu'à la statue fameuse de Niobé, admire son héroïne pétrifiée. Jamais, dit-il, corps divins dorés par le soleil, jamais blanches statues revêtues de grâce et de jeunesse n'ont valu ce col qui chancelle, ces bras majestueux brisés dans leur geste, ces flancs si pleins de vie et épuisés d'efforts, ce corps où la beauté triomphe de la mort. Niobé certainement vit encore. Sous sa robe, insensible, elle continue à souffrir. Souffrira-t-elle toujours ?

Cette question nous indique, je crois, quel sens il faut surtout donner au poème.

Si l'on s'en rapporte à une déclaration de la préface des *Poésies antiques*, *Niobé* ne serait qu'un poème historique. « *Niobé*, y est-il dit, symbolise une lutte fort ancienne entre les traditions doriques et une théogonie venue de Phrygie. » *Niobé* est certainement l'histoire de deux religions ennemies, puisque le poète nous le dit, et on ne peut lui contester le mérite de nous avoir clairement fait entendre que si la religion grecque de l'époque classique avait concilié dans une apparente harmonie des cultes rivaux, à une époque plus ancienne, les conflits de races et de tribus avaient dû se compliquer en Grèce, comme ailleurs, des conflits de religions.

Mais à cet intérêt historique le poème de *Niobé* n'en joint-il pas un autre et l'héroïne ne symbolise-t-elle pas la raison humaine ? La raison humaine, nous dit, ce me semble, le poète, voit tous ses enfants, elle voit toutes ses créations abattues par Apollon et Artémis, personnifiant, dans la pensée de Leconte de Lisle, non pas seulement la religion de Zeus, mais toute espèce de religion. L'auteur de *Niobé* ne désespère pas pourtant qu'un jour vienne où la raison ne perdra plus ses enfants : ce sera le jour où le feu s'éteindra sur les autels de Zeus et où les hommes se remettront sous la tutelle des anciens dieux, des Titans. Or, ces dieux, leur titre de fils de la Terre ne dit-il pas, à lui seul, que ce sont des hommes, les meilleurs des hommes, les hommes de génie, les savants, les philosophes, les législateurs, les artistes, les poètes ?

Le symbole n'est pourtant pas si précis qu'on ne puisse voir peut-être, si l'on veut, dans Niobé le génie humain : il a réussi à vaincre les dieux, c'est-a-dire la nature, par le nombre et la beauté de ses œuvres; mais la nature, pour se venger, efface les couleurs, brise les marbres, ensevelit les pierres dans le sable, use le livre où sont conservés les beaux vers, consume toutes les institutions utiles. C'est là une tout autre interprétation du poème. Mais les meilleurs symboles ne sont-ils pas ceux qui ont une certaine élasticité et comportent plusieurs sens ?

KHIRÔN [1]

Si le sens général de *Khirôn* est facile à saisir, je ne me flatte pas de comprendre tout ce que Leconte de Lisle a pu vouloir mettre de pensée dans ce long poème.

Apollonius de Rhodes raconte qu'au moment où les Argonautes quittaient le rivage de la Grèce pour aller à

---

1. *Poèmes antiques*, XXVII.

la conquête de la Toison d'or « le fils de Philyre, Chiron lui-même, descendant du haut de la montagne, s'avança vers le rivage en leur faisant signe de la main et leur souhaitant un heureux retour. Près de lui, son épouse Chariclo, portant dans ses bras le jeune Achille, le présenta tendrement à son père Pélée ». Un peu plus haut, un peu plus bas, Apollonius nous montre Orphée charmant ses compagnons par les doux accents de sa voix. Mais ni Apollonius, ni, je crois, aucun autre historien de l'expédition des Argonautes, ne nous dit que les navigateurs auraient manifesté le désir d'avoir pour chef le vieux centaure Chiron, ni qu'ils auraient député vers lui le chanteur Orphée. C'est sans doute Leconte de Lisle qui a imaginé lui-même la rencontre des deux héros, ajoutant ainsi une page toute nouvelle à la légende des Argonautes.

Son histoire se déroule, comme une histoire de Théocrite, dans un cadre bucolique. C'est le soir : le soleil déserte la campagne infinie et la nuit invincible couvre déjà d'un voile épais les flots de la mer Aigée ; bœufs indolents, chèvres aux pieds sûrs, blanches brebis, pasteurs armés de l'aiguillon, laveuses et moissonneurs s'acheminent vers les murs d'Iolkos. Mais voici qu'au détour de la route poudreuse un étranger s'avance. Il approche. Silencieux, il passe, et les adolescents écoutent résonner au loin ses pas. — C'est un dieu ! — pensent-ils, car ils ont vu régner la paix du sage dans ses yeux profonds.

L'étranger gravit la montagne. Il s'arrête sur le seuil d'un antre, dont deux torches d'olivier rougissent les parois. Là, Khirôn aux quatre pieds, assis sur la peau d'un lion, écoute son jeune élève Achille qui joue de la lyre. Khirôn n'a jamais vu cet étranger ; mais, étant prophète, il le reconnaît : c'est Orphée, et il commande à Achille de laver pieusement les pieds sacrés de l'hôte le plus illustre dont la présence ait jamais honoré son antre sauvage. Orphée salue à son tour le divin vieillard et il lui dit l'objet de sa mission.

Un dieu a ravi aux Minyens la Toison d'or et l'a suspendue à Kolkos dans le temple d'Arès. Un dragon veille sur ce trésor, gardien incorruptible. Pour arracher au monstre sa proie précieuse, cinquante rois se sont assemblés, et Orphée, (qui vient de résumer l'histoire de l'enlèvement de la Toison d'après l'*Argonauticôn hypothesis*, c'est-à-dire d'après la notice mise en tête du poème d'Apollonius par son scholiaste), nomme les plus fameux de ces héros (dans une page d'un tour épique où est abrégé le dénombrement des guerriers que fait l'auteur des *Argonautiques*).

Ces rois belliqueux ont besoin d'un chef et ils demandent à Khirôn de les commander. Mais le centaure refuse cet honneur, car son temps est fini. Il s'expliquera plus longuement tout à l'heure après le repas. En effet, après le repas, préparé et servi par Achille d'après toutes les règles prescrites par les archéologues, Khirôn prend la parole. Il raconte sa vie, et, comme elle a commencé après le déluge, en la racontant, il fait défiler sous nos yeux toute la préhistoire de la Grèce.

On voit dès lors le vrai sujet du poème de *Khirôn*. C'est l'histoire des plus lointaines origines de la civilisation grecque ; c'est l'histoire des Grecs depuis le moment où

le sol de la Grèce a été habité pour la première fois jusqu'à l'époque héroïque. Ce tableau des temps tout primitifs est fait par Khirôn qui en a été le témoin réfléchi. Le
centaure personnifie, par conséquent, la conscience grecque,
conscience qui s'est formée avec le cours des âges, et l'on
ne s'étonnera pas si Leconte de Lisle nous montre que
cette formation a consisté à se détacher des croyances
religieuses.

D'abord Khirôn se rappelle la beauté de la terre sortant
du déluge comme d'un bain qui l'a vivifiée, et, par la
bouche de son héros, Leconte de Lisle chante, comme il
l'a fait plusieurs fois, les magnificences de la nature vierge,
non encore enlaidie et mutilée par la main humaine : alors
les cieux étaient plus grands ; alors l'air subtil emplissait
les poumons d'un souffle généreux.

C'est dans cette nature vigoureuse que Khirôn déploya
les forces de sa jeunesse : rien ne bornait ses vœux ; du
poitrail, il domptait les fleuves immortels dont l'onde
flottait sur sa croupe fumante ; il étreignait l'univers entre
ses bras nerveux ; l'horizon sans limites aiguillonnait sa
course ; il errait, sauvage et libre, emplissant ses poumons
du souffle des déserts ; l'orage de son cœur au cours tumultueux entraînait au hasard dans la durée et dans l'espace
sa force inaltérée. Et pourtant, comme au sein des mers,
tandis que le vent émeut les flots, l'empire de Nérée
ignore la tourmente, tel il était calme, se sachant immortel.

On ne saurait avoir aucune espèce de doute sur l'origine de la page que je viens de résumer. Leconte de Lisle a voulu y condenser *le Centaure* de Maurice de Guérin (publié en 1840 dans la *Revue des Deux Mondes*). Pour s'en convaincre, on n'aura qu'à rapprocher des vers du poète les quelques lignes suivantes :

L'usage de ma jeunesse fut rapide et rempli d'agitation. Je vivais de mouvement et ne connaissais pas de borne à mes pas. Dans la fierté de mes forces libres, j'errais m'étendant de toutes parts dans ces déserts... Je me délassais souvent de mes journées dans le lit des fleuves. Une moitié de moi-même, cachée dans les eaux, s'agitait pour les surmonter... Une inconstance sauvage et aveugle disposait de mes pas... Ainsi, tandis que mes flancs agités possédaient l'ivresse de la course, plus haut j'en ressentais l'orgueil, et, détournant ma tête, je m'arrêtais quelque temps à considérer ma croupe fumante. La jeunesse est semblable aux forêts verdoyantes tourmentées par les vents : elle agite de tous côtés les riches présents de la vie, et toujours quelque profond murmure règne dans son feuillage. Vivant avec l'abandon des fleuves, respirant sans cesse Cybèle, soit dans le lit des vallées, soit à la cime des montagnes, je bondissais partout comme une vie aveugle et déchaînée.

Dans la page de Leconte de Lisle, comme dans le magnifique poème en prose de Guérin, c'est le même rêve qui est exprimé : celui d'une vie s'identifiant autant que possible avec celle de la nature, d'une vie où l'homme, pour mieux participer à l'existence de la nature, aurait une vigueur tout animale, mais en conservant une intelligence humaine, consciente des délices de cette participation. Il s'en faut d'ailleurs que Leconte de Lisle fasse oublier son modèle : il l'abrège, il le dessèche, il le grossit surtout, ramenant à une agitation par trop brutale l'exercice que le centaure fait de ses jeunes forces.

Comme Khirôn a regretté amèrement sa jeunesse, Orphée l'engage à éloigner de son cœur ces regrets indignes d'un sage, et le centaure, docile à ce conseil viril, commence à dire les antiques destins des peuples morts.

Aussi loin que son regard plonge dans le passé, un peuple habitait au pied du Péliôn. Ces hommes descendaient de Pélasgos, fils de la Terre. Ils parlaient peu, paissaient leurs troupeaux, ignoraient la guerre et la navigation, avaient des vêtements grossiers et de noirs abris élevés sans art. Simples et pieux, ils poussaient des cris quand ils sentaient bondir leurs cœurs en présence des cieux, ne connaissant ni les cités, ni les temples, ni les hymnes.

Un jour, à l'horizon, Khirôn vit surgir un peuple armé, couvrant les monts et noircissant les plaines, pareil aux bataillons des fourmis dans le creux des sillons. Des chevelures blondes flottaient sur leurs dos blancs. Leurs chants belliqueux ébranlaient les monts. Ils se jetèrent sur les pacifiques enfants de Pélasgos : les troupeaux furent dispersés, les airs s'obscurcirent d'un nuage de flèches ; les têtes bondissaient loin des troncs palpitants, les étalons traînaient les chars d'airain dans des fleuves de sang. Les Pasteurs, emportant les images géantes de leurs dieux, s'enfuirent éperdus sur les rivages ; quelques-uns, unissant des chênes, les mirent sur l'onde et allèrent chercher un autre univers ; tous disparurent, et alors commencèrent les destinées d'une race meilleure.

Ce tableau de la vie des Pélasges et de l'invasion des Hellènes est probablement exact dans les grandes lignes, si l'on peut parler d'exactitude quand il s'agit de temps aussi reculés. Mais quelques-unes des hypothèses du poète peuvent être contestées. Il paraît admettre que les Pélasges et les Héllènes n'étaient pas de même race ; or, tout permet de supposer, au contraire, que les premiers comme les seconds appartenaient à la même famille et que ceux-ci en furent seulement un tronc plus vigoureux. Il fait des Pélasges une population très primitive ; or, on croit généralement qu'ils avaient déjà une certaine culture, et les murs cyclopéens sont encore là pour protester contre les termes méprisants dont il a qualifié leurs constructions. Il les fait massacrer par des envahisseurs venus en grande masse ; or, l'invasion des Hellènes se fit probablement peu à peu et sans doute ne fut pas toujours suivie de massacres.

C'est après l'établissement des Hellènes sur le sol de la Grèce que Khirôn place la guerre des Géants contre les Dieux. Ils naquirent, tout armés, de la Terre, et, aussitôt nés, ils tentèrent d'escalader les cieux : dressant l'Hémos sur l'Ossa, ces deux montagnes sur l'Athos, et sur toutes les trois le noir Pélion, ils allaient briser l'Olympe éblouissant, vénéré des humains,

> Si, changeant d'un seul coup la défaite mobile
> Athéné n'eût percé Pallas d'un trait habile.

(De quel trait ? Leconte de Lisle ne nous le rappelle point, et, comme Pallas, qui est ici le nom d'un Géant, est aussi un des noms les plus connus d'Athènè, le vers est assez déconcertant. Suppléons au silence du poète : Athènè a levé son bouclier orné de la tête de la Gorgone ; il a le privilège de pétrifier ceux qui y arrêtent leurs regards ; c'est ce qui advint à Pallas, le Géant qui déjà entrait dans l'Olympe, et alors commença la défaite des envahisseurs.)

Leconte de Lisle conte la suite de la guerre des Géants en s'inspirant de la *Gigantomachie* de Claudien, qu'il abrège et arrange.

Il conserve sans altération le premier épisode, qui est, si l'on peut dire, un des lieux communs de la narration épique : le corps d'un guerrier mort devenant une arme entre les mains d'un des survivants. Déiphore saisit Pallas pétrifié et le lance à la fille de Zeus ; mais en vain, car le corps du Géant granitique retombe et se brise.

Le deuxième épisode nous offre un spectacle plus extraordinaire encore : le Géant Polybote fuit dans la mer ; Poseidôn l'aperçoit ; de ses bras formidables, il enlève l'île de Nysie et la lance sur le Géant dont les os sont aussitôt fracassés. Chez Claudien, c'est un Géant, qui ramasse dans la mer une île, l'île de Délos, pour la jeter contre l'Olympe. Dans cet épisode, Leconte de Lisle, par un changement curieux, a donc attribué à un Dieu l'invention que Claudien prêtait à un ennemi des Dieux.

On voit sans peine ce que Leconte de Lisle a symbolisé dans la guerre des Géants contre les Dieux, ainsi placée par Khirôn après que les Hellènes se sont définitivement établis en Grèce : c'est la première insurrection contre les idées religieuses. Et la suite du récit de Khirôn ne laisse subsister aucun doute.

La guerre que les Géants avaient osé faire aux Dieux laissa fort indécis l'esprit du centaure. Songeur, il se disait : Les sereines forêts peuvent s'écheveler comme des fronts vulgaires, les troncs noueux des chênes se brisent aux bonds de l'ouragan, un astre peut s'éteindre dans le ciel, l'océan peut rugir et la terre s'ébranler ; mais d'où vient que les Dieux, générateurs des astres et des êtres, les Rois de l'infini, les Maîtres implacables, troublent leur repos en luttant contre des hommes ? Ils ont failli succomber sous les coups des Géants : ils sont donc faibles. Ils se sont irrités : leur cœur n'est donc pas serein. N'y a-t-il pas, par delà la sphère où ils habitent, une Force impassible plus puissante qu'eux-mêmes ? N'y a-t-il pas des Dieux inaltérables ? Oui, sans doute. Aussi est-ce à ces Dieux invisibles que montera désormais le culte de Khirôn. Les faibles Dieux de l'Olympe ne sont plus les siens. Sachant qu'il darde un trait d'une main aussi assurée que Phoibos et qu'il peut devancer Artémis à la course, dédaigneux de Zeus dont les Géants ont balancé la gloire, il adorera désormais ces Dieux inconnus que l'on n'a pas combattus, ces Dieux à qui nul n'a dit : Non !

C'est ainsi que Khirôn songeait, parce que la première insurrection contre les Dieux avait beau avoir été repoussée, depuis lors le sentiment de leur faiblesse persistait dans la conscience de l'humanité.

Khirôn est parvenu au terme de son récit. — J'avais
délibéré sur le destin des Dieux, dit-il à Orphée ; ils m'en
ont puni : j'étais immortel, je mourrai. J'attends de jour
en jour l'heure expiatoire, et voilà pourquoi je ne m'embar-
querai pas avec les Argonautes.

Quand le vieillard s'est tu, Orphée prend la lyre
d'Achille. Il chante, et Leconte de Lisle refait à son tour
le tableau fameux de la nature entière suspendue aux
lèvres du chanteur : la sereine Kybèle sent tressaillir ses
flancs verts ; l'étalon palpite de volupté ; l'aigle se précipite
de son nid sanglant ; le lion s'élance hors de son repaire ;
les cerfs, les biches, les Dryades, les Satyres se sentent
poussés vers l'antre par un souffle inconnu ; mais nul
n'écoute Orphée avec une attention plus recueillie
qu'Achille, car il a vu briller dans l'œil du chanteur une
flamme restée de l'éclair qu'avait ravi Prométhée.

Avant de congédier son hôte, Khirôn, qui lit dans
l'avenir, lui dévoile ses destinées : Orphée avec les Argonautes triomphera de Kolkos ; sa lyre aidera ses compagnons
d'armes à vaincre la mer ; mais quelle triste fin ! Et Khirôn
voit la tête sacrée du poète indignement roulée par les eaux
d'un fleuve. Ce sont les Ménades qui accompliront ce
crime, les Ménades servantes de Iakkhos, dieu bienveillant
pourtant, dieu traîné par la fauve panthère, dieu couronné
de pampres, mais qui se plaît aux fureurs des femmes.

Virgile faisait du meurtre d'Orphée déchiré par les
femmes de Thrace un crime passionnel : ayant toujours au
cœur son Eurydice, le chanteur repousse l'amour des autres
femmes, et elles se vengent. Orphée, chez Leconte de Lisle,

n'est plus, on le voit, l'amant d'Eurydice : c'est l'homme
qui a hérité de la flamme ravie par Prométhée. Penseur,
il meurt victime du fanatisme religieux. Le dieu au nom
duquel on l'immole est pourtant Iakkhos, le dieu des mystères orphiques, le dieu qui a dompté les panthères et
découvert la vigne, c'est-à-dire un dieu qui est un bienfai-
teur de l'humanité. Mais ce dieu se plaît aux furies des
Ménades, ce qui signifie, à n'en point douter, dans la pensée de Leconte de Lisle, que la religion la mieux inten-
tionnée est incapable de s'affranchir des folies du fanatisme.

Au retour de l'aurore, Orphée quitte l'antre de Khirôn
et descend de la montagne. Les pasteurs regagnaient leurs
vallées, les laveuses leurs rivières, les moissonneuses leurs
champs de blé. A la vue de l'étranger, tous s'arrêtent,
saisis d'un religieux respect. Lui-même s'arrête pour les
saluer. Il ne leur dit qu'un mot et disparaît ; mais la voix
sublime, entendue une seule fois, ne quitte plus leur souvenir.

Qu'est-ce à dire, sinon que le mot jeté par le penseur, qui avait recueilli les secrets du passé des lèvres de
Khirôn, le vieux révolté, ne devait pas être perdu pour la
foule, mais devait germer plus tard [1] ?

---

1. Quand il a imaginé cette rencontre d'Orphée avec le vieux Khirôn,
dépositaire des secrets du passé, Leconte de Lisle s'est certainement inspiré du *Récit* qui sert de prologue à *la Chute d'un Ange*. On sait que s'il
aimait peu les autres œuvres de Lamartine, il avait la plus profonde
admiration pour *la Chute d'un Ange*, où il trouvait « les conceptions les
plus hardies, les images les plus éclatantes, les vers les plus mâles, le
sentiment le plus large de la nature extérieure. »

HÉLÈNE [1]

Ce drame mêlé de chœurs n'a pas eu d'autre source principale que le chant épique de moins de quatre cents vers, l'*Enlèvement d'Hélène*, composé, vers la fin du ve siècle de notre ère par Kolouthos.

L'auteur de l'*Enlèvement d'Hélène* est à peu près inconnu, car on ne sait guère de lui que le nom de sa patrie, Lycopolis en Thébaïde. L'œuvre est médiocre, bien qu'on lui ait fait maintes fois l'honneur de l'éditer, de la commenter et de la traduire depuis le jour où le cardinal Bessarion l'a découverte dans un manuscrit qui contenait aussi la suite de l'*Iliade* par Quintos de Smyrne.

L'*Enlèvement d'Hélène* est une épopée conforme à toutes les règles traditionnelles du genre. Kolouthos y a mis surtout beaucoup de merveilleux.

Les Dieux s'étant rendus aux noces de Thétis et de Pélée, la Discorde se présente, mais on ne veut pas la recevoir. Pour se venger de cet affront, elle jette une pomme d'or dans la salle du festin. Hèrè, Athènè et Kypris se disputent le fruit. Zeus le remet à Hermès, qui doit le confier à Paris, fils de Priam : c'est celui-ci qui jugera les Déesses. Chacune d'elles s'arme pour la lutte : Kypris appelle à son aide tout l'essaim des amours. Cependant Paris a reçu la pomme et les trois Déesses sont devant lui. Athènè s'engage à lui donner la science et le courage d'un héros, Hèrè l'empire de toute l'Asie. Kypris, laissant tom-

---

1. *Poèmes antiques*, XI.

ber les voiles qui la couvrent, lui promet une compagne pleine d'attraits, Hélène de Sparte. Elle reçoit la pomme et insulte ses rivales.

Brûlant de désir, Paris construit un vaisseau. Il s'embarque, essuie au départ une tempête violente et, après un long voyage, arrive à Sparte, entre au palais d'Hélène. La jeune femme ne peut se rassasier de sa vue : s'il n'est pas le fils de Kypris, s'il n'est pas le Dieu qui découvrit la vigne, qui est-il donc ? Paris nomme sa patrie et son père : il est né dans la ville illustre de Troie, qu'ont bâtie les Dieux ; lui-même est le juge des Déesses ; établi leur arbitre, il a donné le prix à Kypris, qui, en récompense, lui a promis Hélène ; qu'Hélène le suive donc, sans craindre Ménélas, lâche à qui des femmes rougiraient d'être comparées. Hélène baisse les yeux, se tait un moment, puis brusquement : — Il y a longtemps que je désirais voir ta patrie, dit-elle ; c'en est fait : je te suivrai, comme l'ordonne la Reine des amours.

Les deux amants partent. Au lever de l'aurore, Hermione, fille d'Hélène, cherche en vain sa mère, l'appelle et pleure. Cependant Paris entre bientôt avec sa compagne dans le port creusé par Dardanos, et Troie ouvre ses portes superbes au citoyen dont le retour doit être le prélude de ses malheurs.

Leconte de Lisle n'a point conservé le plan qu'il trouvait dans le maigre poème de Kolouthos.

Il nous transporte immédiatement dans le palais de Sparte.

Ménélas est absent et Hélène s'inquiète. Elle invoque Pallas, déesse sévère, car la flamme d'Aphrodite la dévore, et elle demande à l'aède Démodoce [1] de verser en son cœur la paix que donnent les Muses sacrées. L'aède chante la naissance d'Hélène, fille de Léda et de Zeus, qui, pour séduire Léda, pendant qu'elle se baignait dans l'Eurotas, avait revêtu la forme d'un cygne.

Au moment même où s'achève ce chant voluptueux, qui rappelle une fois de plus à Hélène que sa propre mère fut adultère avec la complicité du roi des Dieux, un messager annonce l'arrivée d'un roi d'Asie et fait une description très homérique de son costume : ses knémides sont retenues par des agrafes d'argent ; sur son casque à deux pointes ondule un crin belliqueux,

> Et l'épée aux clous d'or résonne sur ses flancs.

Hélène envoie chercher l'étranger, et ses compagnes chantent l'hospitalité.

Paris entre, est interrogé sur sa patrie et sur l'objet de son voyage, raconte le jugement des Déesses, refait, avec moins de mots et plus d'éloquence, le récit de Kolouthos (qui gagne à être abrégé et à être mis dans la bouche du héros). Hélène s'indigne qu'on ose lui prescrire au nom du Destin d'abandonner Sparte et Ménélas. Elle regrette de ne pouvoir, sans offenser les Dieux, renvoyer son hôte : mais dès demain qu'il reprenne le chemin de l'Asie.

---

1. On notera la forme française de ce nom propre. *Hélène* est un des plus anciens poèmes de Leconte de Lisle. S'il l'eût composé plus tard, il eût appelé sans doute l'aède Dêmodocos.

Elle le conduit dans la salle du festin.

Le chœur des compagnons de Paris chante la jeunesse et l'amour; le chœur des compagnons d'Hélène répond par l'éloge de la chasteté. Les Troyens chantent aussi la chaude et riche Asie; mais Démodoce leur prédit la chute d'Ilios, dont les vents emporteront la poussière, et le triomphe de la Grèce, flambeau du monde.

Hélène et Paris sortent de la salle du festin. Il la presse de le suivre, il le lui ordonne au nom d'Aphrodite. Elle appelle à son secours Zeus, les Dioscures, Pallas; elle chasse Paris, elle le hait. Mais tout à coup son cri de haine se change en un cri d'amour. C'est en vain que sa bouche le nie : elle aime, elle se complaît dans cet amour ignominieux, étonnée que les inexorables destins ne cessent d'incliner au mal les mortels misérables. Et Démodoce, ayant entendu cet aveu, refait, en l'appropriant à la situation, l'immortel chœur de Sophocle sur la puissance irrésistible d'Éros.

Mais Hélène succombe sous le poids de la douleur; sa force l'abandonne, son cœur cesse de battre, son œil aperçoit déjà le fleuve des enfers, et devant cette agonie Paris se désole : plutôt que de voir Hélène expirer, il désobéira aux Dieux qui veulent qu'elle soit à lui. Il repart et Hélène respire.

Elle reste sombre toutefois, car son oreille a gardé le son de la voix du jeune homme et l'irrésistible grâce de l'absent est toujours devant ses yeux. Elle demande les conseils de Démodoce, et il lui affirme que les Dieux, auteurs de nos travaux, mesurent toujours nos maux aux forces de nos cœurs. Elle réclame des chants consolateurs et ses compagnes commencent les louanges de la déesse de la chasteté, Artémis. Mais elles ne songent pas que dans l'histoire de leurs Dieux partout surgissent les excitations à la volupté.

— Artémis, racontent-elles, se baignait; Actéon l'aperçut et l'aima; il fut changé en cerf et déchiré par la meute de la Déesse [1]. Ah! les Dieux sont cruels! leurs âmes sont toujours fermées aux douleurs des humains!

— Oui, reprend Hélène, les Dieux sont cruels! — Et elle maudit Pallas qui la trahit. Elle renie tous ces funestes Dieux, ces Dieux sourds, qui la livrent en proie à son sort odieux, qui la poussent aux bras de l'impur adultère. En vain ses compagnes la conjurent-elles : son sort est prédit. Oh! sans doute il est lourd, le poids que porte son cœur; ils sont amers, les pleurs qui tombent de ses yeux; mais les Dieux l'ont voulu. Eh bien! elle ira jusqu'au bout de sa funeste route. Elle foulera du pied tout ce que l'homme et le ciel révèrent et quand viendra le terme de sa vie : voilà, dira-t-elle aux Dieux, votre exécrable ouvrage!

Paris ne tarde point à entendre l'appel qui lui est adressé. Il revient et emmène Hélène, pendant que Démodoce crie à tous les enfants de la Grèce de se lever pour venger la patrie outragée et de saisir de leur robuste main le glaive homicide.

On voit avec quelle originalité Leconte de Lisle a tiré

---

1. Ovide, *Métamorphoses*, III, v. 143 et suiv.

parti des trois cent quatre-vingt-cinq vers de Kolouthos, dont plus de cent cinquante forment des hors-d'œuvre. Voit-on aussi aisément le sens du poème ? Je ne sais, et peut-être est-il susceptible au moins de deux interprétations.

Hélène est d'abord un poème historique, symbolisant la lutte de deux civilisations qui se sont disputé l'âme du monde.

Un point n'est pas douteux : l'amour qui pousse l'héroïne dans les bras de Paris nous est représenté comme absolument irrésistible : c'est le destin qui veut qu'elle soit adultère, et elle le devient quoi qu'elle fasse pour s'y opposer. Or, cette force mystérieuse contre laquelle sa volonté est impuissante, qu'est-elle ? C'est d'abord l'atavisme : Hélène aime parce que sa mère a aimé, comme Oreste tue parce que son père, sa mère, ses aïeux ont tué. C'est aussi l'influence du climat, si puissante quand elle s'exerce directement, plus puissante encore quand elle s'exerce indirectement par les institutions, par les idées, par les croyances qu'elle suscite. Sur le sol amollissant de l'Asie avaient foisonné les fables voluptueuses qui divinisaient la passion et autorisaient l'adultère par l'exemple des immortels. Ces fables, les Hellènes les avaient apportées d'Asie avec eux en venant coloniser la Grèce. La femme de Ménélas a été élevée dans ces fables ; on lui en nourrit encore l'esprit : ainsi, au moment même où son poète et ses compagnes essaient, pour la retenir dans le devoir, de calmer ses nerfs par la musique, ils n'ont à lui chanter que des fables de ce genre ; comment résisterait-elle à tous ces conseils de volupté ? Mais déjà sur le sol plus froid de la Hellas des légendes nouvelles ont été conçues, un nouvel idéal s'est formé, et l'enlèvement d'Hélène a beau marquer pour un instant le triomphe des idées asiatiques, ce sont les idées grecques qui définitivement triompheront et illumineront le monde.

Voilà le premier sens du poème, et ce sens éclate avec une clarté parfaite dans la scène lyrique où les compagnons de Paris ayant reproché à la Grèce la froideur de son ciel, l'aède reproche à l'Asie son génie infertile :

LE CHŒUR D'HOMMES.

Le souffle de Borée a refroidi vos cieux.
Oh ! combien notre Troie est plus brillante aux yeux !
Vierges, suivez Hélène aux rives de Phrygie,
Où le jeune Iakkhos mène la sainte Orgie,
Où la grande Kybèle au front majestueux,
Sur le dos des lions, fauves tueurs de bœufs,
Du Pactole aux flots d'or vénérable habitante,
Couvre plaines et monts de sa robe éclatante !

DÉMODOCE.

Étrangers, c'est en vain qu'en mots harmonieux
Vous caressez l'oreille et l'esprit curieux.
C'est assez. Grâce aux Dieux qui font la destinée,
Au sol de notre Hellas notre âme est enchaînée,
Et la terre immortelle où dorment les aïeux
Est trop douce à nos cœurs et trop belle à nos yeux.
Les vents emporteront ta poussière inféconde,
Ilios ! Mais Hellas illumine le monde !

Mais, par moments, il semble que le poème prenne plus

de généralité et que l'héroïne représente, non plus l'âme
du monde à un moment de l'histoire de la civilisation,
mais l'âme humaine de tous les temps. Par moments,
Leconte de Lisle semble nous donner dans son personnage
le portrait de l'humanité entière, et nous la représenter
comme assujettie au plus intolérable des supplices : celui
de se sentir en proie à des passions irrésistibles dont elle
n'est point responsable et d'entendre en même temps une
voix non moins impérieuse qui les condamne. Par moments,
Leconte de Lisle semble déclarer que la vie est mauvaise et
qu'elle nous oblige à faire ce que nous désapprouvons,
notre raison nous prescrivant, sous peine d'une honte
irrémédiable, d'accomplir le devoir, et nos passions nous
contraignant à le violer. Telle est du moins la force des
invectives d'Hélène qu'on se demande si dans le sort de
son héroïne le poète n'a pas voulu nous faire reconnaître
toute destinée humaine.

HYMNES ORPHIQUES [1]

Leconte de Lisle avait imité les *Hymnes orphiques* dans
un passage important de sa *Niobé*. Il les avait traduits en
prose. A la fin de sa carrière, il en tira une belle guirlande
de poèmes, les derniers qu'il ait publiés lui-même.

Les *Hymnes orphiques*, au nombre de quatre-vingt-huit
(quatre-vingt-trois dans la traduction en prose de Leconte
de Lisle) appartiennent au 1er et au 11e siècles de notre ère,

---

1. *Derniers Poèmes*, IV.

sauf une dizaine qui remontent plus haut. Ils étaient chan-
tés, aux derniers temps du paganisme, dans les mystères
orphiques. La doctrine qui en fait le fond est le panthéisme
des anciens mystères orphiques, compliqué et parfois dénaturé par des conceptions fort diverses, qui ont été empruntées aux philosophies des deux premiers siècles. Ni composition, d'ailleurs, ni style : ces hymnes ne sont que des
énumérations de titres, terminées par des invocations.

Ces litanies, où l'art fait défaut, ont inspiré à Leconte
de Lisle dix pièces, qui, pour l'harmonie, l'ampleur et la
plasticité des vers, comptent parmi ses plus belles créations.
Ce sont des hymnes aux Nymphes (*Hymnes orphiques*, tra-
duction Leconte de Lisle, XLVIII), à Hèlios-Apollôn (*Id.*,
VII et XXXIII), à Sélènè (*Id.*, VIII), à Artémis (*Id.*,
XXXV), à Aphrodité (*Id.*, LII), à Nyx (*Id.*, II), aux
Néréides (*Id.*, XXIII), à Adônis (*Id.*, LIII, mais surtout
l'*Adônis* de Bion), aux Érinnyes (*Id.*, LXVI et LXVIII), à
Pan (*Id.*, X).

Les thèmes ont été fournis par les *Hymnes orphiques*,
mais combien renouvelés !

Des pièces ont été refaites entièrement : ainsi, dans
l'hymne à Sélènè, au lieu d'un chapelet de mots enfilés sans
goût, ce sont maintenant des strophes harmonieuses et
pittoresques où a passé toute la poésie des clairs de lune
sur les sources et sur les mers helléniques.

Dans les pièces qui s'éloignent moins du modèle tout
s'est vivifié et animé : tel mot intéressant a été pêché dans
la mer de paroles vaines où il était noyé ; telle phrase incolore s'est transformée en un tableau saisissant :

Entendez-moi, Déesses..., qui habitez dans les profondeurs de la terre, au fond d'un antre obscur, auprès de l'Eau sacrée du Styx,... invisibles [1].

> Filles de l'Invisible, Hôtesses des Cavernes
> Où jamais n'est entrée une lueur du jour,
> Dont éternellement Styx fait neuf fois le tour,
> Tandis que, sur la fange et le long des Eaux ternes,
> Foule vaine, les Morts fourmillent sans retour...

Entendez-moi,... vous qui jugez la vie des mortels impies et qui les châtiez inévitablement,... Reines aux yeux resplendissants [2].

> Meute du noir Érèbe, ô vieilles Érinnyes,
> Aux yeux caves où sont des éclairs aveuglants,
> Qui d'un blême haillon serrez vos maigres flancs,
> Et, l'oreille tendue au cri des agonies,
> Aboyez sans relâche aux meurtriers sanglants !

Entends-moi, ô Reine... qui tues les bêtes fauves, qui hantes les forêts des montagnes, qui perces les cerfs,... sauvage, te réjouissant des chiens [3].

> Déesse à l'arc d'argent tendu d'un nerf sonore,
> Qui, de flèches d'airain hérissant ton carquois,
> Par les monts et la plaine et l'épaisseur des bois,
> Un éclair dans les yeux, déchaînes dès l'aurore
> De tes chiens découplés les furieux abois !

---

1. *Hymnes orphiques*, LXVI; 1er hymne aux Euménides ; trad. Leconte de Lisle.
2. *Id.*, LXVII ; 2e hym. aux Euménides.
3. *Id.*, XXXV ; hymne à Artémis.

Le fond aussi a été bien changé.

Quelquefois le poète a mis dans ces prières antiques l'expression de son pessimisme tout moderne. Il laisse percer ce pessimisme dans l'hymne à Sélènè, à qui il demande de nous guérir, pour un instant, des maux dont notre vie est faite. Il l'étale dans l'hymne à Nyx, dont il voudrait que le divin péplos enveloppât pour jamais, de ses plis, les vivants avec leurs chimères stériles

Et l'antique Kosmos, hélas ! où tout est vain.

Le plus souvent, dépouillant les *Hymnes orphiques* de toutes les idées accessoires greffées sur les vieilles fables, il s'est attaché à dégager le naturalisme qui était au fond de toute la mythologie des Grecs, principalement soucieux de montrer devant quelles forces éternellement redoutables ou bienfaisantes ils s'inclinaient dans le culte qu'ils rendaient à Apollôn, à Sélènè, à Aphrodité, aux Nymphes, aux Néréides. Sous le nom d'Apollôn, ce qu'ils adoraient, c'était le Porte-Lumière, l'œil de l'azur, l'astre qui, sans se lasser, rend chaque matin la vie aux cités, aux bois, à la mer sonore ; sous le nom de Sélènè, c'était la lune, qui, éveille l'essaim des songes d'or pour bercer nos ennuis et qui guide le matelot accoudé sur le bord des nefs au bec d'airain ; sous le nom des Néréides, c'étaient les fraîches haleines, qui gonflent les voiles du vaisseau jusqu'au port désiré ; sous le nom des Nymphes, c'était ce charme incomparable des eaux, des prés et des collines, qui met la double flûte aux lèvres des bergers ; sous le nom de Pan, c'était la substance de l'univers ; sous le nom d'Aphrodité, c'était l'attrait qui, en poussant les êtres l'un vers l'autre, entretient la vie du monde :

> Par quelque nom sacré que la terre te nomme,
> Ivresse, Joie, Angoisse adorable de l'homme,
> Qu'un éternel désir enchaîne à tes genoux,
> Aphrodité, Kypris, Erycine, entends-nous !
>
> Tu charmes, Bienheureuse immortellement nue,
> Le ramier dans les bois et l'aigle dans la nue ;
> Tu fais, dès l'aube, au seuil de l'antre ensanglanté,
> Le lion chevelu rugir de volupté ;
> Par Toi la mer soupire en caressant ses rives,
> Les astres clairs, épars au fond des nuits pensives,
> Attirés par l'effluve embaumé de tes yeux,
> S'enlacent déroulant leur cours harmonieux ;
> Et jusque dans l'Érèbe où sont les morts sans nombre,
> Ton souvenir céleste illumine leur ombre !

Si la fin de ce morceau fait songer à des vers fameux de *Rolla*, le début rappelle ces vers d'André Chénier :

> Les Ménades couraient en longs cheveux épars
> Et chantaient Evius, Bacchus et Thyonée,
> Et Dionyse, Evan, Iacchus et Lénée,
> Et tout ce que pour toi la Grèce eut de beaux noms.

Évius et Thyonée, Dionyse et Iacchus, ce sont là sans doute, si l'on veut, de beaux noms, des noms dont l'harmonie n'échappe pas à nos oreilles et dont la physionomie pittoresque suffit à évoquer une vision d'orient. Mais les mots qui composent cette énumération ne sont-ils pas cependant trop inintelligibles pour qu'elle nous intéresse vraiment ? On ne peut adresser le même reproche à l'énu-

mération des noms dont Leconte de Lisle appelle sa déesse.
Non pas qu'ils soient à proprement parler interprétés. Mais
du moins nous fait-on entendre que si la même déesse fut
invoquée sous tant de noms et adorée en tant de lieux,
c'est qu'elle personnifiait la passion complexe et véhémente
par laquelle les hommes, en tout pays, se sentent si souvent
dominés. Et ce seul détail suffit à faire mesurer la distance
qu'il y a des poèmes grecs d'André Chénier, en général
purement pittoresques, à ceux de Leconte de Lisle, en
général si humains.

APPENDICE

Quelques mots seulement sur ce poème.

Dans une prière au Christ, un moine raconte ce qu'il a vu en Enfer, où il a été transporté par la volonté divine. On sait que les récits de ce genre furent assez nombreux au moyen âge.

Le moine Snorr est scandinave, et son nom est celui de l'auteur de l'*Edda* en prose. Il appelle l'Enfer les antres de Hel, nom qui est celui de la Mort dans la mythologie scandinave.

La principale « salle » de son Enfer est empruntée à un passage assez obscur de *la Voluspa*, poème mythologique qui fait partie de l'ancienne *Edda* et dont j'ai parlé assez longuement en étudiant *la Légende des Nornes*. Voici ce passage dans la traduction de X. Marmier [2] :

Elle (la devineresse) voit une autre salle située au Nastrond (rivage des morts), loin du soleil. Les portes en sont tournées du côté du nord. Des gouttes de venin y tombent par chaque ouverture. La salle est formée de dos de serpents.

Elle voit se traîner dans les eaux épaisses les parjures, les meurtriers, et celui qui séduit la femme d'un autre. Nidhoggr [3]

---

1. *Poèmes barbares*, IX.
2. *Chants populaires du Nord*, p. 13.
3. Marmier ne donne aucun renseignement sur ce personnage. Le loup est le loup Fenris.

suce les cadavres de ceux qui descendent là. Le loup les déchire.

Écoutons maintenant Snorr :

Le prince des Brasiers est là qui me regarde…

Il siège en la grand'salle aux murs visqueux, noircis,
Où filtre goutte à goutte une bave qui fume,
Et d'où tombent des nœuds de reptiles moisis…

En bas, gît le marais des Lâches, des Jaloux,
Des Hypocrites vils, des Fourbes, des Parjures.
Ils grouillent dans la boue et creusent des remous.

Au-dessus du prince de l'Enfer, Snorr voit tournoier un dragon :

Au-dessus du Malin, sur qui pleut cette écume,
Tournoie, avec un haut vacarme, un Dragon roux
Qui bat de l'envergure au travers de la brume.

Ce dragon est le dragon Midgard, que la devineresse nous montre tombant dans l'abîme au moment où le monde ressuscite[1] :

Le sombre dragon volant arrive de l'empire des ténèbres. Il étend ses ailes, plane sur la vallée, au-dessus des cadavres. Maintenant il tombe dans l'abîme[2].

D'autres traits de l'Enfer de Snorr sont empruntés à l'Enfer de Dante.

Il y a « neuf maisons noires » dans celui-là, et neuf cercles dans celui-ci.

---

1. Voir l'étude sur la *Légende des Nornes*.
2. *Chants populaires du Nord*, p. 16.

Dante dit d'un avare (chant XVII) : « Puis il tordit la bouche et tira sa langue comme un bœuf qui lèche ses naseaux. » Snorr voit les Avares

> aux reins de maigreur écorchés,
> Tels que des loups tirant des langues écarlates.

Dans l'Enfer de Dante, les Violents sont percés de flèches par les Centaures (ch. XII). Dans l'Enfer de Snorr, les Violents sont aussi frappés par d'autres Violents :

> Maintenant, l'un s'endort ; l'autre en sursaut l'égorge. •

Dans l'Enfer de Snorr, « le Malin épuise ses supplices » pour ceux qui ont commis des sacrilèges, pour ceux qui ont déchiré la nappe de l'autel et bu dans le calice. Dans l'Enfer de Dante, un supplice terrible est infligé à un homme qui a volé les ornements sacrés dans la sacristie (ch. XXIV).

Comme Dante, Snorr voit en Enfer ceux qui ont vécu avant le christianisme. Mais Dante leur inflige, comme seul châtiment, « de vivre dans le désir sans espérance » (ch. IV). Snorr leur voit infliger un supplice analogue à celui que Dante réserve aux Luxurieux (ch. V) :

Je parvins dans un lieu muet de toute lumière, qui mugit comme la mer sous la tempête quand elle est battue par les vents. *L'ouragan infernal, qui ne s'arrête jamais, entraîne les esprits dans son tourbillon*, et les tourmente en les roulant et en les entrechoquant.. J'appris que par ce tourment étaient punis les pécheurs charnels qui mettent la raison au-dessous du désir ; et comme dans un temps froid les étourneaux sont emportés par leurs ailes en troupes nombreuses et pressées, ainsi cette rafale emporte les mauvais esprits. *De çà, de là, en haut, en bas, le vent les ballotte* ; nul espoir de trêve ou d'adoucissement dans leur peine ne vient les consoler [1].

> Enfin, je vois le Peuple antique, aveugle et fou,
> La race qui vécut avant votre lumière,
> Seigneur ! et qui marchait, hélas ! sans savoir où.
>
> Tel qu'un long tourbillon de vivante poussière
> Le même vent d'erreur les remue au hasard,
> Et le soleil du Diable éblouit leur paupière.

J'ignore qui sont « les sept Diables royaux du vieux Septentrion », les sept Démons que Christus « vint enfin châtier », et que Snorr voit « puiser des pleurs bouillants au fond d'un noir cuvier ». Je ne sais si Leconte de Lisle a songé ici à certains personnages de la mythologie scandinave ou tout simplement aux sept péchés capitaux.

---

1. Traduction de Fiorentino.

INDEX

NOMS DE PERSONNAGES — NOMS D'AUTEURS

TITRES DE POÈMES

Les titres en italique sont ceux des poèmes de Leconte de Lisle

TABLE DES MATIÈRES

MACON, PROTAT FRÈRES, IMPRIMEURS.

CASTETS (F.) — **Maugis d'Aigremont**, chanson de geste. Texte publié d'après le manuscrit de Peterhouse et complété à l'aide des manuscrits de Paris et de Montpellier, par Ferd. CASTETS, Professeur à la Faculté des lettres de Montpellier. 1 vol. in-8º, 1893.............. 10 fr.

CASTETS (F.). — **Il Fiore**. Poème italien du XIIIᵉ siècle en CCXXXII sonnets, imités du Roman de la Rose, par Durante.. Texte inédit publié avec fac-similé, introduction et notes, par F. CASTETS, Professeur à la Faculté des lettres de Montpellier, 1 vol. in-8º, 1881................. 10 fr.

CHARMONT (J.) — **Le Droit et l'Esprit démocratique**, par J. CHARMONT, Professeur à l'Université de Montpellier, 1 volume in-8º, 1907.. 4 fr.

COULET (J.). — **Études sur l'ancien Poème français du Voyage de Charlemagne en Orient**, par Jules COULET, Chargé de cours à la Faculté des lettres de Montpellier. 1 vol. gr. in-8º, 1907. 15 fr.

COULET (J.). — **Étude sur l'Office de Girone en l'honneur de saint Charlemagne**, par Jules COULET, chargé de cours à la Faculté des Lettres de Montpellier. 1 volume gr. in-8º, 1907.......... 5 fr.

FAVRE (Abbé). — **Œuvres complètes languedociennes et françaises**, publiées sous les auspices de la Société pour l'étude des Langues romanes. 4 volumes in-8º, 1900................. 30 fr.

Félix et Thomas Platter à Montpellier. Notes de voyage de deux étudiants bâlois, publiées d'après les manuscrits originaux de la Bibliothèque de Bâle, avec 2 portraits en héliogravure. 1 vol. in-8º carré, sur papier de Hollande, 1890.................................. 20 fr.

GRAMMONT (M.). — **Le Vers Français**, ses moyens d'expression, son harmonie, par M. GRAMMONT, Professeur à la Faculté des Lettres de Montpellier, 1 vol. in-8º, 1904........................ 7 fr. 50

GRASSET (J.). — **Le Médecin de l'Amour. Boissier de Sauvages**, par J. GRASSET, Professeur à l'Université de Montpellier, 1 volume in-18, 1895.............................. 3 fr. 50

LAMBERT (L.). — **Contes populaires du Languedoc**, Recueillis, publiés et traduits par Louis LAMBERT. 1 volume in-8º, 1899...... 5 fr.

MONSPELIENSIA. — **Recueil de Pièces rares ou inédites des XVIIᵉ et XVIIIᵉ siècles**, publié par la Société des Bibliophiles de Montpellier. 1 vol. in-8º carré, sur papier de Hollande, avec deux planches en héliogravure. 1899.............................. 8 fr.

www.ingramcontent.com/pod-product-compliance
Lightning Source LLC
Chambersburg PA
CBHW050743030726
47505CB00002B/365